BEATE MAXIAN

Tod im Belvedere

GOLDMANN

Keinem vernünftigen Menschen wird es einfallen, Tintenflecken mit Tinte, Ölflecken mit Öl wegputzen zu wollen. Nur Blut soll immer wieder mit Blut ausgewaschen werden.

Bertha von Suttner, *Die Waffen nieder*

Dienstag, 13. Juli

1

Britta Eckenberg fuhr in die Höhe.

Ihr Herz führte einen wilden Tanz auf. Ein Geräusch wie von zersplitterndem Glas hatte sie regelrecht aus dem Schlaf katapultiert. Sie hatte geträumt, starrte nun an die dunkle Wand gegenüber ihrem Bett und versuchte, gleichmäßig zu atmen, während der vermeintliche Traum nachhallte.

Vor dem Zubettgehen war ihr ein Trinkglas aus der Versace-Serie aus der Hand gerutscht. Karl, ihr verstorbener Mann, hatte ihr sechs der edlen Kristallgläser geschenkt. Wenige Wochen vor seinem Tod. Sie hatte ihn mit geschlossenen Augen vorgefunden. Zuerst hatte sie gedacht, er genieße die Musik. Ein Hornkonzert von Mozart. Erst nachdem der letzte Ton verklungen gewesen war, hatte sie Karls Ableben entdeckt, da er sich immer noch nicht bewegt hatte. Er war friedlich im Ohrensessel im Wohnzimmer für alle Ewigkeit eingeschlafen, im Alter von neunundachtzig. Britta war damals vierundsechzig gewesen. Das lag sieben Jahre zurück.

Ihre Gedanken wanderten wieder zu den Versace-Gläsern. Sie waren mit einem goldfarbenen Band eingefasst und mit dem legendären Medusa-Logo verziert. In Wahrheit konnte sie das zerbrochene Glas problemlos ersetzen. Die knapp fünfhundert Euro, die so ein Kristallglas kostete, bereiteten ihr keine schlaflosen Nächte. Britta Eckenberg war dank ihres toten Mannes Millionärin und könnte sich somit unzählige Designergläser leisten. Außerdem konnte es einem mit einundsiebzig Jahren schon mal passieren, dass man etwas fallen ließ. Gleichwohl hatte das Missgeschick sie offenbar bis in den Schlaf verfolgt.

Langsam drehte sie den Kopf zur Seite zu ihrem Wecker. Die grünen Ziffern zeigten 02:30. Sie hatte erst zweieinhalb Stunden geschlafen. Neben dem Wecker stand ein leeres Glas. Vor dem Schlafengehen genehmigte sie sich gerne einen Balvenie. Der schottische Whisky half ihr, leichter ins Land der Träume zu gleiten. Sie beschloss, sich einen weiteren Drink zu gönnen, tastete nach der Nachttischlampe und drückte den Schalter. Licht flammte auf.

Sie schälte sich aus dem Bett, zog ihren altrosa Seidenmorgenmantel über ihr Nachthemd mit französischer Spitze und schlüpfte in die eleganten schneeweißen Pantoletten von Chanel. Noch immer legte sie großen Wert auf ihr Aussehen, selbst wenn niemand sie sah. Nicht nur, was die Kleidung betraf. Ihr Gesicht war annähernd faltenfrei, was sie auf die aufwendige Pflege und Gesichtsyoga zurückführte. Das Dekolleté bedeckte sie in der Öffentlichkeit dennoch schon seit Jahren mit einem Seidentuch oder einer pompösen Halskette. Nur um ihren Mund und ihre Augen hatten sich im Laufe der Zeit feine Striche eingegraben, was sie dem Ärger mit der Familie zuschrieb.

Sie warf einen Blick aus dem offen stehenden Fenster in den parkähnlichen Garten. Meterhohe Hecken schirmten die zweistöckige Luxusimmobilie ab. Dahinter lagen die Weinberge, für die der Ortsteil Grinzing im Wiener Stadtteil Döbling weltbekannt war. Genauso wie für die Heurigen, in denen selbst erzeugter Wein ausgeschenkt wurde und die sogar zum Kulturerbe zählten. Und dennoch hatte sich dieser Teil des neunzehnten Bezirks den Charme eines alten Weindorfes bewahrt. Auch das Eingangstor am Ende des Zufahrtswegs zur Villa wehrte die meisten Einblicke ab. Von der Straße konnte man höchstens einen flüchtigen Blick auf die noble Liegenschaft erhaschen.

Sie wandte sich der Schlafzimmertür zu. Als sie sie aufzog, hörte sie plötzlich Schritte im Erdgeschoss. Das war doch unmöglich! Sie war allein im Haus. Angestrengt horchte sie in die Dunkelheit und vernahm einen gedämpften Laut im unteren Parterre. Da war eindeutig jemand in der Villa. Britta Eckenberg hatte auch noch in ihrem hohen Alter ein ausgesprochen gutes Gehör und eine schnelle Auffassung. Das Geräusch von zerbrechendem Glas war demzufolge kein Traum gewesen. Der Eindringling musste eine Scheibe eingeschlagen haben. Einbrecher! Das Herz schlug ihr bis zum Hals, ihre Hände zitterten.

Ruf die Polizei!, schrillte es in ihrem Kopf. Wo war das Mobiltelefon? Sie nahm es nie mit ins Schlafzimmer, weil sie überzeugt war, dass es ihre Nachtruhe störte. Doch wo lag es jetzt? Verflucht! In der Aufregung konnte sie sich nur schwer konzentrieren. Immer wieder entglitten ihr die Gedanken. Dann erinnerte sie sich, dass sie es auf dem Couchtisch im Wohnzimmer im Erdgeschoss liegen gelassen hatte. Und der Festnetzapparat stand auf dem Schreibtisch im Büro, das sich ebenfalls unten befand. Sie atmete mehrmals lautlos durch, nahm all ihren Mut zusammen, schlich zum Absatz der breiten Holztreppe und sah hinunter. Das Foyer lag im Halbdunkeln. Durch die Verglasung der Haustür schien Mondlicht auf den silbergrau geflammten Quarzitfußboden. Die weiße Tür, die in die Garderobe führte, schien geschlossen zu sein. Sie überlegte, wieder ins Schlafzimmer zurückzugehen und sich einzuschließen. Aber damit würde sie dem Gesindel sozusagen einen Freibrief geben, sie auszurauben. Kurz entschlossen schlüpfte sie aus den Hausschuhen und stieg barfuß nach unten.

Weil sie wusste, dass die Stufe unterhalb des Gemäldes von Oskar Kokoschka, das eine Frau beim Nähen zeigte, knarzte, schritt sie weit aus und setzte den Fuß auf die darunter. Einen Moment lang hielt sie den Atem an, ehe sie vorsichtig ihren Weg fortsetzte. Sie schlich an den Originalen von Gustav Klimt und Egon Schiele vorbei. Zum Glück lagerte der überwiegende Teil der Gemäldesammlung hinter Sicherheitstüren in drei Kellerräumen der Villa, die einem kleinen privaten Museum glichen. Begehbar von Menschen, die den Zugangscode kannten, und das waren nur sie und Ramona, ihre Assistentin. Der Einbrecher würde es nicht hineinschaffen. Es sei denn, er erwischte sie und nötigte sie, ihm den Code zu verraten. Die Kunstsammlung war ewiger Streitpunkt mit der Familie aus Karls erster Ehe. Seine Kinder Daphne und Konstantin behaupteten, dass ihnen ein großer Teil davon zustand. Dabei hatte Karl sie Britta zur Gänze vermacht. Das Testament war niet- und nagelfest. Aber die Nachkommen ihres Mannes gönnten ihr die Sammlung nicht. Die fünfundzwanzig Jahre, die Britta jünger als Karl gewesen war, gaben seiner Nachkommenschaft das Recht, sie Erbschleicherin und Schmarotzerin zu nennen. Attribute wie verschlagen, heimtückisch und maßlos gehörten noch zu den netteren, die die Brut für sie übrighatte. Mittlerweile stießen Karls Enkel Richard und Tilmann in das gleiche Horn. Letzterer war besonders schlecht auf sie zu sprechen, warum auch immer. Sie hatte aufgehört, sich diese Frage zu stellen, weil sie ohnedies nie eine Antwort bekommen würde. Davon abgesehen hatte sie nicht vor, ein Kunstwerk herauszurücken. Mochte die gierige Mischpoke auch noch so oft auf ihr angebliches Recht pochen. Das Testament war bis ins kleinste Detail von einem angesehenen Notar verfasst worden, der in Karls Auftrag sämtliche Schlupflöcher zugemauert hatte. Darüber hinaus war es längst rechtswirksam. Die Kinder und Enkel hatten genug bekommen. Noch zu Lebzeiten hatte Karl die Eckenberg Metall- und Anlagen AG an Daphne und Konstantin übergeben.

Leises Schaben riss sie aus den Gedanken. Ein Geräusch, als zöge jemand Schubladen auf. Es kam aus dem Büro. Britta hatte das Ende der Treppe erreicht und schlich an der Bürotür vorbei. Mit etwas Glück würde sie es unbemerkt ins Wohnzimmer schaffen, wo ihr Mobiltelefon lag. Es waren nur noch ein paar Schritte.

Eins, drei, drei, Polizei, sagte sie in Gedanken einen Kinderreim auf, um gleich die Ziffern ins Telefon zu tippen. So leise wie möglich, drückte sie die Klinke der doppelflügeligen Tür nach unten und schob sie auf. Augenblicklich bemerkte sie die Gestalt mit Sturmhaube, die Karls Dolch in der Hand hielt. Das grelle Licht einer Taschenlampe blendete Britta. Sie schirmte ihre Augen mit der Hand ab, drehte sich instinktiv um und stürzte zur Eingangstür. Der Eindringling aus dem Wohnzimmer war dicht hinter ihr. Er holte sie ein. Dann traf sie etwas Hartes an der Schläfe, und alles wurde schwarz.

Ein Monat später

Freitag, 13. August

2

Der Minoritenplatz wurde von Palais, Ministerien und vom Haus-, Hof- und Staatsarchiv gesäumt. Sein Zentrum dominierte die Minoritenkirche. Sarah Pauli musste stets an ihre verstorbene neapolitanische Großmutter denken, wenn sie, so wie jetzt, an dem Gotteshaus vorbeikam. Denn die Kirche war zugleich die italienische Nationalkirche Maria Schnee, und ihre Nonna hatte hier des Öfteren die heiligen Messen besucht, weil diese nicht nur in Deutsch, sondern auch in ihrer Muttersprache abgehalten wurden. Sarah blieb stehen, legte den Kopf ein wenig in den Nacken und sah nach oben. Sie wusste, dass die Spitze des Kirchturms erstmals 1529 im Zuge der ersten Türkenbelagerung zerstört worden war. 1633 hatte man das Dach wieder aufgebaut, aber die Kirchturmspitze war im Zweiten Türkenkrieg 1683 erneut durch Beschuss beschädigt und durch ein Flachdach ersetzt worden, das noch heute den Abschluss des Turms bildete.

Sarah genoss die Wärme der Sonne in ihrem Gesicht. Generell mochte sie den Sommer in der Stadt, trotz der immer länger werdenden Hitzeperioden. Viele Einheimische waren in Urlaub, was sich auf den Straßen und in den U-Bahnen bemerkbar machte. Außerdem waren die Leute allgemein besser gelaunt, und die Hektik hatte Pause. Denn die Touristen schoben sich im eher gemächlichen Tempo durch die Gassen, um eingehend die unzähligen Sehenswürdigkeiten zu betrachten. Normalerweise entschleunigte das auch Sarah. Doch heute blieb ihr leider keine Zeit, sich treiben zu lassen. Es war fünf Uhr nachmittags, und Herbert Kunz, der Chef vom Dienst, wartete in der Redaktion auf sie. Sie mussten noch die morgige Ausgabe des *Wiener Boten* durchsehen, bevor diese in den Druck ging, aber die Pressekonferenz des Bundeskriminalamtes im nahe gelegenen Presseclub Concordia hatte länger als geplant gedauert. Und vor dem offiziellen Ende hatte Sarah nicht aufbrechen wollen. Die beiden Beamten der Kriminalprävention hatten wertvolle Tipps gegeben: wo man Wertsachen aufbewahren sollte, wenn man in den Urlaub fuhr, und wie man sich zur Hauptreisezeit vor Einbrüchen schützen konnte.

Obwohl Sarah inzwischen Chefredakteurin war, ging sie bisweilen noch immer selbst auf Konferenzen und recherchierte. Im Chefsessel zu versauern lag nicht in ihrer Natur. Da kam ihr so eine Presseeinladung gerade recht, um mal wieder rauszukommen.

»Sarah? Sarah Pauli?«, stoppte sie plötzlich eine Stimme.

Sarah sah einen Hünen vor sich. Trotz der sommerlichen Hitze trug er einen dunklen Anzug, als käme er von einer Beerdigung.

»I pock's ned. Du bist es wirklich. Sarah! Das darf

ned wahr sein. Wie lange haben wir uns ned g'sehen? Zehn, fünfzehn Jahre?«

Sarah blickte den Mann lächelnd an, versuchte verzweifelt, sich zu erinnern, woher sie das Gesicht kannte. War er ein Kollege von einem Konkurrenzblatt? Ein Werbekunde des *Wiener Boten*? Jemand, den sie irgendwann mal interviewt hatte? Sie hoffte, dass er ihr die Ahnungslosigkeit nicht ansah und ihr Lächeln nicht aufgesetzt wirkte.

Plötzlich realisierte sie, wer da vor ihr stand, und ihre Augen blitzten freudig auf. »Peer Schneider! Was für eine schöne Überraschung, dich wiederzusehen. Wie geht's dir?«

»Super. Ich verkaufe Kunstwerke an reiche Leute. Seit acht Jahren führ ich mein eigenes Auktionshaus in der Stallburggasse.« Er zeigte hinter sich.

»Das klingt großartig.« Sarah war beeindruckt. »Stell ich mir spannend vor, immer von Kunst umgeben zu sein.«

Peer nickte. »Ist es auch. Aber sag mal, hast noch Kontakt zu den Leuten von früher?«

Sarah schüttelte den Kopf. »Leider nicht. Irgendwie haben wir uns alle aus den Augen verloren.« Sie und Peer hatten sich zwar nicht ausschließlich innerhalb desselben Freundeskreises bewegt, waren sich jedoch oft auf Studentenfesten oder in Bars begegnet. »Du?«

»Nein, eigentlich auch nicht. Nur zu Amanda.«

Sarah überlegte einen Moment. Dann erschien vor ihrem inneren Auge eine attraktive Frau mit goldbraunen Locken, die manchmal auf eine Art ein wenig unbeholfen wirkte, die bei den Männern den Beschützerinstinkt geweckt hatte. Sie war Teil von ihrem und Peers Freundeskreis gewesen. »Amanda Wenger?«

»Ja. Nur, dass sie jetzt Schneider heißt.«

»Ihr seid verheiratet?«, begriff Sarah. »Das sind ja schöne News. Aber ihr wart damals nicht zusammen, oder erinnere ich mich jetzt grad nur nicht daran?«

»Nein. Unsere Verbindung ist auch erst mal abg'rissen. Zwischenzeitlich waren wir mit anderen Partnern liiert. Obwohl ich gestehen muss, ich bin schon damals auf sie g'standen.« Er zuckte mit den Achseln. »Nach unseren jeweiligen Scheidungen sind wir uns dann zufällig übern Weg g'laufen. So wie du und ich heute. Und jetzt sind wir schon vier Jahre verheiratet.«

»Du und Amanda. Na geh, mach keinen Schmäh!« Sarah starrte ihn mit offenem Mund an.

»Wenn ich's dir sag.« Peer hob belustigt die Augenbrauen.

»Ich fass es nicht«, sagte Sarah immer noch überrascht. »Mein Gott, was hatten wir damals Spaß.«

In den nächsten Minuten erinnerten sie sich an intensive Gespräche an Sonntagnachmittagen in diversen Kaffeehäusern und an Abende in Bars. Vorrangig in jener im siebten Bezirk, in der sie manchmal die halbe Nacht Würfelpoker gespielt hatten. Und an laue Sommernächte, in denen sie als Gruppe durch die Lokale im Bermudadreieck, einem beliebten Ausgehviertel in der Innenstadt, gezogen waren. Um fünf oder sechs Uhr morgens waren sie dann oft an einem der legendären Wiener Würstelstände gestrandet und hatten sich Fast

Food auf Wienerisch gegönnt. Zumeist eine Käsekrainer mit scharfem Senf, einem Scherzel Brot und einer Dose Ottakringer Bier. Wenn er zu viel getrunken hatte, gab Peer seine Bestellung manchmal aus Spaß im breiten Wiener Dialekt auf, erinnerte sich Sarah: »A Eitrige mit an Schoafn, an Buggl und an Sechzehnerblech.« Sechzehnerblech deshalb, weil die Brauerei in Ottakring, dem sechzehnten Wiener Gemeindebezirk, zu Hause war.

»Du schaust übrigens immer noch wie damals aus.« Peer musterte sie, als sähe er sie zum ersten Mal. Sarah hatte ihre halblangen dunkelbraunen Haare zu einem hohen Zopf zusammengebunden und trug einen ärmellosen terrakottafarbenen Jumpsuit, der ihre sonnengebräunte Haut akzentuierte.

»Du aber auch«, gab sie das Kompliment zurück, obwohl sie sich im ersten Moment, nachdem sie realisiert hatte, wer sie da ansprach, erschrocken hatte. »Also, fast«, schränkte sie ein und zeigte auf Peers kahles Haupt. Nichts erinnerte mehr an die braune Lockenpracht, um die ihn viele Frauen beneidet hatten. Zudem hatte er seine sportliche Figur verloren. Sarah vermied es, mit ihrem Blick seinen Bauchansatz zu streifen. Stattdessen konzentrierte sie sich auf sein Gesicht. Peer strahlte immer noch genauso spitzbübisch, wie sie ihn in Erinnerung gehabt hatte.

»Du trägst ein Corno«, merkte er an.

Instinktiv schnellte ihre Hand zu dem roten Anhänger an ihrer Halskette. »Du kennst das? Die meisten fragen mich, ob das eine Chilischote oder ein Pfefferone ist.«

»Natürlich kenne ich ein Corno.« Er klang fast ein wenig beleidigt. »Es schützt vor dem bösen Blick. Du hast wohl vergessen, dass wir früher häufig über Bildsymbole diskutiert haben.«

Sarah dachte nach.

»Vor allem über Symbolik in Gemälden. Das war schon während des Kunststudiums meine Passion«, half ihr Peer weiter auf die Sprünge.

»Stimmt«, erinnerte sich Sarah langsam. »Wir haben öfter über Vanitas-Gemälde gesprochen.« Der Bildtypus war bei Malern ab dem 17. Jahrhundert sehr beliebt gewesen. Darin hatten sie irdische Gegenstände wie Bücher, Wein, Schmuck und Ähnliches mit Sinnbildern der Vergänglichkeit dargestellt. Mit einem Totenkopf, einer Sanduhr oder einer erloschenen Kerze. Es war die Absicht der Künstler gewesen, an die Sterblichkeit und die Unsinnigkeit weltlicher Wünsche zu erinnern. Sie wusste noch, wie Peer stundenlang über den Symbolgehalt der Gemälde von Pieter Claesz oder Hieronymus Bosch referiert hatte.

»Und die faszinieren mich immer noch. Gerade wollte ich in die Minoritenkirche, das Mosaik *Das letzte Abendmahl* fotografieren.«

»Aber das ist kein Vanitas-Gemälde«, entgegnete Sarah.

»Nein«, kam es gedehnt zurück. »Ist es nicht. Aber du weißt sicher, dass Leonardo da Vinci angeblich einen geheimen Code in dem Bild verarbeitet hat und dass es Giacomo Raffaelli als Vorlage für sein Mosaik diente.«

Sarah nickte. Tatsächlich wusste sie noch viel mehr,

nämlich dass das Mosaikbild einst Napoleon in Auftrag gegeben hatte, es aber erst nach dessen Sturz fertiggestellt worden war. Weshalb seinerzeit Napoleons Schwiegervater Kaiser Franz das Kunstwerk fürs Belvedere erworben hatte. Als es sich dafür als zu groß entpuppte, war es kurzerhand in die Minoritenkirche gewandert.

»Ich hab den *Wiener Boten* abonniert«, wechselte Peer das Thema. »Du bist Chefredakteurin. Gratuliere.«

»Danke.«

»Ich lese regelmäßig deine Kolumnen.«

»Freut mich.«

»Erst heute Morgen deinen Artikel über Freitag, den Dreizehnten.«

Sarah hatte ihre aktuelle Kolumne zum Thema Aberglauben dem vermeintlichen Unglückstag gewidmet. Der genaue Ursprung des Mythos war unbekannt. Der Überlieferung nach war Jesus Christus an einem Freitag, den Dreizehnten, gekreuzigt worden. Eine andere Theorie besagte, dass am dreizehnten Oktober 1307 der französische König Philipp IV. den einflussreichen Tempelorden zerschlagen hatte und die Mitglieder unter Mitwirkung von Papst Clemens V. grausam ermorden ließ.

»Freitag, der Dreizehnte, ist ein guter Tag, um sich um einen Verräter zu kümmern. Meinst nicht auch?« Er zeigte lachend auf die Kirche.

Sarah glaubte die Bemerkung zu verstehen. Peer sprach von Judas, dem Verräter, der naturgemäß auf dem Mosaik mit den Aposteln abgebildet war.

»Das kann kein Zufall sein, dass wir uns nach so vielen Jahren ausgerechnet heute, am Freitag, den Dreizehnten, treffen, gell? Ich denke, unsere Begegnung bringt mir Glück«, fuhr er gut gelaunt fort.

In ihrem Artikel hatte Sarah angemerkt, dass die Dreizehn in manchen Kulturen wie der japanischen eine Glückszahl war. In der jüdischen Überlieferung war sie sogar ein Symbol Gottes, weil sie über der Zwölf stand. Ebenso schrieb man in der frühen Menschheitsgeschichte Freya, der altnordischen Göttin der Liebe, des Segens, der Lust und Fruchtbarkeit und des Kriegs, die Glückszahl Dreizehn und den Freitag zu.

»Verlass dich lieber nicht darauf, dass ich dir zur Glücksbringerin tauge«, entgegnete Sarah grinsend.

»Schaun ma mal«, erwiderte Peer augenzwinkernd. »Apropos Glück und Unglück. Sagt dir der Begriff Triskaidekaphobie etwas?«

»Natürlich. Das ist die Angst vor der Dreizehn.«

»Meine Sekretärin leidet daran. Nicht mal der Absatz in deinem Artikel darüber, dass es statistisch g'sehen nicht vermehrt zu Unglücksfällen am Dreizehnten kommt und die Dreizehn auch eine Glückszahl ist, konnte sie davon heilen.« Er lachte lauthals.

Sarah lächelte. Die Haare mochten Peer ausgegangen sein, aber seinen fröhlichen Charme hatte er sich bewahrt.

Er warf einen Blick auf seine Armbanduhr. »Ich wäre jetzt wirklich gerne mit dir auf einen Kaffee g'gangen. Aber leider …« Er hob bedauernd die Schultern. »Ich mach nur schnell das Foto und muss dann gleich weiter zu einem Termin.«

»Ja, wirklich schade. Da läuft man sich nach so vielen Jahren endlich mal wieder über den Weg … Aber kein Problem. Ich bin sowieso am Weg in die Redaktion, und der Chef vom Dienst wartet schon auf mich.«

Peer griff in die Innentasche seines Sakkos, zog eine Visitenkarte hervor und reichte sie Sarah. »Wennst ein andermal Zeit und Lust auf a Plauderei über alte Zeiten hast oder in den Kunstwerken in meinem Laden nach Symbolen und mystischen Zeichen suchen willst, schau vorbei. Amanda würde sich sicher auch freuen, dich wiederzusehen. Und dann gemma gemeinsam ins Café Bräunerhof auf ein Kaffeetscherl.«

»Abgemacht. Ich komm gern bei euch vorbei.« Sarah nahm die Karte, ließ sie in ihre Umhängetasche fallen, fingerte aus deren Tiefen ihre hervor und überreichte sie ihm.

Er ließ sie in der Innentasche des Sakkos verschwinden.

»Wirklich schön, dich getroffen zu haben, und grüß mir Amanda lieb.«

Er schenkte ihr ein joviales Lächeln. »Mich hat es auch g'freut, dich wiederzusehen. Sehr sogar. Baba, Sarah.« Er küsste sie nach österreichischer Art auf beide Wangen.

»Baba«, verabschiedete auch sie sich.

Dann sah sie ihm hinterher, wie er Richtung Kircheneingang eilte, und überlegte, ob es vielleicht doch etwas zu bedeuten hatte, dass sie sich ausgerechnet heute über den Weg gelaufen waren. Nach so vielen Jahren.

Nein, maßregelte sie sich. Wahrscheinlich lag es nur an der Minoritenkirche, dass sie normale Zufälle wie ihre abergläubische Großmutter interpretierte. Sie hörte ein Telefon läuten und sah, wie Peer vor dem Kircheneingang stoppte. Er holte sein Handy hervor, blickte den Bruchteil einer Sekunde auf das Display, steckte es wieder ein und verschwand in der Kirche.

3

»Mailbox.« Amanda verzog entschuldigend das Gesicht, tippte auf den roten Kreis am Bildschirm des Smartphones und legte es auf den weißen Empfangstresen, vor dem sie stand. Ausgerechnet jetzt, wo ihr unangenehmster Kunde unangemeldet hereingeschneit war, hob Peer nicht ab. »Vor einer Viertelstunde war er noch da«, sagte sie. »Vielleicht holen Sie ihn ja noch ein, wenn Sie sich beeilen. Er wollte zur Minoritenkirche.« Ihr Blick wanderte Richtung Eingangstür, wo soeben ein Fiaker mit Touristen vorbeifuhr.

Mit etwas Glück verstand Tilmann Eckenberg den Wink mit dem Zaunpfahl und verabschiedete sich gleich wieder. Der Unternehmer war Amanda unsympathisch, mochte er noch so millionenschwer sein und, zugegeben, verdammt gut aussehen. Peer behauptete, dass dem begehrten Junggesellen die Frauen reihenweise zu Füßen lagen. Aber in ihren Augen war er nur ein reicher, großer, dunkelblonder und teuer gekleideter Schnösel, der überzeugt war, sich alles erlauben zu dürfen. Er war überheblich, selbstgefällig und protzte mit seinem Reichtum. Das mochte manche Frauen beeindrucken, doch Amanda gehörte nicht zu ihnen. Den Ferrari, den er fuhr, fand sie nur großkotzig.

»Kein Problem.« Eckenberg schien es nicht eilig zu haben, mit Peer zu sprechen. Er rührte sich nicht vom Fleck und musterte sie für ihren Geschmack zu intensiv. Sein Blick streifte schamlos über ihre Hüften und ihre gebräunten Arme und Beine, die das ärmellose, knielange Kleid nicht verdeckte. Hätte sie heute Morgen trotz der Wärme doch nur eine lange Hose und eine langärmelige Bluse angezogen. Mit einer verunsicherten Geste strich sie über ihre streng zusammengebundenen goldbraunen Locken. Sollte sie ihm einen Espresso anbieten, wie es Peer immer tat? Andererseits wollte sie Eckenbergs Anwesenheit nicht unnötig in die Länge ziehen.

»Hatten Sie einen Termin?«, hakte Amanda schließlich nach, weil ihr kein anderer Grund für sein Kommen einfiel. In letzter Zeit erschien ihr Peer extrem zerstreut. Er arbeitete zu viel, kam kaum einen Abend vor halb elf nach Hause. Ein Treffen zu vergessen würde zu seinem derzeitigen Zustand passen.

»Nein, er weiß nicht, dass ich vorbeischauen wollte. Aber wir haben letzte Woche telefoniert. Er meinte, dass heute neue Ware käme. Und da ich grad in der Nähe war …« Eckenberg drehte sich etwas, und im nächsten Augenblick wirkte er, als wäre er in die Betrachtung des Bildes in dem dunklen Barockbilderrahmen vertieft, das die Wand hinter dem Tresen beherrschte.

Das Gemälde eines unbekannten Künstlers aus dem 17. Jahrhundert zeigte einen umgefallenen Zinnkrug, Pfirsiche, ein halb volles Glas Rotwein, gebrochenes Brot und eine Sanduhr. Wie in der Epoche üblich, hatte der Maler dunkle Farben mit einem Hauch Gold verwendet. Die Symbolfarbe für Macht, wie Peer Amanda erklärt hatte. Eckenberg hatte ihrem Mann schon ein paarmal eine unverschämt hohe Summe dafür geboten. Eine, die den tatsächlichen Wert des Bildes bei Weitem überstieg.

»Warum macht er das?«, hatte sie Peer gefragt.

»Das ist sein Spiel. Er versucht zu bekommen, was anderen gehört. Alles und jeder hat seinen Preis, das ist Eckenbergs Devise, und danach lebt er«, hatte Peer leichthin gesagt.

»Na, hoffentlich gebärdet er sich nicht wie ein Dreijähriger, wenn er endlich kapiert, dass er es nie bekommen wird«, hatte sie erwidert. Denn egal, was der Unternehmer ihrem Mann bot, das Bild war das erste Kunstwerk, das dieser selbst erstanden hatte. Somit sein Glücksbringer und unverkäuflich.

»Er wird es niemals hergeben. Sein Herz hängt daran«, sagte Amanda jetzt und flüchtete hinter den Tresen.

»Das macht nichts«, erwiderte Eckenberg gönnerhaft, löste seinen Blick vom Bild und fixierte sie mit seinen unnatürlich blauen Augen erneut um eine Spur zu penetrant. Nicht zum ersten Mal fragte sie sich, ob er farbige Kontaktlinsen trug. Sein Blick glitt zu dem Schreibtisch, der noch vor dem Türbogen stand, durch den man in den rückwärtigen Bürobereich gelangte.

Axel Kowalski und Gerlinde Göhr, zwei ihrer Angestellten, saßen an dem Schreibtisch. Seit zwanzig Minuten bestückten sie die Homepage des Auktionshauses mit Neuzugängen, die morgens von einem auf Kunstwerke spezialisierten Transportunternehmen geliefert worden waren. Ein paar von den Objekten waren vorbestellt und somit bereits verkauft. Die restlichen waren Teil der bevorstehenden Versteigerung und mussten demzufolge auf die Homepage geladen werden. Darunter befand sich eine wirkliche Rarität, die ihnen viel Geld einbringen würde. Gerlinde streckte sich, bevor sie sich schnell durch ihre hüftlangen dunklen Haare fuhr. Eine Geste, die Eckenberg zu gefallen schien. Er lächelte anerkennend.

Unauffällig schaute Amanda auf die Uhr. Es war halb sechs. In dreißig Minuten schlossen sie den Laden, und Eckenberg machte noch immer keine Anstalten zu gehen. Sie warf Axel einen flehenden Blick zu. Der Achtunddreißigjährige mit, wie Amanda fand, ausgesprochen vornehmen Gesichtszügen war Peers rechte Hand. Er hatte Kunstgeschichte studiert und verstand ebenso viel von ihrem Geschäft wie ihr Mann. Axel begriff sofort, stemmte sich aus dem Stuhl und gesellte sich zu ihnen.

»Bei einem Bild, das wir heute erhalten haben, bin ich mir sicher, dass es zu Ihnen passt. Wenn Sie wollen, zeig ich es Ihnen«, sagte er zu Eckenberg.

Amanda lächelte gefällig. Sie wussten beide, dass er Axels Angebot ablehnen würde. Denn beraten ließ sich der Unternehmer ausschließlich vom Chef des Hauses. Aber der Vorschlag verschaffte Amanda eine Pause.

»Der König der technischen Welt verlangt nach dem König des Kunsthandels«, machte sich Peer regelmäßig darüber lustig. Doch der wahre Grund war, dass er und Eckenberg bei ihren Gesprächen über jene Leidenschaft fachsimpeln konnten, die sie verband. Die Symbolik in Gemälden. Das wusste auch Amanda. Peer brannte dafür, arbeitete seit einem Jahr sogar an einem Podcast, in dem er das Thema fesselnd erläutern wollte. Er plante, damit vorwiegend junge Menschen anzusprechen. »Wir müssen dafür sorgen, dass sich auch die nächste Generation für die Kunstwelt interessiert. Und das gelingt am ehesten über die Mystik und mit spannenden Hintergrundinfos«, war er überzeugt und führte als Beispiel gerne *Harry Potter* an. In Amandas Augen hinkte der Vergleich, aber sie ließ Peer seine Überzeugung.

Symbole! Damit konnte Amanda ebenso wenig anfangen wie generell mit Kunst. Sie war Buchhalterin, eine Frau der Ziffern, keine Kunstliebhaberin. Ob sie Erbsen oder einen Brueghel verkauften, war ihr egal. Hauptsache, die Erlöse verschafften ihr ein angenehmes Leben.

Wieder sah Eckenberg zum Türbogen und gleich darauf zu der freitragenden Holztreppe, die zum Auktionssaal hinaufführte. Ob er vermutete, dass Peer sich vor ihm versteckte und verleugnen ließ? Was lächerlich wäre. Denn Peer mochte Tilmann Eckenberg. Er fand ihn amüsant und schätzte ihn als interessanten Gesprächspartner.

»Warten Sie, ich werfe einen Blick in den Kalender. Dann kann ich Ihnen sagen, wann er sicher hier sein wird. Carola, unsere Sekretärin und die Hüterin all unserer Termine, hat heute frei. Wie immer an einem Freitag, den Dreizehnten. Sie fürchtet den Tag wie der Teufel das Weihwasser«, sagte sie lachend.

Warum tat sie das?, fragte sie sich im nächsten Moment. Ihr konnte doch egal sein, was Eckenberg über sie dachte. Aber irgendetwas an dem Mann brachte sie dazu, sich ihm wortreich zu erklären. Froh, ihm kurz zu entkommen, ging sie zum rückwärtigen Großraumbüro. Sie setzte sich vor Carolas Computer und rief den Online-Planer auf. Für heute war nur der Abendtermin eingetragen. Sie hörte, wie Axel erneut versuchte, mit Eckenberg Small Talk zu machen. Die Antworten des Unternehmers fielen vorhersehbar knapp aus.

Ihr Blick streifte das Deck Tarotkarten. Wie immer lag es griffbereit auf Carolas Tisch. Manchmal streckte die Sekretärin demjenigen, der gerade vorbeikam, den Stoß entgegen und forderte ihn auf, eine Karte zu ziehen. Sie alle machten mit, aus Spaß an der Sache. Carola hingegen nahm das Spiel ernst. Erst gestern vor Ladenschluss hatte Peer eine Karte gezogen. Den Tod. Die Sekretärin war erschrocken, hatte ihn zur Vorsicht ermahnt. Doch Peer hatte nur gelacht und gemeint, die Karte würde perfekt zum morgigen Freitag, den Dreizehnten, passen. Und jetzt war er nicht erreichbar. Eigentlich würde sie sich deshalb keine Gedanken machen, aber heute …

Im nächsten Moment schalt sie sich dafür, dass sie sich schon vom Anblick der Karten in Carolas verrückte Gedankenwelt ziehen ließ. Entschlossen stand sie auf und ging wieder nach vorne. Ohne dass sie es mitbekommen hatte, war Tilmann Eckenberg verschwunden.

»Er meinte, er würde Peer später sowieso noch treffen«, erklärte Axel.

»Aha«, sagte Amanda verwundert. Woher wusste der Kerl, was Peer an diesem Abend vorhatte?

4

Peer Schneider war ein Mann mit festen Regeln. An diese galt es, sich zu halten und sie bei Verstößen zu verteidigen. So wie jetzt. Ungehorsam bedrohte sein erfolgreiches Geschäftsmodell. Der Fehler, der begangen worden war, musste so schnell wie möglich korrigiert werden. Zum Glück hatte er noch keinen Schaden davongetragen. Aber es musste etwas geschehen, bevor ihm doch noch alles um die Ohren flog. Er hatte nicht so lange an dem Konzept gearbeitet, um es sich jetzt durch einen blöden Fauxpas – nicht mal von ihm selbst! – kaputtmachen zu lassen. Der Gedanke vermieste ihm den Genuss an den Kunstwerken, die sich im Schlossgarten Belvedere vor ihm aufreihten. Verflucht noch mal!

Die anderen zur Ausstellung gehörenden Werke hingen im Belvedere 21, dem Museum für zeitgenössische Kunst. Es lag in fußläufiger Entfernung. Die dort stattfindende Vernissage war noch nicht zu Ende gewesen, als er das Gebäude vor wenigen Minuten verlassen hatte.

Erstaunt stellte er fest, dass er allein in der barocken Parkanlage war. Das hatte er auch noch nie erlebt. Vermutlich hatte die Hitze, die wie eine dicke Decke über der Stadt lag, die Menschen längst in die schattigen Gastgärten und ans Ufer der Donau getrieben. Er sah auf seine Uhr. Oder es lag daran, dass die Tore des Parks in zehn Minuten geschlossen wurden. Rasch begann er, die Skulpturen abzuschreiten, die rund um den eindrucksvollen Spiegelungsteich beim Oberen Belvedere standen. Knallrote Bronzefiguren: Waffen, Pistolen, Panzerfäuste, Speere, Gewehre, Kanonen. Sie symbolisierten das Blut, das die Menschheit seit Jahrtausenden auf der gesamten Welt sinnlos vergoss. Lilo, eine argentinische Künstlerin, hatte sich mit dem Thema Krieg und Gewalt auseinandergesetzt. Ihr Tod vor drei Jahren hatte ihm in die Hände gespielt. Seitdem stieg der Wert ihrer Werke kontinuierlich. Schon demnächst würde er eines ihrer Gemälde zu einem horrenden Preis an einen Sammler verkaufen. Die roten Tötungsmaschinen standen im krassen Gegensatz zu den Ausstellungstücken im Oberen Belvedere. Etwa zu der weltgrößten Sammlung von Gustav-Klimt-Werken inklusive des berühmten Gemäldes *Der Kuss*.

Er atmete tief durch. Sodbrennen quälte ihn. Der Sekt, der zur Eröffnung gereicht worden war, hatte zu viel Säure gehabt und bekam ihm nicht. Und sein Ärger verstärkte das Brennen nur noch. Aber sein Problem ließ ihm keine Ruhe, es gelang ihm schlichtweg nicht, sich auf die Kunstwerke zu konzentrieren. Er wusste, dass nur hartes Durchgreifen die Sache regeln würde. Genauso, wie er wusste, dass Münzen in einem Gemälde häufig Geiz, Bestechung oder Korruption versinnbildlichten.

»Dreizehn funkelnde Gründe«, murmelte er. Schwachsinn. Es war ein Fehler gewesen. Basta. Nein, das konnte er ihm nicht durchgehen lassen.

Ein Lächeln huschte über sein Gesicht. Dreizehn, in Carolas Augen eine Unglückszahl. Und sie würde auch zu seiner Unglückszahl werden, wenn er nicht aufpasste. Aber dass er so dachte, würde er gegenüber seiner Sekretärin niemals zugeben.

Trotzdem würde es schwierig werden, die Sache zu regeln. Er sah wieder auf die Uhr. Zeit zu gehen. Er warf einen letzten Blick auf das knallrote Messer neben dem Teich.

Großartig, dachte er, als er sein Problem endlich für einen Augenblick verdrängen konnte. Lilo war es sogar gelungen, die Schärfe der Klinge sichtbar zu machen.

Dann lenkte ihn ein Geräusch ab. Schritte auf Asphalt. Sie kamen näher.

Er blickte sich um, sah aber niemanden. Plötzlich beunruhigte ihn die Menschenleere des Parks. Er wandte sich zum Gehen. In dem Moment hörte er seinen Namen.

5

»Danke für den schönen Abend.« Gabi drückte Sarah zwei Abschiedsküsse auf die Wangen.

Sarah kicherte. Die blonden Locken ihrer Freundin kitzelten sie an der Nase.

»Und eine super Idee von dir, Essen zu bestellen, David.« Chris' dunkle Augen blitzten zufrieden. »So hat keiner von uns kochen müssen.«

»Wann hast du denn zum letzten Mal für uns gekocht, Bruderherz?«, fragte Sarah mit einem Augenzwinkern. »Ist sicher schon ein Jahr her.« Die vier aßen oft zusammen. Miteinander Zeit zu verbringen war ihnen wichtig. Aber meistens kochte David oder Sarah.

Ihr jüngerer Bruder küsste sie anstelle einer Antwort auf die Stirn. Er und seine Freundin Gabi wohnten in dem Apartment im ersten Stock über ihnen. David hatte die Villa mit der Backsteinfassade im Cottageviertel im achtzehnten Bezirk vor zwei Jahren gekauft. Davor hatten Sarah und Chris zusammen in einer Wohnung am Yppenplatz im sechzehnten gewohnt. Nach dem Unfalltod ihrer Eltern war ihr Bruder zu Sarah gezogen, da er damals noch zur Schule ging. Seitdem verband sie beide ein unsichtbares Band, das dicker als ein Stahlseil war. Zu seiner Studienzeit hatte Chris mit seinem

Charme und dem südländischen Aussehen die Frauenwelt bezirzt und Eroberung um Eroberung mit nach Hause gebracht. Sarah war es schwergefallen, sich die Namen der Mädels zu merken, die bei ihm übernachtet hatten. Doch Sarahs Freundin Gabi, die zugleich Davids Sekretärin war, hatte Chris bezaubert. Der Casanova war in den letzten Jahren solide und erwachsen geworden.

»Sorry, dass wir euch schon verlassen müssen«, entschuldigte Chris sich. »Normalerweise …« Er machte eine bedauernde Geste. »Aber die Arbeit …«

Sarahs Bruder war Anästhesist im AKH, dem größten Krankenhaus Wiens, und hatte Wochenenddienst.

»Schon okay. Aber, Gabi, wenn dir ohne Chris fad ist, dann komm runter«, schlug David vor. Er hatte die Ärmel des hellblauen Hemdes, das er zu den Jeans trug, hochgekrempelt. Eine dunkle Strähne, durchzogen von feinen Silberfäden, fiel ihm über die Augen und ließ ihn überaus verführerisch aussehen, wenn es nach Sarah ging. »Ich werfe Sonntagnachmittag den Griller im Garten an«, fügte er hinzu.

»Yeah, Grillparty!«, rief Sarah.

Gabi lächelte. »Klingt super.«

Chris machte ein trauriges Gesicht. »Könntet ihr mir dann bitte etwas ins Spital liefern?«

»Oh, jetzt mach halt nicht deine Bambiaugen«, sagte Gabi und strich ihm wie eine Mutter einem kleinen Kind tröstend über die Wange. »Wir sitzen sicher noch im Garten, wenn du Dienstschluss hast.«

»Und wir heben dir eine Portion auf. Dann hast du

etwas, worauf du dich den ganzen Tag lang freuen kannst«, versprach Sarah.

Chris zupfte an ihrem Pferdeschwanz. »Ich verlass mich drauf, Schwesterherz.« Die beiden verabschiedeten sich mit Luftküssen und liefen die Stufen nach oben.

David schloss die Wohnungstür und folgte Sarah auf die Terrasse. Gemeinsam räumten sie die Teller und Chris' und Gabis Gläser vom Tisch in die Landküche, in die man vom Esszimmer aus durch einen breiten offenen Durchgang gelangte. Ihre schwarze Halbangora rollte sich derweil genüsslich auf einem Stuhl zusammen.

»Ist dir eigentlich aufgefallen, dass Marie noch nie im Haushalt geholfen hat?«, witzelte David und stellte das Geschirr in den Spüler.

»Definitiv ein Erziehungsfehler«, lachte Sarah.

David startete die Geschirrspülmaschine. »Lass uns noch ein bisschen draußen sitzen und ein Glas Wein trinken. Die angebrochene Flasche Cabernet Sauvignon vom Leberl steht noch am Tisch. Sie jetzt nicht auszutrinken wär ein Frevel. Außerdem haben wir morgen frei und können ausschlafen.« Er trat wieder durch die offene Terrassentür nach draußen.

Sarah schaltete den Player im Wohnzimmer ein und folgte ihm. Kubanische Klänge schwebten leise bis auf die Terrasse. Sie streifte ihre Flipflops ab. Der Terrakottaboden unter ihren Füßen war warm und erinnerte an Urlaub. Ebenso der Rosmarin, Salbei, Thymian, Lavendel, die Minze und das Basilikum in den Tontöpfen auf der Terrasse. Im jetzt dunklen Teil des Gartens wuchsen Rosen und unzählige weitere Kräuter. Gabi und sie pflegten und nutzten ihr kleines mediterranes Paradies voller Hingabe.

David schenkte den restlichen Wein in ihre Gläser, sie wechselten auf die Liegestühle und lehnten sich entspannt und zufrieden zurück. Ein gemeinsames freies Wochenende stand bevor. Sie planten, es sich gut gehen zu lassen und die Tür zum Homeoffice geschlossen zu halten. Sarah nippte am Wein, betrachtete den Sternenhimmel und genoss die dezente Musik.

Das Klingeln ihres Handys zerstörte die Idylle.

David runzelte die Stirn. »Wer ruft denn jetzt noch an? Es ist gleich halb elf. Haben Gabi und Chris etwas vergessen?«

»Die würden vor unserer Tür stehen, wenn's so wäre.« Sarah erhob sich. Ihr Smartphone lag auf dem Esstisch. »Es ist Stein!«, rief sie kurz darauf nach draußen.

»Das ist kein gutes Zeichen«, gab David zurück.

Alarmiert hob Sarah ab. »Hallo, Martin.«

»Ich hoffe, ich hab dich nicht geweckt?«

»Nein. David und ich sitzen auf der Terrasse und trinken noch ein Glaserl. Chris und Gabi waren hier, sind grad gegangen.«

»Bist im Öl?«

»Nein, ich bin nicht betrunken. Warum die Frage?«

»Dann lass ich dich jetzt gleich abholen.«

»Ich hab aber doch nichts verbrochen«, tat sie empört.

»Manuela Rossmann ist in fünfzehn Minuten bei dir und bringt dich zum Belvedere«, ignorierte Stein ihre spöttische Bemerkung. »Schöne Grüße an David. Und tut mir leid, dass ich euren gemütlichen Abend ruiniere.«

Er legte auf, ehe Sarah noch etwas erwidern konnte. Sie starrte das Handy in ihrer Hand verdattert an, dann ging sie wieder auf die Terrasse.

»Was wollte er?«

»Er lässt mich abholen. Zum Belvedere. Hab keinen Schimmer, weshalb.« Sarah zuckte die Schultern.

»Vielleicht gibt es da wieder mal ein kryptisches Zeichen, das er nicht versteht«, schlussfolgerte David.

»Vielleicht«, wiederholte sie mechanisch. Es war schon vorgekommen, dass Stein sie diesbezüglich um Rat gefragt hatte. Am Beginn ihrer Bekanntschaft, die mittlerweile zu einer Freundschaft geworden war, hatte er Sarahs Meinungen zu so manchem Mordfall belächelt. Ihre Thesen, die sie stets mit Symbolik begründete, hatten für ihn keinen Sinn ergeben. Er war ein Pragmatiker, orientierte sich ausschließlich an Fakten und Tatsachen. Doch inzwischen bat er Sarah manchmal sogar aktiv um ihre Meinung, etwa wenn ihm der Ort eines Verbrechens rätselhaft erschien oder er und seine Kollegen im Zusammenhang mit einem Fall unbestimmte Zeichen entdeckten. Sie war Expertin für Symbolik und Aberglauben. Und das Belvedere war voller Sinnbilder, griechischer Mythologie und mittelalterlicher Zahlenmystik. Sarah liebte es, diese bei Spaziergängen durch die Anlage jedes Mal aufs Neue zu analysieren.

»Aber wo Stein ist, gibt es leider meist auch Tote«, sagte sie, nichts Gutes ahnend, und verschwand im Haus.

Im Schlafzimmer zog sie die gemütliche Sommerhose mit Blumenmuster und die Tunika aus, die sie nach dem Büro gewählt hatte, und schlüpfte in Jeans und T-Shirt.

Fünf Minuten später öffnete sie die Gartentür zur Hasenauerstraße. Der Streifenwagen wartete schon. Das zuckende Blaulicht auf dem Autodach mahnte sie, sich zu beeilen. Sarah beugte sich nach unten, sah durchs Beifahrerfenster Manuela Rossmann im Auto sitzen und stieg ein.

»Tut mir leid, dass wir Sie zu so einer unchristlichen Zeit noch stören.« Die Polizistin hatte ihre langen blonden Haare im Nacken zu einem straffen Knoten gedreht.

»Muss ja ziemlich dringend sein, wenn Martin mich extra abholen lässt. Was ist denn passiert?« Sarah machte sich darauf gefasst, eine blutige Geschichte zu hören.

»Ich weiß auch nichts Genaues. Stein hat mich nur angefunkt, ich soll Sie abholen und so schnell wie möglich ins Belvedere bringen.« Damit legte Manuela Rossmann den Gang ein und fuhr los.

Der VW Touran bahnte sich in hohem Tempo den Weg durch die nächtlichen Straßen. Sarah blickte aus dem Fenster. Die Fassaden der Häuser glitten vorbei. Vereinzelt brannte hinter geöffneten Fenstern Licht. Je näher sie der Innenstadt kamen, umso mehr Menschen waren unterwegs. Jugendliche scharten sich auf Gehwegen, Plätzen oder rund um Straßenbahnhaltestellen, waren auf dem Weg irgendwohin. Viele Tische vor den hell erleuchteten Lokalen, an denen sie vorbeifuhren, waren noch besetzt. Die Menschen der Stadt waren auf dem Weg ins Sommerwochenende.

Als die Ampel am Schwarzenbergplatz auf Rot sprang, drosselte Manuela Rossmann die Geschwindigkeit nur gering, schaltete das Martinshorn in den Blaulichtmodus und fuhr weiter. Das flackernde Licht samt Alarmton ließ die anderen Autos auf der Stelle anhalten.

»Ich hab nur mitbekommen, dass es ein Mordopfer gibt«, verriet sie kurz vor dem Ziel dann doch noch.

»Hatte ich schon befürchtet«, stöhnte Sarah. Es war zu erwarten gewesen, dass sie gleich eine Leiche zu sehen bekam. »Ausgerechnet im Belvedere. Der Tourismusverband wird sich freuen«, versuchte sie einen Witz.

Die barocke Schlossanlage war ein Touristenmagnet. Der bedeutende Feldherr des Habsburger Reiches Prinz Eugen von Savoyen hatte den imposanten Bau im 18. Jahrhundert errichten lassen, erinnerte sie sich. Sein Verdienst waren die Siege über das osmanische Heer. Als junger Soldat bewährte er sich 1683 in der Schlacht am Kahlenberg in Wien unter der Führung des polnischen Königs Sobieski, später festigte er sein Ansehen mit dem Sieg in dem Gefecht bei Zenta, wo es ihm gelang, die Hauptmacht des osmanischen Heeres zu vernichten. In der Folge nahm er Sarajevo ein, was 1699 den Frieden von Karlowitz zur Folge hatte, mit dem Österreich seinen Status als Großmacht untermauerte. Prinz Eugen von Savoyen wurde Präsident des Hofkriegsrates in Wien und Generalleutnant, damals der höchste militärische Titel des Landes. Nach seinem Tod erwarb Kaiserin Maria Theresia die gesamte Anlage von Prinzessin Victoria, der Erbin und Nichte von Prinz Eugen. Unter der Kaiserin und deren Sohn Joseph II. war das Obere Belvedere zum Ausstellungsort der kaiserlichen Sammlung und somit zu einem der ersten öffentlichen Museen weltweit geworden.

»Ich soll Sie hier vor dem Eingang am Rennweg absetzen«, riss Manuela Rossmann Sarah aus ihren Gedanken und hielt den Wagen an. »Jemand wird Sie am Tor abholen. Ich muss gleich weiter.« Die Polizistin schaltete Blaulicht und Folgetonhorn aus.

Nachdem sie ausgestiegen und Manuela Rossmann wieder losgefahren war, wandte Sarah sich dem schmiedeeisernen Eingangsportal zu. Dahinter wartete schon Martin Stein. Trotz der tropischen Sommernacht trug er eine dunkle Lederjacke über dem T-Shirt. Er öffnete das Tor und schloss es wieder, nachdem sie eingetreten war.

»Ich würde ja sagen, ich freu mich, dich zu sehen«, begrüßte Sarah ihn. »Aber ich befürchte, wir beide gehen jetzt nicht auf ein Glaserl, oder?«

»Hast leider recht.« Sein Blick war grimmig, und seine Haltung erinnerte an die eines gereizten Bären.

Sarah beunruhigte sein Gebaren nicht. Der bullige Chefermittler mit den kurz geschorenen Haaren war ein Musterbeispiel des grantigen Wieners mit weichem Herz. Als er sich in Bewegung setzte, folgte sie ihm.

»Jedenfalls danke, dass du gleich gekommen bist«, sagte er, während sie den Durchgang passierten, der in den Schlosspark führte.

»Du hast mir ja keine Wahl gelassen, oder hab ich da was überhört?« Im nächsten Moment sah sich Sarah irritiert um. Sie hatte eine taghelle Anlage erwartet, erleuchtet von gleißenden Scheinwerfern der Polizei. Doch der Park schien menschenleer zu sein. Nur die Straßenbeleuchtung schickte ihr dürftiges Licht über die hohe Mauer, und die Außenstrahler, die die Fassade des Belvedere beleuchteten, sorgten für eine helle Lichtwolke nahe dem Gebäude.

»Was ist eigentlich los?«, drängte Sarah den Chefermittler, sie endlich einzuweihen. Seite an Seite eilten sie auf die monumentalen Treppen zu, über die man die dreiundzwanzig Meter Niveauunterschied im Garten überwand.

»Wir haben eine Leiche.«

»Darüber hat mich Frau Rossmann schon aufgeklärt.« Sie waren inzwischen am Fuß der Treppe angelangt. Sarah blieb stehen und blickte sich übertrieben um. »Nur wo? Ich sehe hier im Halbdunkeln nur meterhohe Hecken, die Schlossmauer und die Putti, die wie üblich auf den Treppenbalustraden wachen. Keine Polizisten.« Sie verkniff sich eine Bemerkung über die symbolische Bedeutung der kleinen Knaben aus Stein, die die zwölf Monate des Jahres verkörperten, und über die vier Vasen auf den Sockeln, die die Jahreszeiten darstellten. Dass die verschlungenen Kreise und Quadrate auf der Mittelrampe der Treppe die kosmische Harmonie versinnbildlichten, erwähnte sie ebenfalls nicht. Das auszuführen hätte Steins Nerven in einem solchen Moment überstrapaziert.

»Er lag im Teich«, knurrte der Ermittler.

Sarah wandte sich nach rechts und deutete zum Kaskadenbrunnen, dessen Figuren wie graue Geister aus dem Dämmerlicht auftauchten. Das Wasser schimmerte nebulös. Der Brunnen lag im Zentrum der Parkanlage und mündete über fünf Stufen in einen Wasserfall. Die Zahl Fünf stand symbolisch für die Mitte. »Hier ist aber niemand, oder hat am Ende jemand einer der Najaden den Kopf abgeschlagen?« Sarah lachte, aber sie klang nervös.

»Beim Oberen Belvedere«, erwiderte Stein ernst und stieg die Stufen nach oben.

Sarah folgte ihm, während sich ihre Augen langsam an die schummrigen Lichtverhältnisse gewöhnten.

»Hast du gewusst, dass die siebzig Stufen der beiden Treppen für die zehn jeweils siebenjährigen Lebensabschnitte des Menschen stehen?«, konnte sie sich jetzt eine Erörterung doch nicht verkneifen.

»Unser Toter hat seine Lebensabschnitte jedenfalls beendet, wie viele auch immer das waren. Und du pass auf, dass du nicht stolperst und dir womöglich noch den Hals brichst, bevor deine zehn Abschnitte um sind.«

Sarah schenkte ihm ein schiefes Lächeln. Allmählich bekam sie das Gefühl, in eine Parallelwelt geraten zu sein. Vor der Schlossmauer tobte das normale moderne Leben, während dahinter Skulpturen, die den Aufstieg aus der Unterwelt in den Olymp symbolisierten, auf die Historie verwiesen. Sie blieb stehen, betrachtete eine der Sphinxe. Die Mischwesen aus Löwe und Frau wirkten selbst im Zwielicht wie die unbestrittenen Herrscherinnen der Parkanlage.

Stein grinste schief, als er sich neben Sarah stellte. »Kennt ihr euch?«

»Sphinxe sind die Hüterinnen des geheimen Wissens. Wart, ich stell dir eine Frage: Welches Wesen hat am Morgen vier, am Mittag zwei und am Abend drei Beine? Aber bedenke deine Antwort«, warnte Sarah im Flüsterton, »denn wenn sie falsch ist, so wirst du von den Sphinxen verschlungen. Und wenn dir keine einfällt, auch.«

»Was ist das? Ein Rätsel aus *Harry Potter*?«

»Nein, ein Rätsel, das die Sphinx, die die Stadt Theben belagerte, Ödipus gestellt hat.«

Stein setzte sich wieder in Bewegung. »Mir reicht unser Rätsel im Teich.«

»Es ist der Mensch«, gab Sarah sich selbst die Antwort und lief ihm hinterher. »Als kleines Kind kriecht er auf allen vieren, als Erwachsener steht er auf zwei Beinen, und als Greis geht er am Stock.« Sie zuckte mit den Achseln. »Aber was hat es Ödipus genutzt, die Denkaufgabe zu lösen? Er hat trotzdem nichts ahnend seinen Vater getötet und seine Mutter geheiratet, wie es das Orakel geweissagt hat.«

»Hm«, brummte Stein gleichgültig. »In unserem Teich lag auch ein Mensch.«

»Jetzt hast sicher ein bisserl Angst.« Sarah lachte gekünstelt. »Ödipus hat sich übrigens die Augen ausgestochen, als er die Wahrheit erfuhr, und ist als blinder Bettler nach Athen gegangen.«

»Traurige Geschichte«, höhnte Stein und blieb ein paar Schritte vor der hohen Mauer stehen, hinter der der Obere Belvederegarten lag. »Ich hab auch gleich eine für dich. Eine traurige Geschichte.«

»Übrigens war der Sphinx im alten Ägypten männlich, ein Symbol des Sonnengottes. Erst auf griechischem Boden wurde daraus eine Frau mit Löwenleib, die auch eine neue Bedeutung bekam«, fuhr Sarah fort.

»Merkst eigentlich, dass du ununterbrochen quatschst?«, fragte Stein. »Oder rennt deine Pappalatur automatisch?«

»Ich bin total nervös. Reden lenkt mich ab.«

»Es gibt keinen Grund, nervös zu sein.«

»Hallo? Du hast mich mitten in der Nacht an einen Tatort geholt.« Sarah hob die Hände und drehte die Handflächen nach oben. »Das macht jeden nervös, der kein Krimineser ist.«

»Das schaffst schon«, sagte Stein lapidar, deutete auf das offen stehende schmiedeeiserne Tor, das zur Südseite des Oberen Belvedere führte, und reichte ihr Schuhüberzieher. »Zur Sicherheit. Bleib auf jeden Fall bei mir und beweg dich nur in dem Bereich, den die Kollegen von der Kriminaltechnik für uns abgesteckt haben. Andernfalls lynchen sie dich. Auch ohne dir vorher ein Rätsel aufgegeben zu haben.« Er trat durch das Tor.

Sarah nickte und folgte Stein. Von einem Moment auf den anderen wandelte sich das Bild. Halogenscheinwerfer beleuchteten den Großteil des Spiegelungsteiches, der tagsüber die Fassade des Barockschlosses reflektierte. Der Anblick wirkte, als würde eine künstliche

Sonne die Hälfte eines Planeten bestrahlen, denn der untere Teil des Bassins lag in gräulicher Dunkelheit. Die vielen Kriminaltechniker in weißen Overalls, die ringsum ihren jeweiligen Job erledigten, erschienen Sarah wie eine Armee kalkweißer Ameisen. Sie alle folgten einer Logik, fotografierten, vermaßen, prüften, sicherten, besprachen sich, warteten.

»Du kannst dir denken, wie viele Spuren wir hier sichern müssen. Ich mein, da trampeln tagtäglich Tausende von Menschen aus verflucht vielen Ländern durch den Park. Und uns Kieberern fällt jetzt die Aufgabe zu, die Spreu vom Weizen zu trennen, um etwas Brauchbares zu finden. Das wird Wochen dauern, wenn nicht Monate«, stöhnte er.

Sarah starrte auf die Kunstwerke, die rund um den Teich arrangiert waren. Der *Wiener Bote* hatte vor vier Tagen im Kulturteil der Ausstellung eine halbe Seite gewidmet. Die vor drei Jahren verstorbene argentinische Künstlerin Lilo hatte sich in ihrem letzten Schaffenszyklus mit dem Thema Krieg und Gewalt auseinandergesetzt. Ergebnis waren unter anderem überdimensional große Skulpturen gewesen. Unterschiedlichste knallrote Waffen, die das Raubtier Mensch zum Töten verwendete, wie Lilo sich in einem ihrer letzten Interviews ausgedrückt hatte. Die Farbe symbolisierte das Blut, das die Menschheit seit Jahrtausenden auf der gesamten Welt sinnlos vergoss. Sie sahen gruselig aus.

»Warum genau hast du mich holen lassen?«, fragte Sarah, ohne den Blick von den Skulpturen zu wenden.

»Wir wissen nicht, wer unser Toter ist. Kein Geldtascherl, ergo keine Papiere, Kreditkarten oder sonst irgendwas, wo sein Name draufsteht.« Stein führte sie auf dem von der Kriminaltechnik freigegebenen Weg näher zum Bassin.

»Raubmord?«, mutmaßte Sarah.

»Zumindest soll es danach aussehen. Wir sind uns aber sicher, dass dem nicht so ist.«

»Weil?«

»Einiges dagegenspricht.«

»Das ist keine wirkliche Antwort.«

»Ich weiß.« Stein winkte einem blütenweiß gewandeten Wesen, das in ihrer Nähe stand. »Bringen S' doch bitte die Visitenkarte!«, rief er ihm zu.

Sarah erkannte erst auf den zweiten Blick, dass das Wesen eine Kriminaltechnikerin war. Sie nickte und kam wenige Sekunden später mit einem kleinen Plastikbeutel zurück, den sie Stein überreichte.

»Er hatte deine Karte eingesteckt«, sagte der Chefermittler zu Sarah.

»Viele Menschen haben meine Visitenkarte. Die meisten leben noch.« Sie lächelte. »Hoffe ich jedenfalls.«

»Der hier definitiv nicht mehr.«

Sarah betrachtete irritiert die Karte, ohne den Beutel anzufassen. Sie war verschmutzt, und die Ränder wölbten sich. Entweder war sie lange in der Hosentasche des Toten gewesen, oder …

»Wie gesagt, unser Mann lag im Wasser«, schnitt Stein ihren Gedankengang ab.

»Lag?« Sarah registrierte erst jetzt, dass Stein die Vergangenheitsform nutzte.

»Wir haben ihn schon rausgeholt.«

Sie sah sich um und entdeckte den Metallsarg auf der anderen Seite der Absperrbänder. Zwei Männer von der Wiener Bestattung bewachten ihn, als hätten sie Angst, er könnte gestohlen werden.

»Ich will, dass du ihn dir ansiehst. Vielleicht kannst du mir verraten, wer er ist.« Stein führte sie auf die gegenüberliegende Seite des Teichs. Falls die anderen Beamten sich die Frage stellten, was Sarah am Tatort verloren hatte, ließen sie es sich nicht anmerken. Manche nickten ihr zur Begrüßung zu, andere ignorierten sie.

Als sie am Sarg standen, fixierte Stein sie einen Moment. »Bereit?«

Sarah atmete tief durch. »Bereit.«

Der Chefinspektor nickte den Bestattern zu.

Die beiden bückten sich, nahmen den Deckel ab und öffneten den Reißverschluss des Leichensacks.

Sarah wappnete sich, sah dem Toten direkt ins Gesicht. Und schnappte nach Luft.

6

»Du erkennst ihn«, stellte Stein wenig überrascht fest.

»Ja, das ist Peer Schneider«, sagte Sarah atemlos. Sofort dachte sie an ihr Treffen vor wenigen Stunden. Sie hatte ihm heute doch kein Glück gebracht.

Stein zückte einen Block und notierte sich den Namen. »Wie gut kennst du ihn?«

»Nicht gut … Früher ein bisschen besser.« Sie riss sich von dem Anblick des Toten los und sah Stein an. »Ich hab ihn erst heute Nachmittag wiedergetroffen.« Sie berichtete von ihrer Begegnung am Minoritenplatz nach so vielen Jahren, erwähnte sein Auktionshaus und die Leidenschaft für Symbolik in der Kunst, die sie schon in Studententagen geteilt hatten.

»Kannst du mir vielleicht ein Motiv oder einen brauchbaren Hinweis auf den Täter liefern? Hat er irgendwas angesprochen, das dir komisch vorkam oder dich jetzt angesichts seiner Ermordung alarmiert?«

Sarah spürte trotz der Hitze, wie sie ein Frösteln überlief. »Leider nein.«

»Schade.«

Ihr Blick wanderte zum Spiegelungsteich. Im Scheinwerferlicht meinte sie, eine rötliche Färbung des Teichwassers zu erkennen.

»Ist das Blut im Wasser oder Lebensmittelfarbe?« Die Frage war berechtigt, denn es war vorstellbar, dass man das Teichwasser passend zum Ausstellungsthema Krieg und Gewalt eingefärbt hatte.

»Es ist beides, sagen unsere Kriminaltechniker.« Stein deutete auf einen Mann im weißen Ganzkörperanzug, der vor dem Bassin kniete und etwas von der Teicheinfassung abkratzte. »Kam dir Peer Schneider aufgeregt vor? War er deiner Meinung nach angespannt oder hatte Angst?«

Sarah schüttelte den Kopf. »Ich fand, er war ziemlich gut gelaunt.«

»Hat er dir gesagt, dass er zum Belvedere geht und was er hier wollte?«

»Nein. Zum Abschied meinte er nur, dass er das Mosaikbild in der Minoritenkirche fotografieren will. Davor haben wir über alte Zeiten geredet. Er hat mir erzählt, dass er seit vier Jahren mit Amanda verheiratet ist.« Wieder blitzten Bilder von früher in ihrem Kopf auf. »Seine Frau kenne ich ebenfalls von damals. Am Ende haben Peer und ich Visitenkarten ausgetauscht.«

Stein notierte alles fein säuberlich in einem Notizbuch.

»Peer verkaufte Kunst an reiche Leute, so hat er sich vorhin selbst ausgedrückt. Gut möglich, dass er sich für die Skulpturen am Teich interessierte.«

»Das könnte bedeuten, dass sein Mörder entweder wusste, dass er herkommen wollte, oder ihn beobachtet beziehungsweise verfolgt hat«, sinnierte Stein. »Ist dir am Minoritenplatz jemand aufgefallen?«

»Nein. Glaube ich jedenfalls.«

»Was jetzt?«

»Herrgott, ich hab doch nicht darauf geachtet, ob uns jemand beobachtet. Wir sind uns zufällig über den Weg gelaufen und haben uns unterhalten.«

»Ihr habt also über alte Zeiten geplaudert?«

»Behandle mich nicht wie eine Verdächtige.« Langsam wurde sie ärgerlich.

»Tu ich nicht«, verteidigte sich Stein halbherzig.

»Hast du Amanda schon Bescheid gegeben?« Sarahs Magen verkrampfte sich bei dem Gedanken, dass sie mitten in der Nacht aus dem Bett geholt werden würde, um zu erfahren, dass ihr Mann ermordet worden war.

Er sah sie verwundert an. »Wie hätte ich denn? Vor zehn Minuten wusste ich doch noch nicht mal, wie unser Opfer heißt.«

»Eh klar.« Sarah tippte sich an die Stirn.

»Ich will, dass du dir noch anschaust, wie wir ihn vorgefunden haben.«

»Was meinst du?«

»Die Position.«

»Hä?«

»Meine Hoffnung ist, dass du was siehst, was normale Menschen nicht sehen.«

»Normale Menschen«, wiederholte Sarah gespielt entrüstet.

»Genau. Menschen wie ich, die nach Hinweisen und Beweisen suchen. Ohne Feenstaub und Hexenzauber.« Der Chefermittler zwinkerte ihr zu, winkte den Polizeifotografen zu sich und bat ihn, ihm ein bestimmtes

Tatortfoto zu zeigen. »Kein Porträt, keine Details, keine Großaufnahme. Ich will das gesamte Bild.«

Sarah war gespannt. Weshalb wollte Stein, dass sie das Gesamtbild sah?

Der Mann im Schutzanzug klickte sich durch die Aufnahmen und reichte dem Chefermittler wenige Augenblicke später die Kamera.

Sarah beugte sich zu Stein hinüber, um besser sehen zu können. Das Bild, das sich ihr präsentierte, passte auf groteske Weise zum Thema der Ausstellung. Der Polizeifotograf musste auf einer Leiter gestanden haben, denn es zeigte den Toten aus der Vogelperspektive. Sarah schauderte. Peer sah aus wie ein Delinquent, der ertränkt worden war und dessen Leiche nun noch gevierteilt werden sollte. Der Oberkörper und der Kopf lagen unter Wasser. Die offenen Augen blickten starr nach oben, die Arme waren ausgebreitet, und die Beine hingen über den Rand des Beckens. Peer trug denselben Anzug wie bei ihrer zufälligen Begegnung. Das Hemd schien blutdurchtränkt. In seiner Brust steckte ein Messer. Sarah kniff die Augen zusammen. Oder war das ein Dolch? Sie konnte es nicht erkennen, denn nur der Schaft ragte aus dem Körper. Der Täter musste die Klinge bis zum Heft in ihn hineingetrieben haben.

»Er hat ihm den Dolch direkt ins Herz gestoßen. Mit voller Wucht. Da wäre auch mit rascher Hilfe nichts mehr zu machen gewesen«, erläuterte Stein, als hätte er ihre Gedanken gelesen. »Er war mit Sicherheit sofort tot.«

»Der Täter muss direkt vor ihm gestanden haben,

um den Stich so präzise zu setzen«, grübelte Sarah. »Das würde bedeuten, dass Peer die Person kannte.« Ihre Hände zitterten leicht. Sie hatte die makabre Szene analysiert, und das Ergebnis war beklemmend. »Alles sieht nach einer Hinrichtung aus.«

Stein nickte. Offenbar hatte sie ihm soeben seine Vermutung bestätigt. »Genau so wirkt es auch auf mich.«

Er hatte schon öfter angemerkt, dass sie einen guten Spürsinn besaß und eine brauchbare Kriminalpolizistin abgeben würde. Abgesehen davon, dass er sich gerne darüber lustig machte, dass sie Mordfälle nach sinnbildlichen Hinweisen abklopfte, nahm er ihre Meinung ernst.

»Oder es war eine Sphinx, weil er die Lösung ihres Rätsels nicht kannte«, merkte Stein ironisch an. »In dem Fall hätten wir ein noch größeres Problem als eh schon.« Er fuhr sich mit der Hand über seine kurz geschorenen Haare und wurde wieder ernst. »Aber warum der Stich mitten ins Herz? Warum nicht in den Rücken oder den Bauch?«

»Hm«, machte Sarah nachdenklich. »Heute gilt das Herz als Sinnbild der Liebe, aber ebenso ist es die Stelle, an der die Lebenskraft sitzt. Der Ort von Gut und Böse.«

»Was bedeutet das in normalen Worten?«

»Er hat seinen Mörder zutiefst verletzt, enttäuscht oder ...«

»Beschissen. Deshalb diese eigens für ihn ausgewählte Todesart?«, unterbrach Stein sie skeptisch.

»So wie du das sagst, klingt es, als wäre Peer ein Mitglied der Mafia gewesen.«

»Wäre doch möglich. Du hast vorhin selbst gesagt, dass du ihn aus den Augen verloren hattest. Und eine Hinrichtung passt zur Mafia.«

»Eh«, pflichtete Sarah ihm bei. »Sag mal, hat den Mord eigentlich niemand mitbekommen? Der Täter muss doch ins Wasser gestiegen sein, um ihn so hinzulegen. Ergo hatte er zumindest nasse Hosenbeine. Und seine Kleidung muss doch Blutspritzer abbekommen haben. Gibt's keine Zeugen, die einen Streit beobachtet oder zumindest Peer im Park gesehen haben?« Sarah konnte sich das bei all dem Trubel, der hier normalerweise herrschte, nur schwer vorstellen.

»Bis jetzt hat sich niemand bei uns gemeldet, aber so viel Zeit ist auch noch nicht vergangen. Wir vermuten deshalb, dass der Mord um kurz vor acht Uhr passiert ist, vor etwa drei Stunden. Die Anlage wird um acht geschlossen. Der Täter musste ja noch raus, und keines der Torschlösser wurde aufgebrochen. Den genauen Todeszeitpunkt kennen wir hoffentlich nach der Obduktion.«

Instinktiv schweifte Sarahs Blick zu dem Haupttor mit den Löwen, die das Wappen von Prinz Eugen von Savoyen trugen. Zur Stunde lag es im Dunkeln. Für einen sportlichen Menschen war es ein Leichtes darüberzuklettern. Und der Weg dahinter endete an einem gewöhnlichen schmiedeeisernen Gartentor, das auch Ungeübte überwinden konnten und auf den Landstraßer Gürtel führte. Aber welchen Sinn hätte es für Peer gemacht, sich nach der Öffnungszeit im Park aufzuhalten?

»Etwaige Museumsbesucher, die sich im Unteren und Oberen Belvedere aufhielten, waren um acht längst weg. Die Museen schließen um sechs. Jogger und Spaziergänger haben bis jetzt auch nicht Alarm geschlagen«, fuhr Stein indessen fort.

Sarah wendete sich wieder zum Spiegelungsteich um, und prompt fiel ihr ein Aberglaube ein, der besagte, dass Wasser Dämonen abwehrte. Zum Beispiel hatte man seinerzeit Toten, die aus dem Haus getragen wurden, Wasser hinterhergegossen, um ihre Wiederkehr zu vereiteln. Aber auch ohne den einstigen Volksglauben zu bemühen, war klar, dass Peer Schneider mit Sicherheit nicht wiederkommen würde. Ebenso war es absurd zu denken, der Mörder hätte sein Opfer aus diesem Grund in den Teich gestoßen. Sie lebten schließlich nicht mehr im Mittelalter. »Wer hat ihn dann entdeckt?«

»Ein Mitarbeiter der Bundesgärten. Er hat zwanzig Minuten nach acht überprüft, ob alle Tore versperrt waren und eh kein Besucher im Park eingeschlossen wurde. Bei seinem Rundgang hat er ihn entdeckt.« Stein gab dem Polizeifotografen die Kamera zurück. »Ich hab mit dem Mann gesprochen, er hat keine anderen Personen in der Parkanlage bemerkt, bevor er den Fund gemacht hat. Wir haben ihn nach seiner Aussage erst mal nach Hause gebracht. Vielleicht fällt ihm später noch etwas ein. Im Moment steht er ziemlich unter Schock. Seither versuchen wir, die Museumsdirektorin zu erreichen, hatten aber bis jetzt kein Glück. Weder geht sie ans Handy, noch hat die losgeschickte Streife sie daheim angetroffen.« Stein setzte sich wieder in Bewegung und bedeutete Sarah, ihm zu folgen. »Damit kommen wir zur Mordwaffe, die du dir unbedingt ansehen solltest.«

Er führte sie gezielt zur Prunkstiege, die zu Prinz Eugen von Savoyens Zeiten der Haupteingang zum Schloss gewesen war. Heute betrat man das Obere Belvedere von der Nordseite, von wo aus man eine eindrucksvolle Sicht über die Parkanlage und die Wiener Innenstadt hatte, den sogenannten Canaletto-Blick. Der venezianische Maler Bernardo Bellotto, Canaletto genannt, hatte die imposante Perspektive schon Mitte des 18. Jahrhunderts auf einem seiner Ölgemälde festgehalten. Natürlich hatte sich das Stadtbild seither verändert, aber die faszinierende Aussicht war geblieben.

Am Fuß der Treppenanlage waren behelfsmäßig zwei Tische aufgebaut worden. Stein blieb vor einem stehen und tippte mit dem Finger auf den durchsichtigen Plastikbeutel mit einem Dolch. Die Klinge war blutig, der Griff sauber, vermutlich vom Wasser gereinigt. Daneben lag ein zweiter Beutel mit der Scheide. Sie war golden. Ob aus echtem Gold oder nur vergoldet, konnte Sarah nicht sagen.

»Der Mörder hat die Dolchscheide zurückgelassen?« Sie war überrascht.

Stein nickte. »Hat sie fein säuberlich auf dem Boden neben dem Beckenrand abgelegt.«

»Euer Täter scheint ein Kunstliebhaber zu sein. Er hat es nicht übers Herz gebracht, den Dolch von seinem Schutz zu trennen«, merkte Sarah an und beugte sich nach vorne, um sich eingehend der Stichwaffe zu widmen. Die Klinge war kunstfertig verziert und an der Spitze mit Gold touchiert. Im Griff waren rote Steine eingearbeitet. Die Parierstange lief an den Enden mit Drachenköpfen aus.

»Bringt dich der Drache auf eine Idee, weil du seine Köpfe so anstarrst?«, hörte sie Steins Stimme neben sich.

Sie richtete sich wieder auf. »Der Drache hat mehrere Bedeutungen«, erläuterte sie. »In der Antike war er ein Herrschaftssymbol. In der christlichen Ikonografie verkörpert er oft den Teufel, in China steht er hingegen für Glück, Güte und Intelligenz.«

»Glück und Güte können wir in unserem Fall ausschließen«, knurrte Stein.

»Ich bin keine Expertin für Kunst, aber meines Wissens waren derartige Prunkdolche begehrte Beutestücke in der Zeit der Osmanenkriege.« Was Sarah gedanklich zu den Türkenkriegen und zur Minoritenkirche zurückbrachte, wo sie Peer Schneider getroffen hatte. Aber die Waffe passte ebenso zu den ausgestellten Werken von Lilo. Vieles deutete darauf hin, dass das Gesamtbild etwas aussagen sollte. Nachdenklich betrachtete sie noch einmal den Dolch, in dessen Heft die blutroten Steine glänzten.

7

»Sind das Rubine?«, fragte Sarah. »Sind die echt?«

»Das müssen wir noch überprüfen. Auch ob der Dolch tatsächlich antik ist oder ein Replikat«, erwiderte Stein.

»Der König der Edelsteine«, murmelte Sarah.

»Was?«

»Das bedeutet das Wort Rubin. Es handelt sich um eine Übersetzung aus der altindischen Sprache. Der Stein zählt zusammen mit dem Diamanten zu den wertvollsten Edelsteinen. Um ihn ranken sich viele Mythen.«

»Und so unsere Steine hier echt sind, sind sie einiges wert. Was mich zu der Frage bringt: Warum verflucht noch mal hat der Täter den Dolch zurückgelassen? Die Rubine rauszuholen und das Ding dann einzuschmelzen und alles separat zu verkaufen würde sicher genug Kohle für einen längeren Urlaub in der Karibik bringen. Außerdem würde es uns die Arbeit erschweren.«

»Hmmm«, brummte Sarah und zählte indessen die Rubine. »Es sind dreizehn.«

»Das heißt?«

»Es gibt Menschen, die eine wahre Phobie vor der Zahl entwickeln. Fällt der dreizehnte Tag des Monats wie heute mit einem Freitag zusammen, ist das für diese Leute der Supergau. Es gibt sogar einen Namen für diese Angst: Triskaidekaphobie.«

»Bitte sag jetzt nicht, dass unser Täter Angst vor Freitag, dem Dreizehnten, hat und deshalb den wertvollen Dolch mit den dreizehn Steinen stecken gelassen hat.«

Sarah zuckte mit den Achseln. »Weiß man's? Ich kenne den Mörder nicht.« Abrupt schob sich ein Gesprächsfragment in ihren Gedanken in den Vordergrund. »Peer Schneiders Sekretärin leidet unter der Phobie. Das hat er heute erwähnt.«

Stein zückte wieder sein Notizbuch und kritzelte Sarahs Informationen hinein. »Peer Schneider hat also ein Auktionshaus in der Stallburggasse geführt. Eh klar, dass unser Mörder einen Prunkdolch und kein gewöhnliches Küchenmesser verwendet hat«, brummte er grimmig. »Vermutlich kann man in seinem Laden so was kaufen. Vielleicht stammt das Ding ja sogar von dort.«

»Diese Frage wird dir Amanda sicher beantworten können. Aber warum hätte der Täter ihn dann damit ermorden sollen?«

»Vielleicht hatte er ihn vorher wirklich dort gekauft und war mit dem Teil unzufrieden. Dann wäre das hier eine Art radikale Reklamation«, scherzte Stein.

Sarah lächelte milde. Zynismus half, das Böse besser zu ertragen. Peer Schneider war tot. Das wollte nicht in ihren Kopf. Erst vor wenigen Stunden hatte sie sich noch gefreut, ihn nach so langer Zeit zufällig wiedergesehen zu haben, und sich fest vorgenommen, zeitnah in seinem Auktionshaus vorbeizuschauen. »Was hat er getan, dass er sterben musste?«

»Das müssen wir rausfinden. Einer wie er umgibt sich doch bestimmt mit reichen Leuten. Und nicht jeder von denen verdient seine Millionen auf legale Weise. Vielleicht hat er jemanden verletzt, wie du es vorhin so schön formuliert hast. Oder einem Konkurrenten die Butter vom Brot genommen.«

»Aber warum mit einer derart auffälligen Waffe? Die hat man doch nicht mal eben so dabei wie gewisse Menschen ein Taschenmesser«, sinnierte Sarah.

Stein schien ebenfalls darüber nachzudenken. »Meinst du, dass die Waffe selbst die Botschaft ist? An wen auch immer.«

»Möglich. Aber um deine Frage von vorhin noch mal aufzugreifen, wenn ich so einen Dolch besitze und damit jemanden ermorde, würde ich ihn auf jeden Fall wieder mitnehmen und nicht im Opfer stecken lassen.«

»Logisch«, bestätigte Stein. »Außer ich werd daran gehindert, weil plötzlich jemand auftaucht und mich stört.«

»Was aber nicht der Fall gewesen ist. Sonst gäbe es einen Zeugen.«

Stein runzelte die Stirn. »Sicher ist, dass wir den Fall heute Nacht nicht mehr lösen werden.«

Sarah holte ihr Handy aus der Umhängetasche hervor. »Darf ich den Dolch fotografieren?«

Stein nickte. »Aber vertraulich. Keine Veröffentlichung vorerst.«

Sarah versprach es und machte mehrere Fotos.

»Ich hab noch eine Frage«, sagte Stein währenddessen. »Welche Bedeutung hat der Dolch in deiner Hokuspokuswelt? Also als Objekt als solches, nicht seine einzelnen Teile.«

»Es ist schwer, die symbolische Bedeutung eines Messers oder Dolches mit einem Satz zu erklären«, gab Sarah sich zögerlich. »Du musst wissen, jedes Symbol hat mehrere Bedeutungen, je nach Lebensumfeld und Kultur. Wie ich es vorhin beim Drachen schon erklärt habe.«

»Probier's«, forderte er sie ungeduldig auf.

»Außerdem gibt es unterschiedliche Dolche mit unterschiedlichen Aufgaben«, führte Sarah weiter aus. »Etwa das Athame, das ist ein Dolch mit schwarzem Griff. Es wird auch als Zeremonienmesser der Hexen bezeichnet. Oder den Phurba, ein magischer Ritualdolch im tibetischen Buddhismus. Dessen dreifache Klinge symbolisiert die spirituellen Werkzeuge, die die Wurzeln von Ignoranz, Begehren und Hass durchtrennen, die die Menschen vergiften.«

»Der hier hat aber einen Griff voller Rubine und stammt sicher nicht aus der Hexenwelt oder dem Buddhismus.«

»Eh«, bestätigte Sarah. »Ich wollte dir nur verdeutlichen, dass es unterschiedliche Implikationen gibt.«

»Du weißt, mein Geduldsfaden ist sehr dünn.« Er seufzte kurz. »Komm also endlich auf den Punkt!«

»Einem alten Aberglauben nach soll man niemals ein Messer verschenken, denn das zerschneidet die Freundschaft. In die Kategorie Messer fallen auch Dolch und Säbel. Auf einen Satz heruntergebrochen steht der Dolch in seiner ursprünglichen Bedeutung für den Tod.«

»Den Tod«, wiederholte Stein. »Das Beweisstück Nummer eins für diese These liegt bekanntlich in dem Metallsarg neben dem Teich. Aber in dem Fall müsste der Täter diesen Hintergrund kennen, sollte er eine Botschaft vermitteln wollen. Und auch die Leute, an die diese Botschaft gerichtet ist, müssten dann um die Bedeutung wissen.«

»Peer Schneider hatte eine enorme Kenntnis, was die Symbolik in Vanitas-Stillleben betrifft«, rief Sarah Stein ins Gedächtnis.

»Aber Peer Schneider ist das Opfer. Er wird sich wohl kaum selbst umgebracht haben, um damit seinen Feinden eine Nachricht zu schicken. Denn die zentrale und womöglich einzige Botschaft wäre doch: Ich bin tot«, spottete Stein.

Sarah musste unwillkürlich schmunzeln, obwohl die Situation alles andere als witzig war. »Es gibt viele Menschen, die die Bedeutung von Sinnbildern kennen und deuten können. Vorausgesetzt, die Inszenierung soll wirklich eine Botschaft haben. Im Moment ist doch alles reine Hypothese.«

»Stimmt. Möglicherweise war das hier auch ein Streit unter Rivalen, der aus dem Ruder gelaufen ist. Also schaun ma mal, ob und wem der Gute zu Lebzeiten auf die Füße getreten ist.«

Die Polizistin, die den Plastikbeutel mit Sarahs Visitenkarte darin gebracht hatte, eilte auf sie zu. »Wir haben die Museumsdirektorin endlich erreicht, sie ist in einer Viertelstunde hier.«

»Gut«, sagte Stein. »Dann soll jemand jetzt bitte Frau

Pauli heimbringen.« Er wandte sich an Sarah. »Danke für deine Hilfe.«

»Bitte schön.«

»Weißt eh: Wenn dir noch etwas einfällt, lass es mich wissen. Servus, Sarah.« Damit entließ er sie endgültig.

»Baba, Martin«, verabschiedete sie sich.

Ein junger Streifenbeamter tauchte auf und stellte sich als ihr Fahrer vor. Sie folgte ihm zum verbreiterten Gehweg beim Landstraßer Gürtel, wo sein Polizeiauto parkte.

Während der Fahrt schaute er oft in den Rückspiegel. Zu oft, nach Sarahs Geschmack.

»Werden wir verfolgt?«, fragte sie schließlich.

Der Beamte sah erneut in den Spiegel. »Ich will nur die Straße hinter uns im Blick behalten. Nichts weiter.«

In Sarahs Ohren klang die Antwort ausweichend. Sie wandte sich um, sah eine Handvoll Autos und drehte sich wieder nach vorne. Aber wer sollte einem Streifenwagen folgen und aus welchem Grund?

Sie versuchte, sich zu entspannen, und atmete erleichtert auf, als sie in die Hasenauerstraße einbogen. Nachdem sie sich fürs Heimbringen bedankt hatte, schloss sie die Autotür und warf einen nervösen Blick die Straße entlang. Keine Menschenseele war zu sehen. Beruhigt eilte sie ins Haus.

Die samtige Bluesstimme von Hans Theessink empfing sie an der Wohnungstür. Im Flur brannte Licht. Wie es aussah, hatte David auf sie gewartet, obwohl es inzwischen ein Uhr morgens war. Sarah war froh darüber. Sie war wie vor den Kopf gestoßen und völlig überdreht. Ihre Gefühle und Gedanken fuhren Achterbahn. An Schlaf war nicht zu denken. Sie musste mit David reden, ihm alles erzählen. Er war ihr Ruhepol, ihr Fels in der Brandung, ihre Stütze.

Die Lampen in der Küche und dem Esszimmer waren aus, die Terrassentür stand offen. Warme Luft strömte ins Haus, da die Temperaturen selbst um diese Zeit kaum unter zweiundzwanzig Grad sanken. Eine weitere Tropennacht ohne Aussicht auf Abkühlung.

David lag in einem Liegestuhl. Daneben, auf dem Loungetisch mit rauchgrauem Sicherheitsglas, ein halb volles Wasserglas und ein zusammengeklapptes Buch. Offenbar hatte er gelesen, bis er sie kommen gehört hatte. Marie thronte mit geschlossenen Augen auf seinem Bauch. Beide schienen die Nacht trotz der unnatürlichen Wärme zu genießen.

»Da bist du ja. Ich hatte schon befürchtet, Martin behält dich als Geisel da«, sagte er lächelnd. »Hol dir auch etwas zu trinken. Ich bin sicher, du hast mir viel zu erzählen.«

»Ich mach uns zwei Sommerspritzer«, schlug Sarah vor, griff nach dem Wasserglas am Tisch, trank es aus und ging damit zurück in die Küche. Dort räumte sie es in den Spüler und entnahm dem Kühlschrank eine Flasche Grünen Veltliner und Mineralwasser. Sie holte zwei Spritzergläser aus einem Küchenkasten, goss wenig Weißwein ein und füllte dann mit dem kalten Wasser auf. Zusätzlich gab sie Eiswürfel und je eine Zitronenscheibe in die Gläser, bevor sie die Wasser- und die Weinflasche zurück in den Kühlschrank stellte. Mit den beiden Gespritzten kehrte sie auf die Terrasse zurück, stellte die Gläser auf dem Tisch ab und setzte sich. Sie war viel zu aufgeregt, als dass sie sich gemütlich in den zweiten Liegestuhl hätte legen können. Marie sprang von Davids Bauch, streckte sich, ließ sich einen Atemzug lang von Sarah kraulen und verzog sich dann in den Katzenkorb im Esszimmer.

»Zu viel Trubel für die Süße um die Uhrzeit«, lachte Sarah und hob ihr Glas. »Auf das Leben.«

David kam zu ihr an den Tisch, setzte sich und stieß mit ihr an. »Und jetzt schieß los«, sagte er, nachdem sie beide einen Schluck getrunken hatten.

Sarah zeigte ihm das Foto mit dem Dolch und schilderte in einem schier nicht enden wollenden Monolog die vergangenen eineinhalb Stunden im Detail. Zwischendurch schmückte sie ihre Erzählung mit Geschichten aus Unizeiten aus, die zum Großteil mit Amanda und Peer zu tun hatten. Die zufällige Begegnung mit ihrem alten Bekannten und sein plötzlicher Tod hatten unzählige vergessen geglaubte Erinnerungen zum Leben erweckt.

»Manchmal sind die Objekte in den Vanitas-Gemälden nicht geordnet, sondern wirken wie scheinbar achtlos hingeworfen. Das untermauert die Aussage, dass irdische Güter und weltliche Freuden vergänglich sind. Denn am Ende wartet auf uns alle der Tod. So oder so ähnlich hat Peer es damals formuliert. Du musst nur die Zeichen lesen können, um die Botschaft zu verstehen«, zitierte Sarah ihren toten Bekannten.

»Die Endlichkeit des Lebens«, fasste David ihre Abhandlung zusammen. »Die Gier nach weltlichen Dingen und Freuden überdenken, das wollten die damaligen Kunstschaffenden bei den Betrachtern erreichen, wenn ich mich recht erinnere. Auch in unserer heutigen respektlosen Wegwerfgesellschaft wäre es angebracht, sich mal darüber Gedanken zu machen.«

»Hast recht«, pflichtete ihm Sarah bei. »Runtergebrochen auf unsere Zeit wären die irdischen Dinge Handys, Computer oder von uns verursachte Müllberge, die wir der Vergänglichkeit gegenüberstellen.«

»Und Lebensmittel, Kleidung oder wertvolle Ressourcen, die unsere Gesellschaft achtlos vergeudet, wie Wasser«, sagte David und nahm einen Schluck vom Spritzer.

»Das Streben nach Reichtum.« Sarah seufzte. »Diese zutiefst menschliche Eigenschaft kann vieles erklären, bringt uns nur leider im Mordfall Peer fürs Erste nicht weiter.«

David sah sie für einen kurzen Moment nachdenklich an. »Zeig mir den Dolch noch mal.«

Sarah öffnete erneut das Foto und reichte ihm das Handy. Diesmal betrachtete er das Bild genauer. Währenddessen nippte Sarah am Glas und fixierte ihn dabei gespannt.

»Das ist eindeutig ein Zierdolch.« Er gab ihr das Mobiltelefon zurück. »Hat man derartig prunkvolle Stücke wirklich jemals als Waffe benutzt?«

»Wozu sonst?«, hakte Sarah nach.

»Keine Ahnung. Um das Ansehen zu steigern, als Machtsymbol? Aus reinem Prestige?« Er hielt inne.

»Mir ist gerade ein Gedanke gekommen.« David verstummte erneut, blickte Sarah an und sah doch durch sie hindurch.

»Red weiter«, forderte sie ihn auf.

»Mit diesem Prunkdolch als Tatwaffe stilisiert der Mörder seine Tat zur Kunst. Außerdem hat er die Hülle liegen lassen, was zeigt, dass der Täter Kunstgegenstände schätzt. Denn Dolch und Dolchscheide gehören zusammen, bilden eine Einheit.«

Sarah schürzte anerkennend die Lippen. »Das ist ein guter Gedanke.«

David beugte sich nach vorn und griff nach ihren Händen. »Wir haben jetzt die ganze Zeit über den Mord und den Dolch gesprochen. Und du hast mit keinem einzigen Wort erwähnt, wie es dir geht.«

Sarah zögerte einen Moment, weil sie darüber nachdenken musste. Im Schlosspark hatte sie nur funktioniert.

David hielt sie mit seinem Blick fest.

»Mit dir darüber zu reden hilft mir«, sagte sie schließlich. Ein Film aus Bildern ging ihr durch den Kopf. Der Teich. Das Schloss. Der Dolch und Peers lebloses Gesicht. Tiefe Trauer überfiel sie. Ein Gefühl, das sie bei der Analyse mit Stein verdrängt hatte. Auf einmal kamen auch die Tränen.

Als David ihre Hände losließ, sich erhob und sie sanft vom Stuhl in seine Arme zog, schlang Sarah ihre Arme um seine Taille, drückte sich fest an ihn und weinte.

Samstag, 14. August

8

David quälte sich schon um halb acht wieder aus dem Bett, dabei waren sie erst um drei Uhr schlafen gegangen. Zur Ruhe gekommen war Sarah nicht. Fortwährend hatte sie sich von einer Seite auf die andere gedreht. Und das, obwohl sie vor dem Zubettgehen das Gesprächsthema gewechselt hatten, damit Sarah sich beruhigte und die Bilder des Toten aus ihrem Kopf bekam.

»Ich bin todmüde und muss mich erst mal im Park wach laufen«, erklärte David und zog sich seine Sportsachen an. »Auf dem Rückweg bring ich frische Semmeln vom Bäcker mit.«

»Bist ein Schatz«, murmelte Sarah energielos und zog sich die Decke über den Kopf.

»Ich kann dich doch allein lassen?«, fragte er besorgt.

Sie lugte unter der Bettdecke hervor. »Ja, es geht mir gut. Geh ruhig laufen.«

»Magst nicht mitkommen? Tut dir sicher gut«, schlug er vor.

»Gott bewahre. Laufen ist echt nicht mein Sport.«

Als sie das Zuschlagen der Wohnungstür hörte, blieb sie noch ein paar Minuten liegen. Aber Marie maunzte laut im Flur. Vermutlich hatte sie Hunger.

»Nützt eh nix«, grummelte Sarah leise, wälzte sich schwerfällig aus dem Bett und trottete verschlafen im Nachtshirt in die Küche. Sie rieb sich die Augen und brühte eine Tasse Tee auf, während Marie schnurrend ihre Beine umkreiste.

»Na, wenigstens ist eine hier hellwach und gut gelaunt.« Sie füllte den Fressnapf mit Barsch in Gelee aus der Katzenfutterdose und tauschte in der zweiten Schüssel das Wasser aus. Dann griff sie nach der Teetasse und schaute Marie für einen Moment beim Fressen zu. Ganz langsam kehrten auch Sarahs Lebensgeister zurück. Sie riss sich von dem Anblick der fressenden Halbangora los, stellte die Tasse ab und verzog sich ins Badezimmer, wo sie ausgiebig duschte und endgültig wach wurde. Sie föhnte sich die Haare halbtrocken und zog ein frisches T-Shirt und eine kurze Leinenhose an. Anschließend machte sie es sich in ihrem Arbeitszimmer bequem, obwohl sie und David sich doch vorgenommen hatten, es dieses Wochenende nicht zu betreten. Aber Peers Tod hatte alles durcheinandergewirbelt.

Am Laptop las Sarah die Pressemitteilung der Polizei. In sachlicher Wortwahl wurde über den Mord beim Oberen Belvedere an einem neununddreißigjährigen Mann berichtet, ohne dessen Namen zu nennen. Ebenso unerwähnt blieb, dass es sich bei der Mordwaffe um einen vermutlich antiken Dolch handelte.

Sarah googelte Peer Schneider. Die Ausbeute konnte sich sehen lassen. Sie fand zig Einträge über sein Auktionshaus, außerdem ein längeres Interview und ein ausführliches Porträt in einer Fachzeitschrift. Thema des Artikels war die objektive Bewertung von Kunstwerken. Des Weiteren stieß sie auf Bilder einer Auktion samt Erklärung, wie eine Versteigerung ablief und wie man daran teilnahm. Es wirkte, als hätten Peers Worte Gewicht in der Branche gehabt, als wäre er ein bedeutsamer Experte gewesen. Letztlich scrollte sie durch das Angebot auf der Homepage des Auktionshauses Schneider. Dessen Sortiment umfasste alte Meister, Skulpturen und Antiquitäten. Die Kategorie Metaphorisches unter dem Header weckte Sarahs Neugier. Sie klickte den Menüpunkt an und fand eine Reihe von Abhandlungen über die Bedeutung von Symbolen und Figuren in der Kunst, vorrangig in Vanitas-Gemälden. Neben typischen Beispielen dieses Stils wurden auf der Seite die wichtigsten Allegorien wie Totenkopf, Sanduhr, eine erloschene Kerze, umgefallener Krug, Masken und Machtinsignien wie Tiara, Lorbeerkranz und Krone erläutert.

»Warum musstest du sterben, Peer? Und warum durch einen Prunkdolch? An einem Ort mit Skulpturen, die für Tod und Gewalt stehen?«, flüsterte sie, betrachtete noch eine Weile gedankenverloren die Bilder auf der Seite und klickte dann weiter. Fotos von Peer, Amanda und den Mitarbeitern fand sie keine auf der Website. Unter dem Menüpunkt Kontakte standen die Öffnungszeiten des Auktionshauses. Samstags hatte es geschlossen.

Sie lehnte sich im Stuhl zurück und versuchte, sich in Amandas momentane Gefühlslage hineinzudenken. Der Schock steckte ihr mit Sicherheit tief in den

Knochen. Die Polizei war mitten in der Nacht vor der Tür aufgetaucht, um ihr mitzuteilen, dass ihr Ehemann ermordet worden war. Hatten die beiden Kinder? Im Gespräch hatte Peer keine erwähnt, was aber nichts bedeutete. Wenn, dann waren sie höchstens im Kleinkindalter. Die beiden waren erst vier Jahre verheiratet gewesen, wie er ihr erzählt hatte. Sarah rief das Online-Telefonbuch auf und tippte seinen und Amandas Namen ein. Kein passender Eintrag erschien, obwohl es in Wien unzählige Schneiders gab. Einen Moment lang überlegte sie, Stein um die Privatadresse zu bitten. Andererseits fühlte sie sich nicht wohl bei dem Gedanken, Amanda gleich heute im privaten Umfeld zu belästigen. Zweitrangig, dass es sich bei ihr um eine alte Bekannte handelte. Sie hatten sich Jahre nicht gesehen. Zudem war so ein Überfall weder ihr persönlicher Stil noch der des *Wiener Boten*. Sie entschied, bis Montag zu warten. Sollte, wie sie vermutete, das Auktionshaus dann geschlossen sein, konnte sie immer noch Stein um die private Telefonnummer bitten, um der Armen ihr Beileid auszusprechen und dabei mehr über Peers Leben zu erfahren. Bis dahin hoffte sie, den Informationsvorsprung gegenüber der medialen Konkurrenz nicht zu verspielen. Gegenwärtig kannte nur sie den Namen des Toten, die Konkurrenz wusste nichts über die vermeintlich kostbare Mordwaffe. Sah man also von dem prestigeträchtigen Tatort ab, würde der Mordfall bei den Journalisten, die Wochenenddienst schoben, nicht unmittelbar hohe Wellen schlagen. Zudem waren die Redaktionen am Samstag und Sonntag nur spärlich besetzt und Recherchen mühevoller als wochentags. Es bestand die Möglichkeit, dass Peers Mord vorerst zur Kurznachricht verkommen würde. Sarah hoffte es. Trotzdem wollte sie nicht untätig zu Hause rumsitzen, freies Wochenende hin oder her. Sie seufzte traurig und dachte an das Wiedersehen mit Amanda, das ihr bevorstand. Sie hatte es sich wirklich anders vorgestellt.

Sie hörte die Wohnungstür auf- und wieder zugehen und direkt darauf David, der etwas zu Marie sagte. Einen Atemzug später steckte er den Kopf zur Tür herein. »Ich spring schnell unter die Dusche, und dann können wir frühstücken.«

»Perfekt.« Sarah schenkte ihm ein Lächeln, griff nach ihrem Handy am Schreibtisch und schrieb eine WhatsApp-Nachricht an Maja, die Redakteurin des Chronik-Ressorts, die an diesem Wochenende Bereitschaftsdienst hatte: *Bist im Homeoffice oder in der Redaktion?*

Prompt kam die Antwort: *Ab zehn im Wiener Boten.*

Sarah schrieb: *Bitte lies die Polizeimeldung zum Mord im Belvedere. Wir müssen darüber reden. Ich komme ins Büro.*

Alles klar, antwortete Maja.

Natürlich hätte Sarah genauso gut am Telefon die Angelegenheit mit ihr besprechen können. Aber in Anbetracht der Tatsache, dass sie das Mordopfer gekannt hatte, wollte sie von Beginn an direkt in die Recherchen für etwaige Artikel eingebunden sein. Sie rief auf dem Computer die Nachrichtenseite des ORF auf, um zu sehen, ob über die Tat schon berichtet wurde. Keine Meldung. Dann klickte sie sich durch die Online-Ausgaben anderer Medien und stellte fest, dass auch die wie vermutet bislang keine Nachricht dazu veröffentlicht hatten.

Im Schlafzimmer wechselte sie die Kleidung, schlüpfte in eine helle Sommerhose und eine kurzärmelige weiße Bluse. Als sie sich wie üblich die Halskette mit dem roten Corno umlegte, roch sie Kaffee und ging ins Esszimmer.

David hatte unterdessen ein Frühstück gezaubert. Er saß frisch geduscht mit feuchten Haaren in Shirt und Shorts am Tisch. Vor sich einen Espresso, blätterte er durch ein Konkurrenzblatt. Er arbeitete die Zeitungen immer nach Themengebieten durch. Politik. Chronik. Features. Kultur. Sport. Stets auf der Suche nach Geschichten, die der *Wiener Bote* übersehen oder ignoriert hatte. Würde er fündig werden, würde er das gleich direkt am Frühstückstisch ansprechen, denn am Ende war Sarah als Chefredakteurin dafür verantwortlich. Sie hasste diese Diskussionen.

Sie ließ sich auf den Stuhl neben dem mit der schlafenden Marie fallen und schenkte sich aus einer Kanne Tee ein, während David die Zeitung zur Seite legte. Offenbar gab es heute kein Thema, das nicht auch der *Wiener Bote* behandelte. Glück gehabt.

»Du hast gestern gemeint, der Täter hat den Mord zur Kunst stilisiert«, eröffnete sie das Gespräch. »Wenn du recht hast, geht es möglicherweise nicht primär um Peer persönlich, sondern um die Tat an und für sich.«

Davids Augenbrauen wanderten nach oben. Er kannte Sarah wie seine eigene Westentasche, begriff, dass sie sich des Mords an Peer Schneider annehmen würde und das gemeinsame freie Wochenende damit Geschichte war. Er atmete mehrmals durch, bevor er reagierte. »Halt dich aus den Ermittlungen raus, Sarah«, sagte er betont ruhig. »Martin schafft das auch ohne dich.«

»Ich misch mich nicht in die Ermittlungen ein.« Sie hob die Hand und stach mit dem Zeigefinger nach oben. »Obwohl Martin mich gestern explizit nach meiner Meinung gefragt hat.« Sie nahm die Hand wieder runter, lächelte schief. »Aber nach dem Frühstück fahr ich schnell in die Redaktion.«

»Wozu?«

»Um mir einen Überblick zu verschaffen.«

»Worüber?«

»Wenn ich richtigliege, hatte Peers Meinung in der Kunstbranche Gewicht. Das heißt, wir sollten gleich ...«

»Nein, das sollten wir nicht. Nicht heute«, unterbrach er sie streng.

Den autoritären Tonfall konnte Sarah gar nicht leiden, trotzdem reagierte sie umgänglich. »Ich opfere für den *Wiener Boten* doch nur meine wertvolle Freizeit. Damit wir eine Story haben, bevor die Konkurrenz darauf aufmerksam wird.«

»Das ist heute Majas Aufgabe, sie hat Wochenenddienst. Du kannst dich am Montag wieder einklinken.«

»Aber möglicherweise ist es eine Titelgeschichte«, ließ Sarah nicht locker.

David seufzte. »Ein Mord an einem Kunsthändler. Also wirklich, Sarah! Bei allem Respekt deinem alten Bekannten gegenüber und wie mystisch dieser Dolch auch ist und so spannend unser Gespräch letzte Nacht auch war … aber Peer Schneider müsste schon in einen handfesten Skandal involviert gewesen sein, damit sein Mord auf der Titelseite landet.«

»Vielleicht war er das ja.« Langsam wurde Sarah ärgerlich. Sie hatte nicht diskutieren, sondern ihm einfach Bescheid geben wollen. Ihre Entscheidung, sich um die Story zu kümmern, war schon längst gefallen, und daran würde David nichts mehr ändern. Egal, welches Argument er brachte.

»Wolltest du nicht einen Leitartikel über Schutz vor Einbrüchen schreiben?« David strich Marie sanft übers Fell.

»Das mach ich eh. Aber stell dir vor, ich kann mich auf zwei Geschichten gleichzeitig konzentrieren.« Sarah kniff ihre Augen zusammen. »Du bist der Herausgeber, du solltest dich freuen, dass ich meinen freien Samstag dafür herschenke.«

David lehnte sich im Stuhl zurück und verzog das Gesicht, als hätte er in eine Zitrone gebissen. »Mach ich aber nicht. Ich wollte das Wochenende genießen, gemeinsam mit dir.«

»Ich bin ja bald wieder zurück.«

Er schnaubte zweifelnd. »Weißt du, was mich nervt?« Jetzt klang er gereizt. »Dass du mich immer wieder vor vollendete Tatsachen stellst.«

»Immer wieder?«

»Du entscheidest etwas, und ich hab es zu akzeptieren. Was, wenn ich für uns heute einen Ausflug geplant habe?«

»Hast du aber nicht. Andernfalls hättest du es mir rechtzeitig gesagt.«

»Ha! Das ist das Wort des Tages. Wenn man seine Pläne ändert, sollte man es dem Partner rechtzeitig sagen: rechtzeitig!«

»Woher sollte ich denn wissen, dass Peer ermordet wird?«, keifte Sarah. »Denkst du, der Mörder hat meine Telefonnummer und hätte mir vorher Bescheid geben können, damit ich wiederum meinem Freund rechtzeitig Bescheid sag?«

Auf Davids Stirn gruben sich tiefe zornige Falten ein. »Diese Diskussion ist lächerlich.«

»Finde ich auch.«

Sie schwiegen. Die Gardinen an der offen stehenden Terrassentür bauschten sich.

»Außerdem wissen wir beide, dass ich so oder so in die Redaktion fahre. Also hör auf, mit mir darüber zu streiten.« Sie lächelte besänftigend. Ein letzter Versuch, die Wogen zu glätten.

Aber David sah sie immer noch verärgert an, nahm dann die Zeitung von gerade eben und versteckte sich ohne ein weiteres Wort hinter ihr. Sarah leerte ihre Teetasse in einem Zug, erhob sich und ging ins Badezimmer, um sich die Zähne zu putzen. Als sie zurückkam, saß David noch immer hinter der Zeitung.

»Ich bin dann weg. Baba.«

Er erwiderte nichts.

»Wennst jetzt beleidigt sein willst, bitt schön.« Sie schüttelte verständnislos den Kopf und verließ die Wohnung.

Um zehn Uhr fuhr Sarah die Rolltreppe der U-Bahn-Station Neubaugasse nach oben. Auf der Mariahilfer Straße herrschte, wie samstagvormittags üblich, reges Treiben. Die Tische vor dem Café Ritter waren alle besetzt. Das Redaktionsgebäude des *Wiener Boten* lag direkt auf der Einkaufsstraße. Am Wochenende waren der Empfang unbesetzt und die Eingangstür verschlossen. Sarah hielt ihre Zutrittskarte vor den Reader, und die Tür glitt auf. Ihr Weg führte sie direkt in die Chronik-Redaktion im zweiten Stock.

Maja saß schon an ihrem Schreibtisch und tippte vor sich hin. Ihre langen rotbraunen Haare hatte sie zu einem lockeren Zopf gebunden. Sie trug ein hellblaues Sommerkleid mit gestickten weißen Verzierungen, ihre Füße steckten in gelben Sandalen. »Ich hab schon mal einen ersten Bericht zu dem Mord verfasst«, begrüßte sie sie. »Halt nur mit den Infos, die in der Polizeimeldung standen. Ist nicht lang, aber wir können trotzdem damit online gehen.« Sie schob Sarah einen Ausdruck über den Tisch. Der Bericht war kurz und neutral. »Und ich hab Simon gleich nach deinen Nachrichten angerufen. Er ist schon am Belvedere vorbeigefahren und hat ein Foto gemacht.« Maja klickte es auf dem Desktop an. »Er musste es durch die Gitter des Haupttors aufnehmen. Weiter ist er nicht gekommen.«

Sarah sah das prachtvolle Barockschloss mit dem Spiegelungsteich im Vordergrund und die Absperrbänder. Alles andere, was an eine Leiche oder den Polizeieinsatz in der vergangenen Nacht hätte erinnern können, war verschwunden.

»Vor dem Tor hält ein Polizist Wache. Er hat Simon erklärt, dass der Park und die Museen zumindest heute geschlossen bleiben. Tagsüber wird noch mal alles durchforstet, um sicherzugehen, dass gestern Nacht kein Hinweis übersehen wurde.«

»Eh klar.« Sarah nickte.

»Aber jetzt verrate mir endlich, was an dem Mord im Belvedere so besonders ist, dass du gleich auf deinen freien Tag verzichtest.«

Sarah gab Maja den Ausdruck zurück und setzte sie über jene Details in Kenntnis, die nicht in der Polizeimeldung standen. Am Ende zeigte sie ihr das Handyfoto von dem Dolch. »Mit dem wurde Peer Schneider erstochen.«

»Unauffälliger ging's wohl nicht, oder? Hat das was zu bedeuten? War's ein ritueller Mord?« Maja musterte sie aus ihren grünbraunen Augen.

»Keine Ahnung. Um einen Ritualdolch handelt es sich jedenfalls nicht. Eher um einen Zierdolch eines ehemaligen Herrschers oder Königs. Also, vorausgesetzt, er ist antik, und die Rubine im Griff sind echt«, schränkte Sarah ein. Sie vergrößerte das Foto, sodass nur noch der Schaft zu sehen war. »Es sind übrigens dreizehn. Eine interessante Kombi. Der Stein der Könige und eine Unglückszahl, wenn man denn daran glaubt.«

Maja schüttelte den Kopf. »Schräg. Am Freitag, den Dreizehnten, mit einem Dolch mit dreizehn Rubinen ermordet zu werden. Und dann lässt der Täter ihn auch noch liegen. Da hätte er auch gleich seine Visitenkarte danebenlegen können.«

»Der Mörder hat den Dolch bestimmt nicht liegen gelassen, ohne sich etwas dabei zu denken. So blöd ist niemand.« Sarah schaute auf die Uhr. Es war halb elf. »Apropos Polizeimeldung. Vielleicht hat Stein ja schon was Neues für uns.« Sie drückte auf ihrem Handy die Kurzwahl für den Chefermittler. Als sie direkt auf dessen Mailbox landete, legte sie auf und schrieb ihm eine Nachricht: *Wisst ihr schon mehr über den Dolch?*

Es dauerte ein paar Minuten, ehe Stein reagierte.

Ja

Und?

Auf diese Frage erhielt sie keine Antwort mehr.

9

Ramona Mair stand an einem Bistrotisch auf der weitläufigen Terrasse der Villa von Britta Eckenberg, ihrer Arbeitgeberin. Von ihrem Platz aus überblickte sie das gesamte rückwärtige Areal des parkähnlichen Gartens und die Gästeschar. Unter den beiden ausladenden Kastanien nahe dem Pool standen fünf weiß gedeckte Tische. Obwohl die Baumriesen Schatten spendeten, waren zusätzlich Sonnenschirme aufgestellt worden, um die Hitze noch erträglicher zu machen. Ramona hielt ein Glas Mineralwasser in der Hand, die Gäste tranken perlenden Champagner. Geschäftsleute mischten sich mit Immobilienhaien, Galeristen und einer Handvoll Privatiers, von denen niemand so genau wusste, woher ihr Reichtum stammte. Sie alle hatten sich in Schale geworfen. Einige trugen ihren Wohlstand mit auffallendem Schmuck und Kleidung von hoch im Kurs stehenden Designern zur Schau. Etwa Olivia und Gernot Traub, die von den Medien gern als Selfmademillionäre bezeichnet wurden. Den Ringfinger der pummeligen Neunundfünfzigjährigen mit den stechend grünen Augen zierte ein Brillantring, für den man ihr in den Elendsvierteln dieser Welt den Finger abgehackt hätte. Das roséfarbene Etuikleid war ihr mit

Sicherheit auf den Leib geschneidert worden, denn es warf keine einzige unschöne Falte. Gernot Traub war ein mittelgroßer Mann mit sich andeutender Glatze und einem freundlichen Gesicht. Die beiden hatten sich auf den internationalen Verkauf von Luxusimmobilien spezialisiert und drängten Britta Eckenberg seit Monaten, endlich den Kaufvertrag für ihre Villa am Wörthersee in Kärnten zu unterschreiben. Ramonas Chefin war nur mehr selten dort und trug sich schon länger mit dem Gedanken, die Immobilie zu verkaufen. Die Traubs hatten bereits eine Interessentin an der Hand. Veronika Hestes, eine Berliner Schauspielerin, die schon einen Zweitwohnsitz in Kitzbühel besaß. Sie und ihr Mann waren mit dem Milliardär Leopold Opitz befreundet, dessen Anwesen am Wörthersee direkt an das von Britta Eckenberg grenzte, weshalb die beiden am Kauf einer Drittimmobilie interessiert waren. Luxusprobleme!, dachte Ramona und seufzte leise. Jedenfalls hatte ihre Chefin den schon festgesetzten Besichtigungstermin mit den Traubs vor vier Wochen kurzfristig abgesagt.

Ramona selbst hatte für den heutigen Anlass ein hellgraues Seidenkleid gewählt, das sie in einem Second-Hand-Shop erstanden hatte, in dem reiche Leute ihre abgetragene Garderobe entsorgten. Dazu trug sie hellrosa Sandaletten mit Keilabsatz und Knöchelband zum Schnüren. Sie war weitaus unauffälliger gekleidet als die Gäste, aber sie war ja auch Britta Eckenbergs Assistentin. Ihre Aufgabe bestand darin, für den reibungslosen Ablauf der traditionellen Benefizveranstaltung zu sorgen. Das gesellige Stimmengewirr verriet, dass bisher alles nicht besser laufen konnte.

»So ein schöner Tag«, sagte in dem Moment Ferdinand Hohenberg, der seit ein paar Minuten zwanglos neben ihr stand und, mit einem Champagnerglas in der Hand, ebenfalls das Geschehen beobachtete. Der Luxusjuwelier im dunklen Leinenanzug mit burgunderrotem Einstecktuch war ein Mann mit ausgezeichneten Beziehungen, verkaufte seine Kostbarkeiten international und betrieb in der Wiener Innenstadt einen wahren Juweliertempel. Beim Brunch im vergangenen Jahr hatten sie festgestellt, dass sie gleich alt waren. Achtundvierzig. Aber im Gegensatz zu ihr, deren brünetten Pagenkopf keine silbrigen Strähnen durchzogen, war Hohenberg schon seit Langem vollständig ergraut. Außerdem trug er eine Gleitsichtbrille, und Ramona brauchte bislang nur eine Lesebrille. Zu Ferdinand Hohenberg gehörte seine Frau Tamara, die nach Ramonas Geschmack immer ein bisschen zu auffällig gekleidet war. Heute trug sie ein burgunderrotes Kleid, offensichtlich abgestimmt auf das Einstecktuch ihres Mannes, das ihre schlanke Taille betonte. Ihre haselnussbraunen Locken hatte sie kunstvoll nach oben frisiert. Die Mittvierzigerin wusste sich in Szene zu setzen.

»Britta hat den Überfall letztens gut weggesteckt«, fuhr der Juwelier fort und schaute zu dem Tisch, an dem Ramonas Chefin saß. Für die heutige Gartenparty hatte sie sich für ein wadenlanges Kleid in Königsblau und mit Rundhalsausschnitt entschieden. Dazu trug sie eine Halskette aus achtzehnkarätigem Roségold, wie

Ramona wusste. Soeben unterhielt sie sich mit Yvonne Rauter, einer wohlhabenden Galeristin im mittleren Alter mit blonden kurzen Haaren, deren weißes Sommerkleid am Ausschnitt mit Swarovski-Steinen besetzt war. Britta Eckenbergs schwarzer Stock mit dem silbernen Knauf, den sie sich nach der Entlassung aus dem Krankenhaus zugelegt hatte, lehnte an der Stuhllehne. Sie stützte sich beim Gehen darauf, seit der Einbrecher sie k.o. geschlagen hatte. Der Schlag gegen die Schläfe hatte eine Platzwunde zur Folge gehabt und leichte Gleichgewichtsstörungen hervorgerufen.

»Ja, das hat sie im Großen und Ganzen«, bestätigte Ramona. Ihr steckte die Nacht des Überfalls noch in den Knochen. Nie würde sie vergessen, wie das Telefon sie aus dem Schlaf gerissen und die Polizei sie gebeten hatte, so schnell wie möglich zur Villa zu kommen. Ramona war rasch in die Kleidung vom Vortag geschlüpft, hatte sich kaltes Wasser ins Gesicht gespritzt und war kurz darauf losgefahren. Bei ihrer Ankunft war das Haus erleuchtet gewesen wie zu Weihnachten der Christbaum am Wiener Rathausplatz. Eine Polizistin hatte ihr Bescheid gegeben, dass man Britta Eckenberg nach einem Überfall mit einer blutenden Kopfwunde ins Krankenhaus gebracht hatte. Ihrer Chefin war es gelungen, den Notruf abzusetzen, nachdem sie aus der Bewusstlosigkeit erwacht war. Von dem Einbrecher fehlte zu dem Zeitpunkt naturgemäß jede Spur. Britta Eckenberg konnte sich nicht einmal erinnern, ob es einer oder doch mehrere gewesen waren.

Ramonas Aufgabe in der Einbruchsnacht war es, eine Liste mit den gestohlenen Gegenständen zu erstellen. Sie bemerkte, dass nur der Dolch und verschiedene Schmuckstücke verschwunden waren. Die wertvollen Gemälde am Stiegenaufgang hingen zu ihrer Überraschung noch an ihrem Platz. Dass ein Dieb Originale von Klimt, Kokoschka und Schiele zurückgelassen hatte, obwohl sie sich so zugänglich präsentierten, war mehr als ungewöhnlich gewesen.

»Die Gute strahlt schon wieder Gelassenheit und Energie aus, wie man es von ihr gewohnt ist«, holte Ferdinand Hohenberg Ramona in die Gegenwart zurück.

Sie nickte, obwohl sie wusste, dass die Millionärin noch lange nicht die Alte war. Doch sie hatte trotz der Nachwirkungen des Überfalls darauf bestanden, dass ihr traditioneller Brunch für den guten Zweck wie geplant stattfand. Einmal im Jahr lud Britta Eckenberg Freunde und Weggefährten zur Gartenparty, um Spenden zu sammeln. Diesmal würden die Einnahmen an den Weißen Ring gehen, der Opfer von Straftaten unterstützte. Und die Geladenen waren bereit, tief in die Tasche zu greifen. Im Gegenzug erwartete sie ein opulenter Brunch mit Champagner, Austern, Kaviar, Jakobsmuscheln, irischem Räucherlachs, Trüffeln und anderen Spezialitäten aus der ganzen Welt. Zudem nutzten die Gäste den Brunch, um ihre Kontakte zu pflegen oder ihr Netzwerk zu erweitern. In wenigen Minuten würde Britta Eckenberg sich an den nächsten Tisch begeben, wusste Ramona. Ihre Chefin ähnelte einer Biene auf Bestäubungsmission.

»Hat die Polizei mittlerweile irgendwelche Anhaltspunkte?«, fragte Ferdinand Hohenberg.

Ramona schüttelte den Kopf.

»Das heißt, man weiß nicht, ob der Dolch und der Schmuck schon einem Hehler angeboten wurden?«

Wieder verneinte Ramona.

»Haben Sie gehört, dass in Leopold Opitz' Villa in Pörtschach vor vier Monaten ebenfalls Diebe eingestiegen sind?«

Sie nickte. »Es stand ja in der Zeitung.«

»Der Einbrecher hat jede Menge Schmuck mitgehen lassen. Wie bei Britta vor vier Wochen.«

Sie setzte eine bedauernde Miene auf. »Tut mir leid, aber ich muss schnell mal schauen, ob beim Catering alles klappt«, entschuldigte sie sich und eilte von der Terrasse durch das Wohnzimmer im französischen Stil Richtung Küche. In Wahrheit wollte sie der sich anbahnenden Befragung durch Ferdinand Hohenberg entkommen. Bestimmt hätte er von ihr nur allzu gern erfahren, welcher Schmuck gestohlen worden war, um ihrer Chefin später Ähnliches anzubieten. Daneben versuchte er immer mal wieder, über Ramona herauszufinden, welche Gemälde in den museumsartigen Räumen im Keller lagerten, denn Britta Eckenberg gab wie viele Kunstsammler weder die Titel ihrer Bilder noch deren Anzahl preis. Deren Auflistung hütete der Tresor. Zum Glück hatte der Eindringling im letzten Monat den Safe nicht geknackt und auch nicht versucht, in die Kellerräume einzudringen. Er hatte sich nur auf die sichtbaren Gegenstände und den Schmuck konzentriert, der offen herumlag. Alles hatte nach einem spontanen Einbruch ausgesehen. Der Dieb musste über das Tor oder die Gartenmauer geklettert sein und hatte dann die Scheibe der Terrassentür eingeschlagen. Die Alarmanlage, die normalerweise den Außenbereich sicherte, schaltete Britta Eckenberg stets vor dem Schlafengehen aus. Zu oft hatten umherstreifende nachtaktive Tiere sie schon ausgelöst.

»Vielleicht hat er das Anwesen bei einem Spaziergang entdeckt und dann den Raub geplant. Alles an der Villa vermittelt den Eindruck von Reichtum«, hatte die Kriminalpolizistin gemeint.

Ramona schüttelte die Erinnerung an den Einbruch ab.

In der Küche wirkte Kuba Kaminski verwundert über ihr unvermitteltes Auftauchen. »Ich hoffe, es ist alles in Ordnung?«

Sie nahm einen schwachen Duft nach Basilikum und Zitrone wahr. Britta Eckenberg hatte den Caterer und sein Team schon zum vierten Mal gebucht. Der Koch war ein regelrechter Künstler auf seinem Gebiet. Das Personal, so vermutete Ramona, bestand aus unterbezahlten Studenten und Hilfskräften. Dennoch servierten sie Kaminskis Kreationen und die Getränke souverän und mit einem professionellen Lächeln.

»Jaja«, beschwichtigte sie ihn. »Ich wollte nur nachsehen, ob Sie etwas brauchen.«

»Bei uns läuft alles nach Plan.« Er wedelte sie mit einer ungeduldigen Geste fort.

»Natürlich.«

Als sie die Küche verließ, erklang der Ton der Klingel vom Einfahrtstor. Ramona ging ins prächtige Foyer und warf einen Blick auf das kleine Display neben der Eingangstür. Die Kamera vor dem Tor, die zum Leidwesen der Einbruchsermittler nichts aufzeichnete, zeigte Conny Soe, die Gesellschaftsreporterin des *Wiener Boten*, in ihrem Auto. Ramona drückte den Öffnungsknopf, und das Tor sprang auf.

»Entschuldige die Verspätung«, sagte Conny, als sie die Haustür erreicht hatte, und küsste Ramona zur Begrüßung auf beide Wangen. Die Reporterin sah blendend aus. Sie trug ein helles Midikleid mit sommerlichem Blumenprint, und ihre kupferrote Mähne fiel ihr offen über die Schultern. Die beigen Plateausandalen waren perfekt auf die Handtasche und die goldenen Creolen abgestimmt. Ihre Finger- und Zehennägel blitzten knallrot. Diese Frau war eine wahre Stilikone.

»Du hast noch nicht viel versäumt. Alles ist ruhig und friedlich, und so nicht aus heiterem Himmel jemand aus der Familie auftaucht, wird es wohl auch so bleiben.« Ramona lächelte schief. Sie und die Gesellschaftsreporterin kannten einander, seit Conny über den jährlichen Benefizbrunch berichtete. Die Journalistin wusste um das schwierige Verhältnis zwischen Britta Eckenberg, ihren gleichaltrigen Stiefkindern und deren Nachkommenschaft.

»Wie geht's der alten Lady? Hat sie sich von dem Einbruch schon erholt?«

»Sie hat manchmal noch leichte Gleichgewichtsstörungen, aber es geht ihr gut. Jedenfalls bezaubert sie ihre Gäste wie eh und je.« Ramona grinste.

»Dann werde ich sie mal begrüßen gehen.«

Conny trat in den Flur und eilte durch den Wohnbereich Richtung Terrasse. Ramona heftete sich an ihre Fersen. Ein Kellner mit einem Tablett voller Champagnergläser kam ihnen entgegen und bot Conny eines an. Sie nickte dankend, griff sich ein Glas und ging weiter.

Ramona nahm wieder ihren Aussichtsposten auf der Terrasse ein und sah Conny hinterher, die, wie es nun mal ihre Art war, jetzt wie ein Schmetterling zwischen den Gästen umherflatterte. Sie küsste Wangen, tauschte ein paar Worte hier, machte ein bisschen Small Talk da und landete endlich bei Britta Eckenberg, die sie herzlich in ihre Arme schloss wie eine verloren geglaubte Tochter. Denn Conny würde auch dieses Jahr wieder ausführlich von dem Event für die gute Sache auf ihrer Society-Seite berichten.

Ein Kellner reichte Ramona mit einem freundlichen Lächeln ein weiteres Glas Mineralwasser. Sie bedankte sich und hakte in Gedanken die Namen auf der Einladungsliste ab. Alle Gäste waren jetzt da. In wenigen Minuten würde Kuba Kaminskis Team Austern auf gestoßenem Eis servieren, garniert mit Zitronenspalten.

In dem Moment war erneut der Ton der Türglocke zu hören, und Ramona überflog überrascht die Gästeschar. Hatte sie jemanden vergessen? Wieder schlug die Glocke an. Auch Britta Eckenberg hatte sie offenbar gehört, denn sie warf ihr einen fragenden Blick zu. Ramona zuckte kaum sichtbar mit den Achseln, um ihrer

Chefin zu bedeuten, dass sie keine Ahnung hatte, wer da noch vor der Tür stehen könnte.

Sie stellte ihr Glas auf den Bistrotisch, wandte sich um und lief zurück zum Eingang. Ein Blick auf den Bildschirm der Schließanlage, und ihr war klar, dass diese Besucher definitiv nicht auf der Einladungsliste gestanden hatten.

10

Sarah sah zum wiederholten Mal auf die Uhr. Es war schon elf, und sie hatte noch immer keine Antwort von Stein erhalten. Den zwei grauen Haken nach war ihre WhatsApp-Nachricht auf seinem Handy eingegangen, aber bisher nicht abgerufen worden. Im Minutentakt schaute sie in der Hoffnung auf das Display, dass sich die Häkchen endlich blau färbten. Was bedeutet hätte, dass Stein ihre Nachricht gelesen hatte und er sich hoffentlich schnell melden würde. Es war zum Aus-der-Haut-Fahren. Offenbar gab es Neuigkeiten, aber sie und Maja waren zum Warten verdammt. Hinzu kam, dass sie im Grunde genommen längst auf dem Weg nach Hause sein wollte.

Ihre Kollegin hatte die letzten dreißig Minuten versucht, über die Pressestelle des Landeskriminalamtes mehr in Erfahrung zu bringen. »Sie verweisen auf die Pressemitteilung von heute Morgen«, gab sie letztendlich auf.

Zwischenzeitlich hatte der ORF die Nachricht auf die News-Seite gestellt. Der Zusatz, dass die Hintergründe der Tat derzeit völlig unklar seien, verriet Sarah, dass die Kollegen vom Fernsehen immer noch weniger Infos hatten als sie.

»Dann veröffentlichen wir online einfach, was wir haben«, meinte sie schließlich und erhob sich. »Ich fahr jetzt erst mal wieder nach Hause. Wenn sich doch noch etwas ergibt, erreichst du mich am Handy. Und ich geb dir Bescheid, sobald sich Stein bei mir gemeldet hat.«
Wie aufs Stichwort läutete ihr Mobiltelefon. Doch auf dem Display leuchtete nicht der erhoffte Name des Ermittlers, sondern ein anderer.

»Hallo, Conny!«

»Wo bist du, Sarah?«, fragte ihre Kollegin ohne Begrüßung.

»Bei Maja in der Redaktion. Warum?« Sie durchforstete ihr Gedächtnis. Hatte sie womöglich ein Treffen mit Conny vergessen?

»Ich bin in Grinzing bei Britta Eckenberg. Sie gibt ihren jährlichen Benefizbrunch.«

»Aha.« Sarah warf einen verdutzten Blick in Majas Richtung. »Schön für dich.«

»Stein ist plötzlich hier aufgetaucht, und Ramona meint, das kann nur etwas mit dem Einbruch zu tun haben. Weißt du mehr?«

Sarah erinnerte sich dunkel an einen Bericht im *Wiener Boten*, der vor vier Wochen erschienen war. Darin war es um den Einbruch in die Villa der Millionärin gegangen. »Ich weiß zwar nicht genau, was Stein von Britta Eckenberg will, kann mir aber in etwa zusammenreimen, worum es geht.«

»Ich höre«, sagte Conny auffordernd.

»Es gab gestern einen Mord im Belvedere. Weißt du, ob Britta Eckenberg bei dem Einbruch ein Dolch gestohlen wurde?«, fragte sie und umriss in knappen Worten den möglichen Zusammenhang.

»Glaubst du ernsthaft, dass sie die Liste mit den geraubten Kunstwerken an die Medien verschickt hat?«, stellte Conny im ironischen Tonfall eine Gegenfrage. »Ich denke, nur sie, die Polizei und die Versicherung wissen Bescheid. Sie hat sehr darauf geachtet, dass die Sache nicht in der Öffentlichkeit breitgetreten wird. Das weiß ich, weil ich versucht habe, mehr herauszufinden. Und glaub mir, ich hab eigentlich einen verdammt guten Draht zu der Lady.«

»Dann frag sie doch jetzt, ob der Dolch ihr gehört.« Sarah beschrieb ihn mit ein paar Worten. »Und auch, ob sie Peer Schneider kannte. So heißt das Mordopfer. Obendrein wäre interessant zu wissen, welchen Wert der Dolch hat und ...«

»Wie wär's, wenn du herkommst und sie das alles selbst fragst?«, schnitt Conny ihr das Wort ab. »Du weißt doch, ich bin nur für die schönen Dinge des Lebens verantwortlich. Der Rest gehört dir und Maja.« Im gleichen Atemzug nannte sie eine Adresse in Grinzing.

Sarah sah skeptisch an sich hinunter. »Ich weiß nicht, ob ich für eine so feine Veranstaltung mit Leinenhose und Bluse adäquat gekleidet bin.«

»Bestimmt, ich warte dann auf dich.« Damit legte Conny auf.

»Schau mal bitte, was du über Britta Eckenberg herausfinden kannst, und ruf mich dann an«, bat Sarah Maja anschließend. Sie wollte nicht unvorbereitet bei der Dame auftauchen und womöglich in ein Fettnäpfchen treten. »Ich fahr spontan zu ihrem Benefizbrunch. Conny ist schon dort und sagt, Stein ist unerwartet aufgetaucht. Ich bin mir sicher, das hat etwas mit dem Mord an Peer Schneider zu tun.« Sarah spürte eine innere Unruhe. Die Ermittlungen waren offensichtlich in Gang gekommen. »Außerdem bekomme ich dort mit Sicherheit endlich die Antwort von Stein, auf die wir schon die ganze Zeit warten.«

»Alles klar. Und du gibst mir Bescheid, wenn sich etwas Relevantes ergibt?«

»Natürlich«, versicherte Sarah, die schon halb zur Tür raus war. Von der Chronik-Redaktion eilte sie ein Stockwerk höher, wo ihr Büro lag. Cordula Berger, ihre und Herbert Kunz' Sekretärin, war die Hüterin der Schlüssel für die Dienstautos. Ihr Zimmer lag zwischen ihren beiden Büros. Da Cordula Berger an Samstagen üblicherweise freihatte, nahm Sarah sich wahllos einen Autoschlüssel aus der Schlüsselbox. Eigentlich fuhr sie lieber mit öffentlichen Verkehrsmitteln, damit kam man in Wien normalerweise wesentlich rascher ans Ziel. Aber in dem speziellen Fall war sie mit dem Auto schneller.

Mit dem Schlüssel in der Hand, lief sie hinunter in die Tiefgarage und saß ein paar Augenblicke später in einem Honda Civic. Der Schriftzug des *Wiener Boten* zog sich quer über beide Längsseiten. Bevor sie den Wagen startete, kam ihr in den Sinn, dass sie David versprochen hatte, bald wieder zu Hause zu sein. Es fühlte sich falsch an, nach Grinzing zu fahren, ohne ihm Bescheid zu geben. Sie griff nach ihrem Handy und rief ihn an.

Es klingelte ein paarmal, dann meldete sich die Mailbox.

»Hi, hier ist Sarah. Entschuldige bitte, es wird jetzt doch später.« In raschen Worten berichtete sie von Connys Anruf. »Bitte nicht böse sein. Ich mach's wieder gut. Bussi! Baba«, beendete sie ihre Nachricht, dann fuhr sie los.

Maja rief an, als sich Sarah auf Höhe der Stadthalle befand. Wie unter der Woche war der Verkehr auch an einem Samstag am Gürtel, der Hauptverkehrsader Wiens, ekelhaft dicht. Autos reihten sich aneinander wie Perlen an einer Schnur. Abgase verpesteten die Luft. Rushhour war hier nahezu die ganze Woche, vierundzwanzig Stunden am Tag. Sarah schaltete die Freisprechanlage ein. »Was hast du für mich?«

»Britta Eckenberg, Millionenerbin und Kunstsammlerin«, begann Maja. »Die Leidenschaft für Kunst sowie die Sammlung hat sie ihrem verstorbenen Mann zu verdanken. Wie groß Letztere ist und welche Werke sie umfasst, darüber schweigt sie sich in der Öffentlichkeit allerdings aus.«

»Kann ich gut verstehen. Ich würde auch nicht wollen, dass das jeder x-Beliebige weiß«, zeigte Sarah Verständnis, während sie an der Volksoper vorbeifuhr.

»Die Eckenberg besitzt Anwesen in Wien, Pörtschach am Wörthersee und auf Malta. Alle hat sie ebenso von ihrem Mann Karl Eckenberg geerbt«, setzte Maja fort.

»Er war fünfundzwanzig Jahre älter als sie und ist vor sieben Jahren mit neunundachtzig gestorben. Sein Unternehmen, die Eckenberg Maschinen und Anlagenbau AG, hat er schon zu Lebzeiten seinen Kindern überschrieben. Konstantin Eckenberg, 1953 geboren, und Daphne Eckenberg, geboren 1950 und verheiratete Eckenberg-Baldin. Womit ihre Stiefkinder genauso alt sind wie sie. Ob die in Wien wohnen oder anderswo, konnte ich auf die Schnelle nicht herausfinden. Sorry. Dafür weiß ich aber, dass die beiden heutigen Geschäftsführer Tilmann Eckenberg und Richard Eckenberg-Baldin sind, Karl Eckenbergs Enkelsöhne. Laut Firmenchronik ist damit schon die vierte Generation am Steuer, denn das Unternehmen wurde seinerzeit von Karl Eckenbergs Vater gegründet. Das ist alles.«

»Das ist eine ganze Menge. Danke!« Sarah verabschiedete sich und trennte die Verbindung. Sie war froh, als sie endlich vom Währinger Gürtel in die Döblinger Hauptstraße abbiegen konnte. Je näher sie ihrem Ziel kam, umso weniger dicht besiedelt war die Umgebung. Zum Teil waren die Villen und Einfamilienhäuser hinter hohen Mauern und Hecken versteckt, sodass man sie von der Straße aus kaum ausmachen konnte. Charakteristisch für die Gegend waren die Weingärten und die Heurigen. Wien war die einzige Großstadt weltweit mit nennenswertem Weinanbau innerhalb der Stadtgrenzen. Sie und David besuchten gern den Heurigen Mayer am Pfarrplatz. Abgesehen von dem guten Wein, den kulinarischen Schmankerln und dem wunderschönen Gastgarten war das Weingut geschichtsträchtig.

In dem denkmalgeschützten Vorstadthaus hatte einst Beethoven gewohnt.

Die Villa von Britta Eckenberg verbarg sich hinter einer Gartenmauer und mannshohen Kirschlorbeer- und Hibiskussträuchern. Conny erwartete sie bereits in dem offen stehenden Einfahrtstor und winkte sie durch. Sarah staunte. Die von Heckenrosen gesäumte Einfahrt samt der Luxusimmobilie wirkte wie die Anlage eines Fünfsternehotels. Langsam fuhr sie zu dem geschotterten Vorplatz, der als Besucherparkplatz ausgewiesen war und auf dem sich Porsche Cayenne, Range Rover und Jaguar aneinanderreihten. Nicht zu vergessen Connys roter A3, den sie sich vor einem halben Jahr geleistet hatte. Daneben stand Steins grauer Audi A6. Sarah parkte rechts von ihm, stellte den Motor des Honda ab und stieg aus. Conny hatte das Tor währenddessen wieder geschlossen und kam zu ihr.

»Wo ist denn deine Brille?«, begrüßte Sarah die Gesellschaftsreporterin. Das Designermodell von Armani im unaufdringlichen Rostbraun passte eigentlich perfekt zu deren kupferroter Lockenmähne und ovaler Gesichtsform. Aber Conny hatte sich noch immer nicht daran gewöhnt und behauptete, die Brille nur zum Lesen zu brauchen. Was Sarah bezweifelte, denn in Momenten, in denen sie sich unbeobachtet wähnte, kniff sie oft die Augen zusammen.

»Sissi passt zu Hause darauf auf«, erwiderte Conny.

»Das ist aber nicht die Aufgabe von deinem kleinen Mops«, witzelte Sarah.

»Willst du jetzt mit mir wirklich darüber reden?«

»Nein. Es ist mir nur aufgefallen. Sie steht dir nämlich ausgezeichnet.«

»Lass uns ums Haus gehen«, ging Conny nicht weiter darauf ein.

»Hast du schon rausgefunden, was Stein hier will?«

»Nein. Er und die Eckenberg sind im Haus. Ramona Mair, Eckenbergs Assistentin, ist auch bei ihnen. Wir Gäste amüsieren uns derweil allein weiter im Garten.«

»Die Gäste sind noch da?«

»Warum denn nicht?«, fragte Conny erstaunt. »Es ist ja nichts passiert, und es gibt Austern.«

Sarah verzog unmerklich das Gesicht. Sie war kein großer Fan davon.

»Außerdem hat niemand etwas mitbekommen«, fuhr Conny unterdessen fort. »Ramona hat Stein direkt ins Büro geführt und die Eckenberg so unauffällig wie möglich über sein Auftauchen informiert.« Die Gesellschaftsreporterin setzte sich in Bewegung.

»Wieso weißt du dann, dass er da ist?«

»Ich hab ihn im Büro verschwinden sehen, weil ich grad auf dem Weg zur Toilette war.« Conny wedelte ungeduldig mit der Hand. »Aber jetzt komm endlich!«

Sarah folgte ihr. Der Garten entpuppte sich als riesiger Park. Zweifellos hatte bei der Gestaltung ein Profi seine Hand im Spiel gehabt, und er wurde außerdem von einem Gärtner gepflegt. Keine Pflanze wuchs hier ungewollt. Kein Stein lag am falschen Platz, und jeder Bereich im Garten schien ein eigenes Thema zu repräsentieren. In einer Ecke wuchsen Kräuter, in einer anderen reckten Sonnenblumen ihre tellergroßen gelben Blütenköpfe dem Himmel entgegen, die farblich mit den lila und weiß blühenden Bodenpflanzen kontrastierten. Dahinter lag ein gepflegtes Areal mit Pool. Die illustre Gästeschar hatte sich an festlich gedeckten Tischen unter zwei Kastanien und Sonnenschirmen versammelt. Kellner reichten Köstlichkeiten auf kleinen Tellern und Getränke. Nichts deutete auf eine aufgeregte Stimmung oder darauf hin, dass sich die Polizei im Haus befand. Außerdem schien es niemanden zu stören, dass die Gastgeberin abwesend war. Die Leute tranken, lachten und plauderten, wie es sich auf einer Gartenparty gehörte. Als Sarah sich umwandte, sah sie, wie eine Frau mit brünettem Pagenkopf in einem hellgrauen Seidenkleid auf die Terrasse kam und sich an einen der Stehtische stellte.

»Da ist Ramona wieder«, raunte Conny und steuerte auf sie zu. Sarah folgte ihr auf dem Fuß, und die Gesellschaftsreporterin stellte sie einander vor.

»Ich hab Sarah hergebeten, weil doch Stein da ist«, erklärte Conny danach. »Ich wollte wissen, ob sie eine Ahnung hat, was sein Auftauchen bedeutet. Ist er schon weg?«

Ramona Mair runzelte überrascht die Stirn.

»Wir beide kennen den Chefermittler Martin Stein sehr gut«, fuhr Conny fort und zeigte auf sich und Sarah.

»Sie sind noch drinnen. Mich haben sie rausgeschickt.«

»Sie?«, hakte Sarah nach.

»Ja. Martin Stein und eine Polizistin namens Manuela Rossmann«, erwiderte Ramona Mair.

»Sie sind wegen des Dolches hier, oder?«, kam Sarah direkt auf den Punkt.

Als sich wieder Falten in Ramona Mairs Stirn gruben, berichtete sie vom Mord im Belvedere, allerdings ohne die blutigen Details.

»Du meine Güte«, erschrak die Assistentin. »Sie haben die Leiche gesehen?«

»Ja. Und nicht nur das. Außerdem kenne ich den Toten.«

»Echt?« Conny schaute sie mit großen Augen an. »Das hast du mir gar nicht erzählt.«

»Wann hätte ich das bitte tun sollen?«

»Vorhin am Telefon vielleicht?«

»Sorry, hab ich vergessen.« Sarah wandte sich wieder an Ramona Mair. »Kennen Sie den historischen Hintergrund des Dolches? Gehörte er einem berühmten Herrscher?«

Die Assistentin der Eckenberg schüttelte den Kopf. »Meines Wissens ist die Aufzeichnung über seine Herkunft im Laufe der Zeit verloren gegangen.«

In dem Augenblick trat eine Frau auf die Terrasse, die Britta Eckenberg sein musste. Sie war elegant, mittelgroß, hatte einen hellen Teint und trug ihr graues Haar modern kurz geschnitten und ein königsblaues Kleid. Obwohl sie sich auf einen Stock stützte, umgab sie eine Aura von Autorität.

»Entschuldigt mich bitte.« Ramona setzte sich augenblicklich in Bewegung.

»Ich muss Stein erwischen«, raunte Sarah Conny zu und eilte gleich darauf so unauffällig wie möglich an der Millionärin vorbei und ums Haus herum.

»Martin! Frau Rossmann!«, rief sie im Laufen, weil die beiden nur mehr wenige Schritte von Steins Auto entfernt waren.

Zum Glück drehten sie sich um.

»Sarah«, sagte Stein verblüfft. »Was machst du denn hier?«

»Conny hat mich angerufen und mir gesagt, dass du … dass ihr hier seid«, keuchte sie ein wenig außer Puste.

Stein lachte kurz auf. »Und da hast du natürlich sofort eins und eins zusammengezählt.«

»Du hast mir nicht geantwortet!«, warf Sarah dem Ermittler vor.

»Ich hatte etwas anderes zu tun«, gab er zurück.

»Und, wurde der Dolch Britta Eckenberg vor vier Wochen gestohlen?«, fragte Sarah, obwohl sie die Antwort bereits ahnte.

»Ja«, bestätigte er.

»Wie seid ihr draufgekommen?«

»Die Museumsdirektorin hat ihn gestern Abend gleich erkannt. Sie meinte, die Eckenberg wollte ihn ihr als Leihgabe für eine Ausstellung im Unteren Belvedere zur Verfügung stellen.«

»Welche Ausstellung?«

»Über die Türkenbelagerung Wiens im 17. Jahrhundert. Der Versuch des Osmanischen Reichs, Wien einzunehmen, passt thematisch zu der aktuellen Ausstellung von Lilo im Belvedere 21«, erläuterte Manuela Rossmann.

»Die gestern übrigens eröffnet wurde«, fügte Stein hinzu.

Sarah griff sich mit der Hand an die Stirn. »Natürlich. Das stand auch im *Wiener Boten.*« Sie erwähnte den Artikel, der im Kulturteil erschienen war und an den sie sogar im Schlossgarten gedacht hatte. »Das ist mir gestern in der Aufregung eingefallen. Tut mir leid, dass ich nichts gesagt habe.«

»Schon gut«, beschwichtigte Stein. »Peer Schneider war jedenfalls auf der Vernissage. Zumindest steht sein Name auf der Einladungsliste, und ein Häkchen dahinter beweist, dass er tatsächlich erschienen ist«, ergänzte er.

»Dann lagen wir mit unserer Vermutung gestern richtig. Peer hat sich die Skulpturen angesehen, weil sie zur Ausstellung über Krieg und Gewalt gehören. Und irgendwie ergänzt sein Mord jetzt die Ausstellung. Ein mörderisches Kunstwerk inmitten anderer tödlicher Kunstwerke, denn mit der Tatwaffe hat der Mörder seine Tat zur Kunst stilisiert«, wiederholte Sarah Davids Worte vom Vorabend.

Stein schien nachzudenken und dann zu begreifen, was Sarah meinte. »Ich glaube nicht, dass unser Täter ein Gesamtkunstwerk erschaffen wollte.«

»Wie auch immer«, tat sie seine Bemerkung ab. »Wisst ihr, ob Mörder und Dieb identisch sind?«

»Nein, wissen wir nicht.« Stein sah ungeduldig auf die Uhr. »Wir stehen erst am Beginn der Ermittlungen.«

»Die Rubine sind die Könige der Edelsteine. Und Peer ist ... war ein bedeutender Mann in der internationalen Kunstszene«, sagte Sarah übergangslos.

»Danke, das werden wir berücksichtigen«, gab Stein höhnisch zurück.

»Habt ihr Britta Eckenberg den Dolch zurückgegeben?« Sarah stellte sich stumm die Frage, wie man sich wohl fühlte, wenn man eine Mordwaffe zurückbekam.

Stein schüttelte den Kopf. »Er bleibt vorerst bei uns.«

»Wurde schon überprüft, ob er antik ist?«, bohrte Sarah weiter nach.

»Das ist im Moment nicht unser vorrangiges Problem«, erklärte Stein und sah sie mit einem Blick an, der ihr sagte: Du stellst zu viele Fragen.

»Gibt es wenigstens Neuigkeiten zum Einbruch? Verdächtige?«, ließ Sarah dennoch nicht locker, ihm Berichtenswertes entlocken zu wollen.

»Die zuständigen Kollegen ermitteln auf Hochtouren. Sie überprüfen seit der Einbruchsnacht jede und jeden, der auch nur in der Nähe der Villa war.«

»Damit meinst du die Nachbarn, Ramona Mair, die Assistentin, etwaige Besucher, zudem alle ihre Freunde? Sie hat sicher auch eine Putzfrau und einen Gärtner und ...« Steins entnervter Blick ließ Sarah kurz verstummen. Sie hob abwehrend die Hand. »Sorry, wenn ich dich nerve, aber ich brauch etwas, worüber ich berichten kann.«

Manuela Rossmann unterdrückte sichtbar ein Grinsen.

»Aktueller Stand ist, dass es im Moment nichts Neues gibt«, sagte Stein streng.

»Warst du letzte Nacht noch bei Amanda, Peers Frau?«, stellte Sarah trotzdem die nächste Frage.

»Ja. Sie wusste, dass er zur Ausstellungseröffnung ins Belvedere wollte, und hat die halbe Nacht versucht, ihn am Handy zu erreichen. Aber es scheint, der Täter hat es mitgenommen, um einen Raubmord vorzutäuschen.«

»Vermutlich hat er es inzwischen weggeschmissen«, mutmaßte Sarah. »Oder habt ihr es gefunden?«

Stein beantwortete ihre Frage nicht. »Ach ja, bevor ich es vergesse«, sagte er stattdessen, weil ihm offenbar soeben etwas eingefallen war. »Hast du jemanden gesehen, als du mit unserem jungen Kollegen zum Streifenwagen gegangen bist?«

»Ich wusste es«, triumphierte Sarah. »Er hat ständig in den Rückspiegel geschaut, weil da noch jemand war, oder?«

»Das hab ich dich grad gefragt.«

»Ich hab niemanden gesehen«, gestand Sarah. »Aber euer Kollege, gell?«

Stein schüttelte schon wieder den Kopf. »Nicht wirklich. War eher so eine Ahnung.«

»Hat vielleicht der Mörder den Tatort im Auge behalten?« Plötzlich schlug ihr Herz in einem schnelleren Takt.

»Es war wirklich nett, mit dir zu plaudern, Sarah«, sagte Stein. »Aber jetzt müssen wir leider weiter. Und nicht vergessen. Du berichtest, wir ermitteln.«

Sarah zog die Nase kraus. Obwohl sie Peer Schneider vor einer halben Ewigkeit aus den Augen verloren hatte, verspürte sie eine Verpflichtung gegenüber ihrem alten Bekannten, sich der Sache anzunehmen. »Dann verrate mir etwas Berichtenswertes.«

»Du hast den Mord. Davon kannst du sicher ein paar Tage zehren.«

Sie sah Stein unglücklich an. »Bleiben immer noch die Fragen, wer uns beobachtet hat und warum.«

Der Chefermittler hob zum Abschied die Hand und stieg in den Audi. Rossmann tat es ihm gleich.

11

Nachdem Stein und seine Kollegin das Grundstück verlassen hatten, rief Sarah Maja an, um sie auf den aktuellen Wissensstand zu bringen.

Nach dem Telefonat rief sie erneut David an. Sie wollte wissen, ob er ihre Nachricht schon abgehört hatte, und fragen, ob er noch sauer war. Auch diesmal landete sie auf der Mailbox. »Verflixt«, knurrte sie. »Warum hebst du nicht ab?« Sie fühlte Wut aufflammen. Ihre Anrufe zu ignorieren war lächerlich. Sie wählte noch einmal die Kurzwahltaste für ihn, und wieder hörte sie Davids Stimme.

»Tut mir leid, ich kann gerade nicht rangehen. Nachrichten bitte nach dem Signalton. Ich rufe so schnell wie möglich zurück.«

Sie atmete tief durch, um nicht zornig zu klingen. »Hi, Sarah noch mal. Melde dich bitte, sobald du das hörst.« Sie legte auf und ging zurück hinter die Villa.

Die Stimmung kam Sarah jetzt aufgedrehter vor. Ramona Mair wuselte zwischen den Gästen umher, die mit erschrockenen Mienen auf sie einredeten. Sarah sah sich nach Conny um und entdeckte sie an einem Tisch neben Britta Eckenberg. Zwei Frauen, schätzungsweise um die sechzig, standen vor ihnen und sprachen scheinbar, ohne Luft zu holen. Auch sie wirkten aufgekratzt. Als Conny Sarah bemerkte, erhob sie sich und eilte ihr entgegen.

»Die Katze ist aus dem Sack«, tuschelte sie und hakte sich bei ihr unter. »Britta Eckenberg hat ihre Gäste informiert, dass soeben die Polizei zu Besuch war. Und dass der geraubte Dolch eine Hauptrolle in einem Mordfall spielt. Siehst eh, wie alle auf einmal durch den Wind sind.«

»Na super«, stöhnte Sarah. »Aber gut, dann werden wir uns mal umhören. Bin gespannt, was die Leute dazu sagen.«

»Ich hab schon ein wenig die Ohren offen gehalten. Einige der Gäste kennen Peer Schneider, eine Handvoll hat sogar bei ihm eingekauft.« Ihr Blick wanderte zu dem Mann im Anzug, dessen Einstecktuch farblich zum burgunderroten Kleid der Frau neben ihm passte. »Das da sind Ferdinand und Tamara Hohenberg. Sie betreiben ein luxuriöses Schmuckgeschäft am Graben.«

»Das kenne ich«, sagte Sarah. »Aber nur von außen.«

»Mein Geldtascherl ist auch viel zu klein für deren Geschmeide«, entgegnete Conny. »Jedenfalls sammeln die beiden seit drei Jahren Kunst und sind beziehungsweise waren Kunden von Peer Schneider.« Ihr Blick glitt weiter zu einem Paar, das unter einem Sonnenschirm stand und sich mit Ramona Mair unterhielt. Er mittelgroß mit Bauchansatz, sie etwas pummelig, aber mit souveränem Auftreten. »Ebenso Olivia und Gernot Traub, die sich auf den Verkauf von Luxusimmobilien spezialisiert haben. Und jetzt komm! Ich stell dir endlich die Gastgeberin vor.« Conny zog Sarah mit sich, und einen Augenblick später saßen sie auf den freien Stühlen am Tisch der Millionärin. Die beiden älteren Damen von vorhin waren verschwunden.

»Conny meinte, Sie kannten das Mordopfer«, sagte Britta Eckenberg, nachdem die Gesellschaftsreporterin sie miteinander bekannt gemacht hatte. »Sie sollen sogar die Leiche gesehen haben.«

»Ja, ich war heute Nacht im Belvedere.«

»Das war sicher schrecklich. Ich hab damals auch meinen toten Mann entdeckt. Er sah aus, als hörte er mit geschlossenen Augen Musik und wäre darüber eingeschlafen. Kein Wunder bei Mozart. Ich persönlich hör lieber Led Zeppelin, da schläft man nicht so leicht ein.« Sie kicherte wie ein junges Schulmädchen, dem ein Streich gelungen ist.

»Der Tote im Belvedere sah nicht so aus, als schliefe er. Ihr Dolch steckte in seinem Herz«, entgegnete Sarah.

»Schrecklich«, sagte die Millionärin. »Erzählen Sie mir von dem Opfer.«

»Leider gibt es nicht viel zu erzählen. Wir hatten schon lange keinen Kontakt mehr. Ich hab ihn gestern am späten Nachmittag zufällig wiedergetroffen.«

»Er betrieb ein Auktionshaus in der Innenstadt, haben mir die Mordermittler vorhin verraten.«

»Ja. Peers Liebe galt der Symbolik in Gemälden. Vorrangig in Vanitas-Bildern.«

»Bestimmt eine interessante Thematik«, meinte Britta Eckenberg in einem Tonfall, der Sarah verriet, dass sie das Thema nicht im Mindesten interessierte. Es war eine höfliche Anmerkung, nicht mehr.

»Der Dolch war übrigens ein Geschenk an meinen Mann«, kam die alte Dame auf die Mordwaffe zurück. »Seine Enkel haben ihn Karl zu seinem neunundachtzigsten Geburtstag geschenkt. Natürlich mit Hintergedanken.« Jetzt war ihr Tonfall missbilligend. Auf einmal registrierte Sarah strenge Falten um ihren Mund, die von Konflikten erzählten. »Es heißt, der Rubin sei der Stein der Könige. Wussten Sie das?«, fuhr die alte Dame fort.

Sarah nickte, und Conny erwähnte kurz ihre Kolumnen über Symbolik und Aberglauben.

»Damit wollten sie meinem Karl schmeicheln und ihm zu verstehen geben, dass er der ewige König der Eckenberg Maschinen und Anlagenbau AG sein würde«, überging Britta Eckenberg Connys Bemerkung.

Als auch die alte Dame das Wort König verwendete, spitzte Sarah die Ohren.

»Das haben sie jedenfalls Karl gegenüber behauptet. Angeblich hatten sie lange gesucht, ehe sie ein passendes Geschenk gefunden haben.« Die Millionärin schüttelte den Kopf, als würde sie dieser Behauptung keinen Glauben schenken.

Sarah verkniff sich den Einwurf, dass ein verbreiteter Aberglaube besagte, dass man das Band der Freundschaft zerschneide, so man ein Messer, eine Schere oder ein anderes Schneidewerkzeug wie eben einen Dolch verschenkte. Doch sie kannte die Familie nicht und mochte den Enkeln daher diese Absicht nicht anlasten.

»Diese falsche Brut«, fuhr Britta Eckenberg fort. »Die hatten doch nur Angst, dass er ihnen nach dem Tod zu wenig hinterlässt. Sie müssen wissen, jeden Cent, den ich bekommen habe, neiden sie mir.« Sie seufzte. »Ich werde den Dolch jedenfalls verkaufen, sobald die Polizei ihn mir zurückbringt. Ich will ihn nicht mehr im Haus haben.« Ihre graugrünen Augen blitzten auf. »Wenn ich mich recht entsinne, hat man mir sogar schon mal ein Angebot dafür gemacht. Wann war das nur?« Sie machte eine wegwerfende Handbewegung. »Egal, Ramona hat die Korrespondenz sicher irgendwo aufgehoben.« Sie umklammerte den silbernen Griff ihres Stocks und machte Anstalten, sich zu erheben.

Sarah sprang auf, um zu helfen.

»Danke, meine Liebe«, sagte die Millionärin mit sanfter Stimme. »Bitte entschuldigen Sie mich kurz. Ich möchte Ramona fragen, wer an dem Dolch interessiert war. Auf keinen Fall darf er über einen etwaigen Mittelsmann Tilmann in die Hände fallen. Er ist von der gierigen Brut die giftigste Natter.« Sie stützte sich auf den Stock und entfernte sich.

»Klingt nach Familienidylle«, merkte Sarah sarkastisch an, nachdem Britta Eckenberg außer Hörweite war.

Conny nickte. »Eher nach Familienhölle. Unsere Gastgeberin und die Familie ihres Mannes aus erster Ehe wünschen sich gegenseitig die Pest an den Hals. Obwohl Karl Eckenberg bereits geschieden war, als Britta in sein Leben trat. Aber ihre Existenz hat nun mal das Erbe gemindert.«

»Haben Britta Eckenberg und ihr verstorbener Mann Kinder?«, hakte Sarah nach.

»Nein. Möglicherweise haben sie sich bewusst dagegen entschieden. Sie war zwar erst ...«, Conny dachte einen Augenblick nach, »dreißig. Ja, sie war dreißig, als sie heirateten, er jedoch schon fünfundfünfzig.« Sie zuckte mit den Achseln. »Aber vielleicht hat es auch einfach nicht eingeschlagen. Wie wir wissen, spielt das Alter für manche Männer beim Kinderkriegen ja keine große Rolle. Vereinzelt werden noch siebzig- oder achtzigjährige Vater. Unverantwortlich, wenn du mich fragst.« Sie schüttelte missbilligend den Kopf. »Mit Britta war er übrigens vierunddreißig Jahre verheiratet und mit seiner ersten Frau neunundzwanzig.«

»Beide Ehen haben lange gehalten«, hielt Sarah fest. »Da kann ihn niemand einen Hallodri schimpfen. Was ist eigentlich mit seiner ersten Frau?«

»Ist vor ein paar Jahren gestorben«, antwortete Conny. »Karl Eckenberg hat ihr nach der Trennung die Familienvilla in Baden bei Wien überlassen. Dort hat sie bis zu ihrem Tod gelebt. Heute wohnt da ihre gemeinsame Tochter Daphne mit ihrem Sohn Richard, dessen Frau Franziska und den Kindern.« Conny richtete ihr Augenmerk auf die Gästeschar, damit ihr auch ja nichts entging, während sie hier plauderten. Sie war wie ein Adler auf Beutejagd.

»Und das weißt du alles aus dem Stegreif«, sagte Sarah anerkennend. »Du hast die Wiener Gesellschaft wirklich bestens im Blick.«

Conny sah wieder zu Sarah. »Ich bereite mich eben gut vor. Alles andere ist unprofessionell.«

Sarah nickte. Auch ihr waren Journalisten ein Gräuel, die unvorbereitet bei Veranstaltungen auftauchten. »Was ist mit diesem Tilmann? Der scheint ihr ja besonders zuzusetzen.«

Conny grinste breit. »Tilmann Eckenberg ist ein Lebemann, achtunddreißig, unverheiratet, gut aussehend, überheblich, ein Freund teurer Autos und schöner Frauen und wie sein Großvater leidenschaftlicher Kunstsammler.«

»Kennst du ihn?«, fragte Sarah.

»Er treibt sich manchmal auf Vernissagen oder Szenepartys rum. Ein persönliches Gespräch hat sich noch nicht ergeben. Ich fall offenbar nicht in sein Beuteschema.« Conny lachte kurz amüsiert auf und wurde wieder ernst. »Außerdem hat er es nicht so mit Journalisten. Ach ja, by the way, die Eckenberg war ja in der Villa, als sie ausgeraubt wurde. Aber Ramona hat mir erzählt, dass eigentlich geplant war, dass sie auf ihrem Anwesen in Pörtschach ist und es den Traubs zeigt. Sie denkt nämlich darüber nach, es zu verkaufen.« Sie hielt inne, um sich zu vergewissern, dass sie Sarahs volle Aufmerksamkeit hatte. »Jetzt halt dich fest: Veronika Hestes ist die Interessentin.«

Nachdem Sarah nicht reagierte, weil ihr der Name nichts sagte, rollte Conny mit den Augen und erklärte, um wen es sich handelte. »Jedenfalls grenzt das Grundstück an jenes von dem Milliardär Leopold Opitz. Die Hestes und ihr Mann sind mit ihm angeblich gut befreundet. Übrigens wurde vor drei Jahren auch bei ihnen in ihrem Zweitwohnsitz Kitzbühel und vor vier Monaten bei Opitz eingebrochen. Wie auch immer, Britta Eckenberg hatte den Termin in Kärnten kurzfristig abgesagt.«

»Interessant.« Sarah strich sich eine widerspenstige Haarsträhne hinters Ohr. »Weißt du, was bei den Einbrüchen gestohlen wurde?«

Conny schüttelte den Kopf. »Nein. Und bisher gibt es auch keine Spur, was die Diebe betrifft, meint Ramona.«

Sarah bemerkte, dass sich die beiden Juweliere und die Immobilienmakler an einem Tisch versammelt hatten. »Ich versuche mal, mit den Hohenbergs und den Traubs über Peer ins Gespräch zu kommen. Vielleicht erfahre ich ja etwas«, entschied sie.

»Und ich hör mich noch einmal bei den anderen Gästen um«, beschloss Conny, und sie erhoben sich zeitgleich.

Beim Näherkommen schnappte Sarah Wortfetzen auf, aus denen sich ableiten ließ, dass Britta Eckenberg neben dem Dolch auch wertvoller Schmuck gestohlen worden war. Sie verlangsamte ihre Schritte.

»Der Schmuck ist sicher schon in tausend Teilstücke zerlegt oder sogar eingeschmolzen worden«, behauptete Ferdinand Hohenberg in dem Moment. »Damit ist er für alle Zeit verloren und kann unter die Leute gebracht werden, ohne zurückverfolgt werden zu können.«

»Aber erstaunlich ist doch, dass der Dieb die Gemälde beim Stiegenaufgang nicht mitgenommen hat.

Dabei sind die nahezu unbezahlbar«, setzte Gernot Traub nach. Er drehte den Kopf in Sarahs Richtung und sah ihr direkt in die Augen. Sie war zu nahe gekommen, um weiterhin unbemerkt mitzuhören.

»Darf ich Sie kurz stören?«, fragte sie, stellte sich vor und erwähnte, eine alte Bekannte von Peer Schneider zu sein. »Ich habe gehört, Sie kannten ihn ebenfalls.«

»Bitte! Setzen Sie sich doch zu uns.« Olivia Traub deutete auf einen freien Stuhl.

Sarah nahm Platz. Naturgemäß drückten die vier als Erstes abwechselnd ihre Fassungslosigkeit und Bestürzung über den Mord aus und betonten mehrmals, welch sympathischer Mann Peer gewesen war.

»Woher kannten Sie Herrn Schneider?«, fragte Tamara Hohenberg dann.

»Haben Sie auch bei ihm eingekauft?«, hakte die Immobilienmaklerin nach, weil Sarah nicht gleich reagierte.

Sie hätte fast lauthals aufgelacht. Auf der Homepage hatte sie kein Kunstwerk gesehen, dessen Preis unter fünftausend Euro lag, für sie nur schwer leistbar.

»Nein, ich kenne ihn noch aus meiner Studentenzeit. Uns verband die Leidenschaft für Symbole.« Sarah tat es leid, dass sie im Laufe der Jahre vergessen hatte, dass Peer schon damals von Symbolen in den Vanitas-Gemälden fasziniert gewesen war. »Ich interessiere mich allerdings in erster Linie für die Symbole in unserer Stadt und berichte über die Hintergründe des Aberglaubens.« Sarah erwähnte ihre Kolumnen im *Wiener Boten*.

»Ich glaub, ich hab schon welche von Ihnen gelesen«, meinte Olivia Traub sich zu erinnern.

»Wer tut so etwas Schreckliches? Wer tötet einen ehrbaren Unternehmer?«, fragte Tamara Hohenberg dann, und ihr Blick glitt zu Ramona Mair, die außer Hörweite mit Conny sprach.

»Und warum ausgerechnet mit dem Dolch?«, fügte ihr Mann hinzu.

»Das ist die Millionenfrage«, sagte Sarah. »Wenn es wenigstens eine Verbindung zwischen Frau Eckenberg und Peer gäbe, wäre das vielleicht ein Ansatz.«

»Oh«, warf Gernot Traub ein. »Aber die Verbindung gibt es, wenn auch im sprichwörtlichen Sinn um mehrere Ecken herum.«

Sarah horchte auf. »Und welche wäre das?«

»Tilmann Eckenberg, Brittas Stiefenkel, ist Kunde im Auktionshaus Schneider«, verriet er.

»Stimmt«, bestätigte Ferdinand Hohenberg und sah aus, als wäre ihm das ebenfalls soeben eingefallen. »Ich hab ihn dort sogar schon getroffen.«

»Dann wisst ihr sicher auch, dass der Caterer, der uns heute die besten Austern serviert, die ich jemals gegessen habe«, Olivia Traub setzte eine schwärmerische Miene auf, »auch der Caterer auf Tilmanns Empfang ist, der ja traditionell immer wenige Tage nach Brittas Benefizbrunch stattfindet.«

»Ihr geht dahin?«, fragte Tamara Hohenberg erstaunt.

»Natürlich.« Olivia Traub schaute sie verwundert an. »Er hat schließlich sein Haus am Gardasee über uns gekauft. Kennt ihr ihn nicht?«

Die Schmuckhändlerin schüttelte heftig den Kopf und warf ihrem Mann einen flüchtigen Blick zu, aus dem Sarah nicht schlau wurde. Entweder ärgerte sie sich über die Illoyalität der Traubs oder darüber, dass Tilmann Eckenberg nicht auch ihr Kunde war und sie einlud.

Scheint, als wäre ich auf der vergänglichen Seite eines Vanitas-Gemäldes gelandet, dachte Sarah amüsiert und verkniff sich ein Grinsen. Das Streben nach Reichtum, irdischen Gütern und nach Bedeutsamkeit saß in personifizierter Form vor ihr.

Als die Gastgeberin erneut einer Königin gleich auf der Terrasse erschien, verstummten die vier.

Britta Eckenberg kam in den Garten, machte ein paar Schritte und blieb unter einem Sonnenschirm nahe den Kastanien stehen. »Meine lieben Freunde«, hob sie lautstark an, »eine mir unbekannte Frau hat mir vor etwa einem halben Jahr ein Angebot für den Dolch unterbreitet. Die gute Ramona hat sofort Erkundigungen eingezogen und herausgefunden, dass es sich bei ihr um eine Mittelsfrau gehandelt hat.«

Sarah warf Conny einen fragenden Blick zu.

»Kurzum, das Risiko, dass der Dolch in Tilmanns Hände fällt, wenn ich ihn ihr verkaufe, ist mir zu hoch. Ihr wisst, wie ich zu Karls Familie aus erster Ehe stehe. Deshalb habe ich gerade beschlossen, dass ihr, meine Freunde, die Ersten seid, denen ich das Angebot mache, den Dolch zu erwerben, wenn er von der Polizei freigegeben wird. Der Erlös soll dem Weißen Ring zugutekommen, für den ich euch auch heute um Spenden gebeten habe.«

Sarah verstand die Motivation hinter dem Verkauf. Der Dolch würde sie stets erinnern, dass damit ein Mensch ermordet worden war. Auch dass Britta Eckenberg die dafür erhaltene Summe an einen Verein spenden wollte, der sich für Opfer von Gewalttaten einsetzte, hieß sie gut. Aber ein Mordinstrument an Freunde zu verschachern, die noch dazu die grausame Geschichte kannten, brachte in ihren Augen das Bild in Schieflage. Und wer würde überhaupt mitbieten?

Das erste Gebot über hunderttausend Euro kam von Olivia Traub. Sarah versuchte, sich ihre Verwunderung nicht anmerken zu lassen. Die Frau hatte Peer gekannt! Wollte sie die Mordwaffe wirklich in ihrem Haus haben? Sie sich womöglich an die Wand hängen, allen Besuchern zeigen und erzählen, dass damit der Kunsthändler ermordet worden war, bei dem man früher seine Gemälde gekauft hatte? Das war doch … verrückt.

Zum Glück kam Conny von ihrer Runde durch die Gästeschar zurück. Sie ließ sich neben Sarah nieder und beugte sich zu ihr hinüber. »Der Dolch stammt aus dem 17. Jahrhundert und ist einiges wert. Allein die Rubine etwa dreitausend Euro pro Stück. Das macht bei dreizehn Steinen neununddreißigtausend Euro«, flüsterte sie ihr zu. »Hat mir Ramona vorhin verraten.«

»Wow!«, entfuhr es Sarah, als die Juwelierin von einer eleganten Dame mit kurzen blonden Haaren in einem weißen Sommerkleid überboten wurde.

»Das ist Yvonne Rauter«, sagte Conny. »Sie ist ein bedeutender Name in der Kunstwelt, betreibt mehrere

Galerien in Berlin, Paris, Peking und seit zwei Jahren auch eine in Wien.«

Während weitere Gebote folgten, warf Sarah einen Blick auf ihr Handy. Hatte sie sein Klingeln überhört? Enttäuscht stellte sie fest, dass David nicht angerufen hatte. Dabei musste er ihre Nachrichten doch längst abgehört haben. Wütend über sein kindisches Verhalten, steckte sie das Telefon wieder ein.

12

Das war mehr als peinlich«, zischte Tamara Hohenberg, als sie zum Parkplatz zurückgingen.

Anstandshalber waren sie noch eine Stunde geblieben, ehe sie sich von Britta verabschiedet hatten. Obwohl die Stimmung gekippt war, nachdem sie erfahren hatten, dass mit deren gestohlenem Dolch ein Mensch ermordet worden war, hatten sie sich verpflichtet gefühlt, ihrer alten Bekannten moralischen Beistand zu leisten. Doch als Britta begonnen hatte, das Mordwerkzeug ihren Gästen anzupreisen wie einen Ladenhüter, hatten Ferdinand Hohenberg und seine Frau an sich halten müssen, um nicht augenblicklich das Fest zu verlassen. Aber Britta war eine zahlungskräftige Kundin, die große Summen für Schmuck ausgab. Ihr konnte man die eigene Meinung nicht ohne Weiteres ins Gesicht schleudern. Doch jetzt war es mit der Zurückhaltung vorbei.

»Eine Unverschämtheit, dass sie versucht, den Dolch an uns zu verschachern«, giftete Tamara weiter, als sie in den Range Rover gestiegen waren. »Unmöglich!«

»Du hast vollkommen recht«, pflichtete Ferdinand ihr bei.

»Noch dazu war sie die Ruhe in Person, als ob sie das alles nichts anginge. Das findest du doch auch, gell?

Ich würde ausflippen, wenn mir die Polizei mitteilen würde, dass mit einem Gegenstand, der mir gehört, ein Mensch ermordet wurde.«

»Vielleicht war sie ja so gelassen, weil sie im Gegensatz zu uns Peer Schneider nicht gekannt hat«, versuchte er, Brittas Verhalten zu erklären. Sie selbst verband mit dem Kunsthändler eine reine Geschäftsbeziehung, dennoch war die Nachricht ein Schock. »Dass sie den Dolch nicht mehr haben will, zeigt doch andererseits auch, dass es sie schon irgendwie belastet. Auch wenn sie nach außen hin gleichgültig wirkt«, fuhr er fort.

»Trotzdem! Ein Mensch wurde damit umgebracht«, brauste Tamara erneut auf. »Da hätte sie ihr Entsetzen schon offen zeigen können. Wenigstens aus Respekt dem Toten gegenüber. Heucheln fällt ihr doch sonst auch nicht schwer.«

»Was meinst du?«

»Ich weiß zufällig, dass Britta diese Rauter nicht ausstehen kann, und trotzdem lädt sie sie immer wieder zu ihrem Brunch ein. Wegen ihrer ausgezeichneten internationalen Beziehungen. Und das, obwohl Britta sich ja nicht mal mehr die Mühe macht, an den Wörthersee zu fahren, und der ist nur in Kärnten.«

»Vielleicht liegt Pörtschach einfach zu nahe bei Wien.«

»Schrecklich, wie sich die Traubs bei ihr einschleimen, nur um das Anwesen an diese Schauspielerin verkaufen zu können«, ignorierte Tamara seinen Einwurf. »Aber wie auch immer: Sag mir, was will Britta mit dem Rest der Welt anfangen, den ihr die Rauter bieten kann?«

»Vielleicht will sie sie sich warmhalten, falls sie sich doch mal dazu entschließen sollte, ihre Gemäldesammlung zu verkaufen.«

Tamara griff sich an die Stirn, als bereitete ihr allein die Vorstellung unerträgliche Kopfschmerzen. »Ich werde zu Hause gleich eine Beileidskarte an Frau Schneider schreiben.« Sie nahm die Hand wieder runter, warf einen letzten Blick auf die Villa. »So ein Unglück. Ich kann wirklich nicht glauben, dass Britta das getan hat. Sie hat sich wie auf einem Basar gebärdet. Und die Traubs haben doch tatsächlich ein Angebot gemacht. Denen und den anderen Bietern ist offenbar nichts heilig. Sie haben sich auf die Mordwaffe gestürzt wie Bluthunde auf ein Stückerl Fleisch.« Tamara war drauf und dran, sich noch weiter in Rage zu reden.

In dem Moment tauchte Yvonne Rauter auf dem Parkplatz auf. Sie nickte ihnen freundlich zu, und sie erwiderten den Gruß ebenso höflich. Nachdem die Galeristin in ihren Porsche gestiegen und davongefahren war, startete auch Ferdinand endlich den Wagen.

»Was hältst du davon, auf einen Sprung im Geschäft vorbeizuschauen?«, fragte er, um endlich das Thema zu wechseln. Er war zwar ebenso fassungslos über Brittas Verhalten wie Tamara, aber es brachte nichts, sich stundenlang darüber aufzuregen.

»Ich weiß nicht. Meine Nerven flattern.« Sie drehte den Kopf in seine Richtung. »Und eigentlich wollten wir heute doch nicht ins Geschäft.«

»Nur für zehn Minuten«, beschwor er sie und lenkte den Range Rover durch das Einfahrtstor auf die Himmelstraße.

Tamara seufzte ergeben. »Wenn du unbedingt willst. Aber vorher bring mich bitte nach Hause. Mein Bedarf an Menschen ist für heute gedeckt. Und darunter fallen auch Angestellte und Kunden.«

»Also gut, dann fahren wir beide nach Hause«, gab er schließlich nach. »Ich kann ja im Laden anrufen und fragen, ob alles in Ordnung ist.«

»Wennst meinst.«

»Was kann da passiert sein?«, stellte Ferdinand nun die Frage, die ihm schon die ganze Zeit durch den Kopf ging. »Peer Schneider führte ein Auktionshaus. So jemand hat doch keine Feinde, die bereit sind zu töten, oder?«

»Kann ich mir auch nicht vorstellen. Er ist … war«, verbesserte Tamara sich, »so charmant, hilfsbereit und sympathisch. Man musste ihn einfach mögen.«

»Andererseits kannten wir ihn nur flüchtig«, meinte Ferdinand.

»Damit hast du auch wieder recht.«

Den Rest des Weges schwiegen sie. Jeder hing seinen eigenen Gedanken nach. Seine kreisten um den Mord, Tamaras vermutlich um Brittas unangemessenes Benehmen.

Die Fahrt dauerte fünfundzwanzig Minuten. Ihr Einfamilienhaus lag auf der Baumgartner Höhe in Hütteldorf nahe dem ehemaligen Otto-Wagner-Spital, der heutigen Klinik Penzing. Auf dem Spitalgelände stand mit der von Otto Wagner erbauten Kirche am Steinhof das bedeutendste sakrale Bauwerk des Wiener Jugendstils. Tamara und er spazierten sonntags gerne dorthin und genossen den wunderbaren Blick auf Wien.

Wenige Meter vor ihrem Grundstück nahm Ferdinand eine kleine Fernbedienung zur Hand und gab einen Code ein. Das Garagentor öffnete sich, und er fuhr den Wagen direkt in die Garage, von der aus sie über den Keller ins Haus gelangten.

Im Flur kamen ihnen ihre beiden Maine-Coon-Katzen Picasso und Dalí zur Begrüßung entgegen. Nachdem sie sich gestreckt hatten, legten sie sich auf den Boden und sahen ihnen mit gelangweilten Blicken zu, wie sie aus den Schuhen schlüpften.

»Ich zieh mich erst mal um«, beschloss Tamara und drehte Ferdinand den Rücken zu, der mechanisch den Reißverschluss aufzog. »Bin ich froh, endlich aus dem Kleid rauszukommen«, ächzte sie. »Man bekommt ja kaum Luft darin.«

»Niemand verlangt von dir, dich in ein derart enges Teil zu pressen«, sagte Ferdinand, was ihm einen strengen Blick einbrachte. Weshalb er nachschoss: »Aber ich genieße den Anblick.«

Tamara streifte das Kleid ab und stand im nächsten Moment in Slip und BH vor ihm.

Er sah auf die Uhr. Es war halb fünf. Die Zeit bei Britta war verflogen. »Ich mach uns einen Drink. Was magst du?«

»Einen Gin Tonic«, sagte Tamara und ging mit dem

Kleid in der Hand in den ersten Stock ins Ankleidezimmer.

Ferdinand wandte sich Richtung Wohnzimmer, wo der Barschrank stand. Ihm war nach einem irischen Whiskey. Die langhaarigen Wachposten folgten ihm. Er zog die Tür auf und verharrte. Die Terrassentür stand sperrangelweit offen. Hatten sie vergessen, sie beim Verlassen des Hauses zu schließen? Ein Wunder, dass die Katzen nicht abgehauen waren.

Dann fiel sein Blick auf die Glassplitter am Boden. Die Glasschale, die sonst auf dem Couchtisch stand, war zu Bruch gegangen. Aber weshalb? Ein Windstoß konnte sie unmöglich hinuntergefegt haben. Er ging in das Zimmer, um den Schaden näher zu begutachten. Im nächsten Moment sah er den Stein am Boden und die kaputte Scheibe der Terrassentür. Sein Verstand arbeitete auf Hochtouren. Mit einer bösen Vorahnung drehte er sich um hundertachtzig Grad. Er starrte auf eine leere Wand.

13

Sarah plagte das schlechte Gewissen. Es war inzwischen halb sechs. Ihr Versprechen gegenüber David heute Morgen, bald wieder zu Hause zu sein, hatte sie definitiv nicht gehalten.

Nachdem sie das Anwesen von Britta Eckenberg verlassen hatte, war sie mit dem Honda zur Redaktion zurückgefahren. Dort hatte sie Maja vom absurden Verlauf des Brunchs berichtet, und sie hatten noch ein paar Minuten die Berichterstattung durchgesprochen. David hatte sich nicht zurückgemeldet, also hatte sie es erneut bei ihm probiert und war prompt wieder auf der Mailbox gelandet. Sie wusste, dass er an freien Tagen das Handy gerne ausschaltete, aber er wusste wiederum, dass sie unterwegs war und sich melden würde. Außerdem hatte sie ihn um einen Rückruf gebeten. Sie machte sich schon auf einen ordentlichen Streit gefasst. Egal, sie würde das wieder geradebiegen, hatte sie gedacht, während sie mit den Öffentlichen nach Hause gefahren war. Irgendwie. Vielleicht etwas Feines zum Abendessen kochen und dazu eine gute Flasche Wein köpfen. Und morgen würde sie auf jeden Fall zu Hause bleiben, das nahm sie sich fest vor. Oder sie überredete David zu einem Ausflug. Vielleicht zu einem Picknick am Cobenzl mitten in den Weinbergen?

Jetzt drückte Sarah das Gartentor auf, öffnete die Haustür und stand wenig später vor ihrer Wohnung.

»Bin wieder da!«, rief sie beim Eintreten, bemüht um einen fröhlichen Tonfall. Sie bekam keine Antwort.

»David?« Sie streifte die Schuhe ab und hängte ihre Tasche an die Garderobe.

Marie kroch aus der Transportbox, die versteckt unter der Kommode stand, und streckte sich genüsslich. Sie hatten sich angewöhnt, die Box mit offenem Türgitter dort stehen zu lassen, damit die Halbangora sie nicht nur als Transportmittel zum Tierarzt wahrnahm, sondern auch als gemütlichen Rückzugsort.

»Hallo, Süße. Hast schön geschlafen?« Sarah ging in die Knie und kraulte die Katze zwischen den Ohren, die unmittelbar zu schnurren begann. »Ist das Herrli draußen?«

Sie kam wieder hoch, eilte zur Terrassentür und stoppte kurz darauf abrupt. Die Tür war verschlossen, die Gardinen vorgezogen. Ihr Blick streifte die Küche. Auch dort war David nicht. Arbeitete er vielleicht und hatte sie nicht gehört? Sie ging zum Büro und zog die Tür auf. »David?«

Das Zimmer war leer.

Sonderbar. Warum meldete er sich nicht? Schlief er? Das wäre nachvollziehbar, die Nacht war für sie beide zu kurz gewesen. Aber im Schlafzimmer fand sie ihn ebenso wenig wie im Badezimmer. Sie setzte ihre Suche fort, doch die gesamte Wohnung war verwaist.

Schließlich kramte Sarah ihr Handy aus der Umhängetasche an der Garderobe, rief ihn erneut an, erreichte abermals nur die Mailbox und legte auf.

»Herrgott noch mal!«, fluchte sie. »Was ist hier eigentlich los?«

Die Halbangora saß mitten im Gang und beobachtete sie aufmerksam.

»Sag schon, Marie, ist er weggefahren?«

Die schwarze Schönheit trollte sich Richtung Küche.

»Aber dann hätte er mir doch sicher eine Nachricht hinterlassen!«, rief sie der Katze hinterher und lief in der nächsten Sekunde aus dem Haus und zur Garage.

Sie öffnete das Tor. Der Volvo stand an seinem Platz. Mit dem Auto war er also nicht unterwegs. Allmählich machte sich ein ungutes Gefühl in ihr breit.

Sie schloss das Garagentor, wandte sich um und sah die Hausfassade hinauf. Die Fenster im oberen Stockwerk waren geschlossen.

Trotzdem eilte sie wieder ins Haus, nahm mit langen Schritten immer zwei Stufen auf einmal und läutete im ersten Stock an der Wohnungstür von Chris und Gabi. Niemand öffnete.

Sie drückte noch mal auf den Klingelknopf, aber es blieb still hinter der Tür. »Na geh! Sind heute denn alle ausgeflogen?«

Enttäuscht stapfte sie wieder nach unten und rief aus ihrer Wohnung Gabi an.

»Sarah!«, meldete sich ihre Freundin nach dem vierten Läuten.

»Wo bist du? Ich hab grad bei euch geklingelt.«

»In der Innenstadt, shoppen. Ich hab vorhin auch bei euch geläutet, weil ich dich fragen wollte, ob du mitkommst. Aber niemand hat aufgemacht. Ich dachte, ihr seid weg, also bin ich alleine los. Grad sitz ich im Segafredo am Graben und trink eine Melange. Magst nicht kommen?«

»Weißt du, wo David ist?«, antwortete Sarah mit einer Gegenfrage.

»Keine Ahnung. Seid ihr nicht zu zweit unterwegs?«

»Nein, ich war bei einem Benefizbrunch … beruflich.«

»Ich dachte, du hast frei?«

»Eh. Trotzdem.«

In dem Moment wurde bei Sarah angeklopft. Jemand rief sie an. David?

»Gabi, ich muss Schluss machen. Er ruft grad an. Bussi! Baba«, beendete Sarah schnell das Gespräch.

Aber auf dem Display leuchtete eine fremde Telefonnummer.

War das das Krankenhaus? David musste etwas passiert sein, schoss es ihr panikartig durch den Kopf. Gleich würde man ihr eine schreckliche Nachricht überbringen. Sie wappnete sich, atmete tief durch und nahm das Gespräch an. »Hallo?«

Jemand atmete.

»Hallo?« Ihre Lippen bebten. Ihr Herz schlug rasend schnell. »David?«

Atmen.

»Wo bist du?« Die Angst beschwor in ihrem Kopf ein

Horrorszenario herauf. David blutüberströmt im Nirgendwo.

»David! Red mit mir! Was ist passiert?« Ihre Stimme überschlug sich. Dann wurde die Verbindung getrennt, und ihre Knie gaben nach. Sarah sank auf den Boden, lehnte sich mit dem Rücken gegen die Wand und versuchte, nicht durchzudrehen.

Die Halbangora kam und stieg schnurrend in ihren Schoß.

Sarah streichelte sie. »Weißt was, Marie? Das ist doch lächerlich. Bestimmt hat sich der Anrufer nur verwählt, und ich hab ihn mit meiner Panik verschreckt. Oder die Verbindung war schlecht, deshalb hab ich ihn nicht gehört. Ich werde einfach zurückrufen.« Beherzt griff sie zum Handy. Wenige Augenblicke später ließ sie es fallen, als hätte sie sich daran verbrannt.

14

Um halb sieben stieg Ramona in ihren VW Beetle, der nicht auf dem Besucherparkplatz, sondern auf der Himmelstraße parkte. Kuba Kaminskis Catering-Firma hatte ihre Sachen zusammengepackt und die Küche blitzblank hinterlassen. Die Sonnenschirme und Tische würde ein anderes Unternehmen am Montagmorgen abholen. Die letzten Gäste hatten sich vor zwanzig Minuten verabschiedet, und Britta Eckenberg hatte sich zurückgezogen. Nach den Traubs hatte noch eine Handvoll VIPs ein Gebot für den Dolch abgegeben. Die Aktion war Ramona wie ein pietätloses Spiel vorgekommen. Am Ende hatte ihre Chefin die Auktion abgebrochen, weil sie sie ermüdete.

Ramona wohnte in einem Apartmenthaus im achtzehnten Bezirk, nahe dem Kutschkermarkt, einem der letzten Straßenmärkte Wiens. Ihre Wohnung lag im ersten Stock. Sie war nicht groß, aber genügte ihr. Fünfundsechzig Quadratmeter, aufgeteilt in Schlafzimmer, Badezimmer, Wohnzimmer mit integrierter Küche und einem Balkon mit Blick in den begrünten Hinterhof. Justament als sie ihre Wohnungstür öffnete, klingelte ihr Handy. Seufzend zog sie es aus der Handtasche. War der Eckenberg noch etwas eingefallen? Etwas, das sie unbedingt sofort erledigen sollte, weshalb sie sie zurückbeorderte? Doch auf dem Display las sie Richards Namen, und ihr Herz machte einen Satz. Sie nahm den Anruf an, während sie die Tür hinter sich ins Schloss warf.

»Überraschung, ich bin in Wien«, hörte sie seine samtige Stimme.

»Was ist passiert?« Sie hatte ihn auf Sardinien gewähnt, wo er ein Ferienhaus besaß und mit seiner Frau und den beiden Kindern seit einer Woche Urlaub machte. Laut Plan sollten sie noch drei Wochen dort bleiben.

»Ich wollte dich sehen.«

Sie lachte herzlich. »Lügner.«

»Okay. Wir haben einen großen Auftrag in Aussicht. Die Verhandlungen beginnen am Montag, da will ich dabei sein.«

»Und deshalb bist du schon heute, am Samstag, in Wien?«

»Ich muss mich natürlich auf das Meeting vorbereiten, und da dachte ich mir … Wo bist du?«

»Gerade nach Hause gekommen.«

»Gut. In einer Stunde bin ich da.« Er legte auf.

Ihr Herz machte einen noch höheren Luftsprung. Sie hatte sich auf einen einsamen Abend vor dem Fernseher eingestellt, denn keine ihrer Freundinnen hatte Zeit. Dass jetzt Richard unerwartet auftauchte, änderte alles.

Sie duschte, zog schwarze Spitzenunterwäsche, eine rosa Seidenbluse und einen eierschalenfarbenen Sommerrock an und wartete. Sie waren einander vor zwei

Jahren begegnet. An einem Samstagabend wie diesem in einer Bar. Ramona war mit einer Freundin ausgegangen, Richard mit einem Freund. Die Männer hatten ihnen Drinks spendiert, so war man ins Gespräch gekommen. Nichts an ihrer Unterhaltung war von Bedeutung gewesen, doch sie hatten viel gelacht. Mit keinem Wort hatte Richard erwähnt, dass er einer von zwei Inhabern und Geschäftsführer der Eckenberg Maschinen- und Anlagenbau AG war, oder seinen Familiennamen genannt. Ihre Freunde waren irgendwann gegangen und sie allein zurückgeblieben. Denkbar, dass er damals nur auf ein schnelles Abenteuer aus gewesen war. Doch am Ende hatten sie sich leidenschaftlich im Schein einer Straßenlaterne geküsst, und er hatte sie für den nächsten Tag zu einem romantischen Abendessen eingeladen. Als sie erfuhr, mit wem sie da ausging, war es zu spät gewesen. Sie hatte sich längst in ihn verliebt. Ihre Beziehung vor Britta Eckenberg geheim zu halten gelang ihr mühelos, denn es gab kaum Berührungspunkte zwischen ihrer Chefin und dem Eckenberg-Clan. Die Gefahr, sich auf irgendwelchen Veranstaltungen oder Festen über den Weg zu laufen, war gleich null. Wobei es ihnen beiden leichtgefallen wäre, sich zu ignorieren. Ramona war nicht eifersüchtig oder verlangte mehr von Richard, als er ihr zu geben bereit war. Nach einer toxischen Beziehung, die vor drei Jahren zu Ende gegangen war, hatte sie beschlossen, ihr Leben in Zukunft als überzeugter Single zu genießen. Ohne Verpflichtungen und dem Bedürfnis nach ewiger Zweisamkeit. Mit Richard aufregende Stunden zu verbringen und danach ihre Wohnung und Zeit wieder allein für sich zu haben hatte viele Vorteile.

Als es an der Haustür läutete, beschleunigte sich schon wieder ihr Herzschlag vor Aufregung. Allein der Gedanke an ihn ließ ihre Knie weich werden. Sie drückte auf den Knopf der Gegensprechanlage und wartete mit einem sehnsüchtigen Lächeln in der offenen Wohnungstür.

Richard trug einen marineblauen Anzug mit knitterfreiem weißem Hemd und passender Krawatte, als käme er direkt aus dem Büro. Seine kurzen dunkelblonden Haare waren frisch geschnitten, und seine blauen Augen strahlten. Mit jeder Faser vermittelte er Eleganz. Selbst mit der Art, wie er die Stufen in den ersten Stock nahm. Und mit seinen Aufmerksamkeiten. Niemals vergaß er, ihr zu ihren Dates Blumen oder eine andere Kleinigkeit mitzubringen.

Den Schmuck, den er ihr zum Geburtstag geschenkt hatte, trug sie nur in der Freizeit und wenn er sie besuchte. Britta Eckenberg hätte den Wert der Halskette sofort erkannt und sich nach dem großzügigen Spender erkundigt. Und anlügen wollte Ramona ihre Chefin nicht.

Jetzt überreichte er ihr mit einer galanten Verbeugung einen großen Strauß bunter Sommerblumen. »Außerdem hab ich noch einen Rotwein für uns dabei.«

Er sah ihr in die Augen, ergriff mit einer zärtlichen Geste ihre Hand, küsste sie und reichte ihr dann die Flasche, deren Wert mit Sicherheit ihr persönliches Budget für Wein weit überschritt. Nachdem er eingetreten war, kickte sie die Tür mit dem Fuß ins Schloss, ging zielgerichtet in die Küche und holte einen Korkenzieher und zwei Gläser. Richard ließ sich auf dem großen weichen Sofa nieder und beobachtete, wie sie den Flaschenöffner auf den Couchtisch legte, die Gläser abstellte und sich neben ihn setzte.

»Und, wie war dein Tag?«, fragte er und öffnete die Flasche.

»Benefizbrunch.«

Richard nickte wissend, schenkte ein und reichte ihr ein Glas. »Hat Britta wieder Geld gesammelt, um ihr schlechtes Gewissen zu beruhigen, weil sie durch die Heirat mit meinem Großvater auf der Sonnenseite des Lebens gelandet ist?«

Sie hatten sich darauf geeinigt, dass er ihre Chefin weder Drache noch Medusa und Schmarotzerin nannte oder sie mit anderen Schimpfwörtern bedachte. Es genügte, dass sie sie mit ihm hinterging.

Ramona lächelte besänftigend. »Sie vergisst halt nicht, dass auch sie einst zum normalen Volk gehört hat.«

Richard zuckte wenig überzeugt mit den Achseln. »Wenn du das sagst.«

»Heute war übrigens ganz schön was los«, bemerkte Ramona und erzählte, was passiert war.

»Das ist nicht dein Ernst«, zeigte er sich erstaunt. »Verrückt. Jemand wurde mit ihrem gestohlenen Dolch erstochen«, murmelte er und lachte dann. Nicht belustigt, eher amüsiert und verblüfft darüber, was einem im Leben alles passieren konnte. »Vielleicht wird das nächste Opfer in Wien ja mit einer ihrer Brillantketten erdrosselt.«

Ramona war weniger zum Lachen zumute. »Das ist nicht lustig.«

»Nein, ist es nicht. Tut mir leid.« Richard versuchte, sich zusammenzureißen. »Aber irgendwie schon.« Wieder lachte er lauthals auf.

Ramona blieb ernst, trank einen Schluck Wein. Er schmeckte köstlich. Der Alkohol entspannte sie sofort. »Lass uns von etwas anderem reden«, schlug sie vor.

»Das wollte ich auch gerade sagen. Der Gedanke an Britta törnt mich ab, mag das, was passiert ist, auch noch so lustig sein.« Er begann, ihre Bluse aufzuknöpfen, strich sanft mit den Fingern über den Rand ihres spitzenbesetzten BHs. Nachdem sie seine Krawatte gelockert und auf den Boden geworfen hatte, nahm er ihre Hand und führte sie ins Schlafzimmer.

In der folgenden halben Stunde vergaßen sie, dass so etwas wie Familie existierte. Nach dem Sex lagen sie eine Weile mit geschlossenen Augen nebeneinander, hielten Händchen und genossen das wohlige Gefühl.

Richards Handy zerstörte die entspannte Stimmung. Er nahm es vom Boden und legte den Finger auf ihre Lippen, bevor er abhob. »Hallo, Tilmann.«

Ramona stand auf, ging nackt ins Wohnzimmer und holte die halb vollen Weingläser, die sie auf dem Couchtisch zurückgelassen hatten.

»Wann?«, hörte sie Richard fragen, als sie zurückkam. Gleich darauf gab er sein Okay und legte auf.

Sie reichte ihm sein Glas. »Sind etwa die Auftraggeber schon früher eingeflogen? Musst du jetzt noch in die Firma?«

»Die Hexe hat ihm doch tatsächlich die Polizei auf den Hals gehetzt.«

Ramona runzelte fragend die Stirn. »Wer? Wem?«

»Tilmann.«

Sie brauchte ein paar Sekunden, um die Information einzuordnen. »Meinst du Britta?«

»Natürlich, wen sonst?«, fauchte er. »Wusstest du das?«

Ramona erschrak. »Nein. Was hat sie denn gesagt?«

»Angeblich hat diese verfluchte Kanaille gegenüber der Polizei ziemlich deutlich zum Ausdruck gebracht, dass er etwas mit dem Einbruch bei ihr zu tun haben könnte.«

»Was? Aber warum sollte er?«

»Das musst du deine bescheuerte Chefin fragen. Die absurde Idee hat sie jedenfalls gegenüber einem Kerl namens Stein laut ausgesprochen, und der hat nichts anderes zu tun gehabt, als direkt bei Tilmann vorbeizuschauen.«

Ramona kam jener Moment in den Sinn, als der Ermittler sie aus dem Raum geschickt hatte, um mit ihrer Chefin allein zu sprechen. Nachfolgend musste sie Tilmann erwähnt haben, denn solange sie im Büro gewesen war, war sein Name nicht gefallen. »Das ist doch absurd.«

»Erklär das mal dieser Verrückten.« Richard begann, sich anzuziehen. »Am Ende bringt sie noch mich, meine

Mutter oder meinen Onkel ins Spiel. Zuzutrauen wär's ihr.«

»Was machst du jetzt?«

»Mich mit Tilmann treffen. Und unsere Anwälte mobilisieren.« Er küsste sie auf den Mund. »Tut mir leid. War schön.«

Als die Wohnungstür ins Schloss fiel, stand Ramona allein mit den zwei Gläsern in der Hand im Schlafzimmer. Sie seufzte tief. Der Familienstreit hatte die nächste Stufe erreicht. Und sie befand sich mittendrin.

15

Sarah fühlte sich nach wie vor wie gelähmt. Sie hatte jegliches Zeitgefühl verloren, keine Ahnung, wie lange sie schon auf dem Boden saß. Marie hatte sich mittlerweile im Katzenkorb im Wohnzimmer zusammengerollt und schlief. Indem sie all ihre Kraft zusammennahm, gelang es Sarah, sich aufzurappeln. Kaum stand sie, öffnete sich die Eingangstür, und David erschien.

Er erschrak sichtlich, hatte nicht damit gerechnet, dass sie direkt hinter der Tür stand.

Den Bruchteil einer Sekunde lang hielt sie die Luft an und hauchte dann beim Ausatmen: »Gott sei Dank!«

»Ich freu mich auch, dich zu sehen.« David betrachtete sie irritiert. »Aber du schaust aus, als wäre dir ein Geist erschienen.«

»Wo warst du?«

»In der Stadt unterwegs, hab beim Italiener in der Krugerstraße etwas gegessen und beim Rausgehen zufällig den Reini getroffen, meinen alten Nachbarn. Wir sind was trinken gegangen und haben uns verplaudert.«

»Du hättest mir Bescheid geben können.«

»Ich wusste doch, dass du nicht so schnell heimkommen würdest, deshalb hab ich mir nichts gedacht. Was ist los? Normalerweise machst du keinen solchen Aufstand, wenn ich mal später nach Hause komme.« Ihr Verhalten irritierte ihn immer noch.

»Ich dachte, dir ist etwas passiert«, sagte Sarah mit brechender Stimme.

»Wie bist du denn auf die Idee gekommen?«

»Ich hab dir mehrmals auf die Mailbox gesprochen, und du hast nicht zurückgerufen.«

»Mein Handy liegt im Büro. Ich hab es gestern dort vergessen.«

»Du hättest es holen müssen!«, kreischte sie.

»Und wozu?«

»Um mich anzurufen. Verdammte Scheiße noch mal!«

David sah sie einen Moment lang sprachlos an. »Ich hatte aber keine Lust, es zu holen«, sagte er dann ein klein wenig ungehalten. »Wir wollten ein ruhiges Wochenende zusammen verbringen, schon vergessen?«

Sarah blinzelte wütend die Tränen weg. »Ich hab versucht, dich zu erreichen. Ich war verzweifelt, verdammt noch mal.«

»Warum fluchst du eigentlich die ganze Zeit, anstatt mir endlich zu sagen, was los ist?«

Sie registrierte, dass er sich bemühte, freundlich zu bleiben, und der Druck in ihrer Brust verstärkte sich. Sie schnappte nach Luft, stöhnte. Der Boden unter ihren Füßen schwankte. »Ich hatte Angst. Riesengroße Angst.«

David schien etwas erwidern zu wollen, sah sie dann aber nur bestürzt an. »Du zitterst ja am ganzen Leib.« Er machte einen Schritt auf sie zu, zog sie in seine Arme. »Es tut mir leid«, flüsterte er in ihre Haare, schockiert über ihre Panik. »Ich konnte doch nicht ahnen, dass du dir solche Sorgen machst, wenn du mich mal nicht erreichst.«

»Jemand hat mich gerade angerufen, sich aber nicht gemeldet, und ich dachte … Ich weiß nicht, wegen dieser fremden Nummer auf dem Display dachte ich, das Krankenhaus ruft an. Doch dann hat sich eben niemand gemeldet. Da war nur dieses … Atmen«, sprudelte es aus Sarah heraus.

Er löste die Umarmung, legte seine Hände auf ihre Schultern, schob sie ein Stück von sich weg und sah sie ungläubig an, als hätte sie ihm eine Szene aus einem Thriller erzählt. In ihren rehbraunen Augen schimmerten Tränen.

»Und dann hab ich zurückgerufen, und dran war … Peers Mailbox.«

»Was redest du da?« Er nahm die Hände von ihren Schultern.

»Der Mörder hat Peers Handy und mich von ihm aus angerufen, wie auch immer er es entsperrt hat. Ich bin mir sicher.«

»Könnte nicht genauso gut jemand das Telefon gefunden haben?«

»Ich hab Peer wenige Stunden vor seinem Tod meine Visitenkarte gegeben. Denkst du wirklich, er hat meine Nummer sofort eingespeichert?«

»Wäre das so ungewöhnlich?«, fragte David. »Ich mach das oft, weil ich Angst habe, die Karte zu verlegen.«

Sarah streckte ihm ihr Handy entgegen, das beim Aufprall auf den Boden zum Glück nicht kaputtgegangen war. »Und selbst wenn es so war, hätte der Anrufer dann meine Nummer aktiv in den Kontakten suchen müssen. Peer und ich haben kein einziges Mal telefoniert, ergo scheint meine Nummer nicht in der Anrufliste auf. Außerdem hätte ein möglicher Finder doch mit mir gesprochen und mir nicht ins Ohr geatmet.«

»Du hast recht«, sagte David. »Wir sollten Martin Bescheid geben.«

Eine Stunde später schlüpfte Stein im Flur aus seinen Schuhen. Marie schritt gemächlich auf ihn zu und ließ sich kurz streicheln, bevor sie in ihrer Box verschwand. Als würde sie nicht wollen, dass der Besuch Unruhe in ihr beschauliches Katzenleben brachte. Sarah führte den Chefermittler ins Esszimmer, während David in der offenen Küche die Kaffeemaschine einschaltete.

»Espresso?«, fragte er und schaute sie abwechselnd an.

Stein bejahte. Sarah lehnte ab und schenkte sich stattdessen ein Glas Mineralwasser aus der Flasche ein, die am Tisch stand.

Stein fuhr sich mit der Hand über seine kurzen Haare. »Dich hat also wer von Peer Schneiders Handy angerufen.«

Sie gab ihm ihr Smartphone und berichtete ausführlich, was passiert war. »Ruf die letzte Nummer an.«

Stein tat es.

Derweil presste David Kaffeepulver in den Siebträger, schraubte ihn in die Maschine und drückte einen Knopf. Kurz darauf erfüllte aromatischer Kaffeeduft den Raum.

»Tatsächlich. Peer Schneiders Mailbox.« Stein klang grüblerisch. Als er Sarah das Handy hinschob, schnitt sie eine Grimasse, die ausdrückte: Hab ich doch gesagt.

David hatte die Espressotasse und ein Glas Wasser auf ein Silbertablett gestellt, das er jetzt vor Stein absetzte.

»Das ist ja wie im Kaffeehaus«, begeisterte der sich.

»Für dich nur das Beste«, gab David zurück und machte sich ebenfalls einen Espresso.

»Bevor ich hergefahren bin, hab ich Kollegen gebeten herauszufinden, wo sich das Handy zum Zeitpunkt des Anrufs befand. Den Namen des Mobilfunkbetreibers des Toten hat uns seine Frau verraten. Das macht die Ortung leichter, trotzdem wird es dauern, bis wir ein Ergebnis haben«, sagte Stein und kippte das schwarze Getränk in einem Zug hinunter.

»Glaubst du, er ruft noch mal an?«, fragte Sarah ängstlich.

Der Ermittler zuckte mit den Schultern.

»Ich kann mir nicht erklären, was er von mir will.«

»Tja«, sagte Stein. »Das werden wir erst wissen, wenn wir ihn haben.«

»Denkst du, er war in der Nähe unseres Hauses?« Der Gedanke löste in Sarah wieder leichte Panik aus.

»Ausschließen würde ich es nicht.«

»Du meinst, Sarah ist in Gefahr?«, fragte David besorgt.

Steins Blick war Antwort genug. »Halt ab jetzt auf jeden Fall die Augen offen und treib dich nicht in dunklen Ecken rum.«

Montag, 16. August

16

Am Sonntag hatten David und Sarah das Frühstück auf der Terrasse eingenommen und dabei noch mal ausführlich über den Anruf und Sarahs Empfindungen gesprochen, was ihr guttat. Danach ging David mehrmals auf die Straße, um nachzusehen, ob jemand das Haus beobachtete. Ohne Ergebnis. Einen weiteren merkwürdigen Anruf erhielten sie nicht.

Gabi stieß am späten Nachmittag zu ihnen. Sie machten Salate, und auch das lenkte Sarahs Gedanken in eine positive Richtung. David heizte den Griller an, und sie warteten mit dem Essen, bis Chris aus dem AKH eintraf. Dann erzählte Sarah mit wohl überlegten Worten, was passiert war.

Ihr Bruder stand auf und begann, auf der Terrasse wie ein nervöser Tiger hin und her zu laufen. Am liebsten hätte er Sarah bis auf Weiteres eingesperrt. Seine Angst um die große Schwester war wie üblich riesig.

»Ich bin vorsichtig. Versprochen. Aber ich lass mich nicht einschüchtern«, hielt Sarah dagegen. »Wahrscheinlich ist es das, was er erreichen will.« Dass ihr das Herz bis zum Hals klopfte, sobald sie an den Anruf zurückdachte, behielt sie für sich.

Immerhin war es ihnen später gelungen, die Geschehnisse zu verdrängen und gemeinsam einen vergnüglichen Abend zu verbringen.

Am Morgen wachte Sarah ausgeschlafen und nahezu entspannt auf. Eine positive Überraschung, denn eigentlich hatte sie mit dem Gegenteil gerechnet.

Wie üblich am Wochenbeginn, stand für alle Ressorts die große Redaktionssitzung an. David fuhr mit Sarah zum *Wiener Boten*, holte sein Mobiltelefon aus dem Büro und meldete sich dann bei ihr ab. Normalerweise war er bei der Sitzung dabei, aber heute hatte er einen Termin außer Haus. »Bitte tu nichts Unüberlegtes«, bat er sie, ehe sich ihre Wege trennten. »Und viel Erfolg.« Denn seit Sarah Chefredakteurin war, oblag ihr die Leitung der Sitzung.

In ihrem Büro machte sie sich einen Eindruck über die Lage am Morgen. Der Mord am Spiegelungsteich des Belvedere war inzwischen in allen Medien. Es hieß, dass es sich beim Opfer Peer S. um einen angesehenen Geschäftsmann handelte. Dass die Mordwaffe einer bekannten Millionärswitwe gehörte, war die Sensation. Einen Kommentar schien Britta Eckenberg dazu bislang nicht abgegeben zu haben.

Kurz vor der Sitzung gestand Sarah ihrer Sekretärin noch, dass sie einen Dienstwagen genommen und vergessen hatte, den Kilometerstand abzulesen und ins Fahrtenbuch einzutragen.

Cordula Berger, eine mollige brünette Fünfzigjährige, lächelte säuerlich. »Macht nichts. Ich kümmere mich drum.« Die Gute nahm ihre Aufgaben sehr ernst.

Am Anfang ihrer Zeit als Chefredakteurin war es Sarah sonderbar vorgekommen, dass eine Sekretärin all ihre Termine koordinierte, ihre Post sortierte, Anrufe durchstellte und vieles mehr. Aber zwischenzeitlich hatte sie sich nicht nur daran gewöhnt, sondern wusste es auch zu schätzen.

In dem Moment trat Herbert Kunz aus seinem Büro ebenfalls ins Sekretariat. Der Chef vom Dienst war wie üblich makellos in Anzug, Hemd und Krawatte mit dazu passenden Schnürschuhen aus Leder gekleidet. Der Sommerhitze zum Trotz. Die Gläser seiner rahmenlosen Brille waren streifenfrei.

Sarah bedankte sich bei Cordula Berger und eilte dann gemeinsam mit Kunz in den Konferenzraum im gleichen Stockwerk. Sie nahm am Kopfende des langen Besprechungstisches in U-Form Platz, links von sich Kunz, rechts von sich Maja. Nach und nach trudelten die anderen Ressortleiter ein und setzten sich an die beiden Längsseiten. Bald fehlte nur noch die Gesellschaftsreporterin.

»Hat Conny sich bei dir abgemeldet?«, fragte Sarah Maja im Flüsterton, nachdem der Leiter des Sportressorts die Tür zum Konferenzzimmer pünktlich um zehn Uhr geschlossen hatte.

»Nein«, wisperte Maja zurück. »Warum auch? Sie müsste doch dir oder Herbert Bescheid geben.«

»Na ja, wird schon einen Grund geben, dass sie nicht auftaucht«, raunte Sarah und eröffnete eine Minute später die Sitzung.

Sie kamen schnell voran. Die Themen der einzelnen

Ressorts für die kommende Woche waren von den jeweils Verantwortlichen durchdacht und gut vorbereitet worden. Sarah hatte befürchtet, dass sich ihre Auswahl mühsamer gestalten würde. Jetzt im Sommer hatte sie Saure-Gurken-Zeit-Meldungen wie *Krokodil in der Donau gesichtet* oder *Schlange in Klomuschel gefunden* erwartet.

Eine halbe Stunde nach Sitzungsbeginn wurde die Tür aufgerissen, und Conny hetzte in einem hellen Sommerkleid in den Raum. Überrascht verstummten alle. Sissi, ihr schwarzer Mops, forderte wedelnd Streicheleinheiten von einigen Kollegen ein, während die Gesellschaftsreporterin allgemein in die Runde grüßte und direkt auf Sarah zusteuerte. »Die Hohenbergs sind am Samstag ausgeraubt worden.«

»Was? Woher …?«

»Ich hab gerade mit Ferdinand Hohenberg telefoniert«, erwiderte Conny.

»Redest du von DEM Ehepaar Hohenberg? Den Juwelieren in der Innenstadt?«, fragte die Chefin vom Kulturressort.

Conny nickte.

»Wahnsinn.« Aufgeregtes Stimmengewirr hob an. Alle sprachen durcheinander. Jeder hatte eine Meinung zu der Tat, dem Laden, den Hohenbergs.

Sarah stand auf. Es hatte keinen Sinn, die Sache in großer Runde zu bereden. Sie bat Herbert Kunz, sie als Leitung der Sitzung zu vertreten, und bedeutete Conny und Maja, mit ihr den Konferenzraum zu verlassen. Sissi watschelte hinterher.

»Bitte keine Störung in der nächsten halben Stunde«, wies sie wenige Minuten später Cordula Berger an, bevor sie zu dritt in ihrem Büro verschwanden.

Sie ließen sich auf der hellgrauen Sitzlandschaft nieder. Conny schenkte sich ein Glas Mineralwasser aus der Flasche auf dem Tisch ein, und Maja legte ihr Notebook, das sie in den Konferenzen immer dabeihatte, auf den Tisch, während Sissi es sich unter Sarahs Schreibtisch bequem machte.

»Zwei Einbrüche innerhalb von fünf Wochen. Bei Leuten, die einander kennen. Außerdem ein Toter, der mit Raubgut ermordet wurde. Das ist kein Zufall, da steckt mehr dahinter«, eröffnete Sarah die Besprechung im kleinen Kreis. »Wurden die Hohenbergs verletzt?«

»Nein. Zum Zeitpunkt des Einbruchs waren sie auf dem Benefizbrunch.« Conny schüttelte sich, als würde sie frieren. »Gruselige Vorstellung, dass jemand Fremdes sich in deinen vier Wänden umschaut und deine Sachen anfasst.«

»Reiche Leute haben doch normalerweise eine Alarmanlage«, wunderte sich Maja. »Hat die nicht funktioniert?«

»Die Hohenbergs haben zwei Katzen. Sie befürchteten, dass diese Fehlalarme auslösen würden, deshalb haben sie drauf verzichtet. Außerdem weiß kaum jemand, dass sich Kunstwerke in dem Haus befinden. Das Ehepaar gehört zu den stillen Sammlern«, erläuterte Conny und trank einen großen Schluck Wasser, ehe sie weitersprach. »Die beiden tauchen nie bei Auktionen oder in Galerien auf. Bestellen telefonisch beim

Galeristen und bieten bei Auktionen über einen Sensal mit, also einen Vertreter. Das ersteigerte Kunstwerk lassen sie sich dann liefern.«

»Und obwohl das alles so geheim passiert, weißt du es«, entgegnete Maja spöttisch.

»Schon, aber ich hab nicht die Absicht, jemanden zu bestehlen.«

»Kann man's wissen?«, witzelte die Chronik-Redakteurin.

Die Gesellschaftsreporterin setzte ein joviales Lächeln auf. »Was ich weiß, ist, dass die Eckenberg zum Zeitpunkt des Überfalls nicht zu Hause hätte sein sollen, sondern in Kärnten. Gemeinsam mit den Traubs beim Besichtigungstermin ihrer Immobilie in Pörtschach. Und dass sie die Alarmanlage vor dem Schlafengehen immer ausschaltet, weil nachtaktive Tiere sie schon zu oft ausgelöst haben. Außerdem, dass das Juweliergeschäft der Hohenbergs hingegen sehr wohl durch eine Alarmanlage gesichert ist. Dort würde ich persönlich also nicht unbedingt einsteigen«, provozierte Conny die Kollegin.

»In einem Punkt gebe ich Maja recht«, mischte sich Sarah wieder ein. »Der Dieb wusste möglicherweise, dass die Hohenbergs nicht zu Hause waren und keine Alarmanlage haben. So wie bei der Eckenberg. Nur wusste er bei ihr nichts von der Absage des Besichtigungstermins und war deshalb überrascht, als sie plötzlich auftauchte. Möglicherweise ist das der Grund, weshalb er abgehauen ist und nicht mehr gestohlen hat.«

»Du denkst an die Gemälde im Stiegenaufgang«, schlussfolgerte Conny.

»Pörtschach? Besichtigungstermin? Gemälde? Stiegenaufgang? Ich versteh nur Bahnhof!«, beschwerte sich Maja und sah fragend in die Runde.

Sarah setzte sie mit knappen Worten ins Bild.

»Was ist mit den anderen Bildern?«, knüpfte sie dann wieder an das Gespräch an. »Dass Britta Eckenberg eine umfangreiche Kunstsammlung von ihrem Mann geerbt hat, steht sogar im Internet.«

»Die wertvollsten Werke hängen in einer Art Privatmuseum im Keller«, erläuterte Conny. »Die Türen lassen sich nur mit einem Zugangscode öffnen, den Britta Eckenberg monatlich ändert, das hat sie selbst mir mal verraten. Der Dieb hätte also den Code gebraucht, um da reinzukommen.«

»Es soll Menschen geben, die tratschen gegen ein wenig Bares Geheimnisse wie Zahlenkombinationen weiter. Angestellte, Freunde.« Maja löste ihr Haarband, um ihre rötlich schimmernden Haare im nächsten Augenblick erneut zum Pferdeschwanz zusammenzufassen.

»Niemand außer der Eckenberg selbst kennt den Code«, behauptete Conny.

»Möglicherweise notiert sie den aktuellen irgendwo, um ihn nicht zu vergessen. Sie hat doch sicher eine beste Freundin oder Assistentin, die darüber Bescheid weiß«, entgegnete Maja.

Conny schüttelte den Kopf. »Ich glaub nicht, dass Ramona, ihre Assistentin, den Code kennt oder weiß, wo er steht. Und selbst wenn … Ich schätze sie als sehr loyal ein.«

»Eine andere Möglichkeit wäre, dass die Eckenberg etwas Diesbezügliches nach ein paar Spritzern oder Gläsern Champagner gegenüber der besten Freundin ausgeplaudert hat«, ließ Maja nicht von ihrer These ab.

»Die Freunde der Eckenberg haben selbst genug Geld, um sich Kunstwerke kaufen zu können, wenn ihnen der Sinn danach steht«, widersprach Conny. »Sie müssen sie nicht fladern.«

»Es muss auch niemand eine Brücke runterspringen, nur durch ein Seil am Fußgelenk gesichert«, sagte Maja. »Aber der Kick …«

»Wir reden hier von zumeist älteren Leuten. Die können gut auf den Kick beim Bungee-Jumping und ebenso auf eine Einbrecherkarriere verzichten«, entgegnete Conny.

»Vielleicht handelt es sich bei den Gemälden im Treppenhaus ja in Wahrheit um Reproduktionen«, stellte Sarah eine andere Mutmaßung in den Raum. »Die Originale hängen im Keller, und das war dem Dieb bekannt.«

»Nein, das sind schon die Originale«, entgegnete Conny.

»Was du alles weißt«, war Maja überrascht. »Und ich denke, damit bist du nicht die Einzige. Nicht bös sein, aber das mit dem Code klingt alles andere als bombensicher.«

»Wie auch immer«, schloss Sarah die Debatte. »Es wurden keine Gemälde aus der Eckenberg'schen Villa gestohlen. Und solange wir nicht mehr wissen, können wir nur versuchen, durch gute Recherche unseren Lesern so viele Hintergrundinfos wie möglich zu den Einbrüchen zu liefern.«

»Gut«, murmelte Conny. »Dann sag ich euch jetzt, was bei den Hohenbergs gestohlen wurde. Denn im Gegensatz zu der alten Dame machen sie kein Geheimnis daraus. Also, ein Ring mit einem Rubin, zwei antike Kerzenständer, Schmuck«, zählte sie aus dem Gedächtnis aus.

»Ein Rubin«, wiederholte Sarah nachdenklich.

»Aber was sie am meisten schmerzt, ist der Verlust des Gemäldes der argentinischen Künstlerin Lilo. Es zeigt …«

»Lilo?«, unterbrach Sarah sie aufgeregt. »Deren Werke zum Thema Krieg und Gewalt sind derzeit im Belvedere 21 ausgestellt, und die dazugehörigen Skulpturen stehen rund um den Spiegelungsteich, wo Peer ermordet wurde.«

»Wart kurz, Sarah, es kommt noch besser«, behauptete Conny. »Rate mal, wer ihnen das Bild verkauft hat.«

»Peer Schneider?«, mutmaßte Sarah.

»Bingo. Vor zwei Jahren.«

»Na bumm!« Auch Maja war erstaunt.

In Sarahs Kopf arbeitete es auf Hochtouren. Sie war überzeugt, dass die Diebstähle der Schlüssel waren, um Peers Mörder auf die Spur zu kommen. Aber die Überzeugung allein nutzte ihnen noch nichts. Der *Wiener Bote* veröffentlichte ausschließlich auf Fakten und Tatsachen beruhende Artikel. Was bedeutete, dass ihre Recherchen Handfestes liefern mussten.

»Als Erstes müssen wir aus dem, was wir haben und wissen, jetzt erst mal eine hieb- und stichfeste Story machen«, sagte Sarah und wandte sich an die Chronik-Redakteurin. »Maja, informier du dich gleich mal über die Motive für Kunstdiebstahl.«

»Schon geschehen.« Sie nahm ihr Notebook vom Tisch, klappte es auf und fasste ihre Notizen zusammen. »Erstens, die Täter hoffen, die gestohlenen Kunstwerke selber oder über Hehler verkaufen zu können. Zweitens, der Diebstahl war ein Auftrag und wurde auf Provisionsbasis durchgeführt. Drittens, die Räuber wollen die Kunstwerke den Eigentümern nach dem Diebstahl zum Rückkauf anbieten. Viertens, die Beute wird Teil der eigenen Sammlung oder von kriminellen Organisationen als Zahlungsmittel verwendet.« Sie hob den Kopf.

»Sehr gut«, sagte Sarah. »Vermisch das aber nicht mit der Meldung über den Einbruch bei den Hohenbergs. Besser, du erwähnst die Motive für Kunstraub in einem Extraartikel. Vielleicht mit einer Statistik, wie oft Diebstähle dieser Art in Österreich vorkommen. In dem Zusammenhang recherchier doch bitte gleich noch, ob es in den letzten Monaten weitere Einbrüche von ähnlichem Kaliber gab, und konzentrier dich auch dabei auf Österreich.«

»Von zwei weiteren Einbrüchen bei Promis hab ich auf dem Benefizbrunch erfahren«, meldete sich Conny zu Wort. »Vor drei Jahren wurde bei Veronika Hestes in ihrem Haus in Kitzbühel eingebrochen und vor vier Monaten bei Leopold Opitz in Pörtschach.«

»Schon wieder Pörtschach«, merkte Maja an.

»Opitz ist dort Britta Eckenbergs Nachbar«, erklärte Conny.

Maja tippte die Notizen gleich in ihr Notebook.

Sarah holte die Unterlagen von der Pressekonferenz am letzten Freitag von ihrem Schreibtisch und schwenkte sie. »Hier stehen Präventionstipps drin, die wir als Eckenbrüller einbauen können.«

»Sag mal, was genau schwebt dir eigentlich vor?«, hakte Maja nach.

»Ich würde das Thema Einbruch gerne richtig groß aufziehen, eventuell sogar als Schwerpunktthema. Je nachdem, was die Recherchen hergeben.« Sarah fixierte die Society-Löwin.

»Ich schreib nur über die schönen Dinge des Lebens«, wehrte Conny sofort ab.

»Und deshalb darfst du dich auch im Kreis der reichen Leute und schönen Dinge umhören«, gab sich Sarah gönnerhaft. »Die Elite redet nicht so einfach mit Leuten wie mir.«

»Gestern hat sie es aber getan.«

»Weil ich in deiner Begleitung war, Conny. Du bist Teil ihrer Welt.«

»Schmarrn«, kam sofort der Widerspruch. »Ich bin nicht Teil ihrer Welt, ich schreibe nur über ihre Partys, wenn sie das denn wollen. Bei Weitem nicht alle laden Journalisten zum Feiern ein.«

»Trotzdem bist du der Hund in der Schafherde.«

»Schöner Vergleich«, beschwerte sich die Gesellschaftsreporterin.

»Sie sehen dich als ihresgleichen, weil du auf ihrer Seite stehst und ihnen von Nutzen bist, wenn es um Publicity geht«, fuhr Sarah fort. »Sie merken gar nicht, dass du eigentlich der Spezies der Journalisten angehörst.«

»Na super, ich bin ein Hütehund.« Conny stöhnte theatralisch auf. »Wenn ich das geahnt hätte.«

In dem Moment schnarchte Sissi um einige Dezibel lauter, was ihnen allen ein Lächeln entlockte. Der Hund war klein, konnte es aber, was das Schnarchen betraf, locker mit einem Bernhardiner aufnehmen.

»Der Vergleich hinkt, ich weiß«, lenkte Sarah ein. »Mir ist nur grad kein besserer eingefallen.«

»Was brauchst genau?«, gab Conny ihren Widerstand auf.

»Spitz einfach die Ohren.«

»Soll ich Fragen stellen?«

»Der Dolch war ein Geburtstagsgeschenk von den Enkelsöhnen an den Großvater«, wiederholte Sarah, was sie von Britta Eckenberg erfahren hatte. »Wer war der Vorbesitzer? Wer hat ihn den Enkeln verkauft? Der Kauf liegt etwa sieben Jahre zurück. Und gibt es tatsächlich keine Historie zu dem Stück? Laut Ramona, der Assistentin von Britta Eckenberg, ist sie verloren gegangen, aber stimmt das auch? Es muss einen Grund geben, weshalb Peer ausgerechnet mit dem Dolch ermordet wurde, und vielleicht hat der etwas mit dessen Geschichte zu tun.«

Conny schrieb sich die Fragen auf einen Block, zog dann ihr Handy aus der Designerhandtasche und setzte ihre Brille auf. »Ferdinand Hohenberg hat mir erzählt, dass das gestohlene Bild von ihrer Versicherung gleich dem Art Loss Register gemeldet wurde, der weltweit größten Datenbank für geraubte Kunstwerke. Die Leute da arbeiten eng mit den spezialisierten Ermittlungsgruppen der Polizei zusammen.« Sie rief ein Bild in ihren WhatsApp-Nachrichten auf und zeigte es herum. »Das gestohlene Gemälde heißt: *Die Dame mit der Maske*. Es ist achtzig mal siebzig Zentimeter groß und zwischenzeitlich etwa achtzigtausend Euro wert.«

Sarah sah eine Greisin, die im Begriff war, ihr Gesicht hinter einer venezianischen Karnevalsmaske zu verbergen, die keinen Mund, aber eine überlange Kinnpartie hatte. »Die Maske ist übrigens ein typisches Vanitas-Motiv, sie steht für Vergänglichkeit. Mit dieser Art von Symbolik hat sich Peer Schneider beschäftigt.« Sie tippte auf dem Bild auf Connys Handy auf die Maske. »Das ist eine Bauta. Masken dieser Art wurden im 18. Jahrhundert vom Adel nicht nur zur Karnevalszeit getragen. Sie dienten auch als Gesellschaftsmasken und zur Anonymisierung.«

»Thematisier Masken doch mal in deiner Kolumne«, schlug Maja vor.

»Das hab ich vor«, sagte Sarah. »Wusstet ihr, dass in nahezu allen Kulturen Masken getragen werden oder wurden? Die ältesten sind Tausende von Jahren alt und wurden in Palästina gefunden. Man vermutet, dass sie nicht zur Täuschung oder Vertreibung von bösen Geistern, sondern für ein Totenritual verwendet wurden. Aber ich verzettle mich mal wieder.« Sie lächelte entschuldigend. »Wie auch immer, ich fahr jetzt erst mal ins Auktionshaus und hoffe, dort Peers Witwe zu treffen.«

»Denkst du denn, der Laden hat heute geöffnet?«, gab sich Conny skeptisch.

»Einen Versuch ist es wert.«

»Gut, dann kümmere ich mich erst mal um meine Society-Seite, damit die morgen nicht leer bleibt. Und danach spiel ich Hütehund.« Conny stand auf und warf Sarah ein schiefes Grinsen zu.

»Und ich geb dir Bescheid, wenn über die offiziellen Kanäle etwas Neues reinkommt. Okay, Sarah?«, sagte Maja und erhob sich ebenfalls.

»Alles klar.«

Im Hinausgehen gaben die beiden und Herbert Kunz sich die Klinke in die Hand, und in den nächsten zwanzig Minuten besprachen der Chef vom Dienst und Sarah die Artikel für den morgigen *Wiener Boten* und die Storys, die Sarah plante.

Nachdem sich Kunz wieder verabschiedet hatte, begann sie, im Internet zu Karl Eckenberg zu recherchieren. Unter anderem fand sie seine Todesanzeige, aus der hervorging, dass er mit neunundachtzig gestorben war. Sarah konnte nicht umhin, an die zehn jeweils siebenjährigen Lebensabschnitte des Menschen zu denken, die die Treppenanlage des Schlossparks Belvedere symbolisierte. Peer war vor Beendigung des sechsten ermordet worden.

»Womit hast du das verdient?«, murmelte sie.

17

Das Auktionshaus befand sich in einem Gründerzeithaus. Eine Rundbogentür, flankiert von zwei Schaufenstern auf jeder Seite, bildete den Hingucker der Gebäudefront. Sarah sah durch die Scheiben und erkannte Gemälde unterschiedlicher Kunstepochen. Barock. Romantik. Symbolismus und Surrealismus. Außerdem hielt sich ein Mann im Innern auf, das Geschäft musste also geöffnet haben.

Sie zog die Tür auf und sah sich um. Der Raum war weitläufig, und die meterhohen Wände in kühlem Eisgrau brachten die angestrahlten Bilder zur Geltung. Der auf Hochglanz polierte helle Parkettboden zog sich durch das gesamte Ladenlokal, das mehr einem Museum als einem Geschäftsraum ähnelte. Ein Türbogen markierte die Grenze zwischen Schauraum und dem Bereich für die Mitarbeiter.

Vor dem Durchgang stand ein Schreibtisch, hinter dem ein Mann mit dunkelbraunen Haaren saß und telefonierte. Ihn hatte Sarah durchs Fenster gesehen. Sie schätzte ihn auf Mitte bis Ende dreißig. An der rechten Wand führte eine schwebende Treppe in den ersten Stock hinauf. Endlich kam eine dezent geschminkte, attraktive Mittdreißigerin mit hüftlangen glatten dunklen

Haaren hinter der weißen Empfangstheke hervor und auf sie zu. Sarah erklärte, wer sie war, und fragte nach Amanda.

»Gerlinde Göhr«, stellte sich die Frau vor, und die beiden schüttelten sich die Hände zur Begrüßung. »Unsere Chefin ist nicht hier. Amanda hat am Freitag …« Sie verstummte, zog ein Taschentuch aus der Hosentasche und drückte es sich abwechselnd auf beide Augen. »Tut mir leid, es ist so …« Erneut ließ sie den Satz unbeendet und presste stattdessen die Lippen fest aufeinander.

»Sie müssen sich nicht entschuldigen«, sagte Sarah. »Ich weiß, was passiert ist. Ich bin eine alte Bekannte und … hab Peer nur ein paar Stunden vor seinem Tod getroffen.«

Gerlinde Göhr wirkte einen Moment lang verdutzt, fasste sich aber gleich wieder. »Mein Kollege telefoniert gerade mit Amanda.« Sie zeigte auf den Mann am Schreibtisch.

Als er in ihre Richtung sah, registrierte Sarah seine eleganten Gesichtszüge und ein Aufblitzen in seinen Augen, als wäre ihm soeben eine Idee gekommen.

»Wir sind alle völlig fertig. Es ist so schrecklich. Der Freitag war ein normaler Arbeitstag, wir hatten viel zu tun … Axel«, Gerlinde Göhr deutete erneut auf den Mann am Telefon, »und ich haben die neuen Kunstwerke auf die Homepage gestellt, als Peer gegangen ist. Das war das letzte Mal, dass wir ihn gesehen haben.« Ihre Stimme brach, und sie tupfte sich ein weiteres Mal Tränen von den Augen.

Ohne dabei ihr Make-up zu verschmieren, stellte Sarah bewundernd fest. Nicht mal die Wimperntusche verlief. Sie selbst hätte sich in einer solchen Situation längst in ein Monster mit Pandaaugen verwandelt.

Sarahs Blick fiel auf das Vanitas-Gemälde in einem antiken Rahmen hinter dem Empfangstresen. Es zeigte einen umgefallenen Zinnkrug, Pfirsiche, ein halb volles Glas Rotwein, gebrochenes Brot und eine Sanduhr.

»Peers Glücksbild«, sagte Gerlinde Göhr, die ihrem Blick gefolgt war, ohne weiter darauf einzugehen.

Ihr Kollege beendete jetzt das Gespräch und kam zu ihnen. Unter dem langärmeligen Hemd, das er trotz der Hitze trug, zeichneten sich definierte Muskeln ab. Der Kerl schien viel Zeit im Fitnessstudio zu verbringen.

»Axel Kowalski«, stellte er sich mit der Andeutung einer Verbeugung vor, bevor er Sarah seine Hand reichte.

Sie ergriff sie. Seine Finger fühlten sich angenehm warm an, sein Händedruck war fest. Er roch gut, orientalisch. Nach Sandelholz, wenn sie sich nicht irrte. Der betörende Duft hielt sie für einen Moment gefangen.

»Ich bin mit Gerlinde für die Organisation der Auktionen zuständig.« Er wandte sich an seine Kollegin. »Amanda ist auf dem Weg. Sie wird in wenigen Minuten hier sein.« Er drehte sich wieder zu Sarah. »Eigentlich sollte sie nicht kommen. Ich hab ihr gesagt, dass wir es die nächsten Tage auch ohne sie schaffen, aber daheim fällt ihr wohl die Decke auf den Kopf.«

»Das kann ich mir vorstellen«, meinte Sarah. »Warum haben Sie eigentlich nicht geschlossen? Ich denke, jeder hätte dafür Verständnis.«

Axel Kowalski schüttelte den Kopf. »Gerlinde und ich sind seit Freitag damit beschäftigt, die neu gelieferten Kunstwerke zu kontrollieren, zu katalogisieren, sie auf die Homepage zu stellen und den Schauraum zu bestücken. Das ist eine Menge Arbeit, und in wenigen Wochen findet hier im Haus die nächste Auktion statt.« Er zeigte mit dem Finger nach oben, wo anscheinend der Auktionssaal lag. »Es muss ja weitergehen. Das sind wir Peer schuldig … und Amanda.«

Die Formulierung fand Sarah ein wenig überzogen. Der Laden würde ja nicht gleich Bankrott gehen, wenn er ein paar Tage geschlossen bliebe, und die neuen Kunstwerke sich nicht in Luft auflösen. Andererseits war sie froh, dass das Auktionshaus geöffnet hatte, denn andernfalls hätte sie Stein um Amandas Privatadresse anbetteln müssen.

»Ich hol uns einen Krug Wasser«, beschloss Gerlinde Göhr und verschwand durch den Rundbogen.

Wenige Augenblicke später kam sie mit einem Tablett mit Gläsern und dem Wasserkrug zurück. Hinter ihr trat eine groß gewachsene Frau, schätzungsweise in den Zwanzigern, in den Schauraum. Ihre schulterlangen Haare waren mit roten Strähnen durchzogen, ihre Augen ein wenig geschwollen und gerötet. Im Gegensatz zu ihrer Kollegin im Hosenanzug trug sie legere Kleidung. Eine himmelblaue Leinenhose und eine kurzärmelige schwarze Tunika.

Gerlinde Göhr stellte Sarah und Carola Jonas einander vor und erwähnte beiläufig, dass diese die Sekretärin der Firma war.

»Ich freu mich, Sie persönlich kennenzulernen.« Die junge Frau ergriff Sarahs Hand und schüttelte sie ein bisschen zu heftig. »Ich bin ein großer Fan Ihrer Kolumnen.«

Gerlinde Göhr wechselte einen kurzen Blick mit Axel Kowalski. Carola Jonas' Verhalten war ihr unverkennbar peinlich. Schnell schenkte sie Wasser in die Gläser.

»Peer hat mir von Ihnen erzählt«, sagte Sarah.

»Wirklich?« Über das Gesicht der Sekretärin huschte ein Lächeln.

»Ja. Wir sind uns zufällig am letzten Freitag, den Dreizehnten, über den Weg gelaufen. Dabei hat er erwähnt ...« Sarah überlegte, wie sie sich ausdrücken sollte, ohne zu verraten, dass er sich über sie lustig gemacht hatte. »Nun, dass Sie sich damit beschäftigen.«

Jetzt lächelte Carola Jonas verschämt. »Er hat Ihnen sicher von meiner Angst erzählt. Ich nehme mir jeden Dreizehnten frei.«

»Das ist Ihr gutes Recht«, beeilte Sarah sich einzuwerfen.

»Außerdem ...« Die Sekretärin druckste herum.

Sarah konnte nicht erkennen, ob sie versuchte, Tränen zurückzuhalten, oder ob das, was sie gleich sagen würde, ihr peinlich war.

»Ich lege Tarotkarten. Und Peer hat am Donnerstagabend die Trumpf-Dreizehn gezogen. Den Tod«, merkte sie mit unsicherer Stimme an. »Ich hab ihn gewarnt, gesagt, er soll sich am Freitag, den Dreizehnten, in Acht nehmen.« Es gelang ihr nicht mehr, sich zu kontrollieren, und sie ließ ihren Tränen freien Lauf.

Axel Kowalski reichte ihr ein Taschentuch.

Carola Jonas nahm es und betupfte sich die Wangen. »Sie müssen das doch verstehen! Sie kennen sich damit aus.« Ihr Blick bettelte Sarah um Bestätigung an.

»Die Karte sagt aber weder unseren eigenen noch den Tod anderer Menschen voraus«, antwortete Sarah. »Sie steht viel allgemeiner für den Wechsel, Veränderung, einen Abschied. Das kann sogar etwas Positives sein, etwa das Ende einer unangenehmen Situation. Sie gibt uns auf einer abstrakteren Ebene einen Hinweis.«

Carola Jonas schien ein wenig enttäuscht ob Sarahs Erklärung. Gerlinde Göhr grinste verschmitzt.

»Trotzdem hat mein Chef sie gezogen und ist jetzt tot«, entgegnete die Sekretärin barsch. Für den Bruchteil einer Sekunde leuchtete etwas in ihren Augen auf. War sie etwa stolz darauf, dass ihre Prophezeiung sich bewahrheitet hatte? »Ermordet an einem Freitag, den Dreizehnten«, fügte sie unheilvoll hinzu.

Die sich öffnende Eingangstür machte zu Sarahs Erleichterung dem eigenartigen Gespräch ein Ende. Kurz darauf stand ihr Amanda gegenüber.

Sie hatte sich kaum verändert. Sie war schlank und wirkte in dem schwarzen Etuikleid kultiviert und zugleich zerbrechlich wie eh und je. Ihre goldbraunen Locken umrahmten ihr ebenmäßiges Gesicht. Diese Frau verdient es, in der *Vogue* abgebildet zu werden, schoss es Sarah unpassenderweise durch den Kopf. Als Amanda die Sonnenbrille abnahm, kamen dahinter rot geweinte Augen zum Vorschein.

Sie machte einen Schritt auf Sarah zu und zog sie zu deren Überraschung in ihre Arme. »Ich freu mich, dich wiederzusehen.«

»Ich mich auch. Auch wenn die Umstände andere sein sollten. Es tut mir so leid.« Sarah presste fest die Lippen zusammen und schluckte die aufsteigenden Tränen hinunter.

Einen Moment lang verharrten sie stumm in inniger Umarmung.

»Es ist alles so surreal«, sagte Amanda, nachdem sie sich voneinander gelöst hatten. »Ich denke ständig, dass jeden Moment die Tür aufgeht und Peer hereinspaziert. Dass alles nur ein böser Traum ist.«

Sarah lächelte hilflos. Auf einmal fehlten ihr die Worte. Wie konnte sie ihre alte Freundin trösten? Ging das überhaupt in so einem Moment?

Amanda sah Sarah aus traurigen Augen an. »Du hast ihn am Freitag getroffen, nicht wahr? Wir haben noch telefoniert, bevor er zur Ausstellungseröffnung gegangen ist. Da hat er mir erzählt, dass ihr euch über den Weg gelaufen seid, als er das Mosaik in der Minoritenkirche für seine Sammlung fotografieren wollte.«

»Sammlung? Aber das Mosaik kann man nicht kaufen.«

Amanda schüttelte den Kopf. »Für seine Symbolsammlung. Er arbeitete an einem Projekt zu dem Thema. Mit ihm wollte er erreichen, dass junge Menschen

Kunstwerke mit anderen Augen betrachten, ihre sinnbildliche Bedeutung sehen und verstehen. Nimm nur sein Glücksbild hier.« Sie trat hinter den Tresen und tippte auf die Sanduhr auf der Leinwand. »Diesen kleinen Rubin übersieht man leicht. Aber er ist da und hat eine Bedeutung.«

Sarah folgte ihr und kniff die Augen zusammen. Tatsächlich, auf den zweiten Blick erkannte sie einen winzigen Edelstein innerhalb der Uhr.

»Siehst du ihn? Er liegt oben auf dem Sandhaufen, der, wie es aussieht, gleich durchrieselt, und symbolisiert …«

»Dass auch ein König gegen den Tod machtlos ist«, beendete Sarah ihren Satz.

Amanda ließ ein schwaches Lächeln sehen. »Das war klar, dass du die Bedeutung kennst. Und du weißt auch sicher, was der Hauch Gold auf dem Bild bedeutet.«

Sarah bejahte. »Gold ist die Symbolfarbe für Macht. Der Künstler hat sie möglicherweise verwendet, um die königliche Stellung des Rubins zu unterstreichen, denn für Vanitas-Gemälde wurden üblicherweise dunkle Farben gewählt.«

»Ich erinnere mich, dass Peer schon damals gerne mit dir über die Symbolik in Kunstwerken diskutiert hat.« Wieder das kaum sichtbare Lächeln. »Ich verstehe nichts davon. Generell verstehe ich nicht viel von Kunst. Mich interessiert nur, was ich damit verdiene. Zum Glück hab ich jetzt noch Gerlinde und Axel an meiner Seite. Sie sind Experten auf ihrem Gebiet«, sie seufzte bedrückt, »wie Peer es einer war.«

Die beiden Angestellten senkten die Köpfe.

»Was bedeutet eigentlich der gelbe Punkt neben dem Bild?«, fragte Sarah, um Amanda von ihrer Trauer abzulenken.

»Die Aufkleber gibt es in verschiedenen Farben«, erklärte Gerlinde Göhr geschäftig. »Gelb steht für unverkäuflich, wie hier neben Peers Glücksbild. Rot für verkauft. Manchmal bleiben Werke nach der Versteigerung noch ein oder zwei Tage in unserem Schauraum, bevor sie abgeholt oder verschickt werden.« Sie deutete auf ein Bild im vorderen Raum, neben dem ein roter Punkt an der Wand klebte. »Und ein blauer Punkt bedeutet, dass das Werk noch zu haben ist. Also ein Nachverkauf ist.«

»Nachverkauf?«, wiederholte Sarah fragend. Sie konnte sich unter dem Wort nichts vorstellen.

Nun hob Amanda zu einer Erklärung an. »Kunstwerke, für die kein Gebot abgegeben wurde oder deren Gebote unter dem Limit geblieben sind, das mit dem aktuellen Eigner vereinbart wurde, werden mit dem Limitpreis zum Nachverkauf angeboten, sie können also direkt gekauft werden.«

»Das heißt, man kann das jeweilige Objekt dann bei euch erstehen. Wie in einer Galerie«, folgerte Sarah.

»Exakt«, bestätigte Amanda.

Die Kunstwelt faszinierte Sarah. Bislang hatte sie nur in Museen gefesselt vor so manchem Gemälde gestanden. Doch Menschen wie Amanda und ihre Angestellten hatten tagtäglich mit Kunst zu tun. Vermutlich konnten sie den Wert und Schöpfer eines Kunstwerkes sogar benennen, wenn man sie aus dem Tiefschlaf riss. Ob ihnen die Werke, die sie versteigert hatten, im Gedächtnis blieben? Oder vergaßen sie sie irgendwann? »Kennen Sie das Gemälde *Die Dame mit der Maske* von Lilo?«

»Natürlich«, antwortete Axel Kowalski. »Wir alle kennen es.«

»Es ist am Samstag gestohlen worden«, sagte Sarah.

»Nein!«, kam es von den beiden Angestellten wie aus einem Mund.

»Wie schrecklich«, setzte Amanda nach.

»Das ist es. Die Hohenbergs haben meiner Kollegin verraten, dass es ihnen vor zwei Jahren von Peer verkauft wurde.«

»Ja, wir hatten es in der Versteigerung. Aber es wurde anonym abgegeben«, betonte Axel Kowalski.

»Das heißt, niemand von Ihnen wusste, wer das Bild ersteigert hat?«, hakte Sarah nach. »Das kann ich mir nicht vorstellen. Was war mit dir, Amanda?«

»Selbstverständlich wussten Peer und ich, an wen das Bild verkauft wurde«, stellte Amanda klar. »Aber nur wir beide. Peer war für die Abwicklung zuständig, und ich hab die Rechnung geschrieben. Peer hat es dann gleich am nächsten Tag persönlich den Hohenbergs geliefert.« Sie lächelte zurückhaltend. »Aber ich hab das Bild nicht gestohlen.«

»Natürlich nicht!«, beeilte sich Sarah zu versichern.

»Erst die Eckenberg, jetzt die Hohenbergs.« Amanda atmete tief durch. »Und heute sind die Zeitungen voll mit Bildern von dem gestohlenen Dolch, mit dem Peer ermordet worden ist.« Erschöpft ließ sie ihre Schultern nach unten sacken. Sie machte den Eindruck, als würde sie jeden Moment zusammenklappen.

Sarah wappnete sich dafür, sie gegebenenfalls aufzufangen. »Ich weiß. Es tut mir so leid, dass du das durchmachen musst.«

Carola Jonas unterbrach die darauffolgende Stille, indem sie mehrmals hintereinander nieste.

»Gesundheit«, sagte Sarah und sah, dass die Augen der Sekretärin sich noch stärker gerötet hatten. »Haben Sie eine Allergie?«

»Ja, Pollen. Und Katzenhaare. Aber das kam jetzt plötzlich. Vor zehn Minuten war noch nichts.«

»Oh, das tut mir leid«, erwiderte Sarah kleinlaut und sah an sich hinab. »Kann sein, dass ich die Katzenhaare mitgebracht hab. Wir haben eine Halbangora, die ziemlich stark haart.«

»Kein Problem«, sagte Carola Jonas und nieste erneut. »Ich hab immer Tabletten in meiner Handtasche.« Sie verschwand durch den Durchgang.

»Am Samstag hab ich erfahren, dass Tilmann Eckenberg Kunde bei euch ist«, fuhr Sarah fort.

»Wie kommst du jetzt auf ihn?« Amanda blickte sie verständnislos an.

»Weil der Dolch Britta Eckenberg gehörte beziehungsweise ursprünglich ihrem verstorbenen Mann. Er hat ihn von den Enkeln zum Geburtstag bekommen, vor etwa sieben Jahren«, erläuterte Sarah.

»Aha, kann sein. Keine Ahnung.« Amanda zuckte emotionslos mit den Schultern.

»Ist es möglich, dass Peer ihm damals den Dolch verkauft hat?«, stellte Sarah eine Vermutung an.

»Vor sieben Jahren war das, sagst du?«, fragte Amanda grüblerisch. »Damals war ich noch nicht mit Peer liiert, ich kann also nicht viel dazu sagen. Und Gerlinde, Axel und Carola arbeiten auch noch keine sieben Jahre hier«, nahm sie die Antwort auf Sarahs nächste Frage vorweg. »Aber es kann gut sein, denn Tilmann Eckenberg und Peer kannten einander seit über zehn Jahren. Peer hat allerdings nie von einem Dolch gesprochen, dafür mehrfach davon, dass nach Karl Eckenbergs Tod innerhalb der Familie ein Streit um die Kunstsammlung entbrannt ist.«

»Das Verhältnis zwischen diesem Tilmann und seiner Stiefgroßmutter scheint mir stark vergiftet zu sein«, sagte Sarah.

Amanda gab ein Geräusch von sich, das wie ein amüsiertes Schnauben klang. »Vergiftet trifft es gut. Tilmann Eckenberg ist der Meinung, dass ihr die Sammlung nicht zusteht. Eine Auffassung, die übrigens die gesamte Familie vertritt.«

»Die alte Dame hat vor sechs Monaten ein Kaufangebot für den Dolch bekommen. Von einer Frau. Ist dir da etwas zu Ohren gekommen?«, fragte Sarah. »Hat Tilmann Eckenberg mal davon gesprochen, dass er sein Geschenk zurückhaben will? Hat er sich darüber vielleicht mal mit Peer unterhalten?« Sie hoffte, endlich eine belastbare Verbindung zwischen Peer und dem Dolch herstellen zu können. Abgesehen davon, dass die Stichwaffe in seinem Herzen gesteckt hatte.

Doch Amanda schüttelte nach kurzer Überlegung den Kopf. »Wie gesagt, Peer hat nie von dem Dolch gesprochen. Ich wusste ja nicht mal, dass er existiert. Bis Freitagnacht. Peer hat immer nur von der Kunstsammlung als solcher geredet, nie über einzelne Werke. Vielleicht auch, weil er wusste, dass ich mich nicht wirklich dafür interessiere.«

»Am Samstag hat die alte Dame die Vermutung geäußert, dass Tilmann hinter dem Kaufangebot stecken könnte und er eine Strohfrau vorgeschoben hat. Was meinst du dazu?«

»Ich kann mir nicht vorstellen, dass Tilmann Eckenberg versucht, Kunstwerke oder ein Geschenk zurückzukaufen. Schon gar nicht von seiner verhassten Stiefgroßmutter.« Amanda wandte sich an ihre Angestellten. »Ist euch etwas dazu zu Ohren gekommen?«

Allgemeines Kopfschütteln.

»Britta Eckenberg ist jedenfalls davon überzeugt. Beim Benefizbrunch hat sie ihren Gästen den Dolch zum Kauf angeboten, weil sie vermeiden will, dass er in die Hände ihres Enkels fällt. Zurückhaben will sie ihn verständlicherweise nicht, weil …« Sarah brach peinlich berührt ab. Zu spät.

Amanda schluchzte auf.

»Es tut mir leid. Das war unsensibel.«

Ihre Bekannte schüttelte den Kopf, als könnte sie die Traurigkeit so loswerden. Nach ein paar Momenten atmete sie tief durch und wischte sich die Tränen ab. »Geht schon wieder.«

»Jedenfalls befürchtet sie wie gesagt, dass Tilmann

Eckenberg hinter dem Dolch her ist. Sie hat ihren Stiefenkel als giftige Natter bezeichnet.«

Über Amandas Gesicht huschte der Schatten eines Lächelns.

»Ist die Bezeichnung treffend?«, fragte Sarah.

»Nun, er ist … speziell«, vermied Amanda eine eindeutige Antwort.

»Dann frage ich anders: Hat euch nach dem Einbruch bei Britta Eckenberg und vor dem Mord an Peer jemand den Dolch zum Kauf angeboten?« Sarah sah die drei gespannt an.

»Nicht dass ich wüsste. Axel? Gerlinde?«

Die beiden Angesprochenen verneinten die Frage.

»Außerdem hätte Peer niemals mit Hehlerware gehandelt. Wir alle nicht!«, empörte sich Gerlinde Göhr.

»Könnte doch sein, dass er nicht wusste, dass es sich dabei um Hehlerware handelt«, behauptete Sarah, obwohl sie das für unwahrscheinlich hielt.

»Wenn uns etwas angeboten wird, recherchieren wir genau, ob es sich um Raubgut handeln könnte. Dafür nutzen wir die Interpol-Kunstdatenbank oder das Art Loss Register, Europas größte Datenbank für Kunstdiebstähle«, zählte Axel Kowalski auf. »Außerdem veröffentlicht das Bundeskriminalamt auf seiner Fahndungsseite gestohlene Kunstgegenstände.«

Carola Jonas kam mit dem aktuellen *Wiener Boten* in der Hand zurück. Es schien ihr besser zu gehen. »Hier schreiben Sie, dass dreizehn Rubine im Dolchgriff eingearbeitet sind. Dreizehn«, griff sie wieder ihr bevorzugtes Thema auf.

Amanda schaute sie unglücklich an, während Gerlinde Göhrs Blick die Kollegin maßregelte.

»Das stimmt. Aber es ist vermutlich nur ein Zufall, dass es dreizehn Steine sind«, versuchte Sarah, Carola Jonas' Angst vor der Zahl nicht noch mehr anzuheizen. »Aber in dem Artikel steht auch, dass die Dreizehn in anderen Kulturen eine Glückszahl ist.«

Carola Jonas' Mimik verriet, dass sie davon nicht überzeugt war.

»Peer hat auf eurer Homepage eine eigene Seite über Symbolik in Gemälden eingerichtet«, wechselte Sarah das Thema, weil es hier und jetzt wohl keinen Sinn machte, die Sekretärin vom Gegenteil überzeugen zu wollen.

Amanda seufzte. »Ja, und das sollte nur der Anfang sein. Er wollte demnächst einen eigenen Podcast zu dem Thema starten. Seit einem Jahr arbeitete er daran. Das Mosaik in der Minoritenkirche war Teil seiner Recherchen. Willst du seine Aufzeichnungen sehen?«

»Sehr gerne.«

»Dann lass uns nicht länger hier herumstehen, sondern endlich nach hinten gehen.«

Amanda führte Sarah durch den Rundbogen. Das rückwärtige Zimmer ähnelte dem Ausstellungsraum. Bilder an hohen Wänden, kleine Statuetten, glänzendes Parkett. Nur die schmale Küchenzeile, die Regale, Kartons, ein runder Konferenztisch und die drei Schreibtische wiesen es als Büro aus.

Amanda zeigte auf den runden Tisch. »Setz dich.«

Sarah nahm auf einem der insgesamt sechs Stühle

Platz, während Amanda begann, in der Lade eines Sekretärs zu kramen. Auf seiner Tischplatte stapelten sich Papiere, ein Ordner war umgekippt. Es sah aus, als hätte jemand nur schnell seinen Platz verlassen und würde gleich wiederkommen. Sarahs Blick schweifte über die Bilder an der Wand hinter einem leeren Bürostuhl.

»Das sind nur Kunstdrucke. Die Originale hängen in Museen. Aber Peer faszinierte ihr Symbolgehalt, deshalb wollte er sie zumindest auf diese Weise in seiner Nähe haben«, erklärte Amanda, die gefunden hatte, was sie suchte, und ihrem Blick gefolgt war.

Sarah nickte. Sie erkannte *Der Garten der Lüste* von Hieronymus Bosch, eine brennende, zugrunde gehende Welt. Ein Vanitas-Stillleben von Pieter Claesz mit dominantem Totenkopf in der Bildmitte sowie *Guernica* von Pablo Picasso, ein bildgewaltiger Aufschrei ob der Bombardierung der gleichnamigen Stadt im Baskenland.

Auch Carola Jonas kam nun nach hinten und machte sich an der Kaffeemaschine zu schaffen. Kurz darauf erfüllte Kaffeeduft den Raum. Sie stellte Tassen und eine angebrochene Milchtüte auf den Besprechungstisch und schenkte ungefragt Kaffee ein.

Nachdem Amanda sich neben Sarah gesetzt hatte, reichte sie ihr eine Flügelmappe. Sarah schlug die erste Seite auf und sah sich einer Auflistung von Gemälden gegenüber. Vor ihrem inneren Auge tauchte wieder Peer als junger Mann mit wildem Lockenkopf auf, der in fröhlicher Manier erklärte, dass Schmuck in der Kunst zwar ein Symbol für Schönheit und weibliche Anziehungskraft war, aber ebenso für Vergänglichkeit stehen konnte. Damals hatte er das anhand eines Gemäldes von einem Künstler erläutert, an dessen Namen sich Sarah nicht mehr erinnern konnte. In Gedanken versunken, nahm sie einen großen Schluck Kaffee.

»Das ist unglaublich interessant«, sagte sie schließlich tonlos und schloss die Mappe.

»Nimm alles mit und bring es mir wieder, wenn du sie in Ruhe durchgesehen hast«, schlug Amanda vor. »Den Podcast wird es sowieso nie geben.« Sie kämpfte erneut mit den Tränen. Rasch stemmte sie sich hoch, zog aus der Lade eines anderen Schreibtisches ein Taschentuch und schnäuzte sich. »Die Leidenschaft für die Symbolik in Gemälden teilte Peer übrigens mit Tilmann Eckenberg. Auch er interessiert sich dafür«, sagte sie, als sie wieder am Konferenztisch Platz genommen hatte.

Sarah horchte auf. »Glaubst du, er würde mir ein Interview geben? Mit mir über Peer reden? Ich hab gehört, er hat's nicht so mit Journalisten.«

»Wenn du dein Gespräch an dem Symbolikthema aufhängst, könnte es klappen. Da kann er sich richtig reinsteigern und sein Wissen zeigen. Sonst protzt er ja eher mit seinem Ferrari und dem normalen Reiche-Leute-Zeug«, spöttelte sie. »Ich geb dir seine Mail-Adresse.« Sie sah zur Sekretärin, die die ganze Zeit über an ihrem Schreibtisch gesessen hatte. »Suchst du die bitte raus?«

Carola Jonas nickte.

»Kam dir Peer eigentlich in letzter Zeit verändert vor?«, fragte Sarah.

»Das wollte die Polizei auch wissen.« Amanda hob die Achseln und ließ sie kraftlos wieder fallen. »Was soll ich sagen? Ja, er war unkonzentriert, manchmal schien er sogar völlig abwesend.«

»War er nervös? Hatte er Angst? Wurde er vielleicht bedroht?«

Amanda schürzte nachdenklich die Lippen, schüttelte dann aber den Kopf. »Nein. Er war nur in Gedanken. Er hat zu viel gearbeitet.«

Carola Jonas trat zu ihnen und gab Sarah einen Zettel mit der Mail-Adresse, bevor sie wieder an ihren Schreibtisch zurückging.

»Gab es Probleme oder Streit mit jemandem?«, ließ Sarah nicht locker. »Einem Mitbewerber vielleicht? Kunden? Oder mit euren ehemaligen Partnern?«

Amanda schüttelte erneut den Kopf. »Das hat mich der Kriminalpolizist auch schon alles gefragt. Aber weder Peer noch ich haben ein schlechtes Verhältnis zu unseren Ex-Partnern. Wir haben keinen Kontakt mehr zu ihnen. Die Scheidungen sind glatt gelaufen, ohne Streitereien, ohne Groll. Nach unseren Trennungen haben wir alles hinter uns gelassen. Ich hab meinen alten Job gekündigt, um hier zu arbeiten. Wir hatten ein wunderbares Leben«, flüsterte sie. »Auch mit Kunden gab es keine Streitereien oder Probleme, und wir haben keine Neider unter unseren Mitbewerbern. Niemand wollte Peer das sprichwörtliche Hackl ins Kreuz hauen. Er hatte keine Feinde. Jeder mochte ihn. Er war angesehen.« Tränen liefen über ihre Wangen, ihren Hals, tropften von ihrem Kinn.

Als Carola Jonas ihrer Chefin eine Packung Taschentücher brachte, sah Sarah, dass sie ebenfalls wieder weinte.

»Aber irgendwas hat Peers Tod mit dem Dolch zu tun, das weiß ich. Und ich werde herausfinden, was. Ich lass nicht locker«, versprach Sarah und trank den Kaffee aus, der längst kalt geworden war.

Amanda wischte sich die Tränen ab. Sie hatte ihre Tasse nicht angerührt. »Tut mir leid, dass ich immer wieder die Fassung verliere, aber es ist so schrecklich und noch so frisch.«

»Du musst dich nicht entschuldigen.«

»Es geht auch schon wieder.« Amanda seufzte. »Und jetzt stürze ich mich mal in die Arbeit, das lenkt mich hoffentlich ab.«

Sarah warf einen Blick auf ihre Armbanduhr. Sie war schon länger hier als geplant. »Ich muss eh zurück in die Redaktion.« Als sie Amanda ihre Visitenkarte überreichte, bestürzte sie die tiefe Traurigkeit in den Augen ihrer Bekannten. Auf einmal tat es Sarah leid, dass sie ihr so viele Fragen gestellt hatte. Womöglich hatte sich Amanda wie bei einem Verhör gefühlt. »Ruf mich bitte an, wenn du wen zum Reden brauchst.« Sie legte ihre Hand auf Amandas Arm. »Ich bin für dich da. Jederzeit. Egal, wann. Hörst du?« Sie meinte, was sie sagte.

Amanda nickte zaghaft.

»Ich melde mich wieder. Bald. Versprochen.«

»Okay. Baba, dann bis bald«, verabschiedete Amanda sie tonlos.

Sarah nahm die Mappe mit den Unterlagen vom Tisch, steckte sie in ihre Umhängetasche und verließ das Auktionshaus.

Auf der Straße sah sie auf ihr Handy, das sie auf lautlos geschaltet hatte. Maja hatte mehrmals versucht, sie zu erreichen. Außerdem hatte ihr Oskar Kretschmer, ein Journalist von *Neues der Woche*, eine WhatsApp-Nachricht geschickt: *Ruf mich an. Dringend!*

18

Gerlinde betrat den Bürobereich unmittelbar nach Sarahs Verabschiedung. Sie hielt ein Blatt im DIN-A5-Format in der Hand, legte es verdeckt auf der Küchenzeile ab und schenkte sich dann im Zeitlupentempo Kaffee ein. Kurz hielt sie inne.

Amanda kam es vor, als würde sie mehrmals verstohlen in ihre Richtung blicken. An der angespannten Miene erkannte sie, dass ihrer Angestellten etwas auf dem Herzen lag.

Dann schien es, als ginge ein Ruck durch Gerlindes Körper, sie nahm das Blatt und wandte sich abrupt um, als hätte sie soeben einen Gedankenblitz gehabt. Die Kaffeetasse ließ sie stehen. »Kann ich dich kurz sprechen, Amanda? Wenn's geht, alleine.« Sie sah zu Carola, die jedoch hinter ihrem Schreibtisch sitzen blieb.

»Natürlich. Solange du mir nicht sagst, dass du kündigst. Ohne euch kann ich den Laden nämlich nicht stemmen.«

»Nein. Keine Sorge.«

Als Gerlinde Carola ein ungeduldiges Zeichen gab, sich endlich zu verziehen, rollte die Sekretärin genervt mit den Augen, ging aber in den Schauraum.

»Also, schieß los!« Amanda zeigte auf den Stuhl vor ihrem Schreibtisch.

Gerlinde blieb stehen, druckste herum. »Es ist mir ein wenig peinlich.«

»Spuck's aus.«

»Ich hab vorhin gelogen.« Sie rollte das Blatt in der Hand zusammen, warf Amanda einen nervösen Blick zu und dämpfte ihre Stimme, als sie endlich mit dem herausrückte, was ihr unter den Nägeln brannte. »Tilmann hat tatsächlich versucht, über Peer an den Dolch zu kommen.«

Amanda brauchte einen kurzen Moment, um zu begreifen. »Aber warum?«, fragte sie dann überrascht, ebenfalls im Flüsterton.

»Das weiß ich nicht genau.« Endlich setzte sich Gerlinde. Das Blatt behielt sie in der Hand. »Aber du kennst doch Eckenbergs Meinung über die zweite Frau seines Großvaters. Vermutlich wollte er das wertvolle Stück einfach nicht in ihren Händen wissen.«

»Aber der Rest der Kunstsammlung gehört ihr doch auch. Warum also ausgerechnet der Dolch?«

Gerlinde zuckte mit den Achseln.

»Und wie wollte er ihn bekommen?«

»Peer hat mich gebeten, Ramona Mair in seinem Auftrag zu kontaktieren, das ist Britta Eckenbergs Assistentin. Ich sollte behaupten, antike Speere und Dolche zu sammeln, und nachfragen, ob der Dolch ihrer Chefin zu verkaufen sei. Peer hat mir ein Foto von dem Dolch gegeben.« Sie legte das Blatt auf Amandas Schreibtisch. Es war eine Aufnahme des Dolches.

Amanda fixierte das Bild eine Weile. »Peer hat dich als Strohfrau eingesetzt?« Ihre Stimme hatte wieder die normale Lautstärke.

Gerlinde nickte.

»Es tut mir leid, dass ich nichts gesagt habe. Aber Peer hatte mich eindringlich darum gebeten.« Sie sah aus, als würde sie es ehrlich bedauern.

»Schon gut«, beschwichtigte Amanda. »Was hat Britta Eckenberg beziehungsweise ihre Sekretärin denn geantwortet?«

»Nichts. Sie haben nie auf die Anfrage reagiert.«

»Das müssen wir der Polizei melden.«

»Denkst du wirklich?«

»Natürlich.« Amanda nickte und ließ das Foto in ihrer Schreibtischlade verschwinden. »Es könnte wichtig sein.«

»Aber das ist Monate her.«

»Wie lange genau?«

»Ein halbes Jahr«, gestand Gerlinde.

»Gerlinde hat Ramona Mair dreizehnmal kontaktiert«, platzte in dem Moment Carola in das Gespräch hinein. »Dreizehnmal!«

»Hast du gelauscht?«, fragte Amanda empört, weil sie so etwas nicht leiden konnte.

»Es gibt hier keine Tür.« Die Sekretärin zeigte auf den offenen Durchgang.

»Woher weißt du überhaupt, dass ich die Mair so oft kontaktiert habe?«

Carola schien sich nicht überwinden zu können zu antworten.

»Sag nur, du hast heimlich meine Mails gelesen!«, schrie Gerlinde.

Auch Axel tauchte nun mit verwirrter Miene im Durchgang auf. Niemand erklärte ihm, was vor sich ging.

»Du hast die Anfrage von deinem offiziellen Geschäfts-Account geschickt?«, hakte Amanda bei Gerlinde nach.

»Nein, die Kommunikation lief über meine Privatmail.«

Als Amanda zu ihrem Mitarbeiter blickte, sah sie, wie sich dessen Gesicht aufhellte. »Und du hast natürlich auch Bescheid gewusst«, stellte sie trocken fest.

Er blickte zu Boden.

»So was aber auch!« Amanda verlor die Fassung. »Als wäre es nicht genug, dass Peer die Sache mir verheimlicht hat. Warum auch immer. Wieso hat mir niemand von euch Bescheid gesagt?«

Axel sah sie betroffen an. »Peer war der Chef, er hat uns regelrecht befohlen, den Mund zu halten. Tut mir leid.«

»Dann will ich jetzt wenigstens wissen, woher *du* Bescheid weißt, Carola! Hat Peer dich auch eingeweiht?«

»Nein, es war reiner Zufall, dass ich davon erfahren hab.« Sie hielt inne.

»Sag schon«, forderte Amanda sie ungeduldig auf.

»Ich bin mit Ramona Mair befreundet«, gestand Carola schließlich.

Amanda sah sie überrascht an. »Echt?«

»Deshalb kam also keine Antwort«, empörte sich Gerlinde. »Du hast deiner Freundin gesteckt, dass ich eine Strohfrau bin und die Anfrage in Wahrheit von Tilmann Eckenberg stammt.«

Amanda hob die Brauen. »Interna dürfen nicht nach außen dringen«, tadelte sie die Sekretärin, auch wenn sie in diesem Fall Peers Schweigen viel mehr aufregte. Verdammter Tilmann Eckenberg.

»Tut mir leid. Aber dreizehnmal«, wiederholte Carola weinerlich. »Das konnte nicht gut ausgehen.«

Gerlinde warf ihr einen wütenden Blick zu.

»Du redest manchmal so einen Topfen z'amm.« Axel schüttelte angefressen den Kopf.

»Wie auch immer«, beendete Amanda die Unterhaltung. Zum Glück war nicht viel passiert, außer dass Peer offenbar ein Geheimnis vor ihr gehabt hatte und gleich die halbe Mannschaft in seine heimliche Aktion einbezogen hatte. »Und die Zahl Dreizehn hat nichts zu bedeuten«, fügte sie frostig noch hinzu.

Blitzartig griff Carola nach dem Stapel Tarotkarten, sprang auf und stapfte zum Schreibtisch ihrer Chefin. Sie fächerte die Karten mit den Bildern nach unten auf und forderte sie auf, eine zu ziehen.

Amanda spielte mit, aber ließ sich Zeit, bevor sie sich für eine in der Mitte entschied.

Carola drehte sie um. »Die Fünf der Schwerter«, sagte sie dann im mahnenden Tonfall.

»Was heißt das?«

»Die Karte warnt vor Scherereien, denen man möglicherweise nicht gewachsen ist.«

»Ich glaube nicht an Prophezeiungen.« Amanda bemühte sich um einen ruhigen Tonfall. Doch in Wahrheit ertappte sie sich dabei zu überlegen, welche Scherereien das sein könnten.

19

»Tut mir leid, Maja, dass ich jetzt erst zurückrufe. Ich hatte das Handy auf lautlos gestellt. Was gibt's so Dringendes?« Sarah war auf dem Weg zur U-Bahn-Station am Stephansplatz und bog soeben in die Dorotheergasse ein.

»Oskar Kretschmer hat sich mehrmals gemeldet.«

»Er hat mir auch eine Nachricht geschickt. Ich soll ihn anrufen. Ist dringend! Weißt du, was er will?« Der Kerl von dem Boulevardblatt *Neues der Woche* war ein Unsympath sondergleichen. Glücklicherweise hatte sie schon länger nichts mehr von ihm gehört.

»Genaues hat er nicht gesagt, nur dass es um den Toten im Belvedere geht. Und um etwas in einem Artikel, zu dem er deinen Kommentar haben will.«

»Oh«, sagte Sarah und umrundete die Touristengruppe, die plötzlich vor dem berühmten Café Hawelka stehen geblieben war. »Dann sollte ich ihn vielleicht wirklich zurückrufen, bevor er irgendeinen Blödsinn verzapft. Was immer das auch sein kann.«

Kretschmer behauptete oft, mehr zu wissen als alle anderen Journalisten. Er zog seine eigenen Schlüsse nach Recherchen, die diesen Namen nicht verdienten. Sein Arbeitsprinzip glich dem von Populisten und

Verschwörungstheoretikern, soviel Sarah wusste. Ohne mit der Wimper zu zucken, verbreitete er schon mal Unwahrheiten, die dann an Stammtischen wiedergekäut wurden. Frei nach dem Motto: Wiederhole eine Lüge oft genug, dann wird sie irgendwann zur Wahrheit. Sarah hatte im Laufe der Jahre lernen müssen, mit Wichtigtuern wie Kretschmer umzugehen. Kurz überlegte sie, beim Trzesniewski schräg gegenüber vom Hawelka Halt zu machen und sich zwei Brote mit Eiaufstrich zu gönnen.

»Kommst du heute noch mal in die Redaktion?«

Sie verwarf die Idee. »Ja, bin schon am Weg.«

»Gut, ich hab nämlich noch was für dich. Und Conny auch.«

»In zwanzig Minuten bin ich da.« Sarah verabschiedete sich und beschloss, Oskar Kretschmer sofort anzurufen. Während sie die Stufen zur U-Bahn hinunterlief, wählte sie seine Nummer. Er hob nach dem zweiten Läuten ab.

Nach einer kurzen Begrüßung kam er direkt auf den Punkt. »Ich habe heute ein Foto mit dir als Hauptmotiv bekommen. Ich sag nur: spätnachts, Belvedere. Ein Polizist bugsiert dich in einen Streifenwagen.«

»Bugsiert? Wovon sprichst du?« Sarah blieb am Fuß der Treppe stehen. Ihr Herz schlug ihr bis zum Hals.

»Ich hatte schon Angst um dich, dachte, dass man dich festgenommen hat.« Kretschmer klang scheinheilig.

»Warum festgenommen?«

»Aber offenbar hat man dich wieder freigelassen.«

»Man hat mich nicht festgenommen. Ich war dort, weil …« Sie verstummte gerade noch rechtzeitig. Fast wäre sie ihm auf den Leim gegangen.

»Du kannst dir sicher vorstellen, dass mein Kopf förmlich explodiert vor Vermutungen?«

»Vor welchen Vermutungen?« Sie lief weiter zum Bahnsteig.

»Komm schon! Warum warst du mitten in der Nacht an einem Tatort und bist danach von der Polizei mitgenommen worden?«, drängte er sie.

»Blödsinn«, fuhr Sarah ihn an. »Ich bin nicht mitgenommen worden, man hat mich heimgebracht.«

Passanten drehten den Kopf in ihre Richtung. Sie ignorierte die Blicke.

»Aber du stehst in irgendeinem Zusammenhang mit dem Mord, und den würde ich gerne kennen.«

Erst jetzt begriff sie, was Kretschmers Anruf bedeutete. Man hatte sie tatsächlich beobachtet, und der junge Polizist hatte das instinktiv gespürt oder sogar vielleicht eine Person gesehen und Stein Bericht erstattet. Deshalb hatte dieser sie vor Britta Eckenbergs Villa gefragt, ob ihr jemand aufgefallen war. »Von wem hast du das Foto?«

»Hatte die Polizei zu wenig Beweise, um dich weiter festzuhalten?«

»Was redest du da? Ich hab dir gerade gesagt, dass man mich nicht festgenommen hat.« Die U3 fuhr ein.

»Und wenn es so wäre, würdest du es mir natürlich verraten, weil wir uns schon so lange kennen.« Seine Stimme troff vor Sarkasmus. »Sarah Pauli, immer dicht dran am Verbrechen. Diesmal offenbar sehr dicht. Zu dicht?«

»Was willst du von mir, Kretschmer?« Sie stieg in einen Waggon.

»Hab ich mich nicht klar ausgedrückt? Ich will einen Kommentar von dir dazu.«

»Kein Kommentar.«

»Wir haben extra eine andere Geschichte verschoben, nur um morgen eine Story mit dir als Star in einem noch ungelösten Mordfall zu bringen. Mit oder ohne Statement von dir. Such's dir aus.«

»Das ist Erpressung.«

»Das ist Business. Und nur, weil ich fair bin, bitte ich dich um eine Stellungnahme. Du weißt, es gibt Kollegen, die werden das Foto veröffentlichen und die Frage, die ihnen auf der Zunge brennt, von dir unkommentiert ihren Lesern stellen: Was hat Sarah Pauli mit dem Mord an dem Geschäftsmann im Belvedere zu tun?«

»Wer interessiert sich schon für mich? Ich bin kein Promi.«

Er ignorierte ihre Erwiderung und ließ nicht locker: »Also, wirst du verdächtigt, kennst du das Opfer näher, oder warum sonst warst du mitten in der Nacht im Belvedere?«

Sarahs Gedanken rasten. Sollte sie Kretschmer schreiben lassen, was immer er wollte? Oder sollte sie versuchen, die Sache sogar für sich zu nutzen? Den Täter aus der Reserve locken, indem sie vorgab, etwas Wichtiges zu wissen? »Hast du eine Ahnung, wer der Tote ist?«, wollte sie wissen.

»Natürlich. Peer Schneider, er hat ein Auktionshaus in der Stallburggasse betrieben.«

»Wer hat dir das Foto geschickt?«, wiederholte sie ihre Frage.

»Das muss ich dir nicht sagen.«

Sarah schwieg.

»Also, was ist jetzt mit einem Statement?«

»Du kannst deine Frage gerne den Lesern stellen«, antwortete sie entschlossen und stieg an der Station Neubaugasse aus.

Oskar Kretschmer schien aufzugeben und verabschiedete sich mit der Info, vorerst in seinem Artikel zu erwähnen, dass die Chefredakteurin des *Wiener Boten* keine Erklärung abgab, obwohl *Neues der Woche* sie dazu aufgefordert hatte. Das ließ einen großen Spielraum für Spekulationen und war in dem Fall fast so gut wie ein Kommentar von ihr.

Nachdem sie aufgelegt hatte, rief Sarah auf ihrem Smartphone die Mails ab, um nachzusehen, ob auch sie das Foto erhalten hatte. Fehlanzeige. Sie steckte es wieder weg und beeilte sich.

Im Verlagshaus angekommen, hastete sie die Stufen in den vierten Stock zu Davids Büro hoch. Völlig außer Atem, riss sie die Tür zum Sekretariat auf. Ihre Freundin Gabi saß entspannt hinter ihrem Schreibtisch, David lehnte lässig in der offenen Verbindungstür zu seinem Zimmer. Beide hielten Espressotassen in ihren Händen.

»Das nenne ich mal Arbeitsmoral«, keuchte sie.

»Sarah!«, rief Gabi überrascht.

»Du siehst aus, als wäre der Teufel hinter dir her. Was ist los?«, meinte David.

Sie atmete tief durch und erzählte ohne weitere Umschweife von dem Telefonat mit Oskar Kretschmer.

»Na bumm«, entfuhr es Gabi.

»Haben wir das Foto auch bekommen?«, fragte David.

»Ich weiß nicht, bin ja gerade erst in die Redaktion gekommen. An meine Mail-Adresse ist es jedenfalls nicht geschickt worden.«

David stellte seine Espressotasse ab. »Gut, ich informiere gleich mal unsere Anwälte.«

Sarah blieb in Gabis Büro. »Die meisten unserer Mitbewerber sind schlau genug, klare Anschuldigungen und Behauptungen zu vermeiden, allerdings werden sie jede noch so lächerliche Unterstellung in Fragen kleiden. Damit droht ihnen keine juristische Konsequenz!«, rief sie ihm durch die offene Tür zu.

»Trotzdem. Nur für den Fall, dass einer doch übers Ziel hinausschießt und dich unmittelbar mit einer Straftat in Verbindung bringt.« David griff zum Telefon.

»Vielleicht ist der, der das Foto verschickt hat, ja derselbe, der dich am Samstagabend in Angst und Schrecken versetzt hat«, meinte Gabi.

»Denk ich nicht. Da hat jemand etwas beobachtet und will sich jetzt wichtigmachen. Das kennen wir doch«, widersprach Sarah reflexartig, um sich selbst zu beruhigen.

»Hast du Stein schon angerufen?«, fragte David nach seinem Telefongespräch mit einem Juristen.

»Nein, und jetzt hab ich auch keine Zeit dafür.«

David bot an, ihm Bescheid zu geben, und Sarah nickte als Antwort.

Wenige Minuten später wies Sarah Cordula Berger an, Maja und Conny in ihr Büro zu bitten. Es dauerte keine Viertelstunde, bis die beiden eintrafen. Sissi tänzelte hinter ihrem Frauchen her und unternahm einen kurzen Streifzug durch den Raum, bevor sie sich auf ihren Lieblingsplatz unter dem Schreibtisch zurückzog. Conny und Maja, Letztere mit Notebook und mehreren Papieren in der Hand, nahmen auf den Besucherstühlen Platz.

»Hat jemand von euch ein Foto von mir vor dem Belvedere bekommen?«, wollte Sarah wissen und erläuterte den Grund ihrer Frage.

Die beiden verneinten.

»Na, was für ein Glück für den Kretschmer, dann konnte er dich endlich mal wieder anrufen«, witzelte Conny.

»Wie meinst du das?«

»Ich bin mir sicher, der steht auf dich. Hat aber auch Angst vor dir, weil du zwei Ligen über ihm arbeitest.«

Sarah grinste. »Was du immer glaubst.«

Maja rief indessen ihre Mails ab. »Bei mir ist auch in den letzten Minuten nichts eingegangen.« Dann durchforstete sie die sozialen Medien. »Online finde ich auch nichts«, beendete sie ihre Suche.

Sarah nickte. »Gut, dann warten wir mal ab. Vielleicht stand der, der das Bild geschickt hat, einfach nur zufällig vorm Belvedere und hofft jetzt, wo er weiß, dass dort ein Mord passiert ist, mit dem Schnappschuss Geld zu verdienen. Wenn keine Zeitung zahlt, ist die Sache bald gestorben.«

»Bleibt aber der Fakt, dass dich jemand fotografiert hat«, entgegnete Maja.

»Wie dem auch sei.« Sarah zuckte mit den Achseln, obwohl sich längst ein mulmiges Gefühl in ihr eingenistet hatte. »Was habt ihr sonst für mich?«

»Du hast mich doch gebeten, nach weiteren Einbrüchen zu recherchieren. Ich hab mich, wie du meintest, dabei erst mal auf Österreich konzentriert«, hob Maja an. »In den letzten drei Jahren wurden vier Einbrüche begangen, die in unser Schema fallen.«

»Hmmm«, brummte Sarah. »Und was wurde gestohlen?«

»In den jeweiligen Zeitungsartikeln ist nur von Kunstgegenständen und Schmuck in erheblichem Wert die Rede. In Fuschl am See hat es letztes Jahr im Oktober ein Ehepaar getroffen. Sie betreiben ein Fünfsternehotel. Im Februar vor zwei Jahren stiegen in Salzburg Diebe ins Haus eines Bauunternehmers ein.« Maja reichte ihr mehrere Ausdrucke. »Die Artikel über den Einbruch in die Villa von Veronika Hestes in Kitzbühel und Leopold Opitz sind auch dabei.«

»Ich hab mehrfach versucht, die Hestes zu erreichen«, sagte Conny. »Sie dreht zurzeit, ruft mich aber angeblich in den nächsten zwei oder drei Tagen zurück. Vielleicht erzählt sie mir dann ja mehr.«

»Die Einbrüche erfolgten immer dann, wenn die Besitzer aus unterschiedlichen Gründen gerade nicht da waren, so steht es in den Artikeln«, fuhr Maja fort und tippte auf die Berichte.

Sarah senkte den Blick und las die Headline: »*Diebe in Villa von Milliardär Leopold Opitz eingedrungen*. Da sollen Kunstwerke im geschätzten Wert von eineinhalb Millionen erbeutet worden sein.«

Conny pfiff anerkennend durch die Zähne. »Augen auf bei der Berufswahl.«

»Was ist mit Wien?«, fragte Sarah.

»Kein Einbruch, wenn man von den beiden in den letzten Wochen absieht. Und das war's dann auch schon wieder meinerseits«, beendete Maja ihre Ausführungen.

Conny verstand den Hinweis und kam auf ihre News zu sprechen. »Ich habe heute Morgen mit Ramona telefoniert, wollte noch ein paar Infos für meinen Bericht über den Brunch. Dabei hat sie erwähnt, dass Tilmann von der Polizei zum Raubüberfall bei Britta Eckenberg befragt wurde.«

»Oh«, machte Sarah überrascht.

»Sie meinte, ihre Chefin soll Stein bei seinem Besuch in der Villa auf die Idee gebracht haben, dass ihr Stiefenkel etwas mit dem Einbruch zu tun hat.«

Sarah runzelte fragend die Stirn. »Kann das sein? Ich meine, dass er wirklich involviert ist?«

»Weiß ich nicht. Klar ist, dass der feine Herr Eckenberg sicher nicht höchstpersönlich eingestiegen ist. Wenn, dann hat er jemanden dafür engagiert. Stein kann dir dazu sicher mehr erzählen.«

»Gut, dann ruf ich ihn gleich an.« Sarah griff nach ihrem Handy und drückte die Kurzwahltaste für den Chefermittler.

Es läutete fünfmal. Sie wollte bereits auflegen, als seine Stimme erklang.

»Sarah! David hat mich eh schon informiert, dass ihr, du und unser Kollege, morgen die Stars in *Neues der Woche* seid. Leider kann auch ich Kretschmer nicht zwingen, mir zu verraten, woher er das Foto hat. Dafür brauch ich eine richterliche Verfügung, und das kann dauern.«

»Aber du kannst dem jungen Kollegen sagen, dass ihn sein Gefühl nicht getrogen hat. Jemand hat uns beobachtet.«

»Das wird ihn bestimmt freuen«, höhnte Stein. »Ach ja, weil ich dich grad am Telefon hab … ihr habt die Sache mit dem Dolch heute ziemlich groß aufgezogen.«

»Britta Eckenberg hat uns die Erlaubnis gegeben.«

»Na dann.« Stein brummte etwas Unverständliches. Es klang nicht gerade freundlich.

»Und ihr habt mit Tilmann Eckenberg geredet«, kam Sarah auf den eigentlichen Grund ihres Anrufs zu sprechen.

»Wir reden mit vielen Menschen«, grummelte Stein.

»Auch über den Überfall auf die Eckenberg?« Sarah griff nach dem Kugelschreiber und dem Block auf ihrem Tisch.

»Kein Kommentar.«

»Komm schon, Martin! Was habt ihr? Die Leute wollen etwas lesen.«

»Dann sollen sie sich ein Buch kaufen. Wir haben nichts.«

»Ich verspreche auch, es nicht gleich morgen zu veröffentlichen.« Sarah klopfte ungeduldig mit dem Stift auf den Block. »Außerdem obliegt die normale Berichterstattung über den Mordfall eh Maja. Mir schwebt eine größere Geschichte vor. Ich will über Peers Wissen über Symbolik und die Vanitas-Gemälde schreiben.«

Stein lachte heiser. »Dabei kann ich dir nicht helfen. Du bist die Hexenmeisterin.«

»Ich will wissen, wie sein Umfeld aussah und tickt, mit welchen Leuten er sich wann, wo und warum umgeben hat. Ich will die Story hinter der Story«, fuhr Sarah unbeirrt fort.

Einen Moment lang herrschte Stille. Dann räusperte sich Stein. »Tilmann Eckenberg gilt als seriöser Geschäftsmann. Dass er am Freitag ebenfalls bei der Ausstellungseröffnung war und dort Peer Schneider getroffen hat, ist seiner Leidenschaft für Kunst geschuldet.«

»Da schau her. Ist das offiziell?«

»Bei so einer Vernissage sind immer sehr viele Menschen. Einige haben Eckenberg bestimmt gesehen. Und es werden viele Fotos gemacht, unter anderem von Yvonne Rauter, die man anschließend sicher in diversen Zeitungen und auf Online-Plattformen finden kann. Aber das hast du nicht von mir.«

»Danke, Martin«, sagte Sarah und grinste. »Und natürlich nicht. Du weißt ja, dass unsere liebe Conny ihre Ohren überall hat. Selbstverständlich hat sie schon längst aus der Szene erfahren, wer alles auf der Vernissage war.«

Die Gesellschaftsreporterin horchte auf, als ihr Name fiel.

Stein lachte. »Die Gute ist ja auch wie der redensartliche Schnittlauch auf jeder Suppe. Also dann, baba, Sarah«, verabschiedete er sich und legte auf.

»Tilmann Eckenberg war also bei der Vernissage von der Lilo-Ausstellung«, schlussfolgerte Conny aus den Gesprächsfetzen, die sie mitbekommen hatte.

»Genauso wie Yvonne Rauter«, verriet Sarah lächelnd. »Und das wissen wir nicht von Stein, sondern haben die Info deinen ausgezeichneten Beziehungen zur Szene zu verdanken. Ich sag nur: Hütehund.«

»Okay, jetzt versteh ich. Natürlich hast du das von mir.« Conny zwinkerte ihr zu. »Obwohl das sicher kein Staatsgeheimnis ist.«

»Hast du beim Benefizbrunch mit ihr gesprochen?«

»Nein, hatte keine Gelegenheit«, antwortete Conny.

»Sie war in unmittelbarer Nähe, als Peer ermordet wurde, das muss sie doch schockiert haben. Allerdings kam sie mir ziemlich ruhig vor, als die Eckenberg die Gäste informierte«, grübelte Sarah.

»Und sie hat sogar ein Gebot für den Dolch abgegeben«, erinnerte Conny.

»Ich glaub, ich werde bald mal bei ihr vorbeischauen«, beschloss Sarah.

Maja hatte zwischenzeitlich ein Foto des Unternehmers auf ihrem Notebook aufgerufen. »So schaut unser

Sunnyboy also aus.« Sie schürzte anerkennend die Lippen.

Auch Sarah warf einen Blick auf den Bildschirm. Das Erste, was ihr auffiel, waren Eckenbergs ungewöhnlich blaue Augen. »Ziemlich intensiv«, sagte sie. »Erinnert mich an diesen amerikanischen Schauspieler … Wie heißt der noch mal?«

»Bradley Cooper«, half ihr Maja auf die Sprünge.

Conny kraulte Sissi versonnen, die unter Sarahs Schreibtisch hervorgekommen war. »Ich weiß, wie unser millionenschwerer Unternehmer ausschaut. Die Augen sind scharf, ansonsten ist er nicht mein Typ. Und deiner auch nicht, glaub mir, Sarah.«

Sarah hob abwehrend die Hände. »Ich hab eh keinen Bedarf. Ich will nur ein Interview.« Als ihr Handy läutete, nahm sie nach einem kurzen Blick aufs Display den Anruf an. »Hi, Amanda.«

»Hast du heute Abend Zeit?« Sie klang, als würde sie kein Nein akzeptieren. »Ich würde dich gerne zum Essen einladen. Ich muss mit dir reden.«

Sarah sagte zu.

»Gut. Dann sei um halb sieben im DO & CO im Haas-Haus.«

20

Ramona unterdrückte den Drang, mit den Fingern auf die Armlehne des Sessels im französischen Stil zu trommeln. Es war siebzehn Uhr, und sie wartete ungeduldig auf Britta Eckenbergs Entscheidung, um endlich Feierabend machen zu können. Ihre Chefin beabsichtigte, sich mit neuem Geschmeide über den Verlust der gestohlenen Juwelen hinwegzutrösten, und Ramona sollte bleiben, bis sie etwas Passendes gefunden hatte.

Um halb drei war Ramona noch rasch zur Post gefahren, um das Kondolenzschreiben für Amanda Schneider aufzugeben, das ihre Arbeitgeberin an das Auktionshaus adressiert hatte. Es war ihr wichtig, dass die Witwe es so schnell wie möglich bekam. »Sonst denkt sie noch, ich sei herzlos.« Ramona wunderte sich über die Bemerkung, weil es der Millionärswitwe normalerweise gleichgültig war, was andere Leute über sie dachten.

Zurück in der Villa, bereitete sie Sandwiches vor, weil Britta Eckenberg es unnötig fand, für den nachmittäglichen Besuch einen Imbiss liefern zu lassen.

»Die paar Brote schmieren wir doch mit links«, hatte sie gemeint und Ramona in die Küche geschickt. Dass das »wir« ihre Chefin nicht mit einschloss, war von vornherein klar gewesen.

Ramona ließ ihre Wut an den beiden Gurken aus, die sie in hauchdünne Scheibchen schnitt. Mit Led Zeppelin im Ohr, deren Songs lauthals durch die Villa dröhnten. *Whole Lotta Love. Babe I'm Gonna Leave You. Stairway to Heaven.* Dabei hatte sie gehofft, dass das ganze Tamtam spätestens um halb fünf zu Ende sein würde.

Doch jetzt saßen sie schon seit zwei Stunden im Wohnzimmer, und Britta Eckenberg hatte sich immer noch nicht entschieden. Anstatt sich in ihren eigenen vier Wänden bei einem Glas guten Wein zu entspannen, musste Ramona sich Halsketten und Ringe ansehen, die sie sich niemals würde leisten können. Nicht mal, wenn sie ihr gesamtes Leben darauf sparte.

»Was sagen Sie dazu, Ramona?«, fragte ihre Arbeitgeberin in dem Moment, während sie sich mithilfe eines Handspiegels bewunderte. Ferdinand Hohenberg hatte ihr eine Kette mit hellgrün schimmernden Smaragden um den Hals gehängt.

»Die ist wunderschön und steht Ihnen ausgezeichnet«, heuchelte Ramona Begeisterung. Sie war knapp vorm Durchdrehen. Um fünfzehn Uhr waren die Luxusjuweliere in der Villa aufgekreuzt, im Gepäck unzählige edle Schmuckstücke, weil ihnen Brittas Unentschlossenheit bekannt war. Ihre Chefin fuhr niemals in deren Geschäft in die Innenstadt, um sich wie jede gewöhnliche Kundin dort umzusehen. Gewohnheitsmäßig ließ sie sich eine große Auswahl im eigenen Wohnzimmer präsentieren und genoss dazu ein Glas

Champagner und ein paar Häppchen. Doch jetzt köpften die drei bereits die zweite Flasche Veuve Clicquot, und die vorbereiteten Schnittchen waren fast alle aufgegessen. Außerdem hatte sich das Gejammere, Opfer von Räubern geworden zu sein, inzwischen zum Selbstmitleid ausgewachsen. Dem Ehepaar Hohenberg nahm Ramona den Schock ab, doch ihre Chefin machte sich nicht viel aus den geraubten Gegenständen. Sie waren weder annähernd so wertvoll wie die Gemälde im Privatmuseum im Keller noch unersetzlich. Vom Dolch mal abgesehen, aber den hatte Britta Eckenberg ohnehin nie gemocht. Spätestens nachdem die Leihgabefrist für das Belvedere geendet hätte, hatte sie ihn verkaufen wollen. Allein die Gemälde im Untergeschoss gefielen ihr. Einmal pro Woche stieg sie die Stufen hinab, tippte den Code auf das Touchpad neben der Sicherheitstür und setzte sich auf einen der Polsterstühle, um in Ruhe die Bilder zu betrachten. Manchmal bat sie Ramona, ihr dabei Gesellschaft zu leisten. Dann saßen sie schweigend nebeneinander und bewunderten in einvernehmlicher hochachtungsvoller Stille die Meisterwerke von Gustav Klimt, Egon Schiele, Ferdinand Georg Waldmüller und all den anderen bis hin zu Joan Miró. Heimlich stellte sich Ramona die Frage, ob ihre Chefin die alten Schinken wirklich wegen der Malerei bewunderte oder weil sie ein Vermögen darstellten.

»Ich frag mich die ganze Zeit, wer wusste, dass wir *Die Dame mit der Maske* besitzen«, riss Tamara Hohenbergs weinerliche Stimme sie aus ihren Gedanken.

»Der Verkäufer«, kommentierte Britta Eckenberg trocken.

»Aber wir haben das Bild doch ganz legal bei Peer Schneider ersteigert. Noch dazu anonym am Telefon. Und er ist tot.« Auf Tamara Hohenbergs Gesicht erschien ein bestürzter Ausdruck.

Ramona lag auf der Zunge, dass schon noch einige andere Leute wussten, dass sie das Gemälde besaßen. Ferdinand Hohenberg hatte in ihren Kreisen dem einen oder anderen gegenüber gern damit angegeben. Selbst vor ihr, einer Angestellten.

»Dann hat sich der Dieb auch bei euch das genommen, was leicht zum Mitnehmen war«, ergänzte Britta Eckenberg.

»Denkst du?« Tamara Hohenberg klang nicht überzeugt. »Deine Gemälde hängen noch an der Wand, und jedes davon ist um einiges wertvoller, als unseres es war.«

»Die Polizei meint, dass der Einbrecher nicht damit gerechnet hat, mich hier anzutreffen. Eigentlich wäre ich ja in Kärnten gewesen.«

»Aber woher hätte dieser Verbrecher das wissen sollen?«, fragte Tamara Hohenberg und gab sich im nächsten Augenblick selbst die Antwort. »Bestimmt haben die Traubs irgendwo ausgeplaudert, dass ihr an den Wörthersee wolltet. Vielleicht sogar auf einem Fest von Tilmann.«

»Wir haben den Verlust der *Dame* jedenfalls öffentlich gemacht«, lenkte Ferdinand Hohenberg das Gespräch wieder auf das Gemälde. Die abenteuerliche

Ausführung seiner Frau ging ihm wirklich zu weit. »Der Dieb soll keine Möglichkeit haben, es über offizielle Händler zu verkaufen.«

»Ihr werdet doch nicht ernsthaft glauben, dass derjenige das versucht«, entgegnete Britta Eckenberg fast belustigt. »Vermutlich lässt er *Die Dame* für die nächste Zeit an einem sicheren Ort verschwinden. Lilo ist vor drei Jahren gestorben, und seitdem steigen die Preise für ihre Kunstwerke kontinuierlich.« Sie warf einen letzten Blick in den Spiegel, ehe sie ihn auf den Tisch legte. »Ich frag mich nur, weshalb der Dolch gestohlen wurde. Der Erschaffer und sein genaues Alter sind unbekannt, ebenso seine Vorbesitzer. Ergo wird er nicht wertvoller, als er es im Moment ist.«

»Die eingearbeiteten Rubine können durchaus im Wert steigen«, widersprach Ferdinand Hohenberg.

Britta Eckenberg nickte zustimmend und nahm die Halskette mit den Smaragden ab, um eine andere mit einem dunkelblauen Saphir anzuprobieren. Wieder griff sie nach dem Spiegel und betrachtete das Geschmeide an ihrem Hals. »Ich hab übrigens diesem Chefinspektor am Samstag nahegelegt, sich Tilmann vorzunehmen.«

»Aber der Inspektor ist doch für den Mord an Peer Schneider zuständig, nicht für deinen Einbruch«, entgegnete Tamara Hohenberg und verstand in der nächsten Sekunde Britta Eckenbergs Absicht dahinter. »Du glaubst doch nicht wirklich, dass Tilmann etwas mit dem Mord zu tun hat?«

Britta zuckte beiläufig mit den Achseln. »Ihm trau ich alles zu. Der gesamten Mischpoke trau ich alles zu. Wer weiß, vielleicht haben sie den Dolch stehlen lassen, nur um diesen Schneider damit zu ermorden.«

»Aus welchem Grund?«, fragte Ferdinand Hohenberg, ernsthaft erstaunt über diesen Gedankengang.

»Um mir das Leben schwer zu machen«, behauptete Britta Eckenberg.

Ferdinand Hohenberg schluckte die Bemerkung hinunter, dass er diesen Einfall für Schwachsinn hielt.

»Weil wir gerade über den Dolch reden.« Tamara Hohenberg druckste kurz herum, überlegte offenbar, wie sie sich am besten ausdrücken sollte. Dann gab sie sich einen Ruck. »Dir ist schon klar, dass Yvonne Rauter eng mit Peer Schneider zusammengearbeitet hat?«

Britta Eckenberg ließ die Hand mit dem Spiegel sinken. »Was willst du damit sagen?«

»Wenn du ihr den Dolch verkaufst, könnte es passieren, dass sie ihn an Amanda Schneider, Peers Frau, weitergibt. Und über die könnte er schließlich in Tilmanns Hände fallen.«

»Guter Einwand«, meinte Britta Eckenberg.

»Ebenso könnten Olivia und Gernot Traub ihn an Tilmann weiterreichen«, fuhr die Schmuckhändlerin fort. »Immerhin haben sie ihm das Haus am Gardasee verkauft und sind regelmäßig auf seinen Festen zu Gast.«

»Soso«, sagte die Millionärswitwe und legte die Kette mit dem Saphir wieder ab. »Wien ist wirklich ein Dorf. Alle möglichen Leute sind irgendwie miteinander verbandelt. Vielleicht sollte ich das Ding doch dem Belvedere schenken. Nachgedacht darüber hab ich schon mal.«

In der Sekunde erinnerte sich Ramona daran, dass sie Richard erzählt hatte, dass der Dolch im Belvedere ausgestellt werden würde. Und nicht nur das, sondern auch, dass man davor eine Expertise erstellen wollte, um ihn auf sein Alter zu überprüfen, und Britta Eckenberg darüber nachdachte, ihn anschließend dem Museum zu vermachen. Das war vor etwa vier Monaten gewesen. Außerdem hatte er über den Besichtigungstermin am Wörthersee Bescheid gewusst, aber nicht über dessen kurzfristige Absage. Und sie hatte ihm erzählt, dass der Dolch im Wohnzimmer lag. Nach wie vor an jenem Platz, den sein Großvater vor sieben Jahren dafür ausgewählt hatte. Auf dem Kaminsims.

War sie es gewesen, die die Büchse der Pandora geöffnet hatte?

21

Auch abends war der Stephansplatz voller Touristen. Vor dem Dom lauerten ihnen deshalb noch immer Verkäufer in Mozart-Kostümen samt Perücken auf, um Konzertkarten an den Mann oder die Frau zu bringen. Sarah traf zeitgleich mit Amanda vor dem Haas-Haus ein. Das Restaurant lag im oberen Stockwerk, in dessen geschwungener Glasfassade sich der Stephansdom spiegelte. Die unteren vier Etagen des Baus mit den runden Erkern und dem vorstehenden Dach nahmen die Verkaufsräume eines Fast-Fashion-Unternehmens ein. Während der Öffnungszeiten hetzten tagtäglich Hunderte, wenn nicht Tausende Einkaufswillige durch sie hindurch.

Amanda war es zu Sarahs Überraschung gelungen, einen Tisch am Fenster zu reservieren, mit atemberaubendem Blick auf den Stephansdom. »Leider war auf der Terrasse nichts mehr frei«, entschuldigte sie sich. Das DO & CO gehörte zu den Toprestaurants der Stadt und war dementsprechend gut besucht.

»Es ist perfekt«, beruhigte Sarah sie. Von ihrem Platz aus konnte sie die Eindeckung des Domdachs sehen. Die bunt glasierten, im Zick-Zack-Muster arrangierten Ziegel verwandelten es in ein wahres Kunstwerk.

»Peer und ich haben hier jedes Jahr unseren Hochzeitstag gefeiert. Der war im Juli.«

»Das heißt, ihr wart erst vor wenigen Wochen hier.«

Amanda nickte traurig und sah sich um. »Und es hat sich nichts verändert. Dabei müsste es das doch, weil Peer jetzt tot ist.«

Ein junger Kellner in schwarzer Hose und weißem Hemd mit lilafarbener Krawatte trat an ihren Tisch und überreichte ihnen freundlich lächelnd die Speisekarte. Sarah entschied sich spontan für die Seezunge mit Selleriepüree, Amanda nahm mit Kräuterbutter überbackene Crevetten Danieli. Dazu bestellten sie eine Flasche Mineralwasser und zwei Gläser vom Grünen Veltliner DAC eines Weingutes aus dem Weinviertel.

»Ich hab zwar keinen Hunger«, sagte Amanda, nachdem der Ober sie wieder alleine gelassen hatte, »aber ich zwinge mich zum Essen, sonst klappe ich noch zusammen. Und den Wein gönne ich mir, weil Peer und ich zuletzt den gleichen getrunken haben.« In ihren Augen schimmerten Tränen.

»Du musst dich dafür nicht rechtfertigen.« Sarah griff nach ihrer Hand, drückte sie. »Gut, dass du dich zum Essen zwingst, und warum solltest du das Glas Wein nicht trinken? Darauf zu verzichten macht Peer leider auch nicht wieder lebendig. Genauso wenig, wie wenn du dich zu Hause verkriechen würdest. Das hätte er nicht gewollt. Da bin ich mir sicher.«

Amanda blickte sie schweigend an, ohne sie tatsächlich anzusehen. Nach einigen Sekunden tauchte sie aus ihrer Versunkenheit wieder auf. »Sag mir, was dir spontan zu ihm einfällt. Wie hast du ihn in Erinnerung?«

Sarah musste nicht lange überlegen. »Er war ein Mensch, der stets wirkte, als wäre er mit sich im Reinen. Und er hatte Humor.«

»Das trifft es gut.« Amanda versuchte ein Schmunzeln. Es misslang. »Aber Menschen verändern sich. Schau uns an. Du bist Chefredakteurin, und ich kümmere mich um die Buchhaltung im Auktionshaus meines Mannes. Seinerzeit warst du Studentin, und ich … okay, ich hatte damals schon mit Finanzen zu tun. Wenngleich in einer Steuerkanzlei. Scheint, als hätte ich mich kaum weiterentwickelt.« Jetzt gelang ihr ein leises Lachen.

»Und inwiefern hatte Peer sich verändert? Für Symbolik in der Kunst hat er sich ja immer noch interessiert.«

Der Kellner brachte die Getränke und ging wieder zur Bar.

»Weißt du, in der Welt, in der Peer sich bewegte …« Amanda hielt inne. »Wie soll ich es neutral sagen? Er ist gierig geworden. Ruhm- und erfolgssüchtig. Stets auf der Suche nach dem Neuem, nach dem Außergewöhnlichen und Aufsehenerregenden, wenn du weißt, was ich meine.«

Sarah nickte stumm. Sie wollte Amanda vorerst nicht unterbrechen, beschränkte sich daher aufs Zuhören.

»Zuerst fand ich die Idee mit dem Podcast toll. Doch irgendwann drehte sich nur noch alles um Botschaften in Kunstwerken. Oft war es ganz schön anstrengend.

Zumal Peer noch dazu bei Verkäufen anfing zu überlegen, ob das Bild tatsächlich zu der Person passte, die es ersteigert hatte. Verdammt noch mal«, fluchte sie leise. »Die Person wollte es und hatte schon bezahlt. Basta!« Amanda faltete die Hände auf dem Tisch und sah Sarah melancholisch an. »Aber wie vorhin gesagt, er wurde auch gieriger. Selbst in unserer Freizeit hing er ständig am Telefon. Wir waren laufend auf Partys von Kunsthändlern oder Kunstsammlern. Kaum hatten wir ein Event verlassen, überlegte er, welches wir als Nächstes besuchen könnten. Er kam einfach nicht mehr zur Ruhe. Irgendwann hab ich mich da ausgeklinkt. Aber ich hatte Angst, dass er bald umkippt. Ein Herzinfarkt oder Schlaganfall.« Sie stieß einen tiefen Seufzer aus, der eher wütend als traurig klang.

Sarah nickte. Sie wusste, dass Wut zur Trauer gehörte, weil der Tod eines geliebten Menschen für eine Unausgewogenheit sorgte, die sich erst wieder ausbalancieren musste.

»Dass ihn jetzt jemand mit einem rubinbesetzten antiken Dolch erstochen hat, ist blanke Ironie.« Amanda schüttelte den Kopf und nahm einen Schluck Wein.

»Ich kann mir vorstellen, dass der ständige Umgang mit Luxusgütern und vermögenden Leuten der Oberschicht einen verändert«, sagte Sarah nach einer Weile.

Amanda lachte kurz auf. »Er hat sich als König des Kunsthandels bezeichnet. Natürlich immer mit einem spöttischen Grinsen im Gesicht. Aber eigentlich hat er sich wirklich so gesehen.«

»Peer hat es nie an Selbstvertrauen gemangelt.«

»Für die letzte Auktion musste Kuba Kaminski rote Pralinen auftreiben, die Rubinen ähnelten. Vor den Auktionen sehen sich die Leute immer im Schauraum um. Dabei werden Sekt und Fingerfood gereicht, denn eine gute Atmosphäre hebt die Bieterlaune. Die Pralinen waren ein voller Erfolg.«

»Ihr bucht Kuba Kaminski?«

»Ja, warum?«

»Er ist der Caterer von Britta Eckenberg.«

»Kann sein. Er arbeitet für viele Leute«, gab Amanda wenig erstaunt zurück.

»Natürlich, du hast recht. Aber warum ausgerechnet rote Pralinen, die Rubinen ähnelten?«

»An dem Abend versteigerten wir eine Halskette aus dem 19. Jahrhundert mit einem Anhänger, der aus mehreren kleinen Rubinen bestand. Der Ausrufpreis lag bei zehntausend Euro.«

Sarah sog beeindruckt Luft ein. »Wow.«

»Verkauft wurde sie letztendlich um fast das Doppelte. Das war sie auch wert, meinte Gerlinde. Du musst wissen, ihr Spezialgebiet ist antiker Schmuck.«

»Und wer hat die Kette ersteigert? Oder darfst du mir das nicht sagen?«

»Normalerweise nicht, aber da der Käufer in dem Fall auch kein Geheimnis draus macht, kann ich wohl eine Ausnahme machen. Es war Gernot Traub. Die Kette hat er seiner Frau zum Geburtstag geschenkt.«

»Ich glaub, ich muss mit meinem Freund mal ein ernstes Wort über meine Geburtstagsgeschenke reden«, witzelte Sarah.

Amanda verzog den Mund zu einem leisen Lächeln. »Die letzten Wochen hat Peer irgendetwas mehr als alles andere beschäftigt. Nahezu aufgeregt. Ich hab es ihm angesehen.«

»Als ich dich im Geschäft danach fragte, meintest du nur, er hätte zu viel gearbeitet.«

Amanda zuckte mit den Achseln. »Ich wollte das nicht vor den Angestellten mit dir bereden. Letztendlich weiß ich auch nicht, was genau es war. Ich hab ihn mehrmals gefragt, aber er ist nicht damit rausgerückt. Er meinte, ich bilde mir das nur ein. Und vielleicht war es ja auch so, und ich hab etwas gesehen, was nicht da war.«

Unvermittelt kam Sarah Kretschmers angekündigter Artikel in den Sinn. Sollte sie den hier und jetzt erwähnen? Sie gab sich einen Ruck. »Man hat mich an den Tatort gerufen.«

Amanda legte die Stirn in tiefe Falten. Sie schien nicht sofort zu verstehen, was Sarah mit der Bemerkung sagen wollte. Doch dann hellte sich ihre Miene auf. »Dich? Warum? Was hast du mit Peers Tod zu tun?«

»Gar nichts. Peers Papiere und sein Handy sind weg, wie du sicher von der Polizei erfahren hast.« Den Bruchteil einer Sekunde überlegte sie, ihr von dem unheimlichen Anruf am Samstagabend zu erzählen, verwarf den Gedanken jedoch wieder. Sie wollte Amanda nicht unnötig beunruhigen. »Aber die Polizei hat meine Visitenkarten bei ihm gefunden, und ich kenne den zuständigen Ermittler ganz gut. Ist eine lange Geschichte«, sagte Sarah ausweichend, weil sie nicht näher auf ihre Beziehung zu Stein eingehen wollte. »Als ich das Belvedere verlassen habe, hat mich jemand fotografiert, gemeinsam mit dem Polizisten, der mich heimgefahren hat. Vielleicht wurde Peer ja wirklich von jemandem beobachtet, und das hat ihn aufgewühlt.«

»Aber wer hätte ihn beobachten sollen und weshalb?«

»Ich weiß es nicht. War nur so ein Gedanke. Das Bild von mir und dem Polizisten wird jedenfalls morgen in *Neues der Woche* erscheinen. Nur damit du Bescheid weißt.«

»Wer hat das angeleiert? Sag nicht, der Kretschmer!«

»Du kennst ihn?«

»Ja, er und Peer hatten in den letzten Wochen öfter Kontakt. Kretschmer wollte eine Reportage über das achtjährige Bestehen des Auktionshauses bringen.«

Sarah bemerkte Amandas fragenden Blick. »Ja, es ist Kretschmer.«

»Haben noch andere das Foto bekommen?«

»Keine Ahnung. Kontaktiert hat mich bisher nur er.«

Amanda biss sich unsicher auf ihre Lippen. »Ich muss dir auch etwas sagen. Und das ist der eigentliche Grund für das Abendessen hier.« Sie schüttelte den Kopf. »Wenn ich es nicht bald loswerde, platze ich noch vor Wut.«

Sarahs Augenbrauen wanderten gespannt nach oben. »Was?«

Amanda setzte sich gerade hin und atmete tief durch. »Nachdem du weg warst, ist Gerlinde in mein Büro gekommen. Sie hat mir gestanden, dass Tilmann Eckenberg den Dolch tatsächlich kaufen wollte und er das Peer mitgeteilt hat, der Gerlinde dann als Strohfrau eingesetzt hat. Vor einem halben Jahr.«

Sarah verschlug es glatt die Sprache. »Und?«

»Es gab nie eine Antwort. Weißt du, was mich noch wütender macht als der Umstand, dass Peer mir das verheimlicht hat? Dass er eine unserer Angestellten dafür missbraucht hat und die anderen gezwungen hat dichtzuhalten.«

»Alle wussten Bescheid, nur du nicht?«

»Axel hat davon gewusst. Klar, es war auch Peers Vertrauter, wenn es um Kunstgegenstände ging«, sagte sie bitter. »Und Carola kam dahinter, weil sie mit Britta Eckenbergs Assistentin befreundet ist.«

»Mit Ramona Mair?«, fragte Sarah.

»Ja. Die hat ihr erzählt, dass Gerlinde dreizehnmal nachgehakt hat. Kannst dir vorstellen, was die Zahl bei der armen Carola ausgelöst hat. Sie ist überzeugt, dass das der Grund ist, weshalb die Sache nicht erfolgreich war, nicht etwa, dass sie ihrer Freundin erzählt hat, dass Gerlinde nur eine Strohfrau war.«

»Hast du schon mit Stein darüber gesprochen?«

Amanda schüttelte den Kopf. »Aber ich werde ihn gleich morgen früh anrufen. Bis dahin will ich darüber nachdenken.«

»Was gibt es da noch nachzudenken? Es ist doch nicht ungewöhnlich oder strafbar, in so einem Fall eine Vertrauensperson einzusetzen. Aber für Stein könnte das eine wichtige Information sein.«

»Eh«, bestätigte Amanda. »Trotzdem frage ich mich, warum Peer das nicht vorher mit mir abgesprochen hat. Andererseits wusste er, dass ich Tilmann Eckenberg nicht ausstehen kann. Er ist so …«

»Speziell«, wiederholte Sarah die Bezeichnung, die Amanda am Nachmittag für ihn gewählt hatte.

»Und toxisch. Er saugt dir die Energie aus dem Leib, wenn er dich nur ansieht. Also pass auf, falls er heute noch hier auftaucht. Er ist nämlich oft im DO & CO. Seine Wohnung liegt gleich um die Ecke. Zumeist trifft er sich mit seinem Cousin und manchmal auch mit seiner Tante. Seine Eltern genießen ihren Ruhestand irgendwo in südlichen Gefilden.«

»Eckenberg war auch bei der Ausstellungseröffnung am Freitag.«

Amanda sah nicht überrascht aus. »Das hat er also gemeint.«

»Ich verstehe nicht?«

»Er ist am Freitag im Geschäft aufgetaucht, kurz nachdem Peer weg war«, erklärte Amanda. »Als er wieder ging, hat er zu Axel gesagt, er würde Peer am Abend treffen.«

Wie aufs Stichwort betrat in dem Moment das Objekt ihres Gesprächs in einem Maßsakko in Navy, Designerjeans und weißem T-Shirt das Restaurant. Eckenberg war in Begleitung einer älteren Dame, die mit ihrem kurzen Bob, dem himmelblauen Couture-Kostüm und gerader Haltung äußerst vornehm wirkte.

»Wenn man vom Teufel spricht«, raunte Amanda Sarah über den Tisch hinweg zu. »Die Frau ist Daphne

Eckenberg-Baldin, seine Tante und Richard Eckenbergs Mutter. Vermutlich wird ihr Sohn auch noch aufkreuzen.«

Ein Kellner führte die beiden an einen Tisch unweit von ihrem. Tilmann Eckenbergs Blick glitt in Amandas Richtung, und er sagte etwas zu seiner Tante. In dem Moment erschien ein dunkelblonder Mann auf der Schwelle, in einem teuer aussehenden Zweiteiler, die Hose mit Bundfalten und schmalem Bund, die rechte Hand lässig in der Hosentasche. Das gebügelte weiße Hemd unterstrich seine naturgegebene Noblesse. Er sah sich kurz um und steuerte dann direkt auf die beiden zu. Zuerst küsste er die alte Dame auf beide Wangen, dann umarmte er Tilmann Eckenberg kurz. Die beiden Männer klopften sich noch gegenseitig auf die Schultern und wechselten ein paar Worte, dann sah auch der Neuankömmling in ihre Richtung und grüßte nickend. Amanda erwiderte den Gruß verhalten.

»Und da ist er ja schon, Richard Eckenberg-Baldin«, verriet sie Sarah. »Das Gegenteil seines Cousins. Er ist zurückhaltend und wohlerzogen. Ein echter Gentleman.«

»Du kennst ihn?«

»Nicht persönlich«, gab Amanda zu. »Nur vom Hörensagen. Er ist kein Sammler.«

»Yvonne Rauter war übrigens auch bei der Ausstellungseröffnung von Lilo«, sagte Sarah.

»Das wundert mich nicht. Sie interessiert sich für deren Werke.«

Sarah überlegte, Amanda zu erzählen, dass die Galeristin sich an der Dolch-Versteigerung aktiv beteiligt hatte, verwarf die Idee aber. Zuerst wollte sie mit Yvonne Rauter darüber reden. In dem Moment bemerkte sie, dass Tilmann Eckenberg Anstalten machte, an ihren Tisch zu kommen.

»Wirst du ihn auf die Sache mit dem Dolch ansprechen?«, raunte Sarah.

»Nein, dazu fehlt mir grad der Nerv«, flüsterte Amanda zurück.

»Kann ich?«

»Wenn du meinst. Aber ich will nicht, dass er erfährt, dass Peer mir das verschwiegen hat.«

»Alles klar«, sagte Sarah.

Im nächsten Moment stand Tilmann Eckenberg auch schon an ihrem Tisch und sprach Amanda sein Beileid aus. »Auch meine Tante lässt Ihnen ihre tief empfundene Anteilnahme ausrichten. Ebenso mein Cousin Richard.«

»Danke schön«, sagte Amanda gepresst. »Wollen Sie sich nicht kurz zu uns setzen?«

»Ich will nicht stören.«

»Tun Sie nicht«, versicherte sie. Der Blick, den sie Sarah zuwarf, sagte: Hier hast du deine Chance, mit ihm zu reden.

22

Tilmann Eckenberg nahm auf dem freien Stuhl Platz. Amanda stellte sie einander vor, ohne zu erwähnen, dass Sarah Journalistin war.

»Es ist mir eine Ehre«, sagte er und fixierte sie um einen Tick zu lange. Vermutlich erkannte er mit einem Blick, dass es sich bei ihrer weißen Baumwollbluse nicht um ein Designerstück handelte, und überlegte, wie sie, die Kleidung von der Stange trug, zu einer Frau wie Amanda passte, für die Prada, Gucci und Versace Alltag waren. Sarah fühlte sich wie ein Insekt unter dem Mikroskop.

»Wir reden gerade von Peer«, ließ Amanda ihn wissen.

»Natürlich. Es ist so schrecklich, so surreal. Man will es nicht wahrhaben.« Dem folgte ein kurzer Monolog über die vielen wunderbaren Gespräche und die Kunstwerke, deren symbolische Bedeutung sie gemeinsam analysiert hatten. »Kaum jemand in der Kunstbranche weiß mehr darüber, als Peer Schneider gewusst hat.«

»Sarah kann bei dem Thema durchaus mithalten. Sie ist auch Spezialistin.«

»Tatsächlich?« Tilmann Eckenberg betrachtete sie jetzt neugierig.

»Ja. Symbolik und Aberglaube sind mein Fachgebiet.«

»Historikerin?«, fragte er.

Sarah lächelte, anstatt zu antworten.

Als Amanda erneut mit den Tränen zu kämpfen schien, stand sie auf. »Entschuldigt mich.«

Sarah wollte sich ebenfalls erheben, um sie nach draußen oder auf die Toilette zu begleiten. Aber ihre Bekannte bedeutete ihr, sie solle sitzen bleiben, und eilte davon.

»Ich kann es noch gar nicht begreifen. Entsetzlich«, bekundete Tilmann Eckenberg erneut seine Fassungslosigkeit.

»Ja, das ist es.«

»Sie sind also eine gute Bekannte der beiden.« Wieder sah er sie an wie ein Objekt, das es zu erforschen galt.

»Das bin ich.«

»Ich habe Sie noch nie bei einer Auktion gesehen.«

»Weil ich mir Kunst in dem Preissegment nicht leisten kann.«

Er schenkte ihr ein mitleidiges Lächeln.

»Aber ich weiß zum Beispiel, dass Peer vor der letzten Versteigerung rote Pralinen in Form von Rubinen verteilen ließ, in Anspielung auf ein Schmuckstück, das versteigert wurde.«

»Es war vielmehr ein Code.«

»Ein Code?«

»Der König des Kunsthandels verteilt den König der Edelsteine aus Schokolade.«

»Die Idee stand dahinter?«

Tilmann Eckenberg nickte. »Kreativ, finden Sie nicht auch?«

Sarah stimmte mechanisch zu, obwohl ihr Amanda einen anderen Grund genannt hatte. War Peer ernsthaft größenwahnsinnig geworden? »Sie haben mit Peer die Leidenschaft für die Symbolik in der Kunst geteilt, hat mir Amanda verraten.«

»Das ist richtig. Nur wenige Tage vor seinem Tod …« Er hielt kurz inne, schluckte schwer. »Wir haben über Picassos Gemälde *Guernica* gesprochen. Ein Druck davon hängt hinter seinem Schreibtisch.«

»Ich hab ihn gesehen.«

Der Unternehmer lächelte gefällig. »Picassos öffentliche Anklage der Bombardierung der baskischen Stadt Guernica während des Spanischen Bürgerkriegs 1937. Das Bild ist voll von Symbolen des Leidens und der Gewalt. Beispielsweise steht der Stier, der einen gestürzten Krieger zertrampelt, für Brutalität. Diese Gespräche werden mir fehlen.« Er ließ sie nicht aus den Augen, während er sprach.

Sarah spürte, dass das eine Prüfung war. Die Frage, ob sie tatsächlich Ahnung von Sinnbildern hatte, war dem Mann förmlich ins Gesicht geschrieben. »Während das Pferd auf dem Gemälde ein Symbol für die Qual der Unschuldigen ist«, sagte sie.

Eckenbergs Lippen verzogen sich zu einem zufriedenen Lächeln. Test bestanden!

»Ich sehe Ihnen an, was Sie wissen wollen.«

»Und was ist das?« Sarah blickte ihn herausfordernd an.

»Ist es Zufall, dass sich die beiden ausgerechnet über ein Gemälde unterhalten haben, das Krieg und Gewalt thematisiert? Angesichts der Tatsache, dass Peer kurz darauf an einem Ort ermordet wurde, an dem Skulpturen zu genau diesem Thema ausgestellt werden.«

Sarah lächelte tolerant. »Sie können offenbar Gedanken lesen. Aber zu dem Zeitpunkt konnten Sie beide ja nicht wissen, was passieren würde.«

»Das stimmt.« Er atmete tief. »Wir sprachen darüber, weil die Vernissage von Lilos Ausstellung im Belvedere 21 unmittelbar bevorstand und die Künstlerin in ihren letzten Werken dieses Thema ebenfalls verarbeitet hat. Wie schon viele vor ihr und vermutlich auch viele nach ihr. Solange die Menschheit Kriege führt, und das wird sie bis in alle Ewigkeit tun. Denn, liebe Frau Pauli, nicht alle Menschen sind friedliebende Lebewesen. Viele von uns sind Bestien.«

»Diesbezüglich sind wir einer Meinung.«

In dem Moment entdeckte sie Olivia und Gernot Traub im Restaurant. Die Immobilienmaklerin trug eine Perlenkette aus silbergrauen Tahitiperlen. Offensichtlich war auffälliger Schmuck ihre Leidenschaft. Der Kellner, der das Ehepaar empfing, führte die beiden in ihre Richtung.

»Wie schön, Sie wiederzusehen«, trällerte Olivia Traub.

Bitte nicht erwähnen, dass ich Journalistin bin, betete Sarah stumm, während sie die entgegengestreckte Hand der Maklerin schüttelte.

»Sie kennen einander?«, stellte Gernot Traub erstaunt fest. »Wir sind Frau Pauli bei Brittas Brunch begegnet.«

»Wir haben uns soeben kennengelernt«, sagte Eckenberg.

Olivia Traub legte sich theatralisch ihre Hand dort auf die Brust, wo sie ihr Herz vermutete. »Eine Ehre für Britta, dass die Chefredakteurin des *Wiener Boten* höchstpersönlich bei ihrer kleinen Benefizveranstaltung anwesend war.«

Eckenbergs Augen blitzten, als der Kellner die Traubs höflich zum Weitergehen aufforderte. Man wünschte sich gegenseitig noch einen schönen Abend, dann setzte das Ehepaar den Weg zu seinem Tisch fort.

Tilmann Eckenberg verschränkte die Arme und sah Sarah missbilligend an. »Das hätten Sie mir sagen müssen.«

»Was? Dass ich beim Brunch war?«

»Das und dass Sie Journalistin sind.«

»Aber weshalb?« Sarah tat überrascht.

»Weil ich nichts über mich in einer Zeitung lesen möchte.«

»Unser Gespräch ist privat.«

»Trotzdem«, beharrte er.

»Sie haben auch nicht erwähnt, was Sie beruflich machen.«

»Das wissen Sie bestimmt.«

»Trotzdem«, insistierte jetzt Sarah. »Und was meinen Beruf anbelangt: Schon mal schlechte Erfahrungen mit der Presse gemacht?«

Eckenbergs Mundwinkel zuckten leicht. »Zum Glück gar keine. Ich pflege keine Kontakte zu den Medien.«

»Sie waren am Freitag bei der Vernissage im Belvedere.«

»Da waren viele Menschen.«

»Sie haben Peer dort getroffen.«

»Was wollen Sie von mir, Frau Pauli?« Er war etwas lauter geworden.

»Die Polizei hat schon mit Ihnen geredet. Es ging um den Dolch.«

Tilmann Eckenberg hob eine Braue. »Woher wissen Sie das?«

Sarah schwieg und hielt seinem stechenden Blick stand.

»Britta hat sich da in eine Idee verrannt«, tat er die Sache ab.

»Sie meinen, dass Sie etwas mit dem Einbruch bei ihr zu tun haben?«

»Sie haben in der Sache offenbar schon recherchiert«, konstatierte Tilmann Eckenberg. »Somit wird unser Gespräch ja jetzt doch noch beruflich.«

Sarah lächelte schief. »Sagen wir, es ist mir zu Ohren gekommen.«

Er schnaubte verächtlich. »Britta ist einfach nur hinterlistig. Warum sollte ich etwas damit zu tun haben? Am Ende behauptet diese Hexe noch, ich hätte Peer Schneider umgebracht.« Seine beispiellos blauen Augen funkelten bösartig.

»Warum sagen Sie, Britta Eckenberg sei hinterlistig?«

»Sie kennen Sie nicht. Sie ist eine Schlange, die sich in ein gemachtes Nest gesetzt hat.«

»Und woran machen Sie dieses Urteil fest?«

Er neigte selbstgefällig den Kopf zur Seite. »Du weißt, wer dir gegenübersitzt, wenn derjenige Wein bestellt.«

»Tatsächlich? Ich denke, das müssen Sie mir näher erklären.«

»Ein Möchtegern bestellt prinzipiell die teuerste Flasche auf der Karte. Wir«, betonte er von oben herab, »wählen nach der Region, der Lage und dem Weingut aus, der Preis des Tropfens ist dabei nebensächlich. Britta entschied schon früher nur nach Preis und Prestige und macht das heute noch bei allem so.«

Amanda kam an den Tisch zurück, lächelte unmerklich und setzte sich. Als der Unternehmer sich nach ihrem Befinden erkundigte, versicherte sie ihm, dass alles wieder in Ordnung sei. »Lasst euch bitte nicht stören. Ich höre euch gerne zu, das lenkt mich ab.«

»Und doch beschäftigen Sie denselben teuren Caterer wie Ihre Stiefoma«, knüpfte Sarah herausfordernd an ihr Gespräch an.

Amanda nippte an ihrem Weinglas.

Tilmann Eckenberg verzog den Mund zu einem wohlwollenden Schmunzeln. »K. u. K. Catering. Sehr zu empfehlen.«

»Kaiserlich und königlich? Wie in der Monarchie?«

»Klingt tatsächlich so. Aber nein, die Abkürzung steht für Kuba Kaminski. Dieser Mann ist auch abseits von Trüffeln, Kaviar und Jakobsmuscheln ein König hinter dem Herd. Ich wünschte, Sie könnten sich ihn leisten, um mitreden zu können.«

»Wenn ich das könnte, wäre er dann noch exklusiv genug für Sie?«, konterte Sarah.

Für einen Moment herrschte Stille.

Touché, las sie in Amandas Blick.

»Haben Sie versucht, über Peer wieder an den Dolch ranzukommen, den Sie Ihrem Großvater einst geschenkt hatten?«, kam sie schließlich auf die Tatwaffe zu sprechen.

Eine längere Pause entstand.

»Britta sitzt auf einem Schatz, dessen Bedeutsamkeit sie nicht erkennt«, wich Tilmann Eckenberg schließlich einer klaren Antwort aus. »Und damit meine ich nicht den materiellen Wert, denn diesen kennt sie sehr wohl. Ich meine die Bedeutsamkeit der Werke. Ich wette, daran denkt sie kein einziges Mal, wenn sie im Keller in ihrem Privatmuseum sitzt und sich die Bilder ansieht.«

»Sie wissen von den Räumlichkeiten?«, fragte Sarah erstaunt.

Wieder verstrich ein Moment, ehe Tilmann Eckenberg antwortete. »Natürlich. Mein Großvater hat sie einbauen lassen. Ich weiß auch, dass Britta monatlich den Zugangscode ändert.«

»Woher?«, hakte Sarah nach.

Er ignorierte ihre Frage. »Ebenso weiß ich, dass sie seit dem Tod meines Großvaters weder ein Kunstwerk ver- noch ein neues gekauft hat. Dito, dass der Dolch, seit Richard und ich ihn ihm geschenkt haben, auf dem Kaminsims liegt.« Tilmann Eckenberg schenkte Sarah ein böses Grinsen. »Und woher ich das alles weiß, hat Sie nicht zu interessieren. Dessen ungeachtet, erinnere ich Sie daran, dass dieses Gespräch noch immer privater Natur ist und Sie nichts davon in einem etwaigen Artikel verwenden dürfen. Andernfalls werden meine Anwälte Sie kontaktieren.«

Sarah blickte Eckenberg direkt in seine unnatürlich blauen Augen. »Das klingt wie eine Drohung.«

»Keinesfalls. Werten Sie es als Information meinerseits für Sie.« Er strich seine Haare nach hinten.

Sarah überlegte. Es hatte vermutlich wenig Sinn, weiterhin zu versuchen, ihm in einem Restaurant nützliche Antworten zu entlocken. »Würden Sie mir denn ein offizielles Interview geben?«

»Ein Interview?« Er schien ehrlich erstaunt.

»Ja, ich würde gerne mit Ihnen über die Symbolik in der Kunst reden. Mich interessiert, was Peer darüber wusste«, sagte sie in einem versöhnlichen Tonfall. »Und das können Sie mir vermutlich am besten erklären. Ich plane einen größeren Artikel zu dem Thema.« Sie zog ihre Visitenkarte aus der Handtasche und streckte sie ihm entgegen.

Tilmann Eckenberg betrachtete Sarah, als machte sie ihm gerade ein unseriöses Angebot, nahm dann aber die Karte und steckte sie beiläufig in seine Anzugtasche. »Schaun ma mal«, antwortete er mit einer Phrase, die gleichermaßen Interesse und Ablehnung bedeuten konnte.

Der Kellner trat mit den Speisen an ihren Tisch und unterbrach das Gespräch.

»Wenn ich etwas in dieser schweren Zeit für Sie tun kann, lassen Sie es mich wissen«, wandte sich der Unternehmer an Amanda, empfahl sich und ging zu seiner Tante und seinem Cousin zurück, die an ihrem Tisch schon sichtbar ungeduldig auf ihn warteten.

Sarah blickte ihm hinterher. Als Tilmann Eckenberg noch einmal in ihre Richtung sah, ehe er sich setzte, glaubte sie, hinter seiner überheblichen Fassade so etwas wie einen Hauch von Neugierde zu entdecken.

»Und?«, fragte Amanda. »Was hältst du von ihm?«

Sarah wandte sich wieder ihrer Bekannten zu. »Der Kerl sieht sich als König von Gottes Gnaden.«

»Der König der technischen Welt erwartete den König des Kunsthandels«, murmelte Amanda und erklärte ihr dann die Bedeutung des Satzes.

»Und er weiß ganz schön gut über Britta Eckenbergs Villa Bescheid«, erwiderte Sarah.

Dienstag, 17. August

23

Nachdem sie am Vortag nach Hause gekommen war, hatte Sarah David detailliert von dem Abendessen mit Amanda berichtet. Marie schlief unterdessen auf ihrem Schoß und schnurrte vor sich hin.

Als sie zum Ende gekommen war, sah David sie belustigt an. »Du kannst diesen Schnösel nicht ausstehen und würdest ihn gerne als Peers Mörder in Handschellen sehen, gell?«

Sarah zuckte mit den Achseln. »Der König der technischen Welt tötet den König des Kunsthandels«, benutzte sie Amandas Formulierung und erläuterte sie David. »Wäre eine schöne Schlagzeile, findest nicht?«

»Für mich klingt das nach einer Folge von *Game of Thrones*«, merkte David lapidar an, dann wandten sie sich anderen Themen zu.

Um elf gingen sie schlafen. Eine Stunde später war ein heftiges Gewitter über Wien hinweggezogen. Es hatte ein wenig Abkühlung gebracht und, so vermutete Sarah, die letzten Spuren im Schlosspark des Belvedere gänzlich vernichtet.

Morgens um halb acht ging David zur Trafik in der Gersthofer Straße, um ein Exemplar von *Neues der Woche* zu kaufen. Er wollte Kretschmers Artikel schwarz auf weiß auf Papier und nicht in der Online-Ausgabe lesen. Außerdem hatte er vor, weitere Tageszeitungen mitzubringen, um zu überprüfen, ob in ihnen ebenfalls das Foto von Sarah abgedruckt war.

Sarah bereitete derweil ein kleines Frühstück auf der Terrasse vor und rief Gabi und Chris runter. Das war das winzige Stückchen Luxus, das sie sich gerne auch mal unter der Woche gönnten.

Jetzt saßen sie bei wieder strahlendem Sonnenschein um den Tisch herum, vor sich Kaffee, Tee, Roggenbrot, Eier, Butter und Marmelade und widmeten sich Oskar Kretschmers Artikel. Der Bericht samt Foto nahm über eine halbe Seite ein.

»*Was macht die Chefredakteurin des Wiener Boten an einem Mordschauplatz?*«, las Chris die Überschrift vor und köpfte dabei ein weich gekochtes Ei. Dem folgten ein paar Fakten zu dem Mordfall im Belvedere und zum Ende noch die Anmerkung, dass bis Redaktionsschluss nicht klar gewesen war, ob Sarah Pauli Zeugin des Mordes oder Verdächtige war.

»Wenig originell«, stellte Sarah fest, als ihr Bruder zu Ende gelesen hatte, und schenkte sich eine zweite Tasse Tee ein. »Aber was soll er auch anderes schreiben? Er hat keine Ahnung, warum ich dort war.«

»Eventuell kaufen heute ein paar neue Leser den *Wiener Boten*, weil sie wissen wollen, ob wir ausführlicher darüber berichten«, versuchte David, das Gute an der Sache zu sehen, und leerte seine Espressotasse.

Gabi nickte und schmierte sich ein Marmeladenbrot. »Und wahrscheinlich werden ein paar andere Kollegen eine spektakuläre Wendung in der Sache wittern und hoffen, ein Konkurrenzblatt anpatzen zu können. Die werden anrufen und mit Sarah sprechen wollen.«

»Ich werde kein Statement dazu abgeben«, sagte Sarah. »Niemandem gegenüber.«

Die anderen stimmten ihr zu. Dann blätterten sie die restlichen Tageszeitungen durch, ohne fündig zu werden.

»Gut möglich, dass nur Kretschmer das Foto bekommen hat«, murmelte David.

»Aber warum nur er?«, fragte Sarah.

»Keine Ahnung«, antwortete David.

Und auch den beiden anderen fiel keine plausible Erklärung ein.

Sie beendeten das Frühstück und räumten gemeinsam den Tisch ab. Um neun Uhr brachen Gabi, David und Sarah zum *Wiener Boten* auf, und Chris fuhr ins Krankenhaus. Eigentlich hatte er frei, aber ein Kollege war erkrankt, also sprang er für ihn ein.

In der Redaktion rief Sarah nach kurzem Überlegen dann doch Kretschmer von *Neues der Woche* an. Ihr ging die Sache mit dem Artikel, den er laut Amanda über das Auktionshaus hatte schreiben wollen, nicht aus dem Kopf.

»Ich habe dich gewarnt«, sagte der Journalist vom Konkurrenzblatt, nachdem er das Telefonat angenommen hatte.

»Ich ruf dich nicht wegen des Artikels von heute an.

Ich will wissen, warum du mir nicht gesagt hast, dass du mit Peer Schneider Kontakt hattest. Achtjähriges Bestehen des Auktionshauses, läutet's da bei dir?«

Kurze Stille. »Warum hätte ich das tun sollen?«

»Das muss ich dir nicht erklären, Kretschmer. Also, wann hast du ihn zuletzt gesehen?«

Ein lautes spöttisches Lachen erklang. »Spielst jetzt Polizei?«

»Sag endlich«, ließ sich Sarah nicht beirren.

»Ich hab ihn kurz am Freitagabend getroffen. Um achtzehn Uhr im Café Central. Danach ist er zur Vernissage ins Belvedere 21.«

Sarah erinnerte sich, dass Peer am Minoritenplatz von einem Termin gesprochen hatte. Anscheinend hatte er in Wirklichkeit derer zwei gehabt.

»Wir haben über die Anfänge und die Entwicklung des Auktionshauses geredet. Die Story ist aber vorläufig vom Tisch.«

»Dann kannst du mir sicher verraten, was genau er dir erzählt hat.«

Wieder lachte Kretschmer. »Beschaff dir deine eigenen Infos, Sarah.«

»Wann hattest du den Termin mit ihm ausgemacht?«, fragte sie nachdrücklich, weil ihr soeben der Gedanke durch den Kopf ging, dass derjenige, der jetzt Peers Handy besaß, das Foto gemacht haben konnte.

»Relativ kurzfristig. Ich hab ihn mittags angerufen und gefragt, ob er Zeit hätte, weil …«

»Ha«, entfuhr es Sarah. »Kann es sein, dass das Foto an dich von Peer Schneiders Handy geschickt wurde?«

Das beklemmende Gefühl von Samstagabend schlich sich wieder an.

»Ähm. Wie kommst du jetzt auf die Idee?«, fragte Kretschmer.

»Weil ich zufällig weiß, dass jemand in Besitz von Peers Handy ist und damit Leute kontaktiert.« Das musste ihm an Information genügen. »Und ich bin mir sicher, du hast Peers Nummer in deinen Kontakten abgespeichert.«

»Ja«, bestätigte der Journalist.

»Hast du's per Mail oder WhatsApp bekommen?« Mails am Handy zu empfangen und abzuschicken war schließlich keine Kunst.

Kretschmer schwieg.

»Sag schon!« Sie hasste es, ihm alles aus der Nase ziehen zu müssen. Andererseits hätte sie sich im umgekehrten Fall nicht anders verhalten.

»Per Mail.«

»Kann es sein, dass die Mail von Schneiders Handy abgeschickt wurde?«, fragte Sarah.

»Ja«, gestand Kretschmer. »In der Nachricht stand so ein Zusatz vom Mail-Provider.«

»Spätestens nachdem du wusstest, dass er tot war, hätte dir doch klar sein müssen, dass jemand anders sein Handy hat«, hielt ihm Sarah mit aufgeregter Stimme vor.

»Eh«, gab Kretschmer zu. »Aber das ist nicht mein Problem. Foto ist Foto. Und Story ist Story.«

Sarah hätte ihn gerne einen Trottel geschimpft und gefragt, woher er diese Binsenweisheit hatte, schluckte die Bemerkungen aber hinunter. »Unser unbekannter Fotograf vom Belvedere hat das Bild an dich geschickt, weil deine Nummer möglicherweise als letzte in der Anrufliste aufschien. Und Peer Schneider hatte deinen Namen sicher mit dem Zusatz ›Journalist‹ abgespeichert.« Sarah vermied bewusst, von Peer nur mit dem Vornamen zu sprechen. Kretschmer hätte sofort gemerkt, dass sie ihn näher gekannt hatte, und seine Schlüsse gezogen. »Der Jackpot für jemanden, der Staub aufwirbeln will. Du warst sein williges … Opfer.«

»Wenn du's sagst.« Kretschmer klang überheblich.

Sarah war klug genug, seinen Tonfall zu ignorieren. »Hast du mit Stein darüber geredet? Er leitet die Ermittlungen.«

»Ja«, kam es gedehnt zurück. »Er hat mich gleich angerufen, nachdem ihr, du oder Maja, ihm gesteckt hattet, dass ich eine Story bringen will.«

»Und?«

»Er hat sich das Foto weiterleiten lassen. Außerdem wollte er wissen, wann es an mich geschickt wurde. Vermutlich kontrolliert die Kieberei grad, wo das Handy zu dem Zeitpunkt eingeloggt war. Mehr können sie bestimmt nicht machen.«

»So der aktuelle Besitzer klug genug ist, die SIM-Karte und den Akku zu entfernen, werden sie ihn nicht kriegen«, ergänzte Sarah.

»Sagst du mir jetzt endlich, was du im Belvedere zu suchen hattest?«, fragte Kretschmer ungeduldig.

»Danke fürs Gespräch. Ciao, Kollege«, verabschiedete sie sich und legte auf.

Nach dem Telefonat gab Sarah ihrer Sekretärin Bescheid, dass sie unterwegs war, und brach zur Galerie Rauter in der Bankgasse nahe dem Palais Liechtenstein auf. Sie wollte sich endlich mit der Galeristin unterhalten. Vielleicht brachte sie das weiter in ihrer Suche nach der Verbindung zwischen Peer und dem Dolch. Und damit möglicherweise auf die Spur seines Mörders. Sie hatte ihren Besuch nicht angekündigt, sondern verließ sich auf ihr Glück. Wäre ihr das hold, würde sie die Galeristin antreffen.

Schon von außen sah Sarah, dass hinter den meterhohen Schaufenstern zeitgenössische Kunst zu Hause war. Sie hatte dem Internet entnommen, dass sich die Verkaufsfläche der Galerie auf fünfhundert Quadratmeter belief. LED-Leuchten auf Stromschienen spendeten das passende Licht für die modernen Kunstwerke. An den hellgrauen Wänden hingen abstrakte Gemälde, und auf vier Podien thronten Skulpturen in unterschiedlichsten Größen und Farben. Sarah konnte nicht erkennen, was die Figuren darstellen sollten. Sie waren allesamt ungegenständlich. Jedes Detail der Galerie wirkte avantgardistisch und zukunftsorientiert, selbst der sandfarbene Steinboden.

»Ich bin gleich bei Ihnen!«, ertönte eine Stimme von irgendwo im Hintergrund, nachdem Sarah eingetreten war.

Erst jetzt sah sie die Wendeltreppe, die sich hinter einer Stützwand nach oben schraubte. Im gleichen Augenblick kam Yvonne Rauter in einem wadenlangen weinroten Kaftan mit goldenen Zierbändern die Stufen herunter. Ihre Füße steckten in halbhohen goldfarbenen Sandalen, die Farbe des Nagellacks ihrer Finger- und Zehennägel war identisch mit dem Rot des Kleides. Sie wirkte wie eines ihrer Ausstellungsstücke. Die Galeristin trat auf Sarah zu und streckte ihr warmherzig die Hand entgegen. »Sie waren auf Brittas Veranstaltung am Samstag. Sie sind die Chefredakteurin des *Wiener Boten*, nicht wahr?«

»Stimmt. Entschuldigen Sie, wenn ich Sie so überfalle.«

»Kein Problem. Ich hab heute nicht viel zu tun. Wie kann ich Ihnen helfen?«

»Ich wollte mit Ihnen über Peer Schneider sprechen.«

Die Galeristin nickte kaum merklich. »Kaffee?«

Sarah bejahte.

»Cappuccino, Melange, Verlängerter, Espresso?«, hakte Yvonne Rauter nach und machte sich an einer Kaffeemaschine aus Edelstahl zu schaffen, die auf einem Podest stand und ebenfalls einem Kunstwerk glich.

»Gerne eine Melange«, antwortete Sarah.

»Bitte, nehmen Sie doch Platz.«

Sarah überlegte, auf welches der Designermöbel sie sich setzen durfte. Auf einen der Stühle aus schwarzem Lack, die vor einem sargähnlichen Tisch arrangiert waren, oder auf die Bank aus grauem Granit, die aussah, als stammte sie aus einer Burgruine. Yvonne Rauter bemerkte offenbar ihre Unsicherheit und zeigte auf einen Lackstuhl.

Sarah ließ sich darauf nieder, und die Galeristin

setzte sich ihr gegenüber und stellte die Kaffeetassen ab. »Also, was wollen Sie wissen?«

»Man hat mir gesagt, dass Sie und Peer öfter zusammengearbeitet haben.« Sarah ließ ihren Blick durch den Raum schweifen. »Ehrlich gesagt kann ich mir das gar nicht vorstellen.«

Yvonne Rauter lachte. »Sie meinen, weil ich mich der Moderne verschrieben habe und Peer die alten Meister bevorzugte? Das schließt eine Zusammenarbeit nicht aus.«

»Er hat sich sehr für die Symbole in Vanitas-Gemälden interessiert.«

»Auch zeitgenössische Künstler setzen sich mit Vergänglichkeit auseinander und binden sie in ihre Kunstwerke ein.« Yvonne Rauter nippte an ihrem Espresso.

»Ich dachte, Smartphones, Billigkleidung, Müllberge so groß wie Bergketten, Plastik und Mikroplastik wären unsere modernen Vergänglichkeitssymbole«, merkte Sarah an. Irgendwann waren sie und David bei einem Gespräch über diesbezügliche Allegorien der heutigen Welt genau zu diesem Schluss gekommen. »Wobei man bei Plastik kaum von Vergänglichkeit sprechen sollte, wenn man bedenkt, dass es bis zu vierhundertfünfzig Jahre dauern kann, bis eine Plastikflasche abgebaut ist.« Sarah rührte mit dem Löffel die Melange um. Sie liebte es, wenn sich der Milchschaum langsam mit dem Kaffee vermischte.

»Apropos, Plastik ist das in Form gepresste Waterloo unserer Zeit.« Die Galeristin stemmte sich aus dem Stuhl und ging zu einer Skulptur, die aus vielen kleinen bunten Gegenständen zu bestehen schien. »Nehmen Sie diese Figur. Die Künstlerin hat sie aus Plastikteilen erschaffen, die sie höchstpersönlich aus dem Meer gefischt hat.« Sie kam wieder an den Tisch zurück. »Und das ist nur ein Beispiel von vielen. Die Vergänglichkeitssymbolik lebt auch in der modernen Kunst fort, und Peer wusste das selbstverständlich.«

»Seit wann kannten Sie und Peer sich?« Sarah trank einen Schluck von der Melange. Sie schmeckte perfekt.

Yvonne Rauter musste nicht lange nachdenken. »Seit etwa sechs Jahren. Wir haben uns auf der Foire internationale d'art contemporain kennengelernt, der internationalen Messe für zeitgenössische Kunst in Paris. Wie Sie sicher wissen, betreibe ich auch dort eine Galerie. Na ja, ich war auf der Messe und Peer ebenfalls. Wie es halt so ist auf Messen, sind wir ins Gespräch gekommen und danach in Kontakt geblieben. Er war mir übrigens bei der Eröffnung dieser Ausstellungsräume hier behilflich. Vor zwei Jahren.«

»Waren Sie nicht eher so etwas wie Konkurrenten?«

Die Galeristin sah sie verwundert an. »Ganz und gar nicht. Wir haben uns ergänzt. Wissen Sie, manchmal bieten mir Käufer Werke an, die sie in meiner Galerie gekauft haben.«

Sarah stutzte. »Ein Rückkauf. Warum?«

Yvonne Rauter lächelte nachsichtig. »Weil sich ihr Sammlungsschwerpunkt geändert hat. Weil ihnen ein Bild nicht mehr gefällt oder sie Geld brauchen. In solchen Situationen kam manchmal Peer ins Spiel. Er nahm zurückgenommene Werke, die zu dem Zeitpunkt gerade nicht zu meinem Ausstellungsschwerpunkt passten, in seine Auktionen auf und versteigerte sie.«

»Das heißt, Peer versteigerte auch moderne Kunst«, folgerte Sarah und nippte an der Tasse.

»Selbstverständlich, wenn es sich anbot«, bestätigte die Galeristin und kippte den letzten Schluck Espresso in einem Zug hinunter.

»Wissen Sie zufällig, woher er den Dolch hatte, bevor er ihn Tilmann und Richard Eckenberg verkauft hat?«

»Keine Ahnung. Britta meinte, die Provenienz ist im Lauf der Zeit verloren gegangen. Wissen Sie mehr?«

»Leider nein.«

»Tja, das ist schade, aber nicht ungewöhnlich«, meinte Yvonne Rauter. »Und möglicherweise ist die Geschichte auch nicht erzählenswert. Sie verstehen, kein berühmter Herrscher oder Feldherr, der den Dolch besaß.«

»Wer hat bei Frau Eckenbergs spontaner Auktion denn eigentlich den Zuschlag bekommen?«

Die Galeristin schüttelte den Kopf. »Niemand. Sie hat sie abgebrochen. Ich hab gestern Abend mit ihr telefoniert. Sie wird den Dolch dem Belvedere als Schenkung überlassen.« Sie seufzte. »Das ist wohl die beste Lösung.«

»Ausgerechnet dem Belvedere?«

»Damit bekommen sie da ein Ausstellungsstück samt schauerlicher Geschichte. Ich bin mir sicher, die Kombination wird viele Besucher anlocken.«

»So wie die Skulpturen von Lilo rund um den Spiegelungsteich«, sprach Sarah in Erwartung einer Reaktion den Tatort an.

»Genau, sie sind bemerkenswert. So wie die Ausstellung im Belvedere 21 absolut sehenswert ist. Eine Offenbarung, sag ich Ihnen«, schwärmte Yvonne Rauter.

»Sie waren bei der Vernissage«, merkte Sarah an.

»Ja, ich bin ein großer Fan von Lilos Arbeiten.«

»Dann haben Sie sicher dort auch Peer getroffen. Haben Sie mit ihm geredet?«, stellte Sarah ihre eigentliche Frage.

»Ah, darauf wollen Sie hinaus.« Die Galeristin schmunzelte. »Selbstverständlich haben wir miteinander geplaudert. Aber er ist früher gegangen. Ich bin noch etwa eine Stunde geblieben.«

»Kam er Ihnen nervös vor? Angespannt?«

Die Galeristin dachte kurz nach und schüttelte dann den Kopf. Ihr Blick verdüsterte sich. »Sie können sich sicher vorstellen, wie geschockt ich noch immer bin. Ich meine, ich war in der Nähe, als er …« Sie sprach den Satz nicht zu Ende.

»Ich kann mir tatsächlich vorstellen, was in Ihnen vorgeht«, behauptete Sarah. »Aber trotzdem haben Sie am Samstag ein Angebot für den Dolch gemacht, mit dem Peer ermordet wurde. Warum?«

Yvonne Rauter bedachte sie mit einem Blick, der sagte: Das geht dich nichts an, antwortete dann aber doch. »Aus Sentimentalität? Aus spekulativen Gründen? So genau kann ich Ihnen das nicht erklären. Brittas Aktion hat mich überrascht. Zuerst war ich ein wenig sprachlos, doch dann dachte ich mir: Mein Gott, was soll's. Machst halt mit. Peer hätte sich sicherlich darüber amüsiert.«

Aus Sentimentalität, wiederholte Sarah in Gedanken und kniff die Augen zusammen. Die Wortwahl wunderte sie.

»Der Dolch hätte mich nicht nur an den grausamen Mord erinnert«, erklärte die Galeristin, der Sarahs argwöhnischer Blick nicht entgangen war. »Sondern auch an einen großartigen Mann, der die Kunst noch im kleinen Finger hatte. Verstehen Sie?«

Sarah nickte, obwohl sie den Gedankengang nicht ganz nachvollziehen konnte. Trotzdem beließ sie es dabei. »Die Hohenbergs haben ein Gemälde von Lilo bei Peer ersteigert. *Die Dame mit der Maske*.«

»Sie sind gut informiert«, konstatierte Yvonne Rauter. »Mit der Versteigerung von dem Gemälde hab ich jedoch nichts zu tun«, behauptete sie. »Auch wenn ich vor vier Jahren ihre Werke in Berlin ausgestellt hab. Lilo reiste zur Vernissage an. Sie verbrachte ihre letzten Jahre in der Schweiz, müssen Sie wissen. Peer kam ebenfalls. Er war zu dem Zeitpunkt aus anderen Gründen in Berlin.«

»Hatte er *Die Dame mit der Maske* etwa von Ihnen und hat sie dann in einer seiner Auktionen versteigert?«, fragte Sarah.

»Nein. Ich hab das Gemälde nie besessen. Peer war zufällig in Berlin, hat einfach vorbeigesehen. Aber das habe ich Ihnen doch gerade erzählt«, sagte Yvonne Rauter im Tonfall einer Lehrerin, die ein begriffsstutziges Kind vor sich hat. »Der Vorbesitzer hat ihm *Die Dame* in Wien zur Versteigerung angeboten.« Sie machte ein enttäuschtes Gesicht. »Der typische Fall von einem Kerl, der sich mal als Kunstsammler ausprobieren wollte und dann draufgekommen ist, dass er doch nichts damit anzufangen weiß. Das hat mir Peer damals erzählt.«

»Wissen Sie, wer der Vorbesitzer war?«

Die Galeristin verzog ihren perfekt geschminkten Mund. »Kuba Kaminski. Er kann ausgezeichnet kochen, hat aber keine Ahnung von Kunst.«

»Da schau her«, sagte Sarah überrascht. »Aber immerhin interessiert er sich dafür.«

»Auch nicht wirklich«, konterte Yvonne Rauter. »Ich bin mir sicher, dass er sich *Die Dame* nur aus einer Laune heraus zugelegt hat, weil er genug Leute aus der Kunstbranche kennt.«

»Und wo hat Kaminski das Bild gekauft?«

»Keine Ahnung, jedenfalls in keiner meiner Galerien. Dass es jetzt gestohlen wurde, ist bedauerlich.« Sie zuckte mit den Achseln. »Aber so etwas kommt vor. Seit Lilos Tod steigen die Preise ihrer Werke. Sie kennen die zynische Redensart unter Kunsthändlern, Frau Pauli?«

»Nur ein toter Künstler ist ein guter Künstler«, zitierte Sarah das Sprichwort. »Wie verhält es sich diesbezüglich mit Kunsthändlern?«

»Sie denken, Peers Ermordung hat etwas mit seinem Beruf zu tun?«

»Die Mordwaffe, die bekanntlich vier Wochen zuvor gestohlen wurde, lässt diesen Gedanken zu, finden Sie nicht?«

Yvonne Rauter neigte den Kopf und sah Sarah nachdenklich an. »Nur fällt mir niemand ein, der Peer tot sehen wollte. Er hatte keine Feinde, wenn Sie darauf anspielen. Er war beliebt, hilfsbereit, angesehen. Er war der König unter den Kunsthändlern.«

Sarah nickte und trank den letzten Schluck ihrer Melange. Dieses Bild bekam sie überall gespiegelt: der von allen geschätzte und gemochte Peer. Und doch hatte ihn jemand ermordet. »Wie war dieser Titel eigentlich genau zu verstehen: der König?«

»Er hatte ein sehr umfangreiches Kunstwissen, mehr als die meisten in der Branche, und war bestens vernetzt. Suchte ein Kunde ein bestimmtes Gemälde, wusste Peer, wo es sich befand und ob es zu kaufen war.«

»Und was, wenn jemand den König hätte stürzen wollen?«

»Weshalb? Dafür gab es keinen Grund.«

»Um seinen Platz einzunehmen?«

Die Galeristin schüttelte den Kopf. »Der Gedanke ist absurd. Die Position erbt man nicht wie den Königstitel in Monarchien. Man muss sie sich erarbeiten.«

»Und trotzdem wurde er ermordet«, wiederholte Sarah ihren Gedanken laut.

»Der Täter muss ja nicht zwangsläufig jemand aus unserer Branche sein«, meinte Yvonne Rauter. »Was, wenn er den Dolch benutzt hat, damit es genau danach aussieht?«

»Darüber hab ich noch nicht nachgedacht«, gab Sarah zu. »Aber ich bin überzeugt, dass der Täter ein Kunstliebhaber ist.« Sie erwähnte die sorgsam abgelegte Dolchhülle. »Wie auch immer. So oder so bleiben zwei unbeantwortete Fragen: Woher hatte der Täter den Dolch? Und: Ist der Mörder zugleich der Einbrecher?«

»Das herauszufinden ist Aufgabe der Polizei, oder sind Sie da anderer Meinung? Dieser Chefermittler Stein hat sich von Britta eine Gästeliste geben lassen und uns nach dem Brunch der Reihe nach besucht und mit seinen Fragen gelöchert.« Die Galeristin stöhnte. »Ich hab davon Kopfschmerzen bekommen.«

»Kann ich mir vorstellen. Er kann ziemlich hartnäckig sein«, merkte Sarah an. »Was mich aber noch interessiert: Lässt sich *Die Dame mit der Maske* überhaupt jemals wieder verkaufen?«

Yvonne Rauter lächelte gönnerhaft. »Sie wären erstaunt über die Zahl der Käufer, die nicht fragen, woher ein Kunstwerk stammt. Weltweit gibt es so einige Plattformen, auf denen Hehlerware angeboten wird«, erklärte sie. »Da kann man auch Kunstwerke bestellen.«

»Bestellen?«, wiederholte Sarah erstaunt. »Wo und wie läuft das ab?«

Die Galeristin lachte. »Schön, dass Sie mir zutrauen, mich mit den dunklen Seiten meiner Branche auszukennen.«

»Tut mir leid. Ich wollte Ihnen nichts unterstellen. Aber ich denke, so was spricht sich doch rum in der Szene, oder nicht?«

»Natürlich«, stimmte ihr Yvonne Rauter zu. »Also, mal angenommen, Sie wollen ein Kunstwerk, das an der Wand eines anderen hängt oder, wie im Fall des Dolches, auf dessen Kaminsims liegt, doch der Besitzer oder die Besitzerin will es nicht hergeben.« Sie zuckte mit den Schultern. »Für einen solchen Fall gibt es Leute, die es Ihnen dennoch besorgen.«

»Auftragsdiebstahl? Wie bei … Autos?«

»Ist alles nur eine Frage des Geldes.«

»Aber es gibt doch Behörden und Datenbanken, die gestohlene Werke listen. Axel Kowalski und Gerlinde Göhr haben mir das erklärt. Das Art Loss Register oder Interpol«, brachte Sarah zwei Beispiele.

»Natürlich. Und an die wenden sich seriöse Ein- und Verkäufer im Regelfall. Aber wie gesagt, es gibt Käufer und auch Verkäufer, die interessiert die Herkunft einen Scheißdreck. Ebenso, ob die Werke irgendwo gelistet sind und als gestohlen gemeldet wurden.« Sie machte eine kurze Pause. »Manche der erbeuteten Werke verschwinden aber auch erst mal in einem Versteck, aus dem sie zu gegebener Zeit wieder hervorgeholt werden. Zumeist sind sie dann das Doppelte oder Dreifache wert. Außerdem fungiert Kunst im Drogenhandel und in Mafiakreisen als Währung. Und manchmal bietet man den Besitzern nach dem Diebstahl netterweise an, das Werk zurückzukaufen.«

»So etwas hat meine Kollegin erwähnt. Sie hat die Motive für Kunstraub recherchiert. Rückkauf war eins davon.«

»Ganz recht«, bestätigte Yvonne Rauter. »Artnapping nennt man das in Fachkreisen. Das Wort leitet sich von Kidnapping ab.«

»Und es gibt tatsächlich Leute, die ihre Werke zurückkaufen?«

»Vereinzelt. In solchen Fällen zahlt der Bestohlene

die verlangte Summe, bekommt sein Eigentum zurück, und der Dieb hat ein paar Tausender mehr auf dem Konto.«

»Das klingt irrwitzig.« Sarah konnte sich das kaum vorstellen.

»Ist es auch. Aber wenn jemand an seinem Sammlerstück hängt und man ihm droht, es andernfalls unwiederbringlich zu vernichten, zahlt der eine oder andere, egal wie viel.«

»Kennen Sie jemanden, der das getan hat?«

»Nein. Das heißt jedoch nicht, dass es nicht passiert«, sagte Yvonne Rauter.

»Aber mal angenommen, der Besitzer zahlt nicht, und der Dieb will das Kunstwerk nicht vernichten, sondern anderweitig an den Mann bringen«, skizzierte Sarah ein weiteres Szenario. »Sie sagten, nicht jeder Käufer interessiert sich für die Herkunft. Wo findet man diese Abnehmer?«

»In den USA und Europa ist es schwierig, derartige Kunstwerke in den Markt einzuschleusen. Weniger interessiert es Sammler in Russland, China oder anderen asiatischen Ländern, woher der Picasso, Rubens oder Caravaggio stammt.«

»Sie betreiben doch auch eine Galerie in Peking«, entfuhr es Sarah.

Nun lachte Yvonne Rauter schallend auf. »Und deshalb denken Sie, dass ich Hehlerware von Europa nach Asien verschiebe?«

»Nein.« Sarah hob abwehrend die Hände. »So war das nicht gemeint.«

»Schon gut«, beschwichtigte Yvonne Rauter. »Das Dark Web ist zum Beispiel ein Ort, wo man unbehelligt heiße Ware verkaufen kann«, sagte sie und stand erneut auf. »Warten Sie kurz.« Sie ging die Wendeltreppe nach oben, und kurz darauf hörte Sarah ein Geräusch, das sich nach einem Kopiergerät anhörte.

Als die Galeristin herunterkam, hatte sie eine Handvoll Zettel dabei. Sie nahm wieder Platz und schob die Ausdrucke Sarah über den Tisch zu. »Wenn Sie wollen ... Das ist eine Liste mit weltweit gestohlenen Kunstgegenständen. Ich habe sie mir von einem Freund – er ist internationaler Kunstfahnder – schicken lassen und abgespeichert für den Fall, dass mir ein solches Werk mal angeboten wird. Egal, in welcher meiner Galerien.«

»Danke.« Sarah nahm die Kopien und überflog sie. Es waren insgesamt fünf Seiten.

»*Die Dame mit der Maske* von Lilo steht noch nicht drauf, falls Sie nach ihr suchen«, sagte die Galeristin. »Aber die können Sie ja handschriftlich hinzufügen. Dafür drei andere Gemälde von Lilo, die allesamt in Österreich gestohlen wurden.«

»Kunden von Ihnen?«

Yvonne Rauter schüttelte den Kopf. »Ebenso fehlt der Dolch von Britta Eckenberg auf der Liste. Sie hat ihn offenbar nicht den bekannten Stellen gemeldet.«

Die Tür öffnete sich, und ein Mann und eine Frau betraten die Galerie und sahen in ihre Richtung. Sarah nahm deren Auftauchen zum Anlass, um aufzustehen. »Ich hab Sie schon lange genug aufgehalten.« Sie schüttelte der Galeristin zum Abschied die Hand.

»Wenn Sie noch etwas brauchen oder wissen wollen … jederzeit«, bot Rauter großzügig an.

»Danke«, erwiderte Sarah und verließ die Galerie. Als sie sich noch einmal umwandte, sah sie durch eins der riesigen Fenster, dass das Ehepaar vor einem Gemälde stand und Yvonne Rauter telefonierte. Zufall? Oder berichtete sie jemandem von Sarahs Überraschungsbesuch?

24

In der U-Bahn nahm Sarah die Liste genauer in Augenschein. Leider enthielt sie keine Hinweise auf die bestohlenen Eigentümer. Nur Ort und Datum der Diebstähle waren angeführt. Sie suchte nach den angesprochenen Gemälden von Lilo. Zuerst fiel ihr Blick auf *Argentinische Schönheit mit Kerze* im Wert von fünfzehntausend Euro. Der Diebstahl war vor zwei Jahren in Salzburg gemeldet worden. Darunter fand sie *Der Würfel,* ebenfalls von Lilo, im Wert von fünfunddreißigtausend Euro, entwendet in Fuschl am See vor sechs Monaten. Dann entdeckte sie *Mohnblumenfeld*. Das Bild hatte einen Marktwert von zwanzigtausend Euro und war vor drei Jahren in Kitzbühel gestohlen worden. Das musste Veronika Hestes' Gemälde sein. Sarah blätterte weiter, suchte nach Kunstgegenständen, die in Pörtschach entwendet worden waren, fand aber nichts. Schließlich zog sie einen Stift aus ihrer Umhängetasche und fügte handschriftlich hinzu: *Die Dame mit der Maske, Wien*. Als eine blecherne Lautsprecherstimme verkündete, dass die nächste Haltestelle die Neubaugasse war, stopfte Sarah die Liste in ihre Tasche. Die Bahn stoppte, und sie stieg aus.

Zehn Minuten später zog sie die Tür zu ihrem Vorzimmer auf. »Bin wieder da, Frau Berger. Falls Sie mich brauchen oder mich wer sucht, ich gehe zu Maja.«

Kurz darauf informierte sie die Chronik-Redakteurin über das Gespräch mit der Galeristin. Sie reichte ihr die Ausdrucke und tippte auf die Bildtitel, die ihr in der U-Bahn ins Auge gestochen waren. »Das Gemälde der Hohenbergs hab ich ergänzt. Aber die Beute vom Einbruch in Pörtschach scheint zu fehlen.«

Maja nickte mechanisch. »Wann wurde Leopold Opitz noch mal bestohlen? Vor vier Monaten, oder?«

»Ja.«

»Interessant, aber bist du auch bei der Suche nach Peers Mörder weitergekommen?«, fragte Maja und schrieb den Namen des Milliardärs auf das letzte Blatt.

»Leider nicht.«

»Der Besuch bei Yvonne Rauter hat dich auf keine Idee gebracht?«

»Nicht wirklich«, gestand Sarah. »Peer war beliebt. Alles eitel Sonnenschein. Nur eine Kleinigkeit trübt das Idyll.« Sie berichtete von dessen heimlicher Aktion, seine Angestellte Gerlinde Göhr beim versuchten Dolchkauf als Strohfrau einzusetzen. »Das hat er hinter Amandas Rücken gemacht. Kannst dir sicher vorstellen, dass sie wenig erfreut auf die Beichte der Göhr reagiert hat.«

»Aber warum heimlich? Eine Mittelsperson einzusetzen ist doch nicht ungewöhnlich oder illegal.«

»Eh. Aber Amanda kann Tilmann Eckenberg nicht ausstehen und hätte das bestimmt nicht gutgeheißen.

Sie denkt, der Unternehmer war der Grund für Peers Heimlichtuerei.«

»Erscheint mir eigenartig«, antwortete Maja zweifelnd.

Sarah zuckte mit den Achseln. »Was wissen wir schon. Sei so gut, scann die Liste mit den gestohlenen Werken ein, markier die drei Bilder aus Salzburg, Fuschl am See und Kitzbühel und schick sie an Conny und Simon weiter. Dann sind wir alle auf demselben Stand.«

»An Simon auch?«, wunderte sich Maja. »Was hat er damit zu tun?«

»Yvonne Rauter meinte, im Dark Web wird heiße Ware verkauft. Wie du weißt, treibt sich Simon dort öfter herum. Ich will, dass er da für uns die Augen offen hält«, erklärte Sarah. »Und schau du dich bitte in den sozialen Medien nach diesen Leuten hier um.« Sarah schrieb die Namen jener Personen aus Peers und Britta Eckenbergs Umfeld auf, denen sie in den letzten Tagen über den Weg gelaufen war. »Ich bin mir sicher, du findest sie in Beiträgen über Vernissagen, Galas, Empfänge oder Szenepartys. Vielleicht ergibt sich ja ein überraschender Ansatzpunkt oder eine Verbindung, die wir bislang übersehen haben oder uns noch unbekannt ist.«

»Du witterst eine Story hinter der Story«, erkannte Maja breit grinsend und legte das oberste Blatt auf den Scanner.

In dem Moment flog die Tür auf, und Sissi watschelte herein, dicht gefolgt von Conny. Die Society-Löwin trug heute ihre Brille, fiel Sarah auf. Offenbar freundete sie sich allmählich mit ihr an.

»Die Berger hat mir gesagt, dass ich dich hier finde.« Conny ließ sich auf einen Stuhl fallen.

»Ich schick dir gleich fünf Seiten«, sagte Maja und fuhr mit dem Scannen fort.

Sarah erläuterte den Listeninhalt.

»Gut«, murmelte Conny. »Ich schau's mir an, sobald ich's hab, Maja. Aber jetzt zu meiner Geschichte. Ich war gestern Abend in einer Bar in der Innenstadt, in der ich schon lange nicht mehr war«, leitete sie ihre Erzählung ein. »Und was soll ich sagen? Man kennt mich dort noch.«

»Schön für dich, aber wer könnte dich jemals vergessen?«, scherzte Sarah.

»Sei lieber froh, dass noch immer derselbe Barkeeper dort arbeitet und ich einen guten Draht zu ihm hab. Einen sehr guten sogar!« Conny tippte sich mit dem Zeigefinger stolz auf die Brust. »Und deshalb hab ich herausgefunden, dass Ramona Mair und Richard Eckenberg-Baldin eine Affäre haben.« Erwartungsvoll blickte sie in die Runde. Sie liebte es, Geheimnisse in der Wiener Gesellschaft aufzudecken. »Die läuft wohl schon seit zwei Jahren. Und wer war dabei, als sich die beiden kennengelernt haben?«

»Ich hab nicht die leiseste Ahnung«, gestand Sarah.

»Carola Jonas.«

»Peer Schneiders Sekretärin.«

Connys Augen wurden schmal. »Irgendetwas sagt mir, dass du nicht überrascht bist.«

»Dass die beiden befreundet sind, hat mir gestern schon Amanda erzählt. Aber von der Affäre wusste ich nichts.« Mit knappen Worten setzte sie Conny über Peers geheimes Unterfangen in Kenntnis.

»Na bumm! Kein Wunder, dass die Eckenberg den Dolch im Freundeskreis verkaufen will. Man kann ja keinem mehr trauen«, witzelte Conny.

Sarah schüttelte den Kopf. »Macht sie jetzt doch nicht. Sie schenkt ihn dem Belvedere, hat mir Yvonne Rauter verraten, als ich gerade bei ihr war.«

Conny lehnte sich im Stuhl zurück. »Das gibt eine schöne Story. Muss ich Ramona gleich noch mal anrufen.«

»Aber die Affäre bleibt in deiner Schublade«, mahnte Sarah. Der *Wiener Bote* war kein Klatschblatt.

»Eh klar«, antwortete Conny und grinste amüsiert. »Trotzdem nicht schlecht zu wissen.«

»Und es würde erklären, weshalb Tilmann Eckenberg so gut über Britta Eckenbergs Villa Bescheid weiß. Richard tratscht offenbar das Bettgeflüster an ihn weiter«, konstatierte Sarah und berichtete von ihrem Gespräch im Restaurant, bis das Klingeln des Festnetzapparates in die Unterhaltung hineinplatzte.

Maja hob ab. »Deine Sekretärin«, sagte sie und hielt Sarah den Hörer hin.

Die griff danach. »Frau Berger. Was gibt's?«

»Ich hab Herrn Eckenberg in der Leitung. Er will Sie sprechen, meint, es wäre sehr dringend.«

Sarah stutzte. »Wer?«

»Tilmann Eckenberg«, sagte Cordula Berger eine Nuance lauter, weil sie offenbar annahm, dass Sarah den Namen nicht verstanden hatte.

»Okay. Stellen Sie ihn bitte durch.« Sarah bedeutete Maja und Conny, still zu sein. »Herr Eckenberg«, sagte sie gleich darauf. »Mit einem Anruf von Ihnen hab ich ja am allerwenigsten gerechnet. Was verschafft mir die Ehre?«

»Ich würde Sie gerne zu meinem Empfang einladen. Privat, versteht sich. Keine Berichterstattung. Aber ich verspreche Ihnen, Antworten auf Ihre Fragen zu Peer Schneider und der Symbolik in Gemälden zu geben, die Sie gerne in Ihrem Artikel abdrucken dürfen.«

»Sie geben mir ein Interview? Bei einem Empfang?« Sarahs Brauen wanderten vor Überraschung nach oben.

»Ja.«

»Das erstaunt mich.«

»Sie haben mich neugierig gemacht.«

»Oh.« Sarah war verwirrt.

»Der Empfang findet jedoch schon übermorgen statt. Selbstverständlich ist Herr Gruber auch eingeladen.«

Sarah fragte sich kurz, woher er wusste, dass David und sie ein Paar waren, aber dann fiel ihr ein, dass von ihnen gemeinsam einige Fotos im Internet kursierten, gemacht auf Empfängen, Bällen und anderen Veranstaltungen. In manchen Berichten wurden sie sogar als das Vorzeigepaar der Zeitungsbranche bezeichnet. Eckenberg hatte sie vermutlich längst gegoogelt.

»Ich weiß, das ist sehr kurzfristig. Deshalb rufe ich auch an, ich wollte Ihre Antwort gleich hören.« Er klang überaus höflich. Ein ganz anderer Ton als der, den er im Restaurant angeschlagen hatte.

»Wir kommen gerne«, sagte sie und hoffte, dass in Davids Kalender kein anderer Termin stand.

»Gut, dann bis Donnerstag um achtzehn Uhr. So Sie Ihr Eintreffen denn bereits um diese Uhrzeit einrichten können.«

»Es wird sich schon ausgehen.«

»Dann schicke ich Ihnen jetzt die offizielle Einladung, wenn Sie mir Ihre Mail-Adresse geben.«

»Tun Sie das.« Sie gab sie ihm durch.

Nachdem Sarah sich verabschiedet und den Hörer aufgelegt hatte, ließ sie nachdenklich ihre Hand darauf liegen und trommelte mit den Fingern der anderen nervös auf die Schreibtischplatte.

»Was ist los?«, fragte Conny ungeduldig.

»Ich denke, ich werde mich heute Abend mal mit Peers Materialsammlung für den Podcast befassen, um übermorgen vorbereitet zu sein, wenn ich zu Eckenbergs Empfang gehe.«

Conny verzog den Mund zu einem höhnischen Grinsen. »Da hast du aber wen schwer beeindruckt bei eurem«, sie malte Anführungszeichen in die Luft, »Gespräch im DO & CO. Muss sich David Sorgen machen?«

»Nein, was du wieder denkst!«, wehrte Sarah ab. »Allein bei dem Gedanken beutelt's mich ab. Der Kerl ist ekelhaft und überhaupt nicht mein Typ. Das hast du letztens doch selbst gesagt. Außerdem hat er David auch eingeladen.«

»Ich hab mir aber sagen lassen, der Eckenberg ist noch immer ans Ziel gekommen.«

»Bei mir wird er wohl an seine Grenzen stoßen«, sagte Sarah deutlich und wählte Davids interne Nummer, um den Termin mit ihm abzustimmen. Er hob direkt ab, und sie kam sofort auf den Punkt.

David lachte lauthals. »Verbündest dich jetzt mit dem Feind? Das lass ich mir auf gar keinen Fall entgehen. Empfang ist eingetragen.« Zugleich ließ er sie wissen, dass er selbst noch einen Termin hatte und erst um sieben, spätestens um halb acht zu Hause sein würde.

»Passt gut. Dann beschäftige ich mich bis dahin mit Peers Aufzeichnungen.«

Eine Viertelstunde später arbeitete Sarah in ihrem eigenen Büro die Post durch, die ihr Cordula Berger gewissenhaft vorsortiert auf den Tisch gelegt hatte. Sie versuchte, sich zu konzentrieren, doch ihre Gedanken führten sie immer wieder zu dem Telefonat mit Tilmann Eckenberg zurück. Warum lud er sie spontan ein? Was bezweckte er damit? Allmählich hatte sie das Gefühl, einem Geheimnis auf der Spur zu sein. Sie musste nur die richtigen Schlüsse ziehen und Zusammenhänge herstellen, dann würde sie wissen, was es mit dem Mord an Peer auf sich hatte. Aber noch sah sie nur ein undurchdringliches Geflecht aus ungeordneten Informationen. Kurz entschlossen ließ sie ihre Post Post sein und machte sich auf den Weg zu Simon, dem Fotografen und Computerspezialisten des *Wiener Boten*.

Fünf Minuten später zog sie die Tür zur Wirkstätte des jungen Kollegen auf und war überrascht. Er saß wie üblich, umgeben von zig Computern, hinter seinem Schreibtisch, trug aber normale Kleidung. Jeans und ein T-Shirt. Offenbar waren Skaterklamotten nicht mehr in, oder er hatte erkannt, dass selbst er langsam zu alt für den Look wurde.

»Kommst du wegen der Liste, die Maja mir geschickt hat?«

»Ja, aber vorher würde ich dich gerne etwas fragen«, räumte Sarah ein.

»Schieß los!«

Sie setzte sich auf den freien Stuhl neben ihm. »Ist es eigentlich illegal, im Darknet zu surfen?«

Er wirkte nicht besonders erstaunt über ihre Frage. »Nein. Solange du keine Drogen, Waffen oder sonst was gesetzeswidrig kaufst oder anbietest.«

Sarah nickte. Kriminelle Machenschaften im Internet waren nicht ihr Fachgebiet. Erst einmal war sie damit vor ein paar Jahren im Rahmen von Recherchen in Berührung gekommen, als ein Mann einer Liebesbetrügerin aufgesessen war. Love oder Romance Scamming, so nannte man die Betrugsmasche, bei der gefälschte Profile auf Online-Partnerbörsen und in sozialen Netzwerken dazu genutzt wurden, um den Opfern die große Liebe vorzugaukeln, um dadurch wiederum an ihr Geld zu kommen.

»Auch Whistleblower, Journalisten, unterdrückte Oppositionsparteien, Regimegegner und Freiheitskämpfer, um nur einige zu nennen, nutzen die Anonymität des Darknets, um Informationen unter die Leute zu bringen«, fuhr Simon fort.

»Ich war heute bei einer Galeristin, von der ich auch die Liste hab, die dir Maja geschickt hat. Sie meinte, auch gestohlene Kunstwerke werden im Darknet angeboten«, kam Sarah schließlich auf ihr eigentliches Anliegen zurück.

»Es gibt nichts, was nicht angeboten wird.«

Sarah richtete sich kerzengerade im Stuhl auf, als wäre sie beim Bundespräsidenten zu Gast. »Dann schau mal bitte nach, ob du *Die Dame mit der Maske* findest. Es ist ein Gemälde der verstorbenen argentinischen Künstlerin Lilo.« Sie zeigte ihm das Bild auf ihrem Handy.

»Und was ist mit den Kunstwerken in der Liste?«

»Sind auch wichtig, aber *Die Dame mit der Maske* hat Priorität. Sie wurde erst letzten Samstag gestohlen.«

»Ich geb mein Bestes. Zumeist ist der Zeitraum, in dem man im Darknet heiße oder verbotene Ware kaufen kann, jedoch äußerst begrenzt. Eine Stunde, eine Woche oder so«, erläuterte Simon. »Ich müsste also zur richtigen Zeit am richtigen Ort sein, und meine Kontakte zu Kunsträubern, die mir diesbezüglich Tipps geben könnten, sind leider gleich null.« Er grinste. »Mach dir also keine allzu großen Hoffnungen, dass ich was zu deiner Dame finde. Außerdem könnte es sein, dass sie nicht im Dark Web, sondern auf Telegram oder anderswo zum Verkauf steht.«

»Verstehe.« Sarah rieb sich die Stirn. »Egal. Ich will nur nichts unversucht lassen. Kann man auf dem Weg eigentlich auch Killer anheuern?«

Simon verzog leicht den Mund. »Wie ich schon sagte: Es gibt nichts, was da nicht angeboten wird.«

»Gruselig.« Sarah schüttelte sich, als fröre sie.

Simon zuckte mit den Achseln. Ihm schien die Vorstellung nicht zuzusetzen. »Du denkst an Peer Schneider?«

Sarah nickte und schwang sich aus dem Stuhl. »Wie auch immer, durchforste bitte in den nächsten Tagen mal deine Kanäle. Und falls du etwas findest, gib gleich mir oder Maja Bescheid. Wenn etwas rauskommt, ist es gut, wenn nicht, auch kein Beinbruch.«

Sie verabschiedete sich und lief zurück in ihr Büro, wo Cordula Berger sich soeben zum Gehen bereit machte.

»Schönen Feierabend«, wünschte Sarah ihr.

»Ihnen auch«, erwiderte die Sekretärin. »Und bitte nicht vergessen, ich hab morgen einen längeren Arzttermin.«

»Hab ich nicht vergessen«, beteuerte sie. »Ich hoffe, es ist nichts Ernstes?«

Cordula Berger schüttelte den Kopf. »Wurzelbehandlung.«

Sarah verzog bei der Vorstellung das Gesicht. »Wenn Sie danach Schmerzen haben, dann gehen Sie aber bitte nach Hause.«

»Danke, das mach ich.«

Eine halbe Stunde später steckte Sarah die Mappe mit Peers Aufzeichnungen zu der Liste mit den gestohlenen Kunstwerken in ihre Umhängetasche und verließ ebenfalls die Redaktion.

Auf der Mariahilfer Straße fiel ihr wieder der unheimliche Anrufer vom Samstag ein. Und dass er möglicherweise vor ihrem Haus gestanden hatte. Ein mulmiges Gefühl beschlich sie. Was, wenn er sie auch jetzt beobachtete? Unmittelbar sah sie jeden Passanten, der an ihr vorbeilief, misstrauisch an. Musterte jemand sie? Sie wandte sich um. Wurde sie verfolgt?

In der U-Bahn-Station stellte sie sich mit dem Rücken zur Wand, um die Wartenden im Auge zu haben, und trat erst an die Bahnsteigkante, als die U3 schon eingefahren war. Wieder beobachtete sie, ob jemand in der Menschenmenge ihr hinterherspionierte. Als sie niemanden ausmachen konnte, schimpfte sie sich paranoid und stieg ein.

Am Westbahnhof wechselte sie in die U6 und beschloss spontan, David mit Spaghetti al limone zu überraschen. Weshalb sie an der Währinger Straße noch einen Zwischenstopp einlegte, um in einem Bioladen Zitronen zu kaufen.

Um halb sieben traf sie vor ihrem Wohnhaus ein und genoss die Stille in der Hasenauerstraße.

»Stell dir vor, Marie, wer mich und David zu seinem Empfang eingeladen hat!«, rief Sarah, als sie durch die Eingangstür trat und sie hinter sich ins Schloss warf. Suchend blickte sie sich um. Es war ungewöhnlich, dass die Halbangora nicht schon im Flur saß oder gleich auftauchte, wenn Sarah nach Hause kam.

»Marie?« Sie hängte ihre Umhängetasche an die Garderobe und trug die Zitronen in die Küche, wo sie angestrengt in die Stille horchte.

»Marie? Wo bist du?« War sie krank oder hatte sich womöglich verletzt und deshalb verkrochen? Das taten Stubentiger mitunter. So wie nach einem Tierarztbesuch. Sie bestraften ihre Menschen für die Dreistigkeit, dass sie ihnen eine Spritze hatten verpassen lassen, mit Nichtachtung. Doch Marie war anders. Sie schnurrte bei der Tierärztin zumeist so laut, dass es unmöglich war, sie abzuhorchen.

Die Transportbox! Sarah lief zurück zur Garderobe und bückte sich. Hatten sie versehentlich die Gittertür geschlossen? Sie brauchte den Bruchteil einer Sekunde, um zu realisieren, dass die Box nicht an ihrem Platz stand. Hatte Gabi Marie vielleicht zu sich geholt? Aber dann hätte ihre Freundin ihr doch Bescheid gegeben. Sarah rief sie dennoch an. Es läutete mehrmals, bevor die Mailbox ranging. War Chris früher nach Hause gekommen und hatte Marie mit nach oben genommen? Aber auch er hätte sie informiert. Trotzdem rief sie ihn an und landete auch bei ihm direkt auf der Mailbox. Was zum Teufel war hier los?

Kalte Angst kroch Sarah den Rücken empor. Sie streifte durch die Wohnung, suchte Marie an deren Lieblingsplätzen. Sogar in der Waschmaschine schaute sie nach, obwohl die Tür immer fest verschlossen war, um der Halbangora keine Gelegenheit zu bieten, sich hineinzulegen. Zum Schluss durchsuchte sie die Küche. Vielleicht hatte Marie sich heute Morgen ja in einem Küchenkasten verkrochen, und sie hatte es nicht bemerkt und ihn zugemacht. Das erklärte zwar nicht die fehlende Box, aber es war ein Strohhalm, an den sie sich klammerte. Obwohl Marie, wäre es so, mit Sicherheit schon lauthals miauen würde.

Ihr Smartphone klingelte, und Sarah hastete schnell zu ihm. Gabis Name schien auf dem Display auf.

»Sarah, du hast angerufen. Was gibt's?«

»Ist Marie bei dir?«

»Nein. Bin gerade aus dem Supermarkt raus, deshalb hab ich vorhin das Telefon nicht gehört.«

»Kann sie bei Chris sein?« Sarah musste sich zwingen, Ruhe zu bewahren.

»Auch nicht. Er ist gerade am Weg vom Spital nach Hause. Was ist denn los?«, fragte Gabi alarmiert.

»Ich weiß es noch nicht.«

»In zehn Minuten bin ich bei dir.«

Sie legten auf. Luft! Sie brauchte Luft. Mit wenigen schnellen Schritten war Sarah bei der Terrassentür, schob die Gardinen zur Seite und schrie im nächsten Augenblick auf. Die Tür war nur angelehnt, und in der Glasscheibe klaffte ein Loch. Direkt neben dem Türgriff. Der Boden war mit Scherben übersät, die sie bis jetzt übersehen hatte. Mit spitzen Fingern zog sie die Tür zur Gänze auf, starrte hinaus, atmete flacher und schneller. Ein Geräusch an der Wohnungstür erklang. Wahrscheinlich David, der heimkam. Sie wollte zu ihm laufen, war aber unfähig, sich zu bewegen.

»Sarah!«

Er musste schon dicht hinter ihr sein, aber sie reagierte nicht.

»Was ist los?«, fragte er.

Endlich gelang es ihr, sich umzudrehen.

David stand im Zimmer und starrte fassungslos auf die Scherben am Boden. »Was ist passiert?«

Sarah schluckte. »Marie ist weg.«

Er spähte an ihr vorbei. Offenbar dachte er, dass sie ausgebüxt war.

»Entführt!«

»Blödsinn«, entfuhr es David.

»Entführt!«, brüllte Sarah ihm ins Gesicht. »Die Transportbox ist weg.«

»Was? Wer hat Marie entführt?«, fragte Gabi verwundert, die in dem Moment mit zwei vollen Stoffbeuteln die Terrasse betrat. Auch ihr Blick flog zur Terrassentür. »Hat bei euch wer eingebrochen?«

»Es ist ein Albtraum«, krächzte Sarah, tastete nach einem Stuhl und ließ sich darauf nieder. »Sagt mir, dass das ein Albtraum ist und ich gleich daraus aufwache.«

»Stimmt was nicht?« Chris war ebenso unbemerkt wie Gabi über den Garten gekommen und stand jetzt auf der Terrasse. Er schaute die drei der Reihe nach entgeistert an.

»Allerdings«, antwortete David und holte sein Mobiltelefon aus der Hosentasche. »Ich ruf jetzt Martin an.«

25

Ramona hatte sich nach Dienstschluss mit Carola in einem Café am Graben verabredet. Sie musste ihre Bedenken unbedingt mit ihr besprechen. Immerhin war ihre Freundin damals in der Bar dabei gewesen, als Richard und sie sich kennengelernt hatten.

Sie ergatterten einen Tisch im Freien, aber selbst unter dem Sonnenschirm war es heiß. Sie bestellten je ein großes Glas Sodawasser mit Zitrone.

»Meine Chefin hat mich ins Gebet genommen«, stöhnte Carola. »Ich hab ihr verraten, dass ich dir damals gesteckt hab, dass Gerlinde Göhr eine Strohfrau war.«

»Und?«

»Erfreut war sie nicht gerade. Zum Glück war sie so enttäuscht darüber, dass ihr Mann sie nicht eingeweiht hatte, dass die Moralpredigt kurz war.« Carola machte eine wegwerfende Handbewegung. »Aber sie war erstaunt, wie gut Tilmann über Britta Eckenberg informiert ist. Gestern war sie mit Sarah Pauli essen. Du weißt schon, mit dieser Journalistin. Die zwei kennen sich von früher. Dabei haben sie Tilmann Eckenberg getroffen, und der hat ein paar Bemerkungen fallen lassen, die meine Chefin auf die Idee gebracht haben, dass ihn irgendwer mit Infos aus der Villa versorgt.« Sie sah

Ramona eindringlich an. »Du musst echt aufpassen, was du Richard erzählst.«

»Genau darüber wollte ich mit dir reden. Denkst du, er hat mich in der Bar nur aufgegabelt, um an Infos zu kommen?«

Carola kniff nachdenklich ihre Augen zusammen. »Das würde ich sofort unterschreiben, wenn Tilmann dich angebaggert hätte. Aber Richard? Der hat doch mit dem ganzen Kunstkrempel nichts am Hut.«

»Aber die beiden Cousins führen gemeinsam ein Unternehmen. Und wie du selbst gerade gesagt hast, weiß der gute Tilmann bestens Bescheid.«

»Trotzdem glaub ich nicht, dass Richard wusste, wer du bist. Damals in der Bar.«

Ramona schüttelte den Kopf. »Ich bin mir da nicht mehr so sicher. Nachher treffe ich ihn, seine Frau ist mit den Kids noch im Urlaub. Aber vorher wollte ich dazu deine Meinung hören: Soll ich ihn darauf ansprechen oder es dabei belassen und in Zukunft einfach den Mund halten?«

»Unbedingt ansprechen«, meinte Carola. »Denn wenn alles, was du sagst, eins zu eins an Tilmann gewandert ist, hat Richard dein Vertrauen missbraucht.«

Ramona verkniff sich die Bemerkung, dass auch Carola ihre Chefs hintergangen hatte, indem sie ihr erzählt hatte, dass Gerlinde Göhr eine Mittelsfrau war. »Gut, dann rede ich heute mit ihm.« In dem Moment schoss ihr ein weiterer Gedanke durch den Kopf. »Und was, wenn Tilmann Richard auf mich angesetzt hat?«

Carola runzelte argwöhnisch die Stirn. »Das klingt

aber schon ein bisserl an den Haaren herbeigezogen. So wichtig ist deine Chefin auch wieder nicht.«

Ramona seufzte. »Hast eh recht. Ich seh schon Gespenster.«

Um halb neun sperrte Ramona ihre Wohnungstür auf. Sie war innerlich zerrissen und wusste, dass ihre Verfassung nicht optimal war, um mit Richard über ihre Bedenken zu reden. Aber würde sie die Sache nicht ansprechen, würde sie noch platzen. Nur um sich zu beruhigen, richtete sie ein paar Sandwiches her. Richard hatte sie am Telefon schon wissen lassen, dass er vor seinem Besuch bei ihr esse. Aber sie musste sich irgendwie beschäftigen. Dann frischte sie ihr Make-up auf und zog sich das grüne Sommerkleid an, das so gut zu ihren graugrünen Augen passte und vorn tief ausgeschnitten war. Zu wissen, dass sie verführerisch aussah, würde das Gespräch für sie leichter machen, hoffte sie.

Richard tauchte um halb zehn auf. Gut gelaunt betrat er die Wohnung, in der Hand zwei Flaschen Wein, und küsste sie auf die Wange. »Tut mir leid, dass ich heute kein kleines Geschenk für dich dabeihab. Aber ich bin keine Minute aus dem Büro gekommen.«

Unversehens fühlte sie sich wie eine Spionin, die von Richard mit Aufmerksamkeiten bezahlt wurde. Sie lächelte gezwungen. »Das macht doch nichts.«

Beim Eintreten wanderte sein Blick anerkennend über ihren Körper. »Schaust super aus«, raunte er.

Im Wohnzimmer öffnete er eine Flasche.

Ramona stellte Gläser auf den Tisch. »Wie lang bleibst du?«, fragte sie.

Er sah sie erstaunt an. »Willst mich schon loswerden? Ich bin doch gerade erst gekommen.« Er lockerte seine Krawatte und nahm sie ab.

»Nein«, beschwichtigte sie, ging in die offene Küche, holte rasch den Servierteller mit den Eiersalat-Avocado- und den New-York-Club-Sandwiches mit einem Belag aus Salat, Tomate, Ei, Speck, Hühnerbrustfilet und Mayonnaise und setzte sich ihm gegenüber.

»Für mich nichts, danke. Ich hab mit Tilmann während der Besprechung gegessen. Pizza aus dem Karton«, lachte Richard.

Sie griff nach einem Sandwich. »Ich hab seit dem Frühstück nichts mehr gegessen. War einfach zu viel los heute.«

»Was denn?«, fragte er zynisch. »Hat die Alte vielleicht den Champagnerlieferanten gewechselt?« Er lachte bissig.

Ramona schluckte eine Erwiderung runter, nahm sich das nächste Toastbrot-Dreieck mit Ei und Avocado, zog den Zahnstocher heraus und aß auffallend langsam, um nicht reden zu müssen. Ihr Thema brannte ihr so sehr unter den Fingernägeln, dass sie über nichts anderes sprechen wollte. Und auf gar keinen Fall wollte sie erwähnen, dass sie heute gemeinsam mit ihrer Chefin ein langes Gespräch mit der Direktorin vom Belvedere über die Schenkung des Dolchs geführt hatte.

»Was ist eigentlich los mit dir?«, fragte er. »Du bist so schweigsam.«

»Redest du eigentlich mit Tilmann über das, was ich dir so über deine Stiefoma erzähle?«, platzte sie heraus.

Er runzelte die Stirn. »Was soll die Frage?«

»Ein einfaches Ja oder Nein würde mir als Antwort schon genügen.«

»Ich bin nicht zum Reden gekommen.« Er öffnete einen Knopf seines Hemdes.

»Aber ich will darüber reden.«

»Warum?«

»Weil es wichtig ist.«

»Für wen?«

»Für mich.«

»Was wird das? Ein Verhör?«

Ramona schluckte wieder. »Nein, eine normale Unterhaltung.«

Richard sah sie aus schmalen Augen an. »So klingt es aber nicht für mich.«

»Was jetzt?« Ramona strich sich mit beiden Händen die Haare hinter die Ohren.

»Natürlich reden Tilmann und ich miteinander«, sagte Richard nach einer Pause. »Aber nicht immer geht es um unsere Stiefoma.« Das letzte Wort klang erniedrigend aus seinem Mund. »Meistens übers Geschäft. So wie vorhin.«

»Nicht immer? Ihr redet also schon über sie?«

»Natürlich. Sie macht uns ja das Leben schwer.«

»Wieso? Sie tut doch nichts, sie besitzt nur die Kunstsammlung, die Tilmann für sich will.«

»Tilmann des Diebstahls zu beschuldigen, nennst du nichts?«

»Das war im Eifer des Gefechts doch nur so dahergesagt.«

Richard lehnte sich mit dem Glas Wein in der Hand zurück. In der langsamen Bewegung lag etwas Bedrohliches. »Was du nicht sagst. Ich glaub, das musst du mir näher erklären.«

»Sie war halt aufgeregt. Erst der Einbruch, dann die Polizei im Haus, die ihr sagt, dass jemand mit dem gestohlenen Dolch ermordet wurde, und dann die Angst, dass Tilmann über eine Strohfrau den Dolch zurückkaufen …«

»Wie kommt sie denn auf diese bescheuerte Idee?«, unterbrach Richard sie.

Ramona schwieg.

»Angst, dass Tilmann den Dolch zurückkauft«, höhnte er. »Wer ist sie? Die Hüterin des Heiligen Grals?« Er lachte bösartig. »Ganz bestimmt nicht. Sie ist eine Schmarotzerin, eine hinterhältige Erbschleicherin. Das ist sie.«

»Das stimmt doch nicht«, entgegnete Ramona scharf. »Ich weiß nicht, wer von deiner Familie das in die Welt gesetzt hat. Du kennst sie überhaupt nicht.«

»O doch! Ich kenne sie.«

»Was hat sie euch denn getan?«

»Sie hat uns bestohlen.«

»Das ist nicht wahr. Sie war die zweite Frau deines Großvaters und viele Jahre mit ihm verheiratet. Logisch, dass dein Opa ihr etwas hinterlassen hat. Außerdem sieht sie sich regelmäßig die Gemälde im Keller an.«

»Ha!«, lachte Richard verächtlich auf. »Wahrscheinlich geilt sie sich daran auf, dass die Bilder ein Vermögen wert sind.«

»Wie redest du?«, empörte sich Ramona.

»Ich bin mir sicher, vor der Ehe mit meinem Großvater konnte sie einen Klimt nicht von einem Kokoschka unterscheiden«, ignorierte er ihre Entrüstung.

»Das weißt du doch gar nicht. Warum sagst du so etwas?«

Er sah sie überrascht an. »Du verteidigst sie. Seid ihr jetzt auf einmal beste Freundinnen? Was ist passiert? Gehaltserhöhung?« In seinem Lachen lag Verachtung.

In dem Moment wusste Ramona, weshalb sie plötzlich zu Britta Eckenbergs Fürsprecherin geworden war. Richard war mit dem goldenen Löffel im Mund geboren worden und sah auf ihre Chefin hinab, weil sie aus dem normalen Volk stammte, und so ein Verhalten verabscheute sie.

»Ich kann mich nicht erinnern, dass jemand anders aus der Familie Eckenberg je eine Veranstaltung zugunsten anderer organisiert hätte, die nicht auf der Sonnenseite des Lebens stehen«, antwortete sie provokant. »Selbst bei diesem ach so traditionellen Empfang bei Tilmann zeigt der doch nur her, was er hat, weil er sich an den neidvollen Blicken seiner Gäste *aufgeilt*.« Sie benutzte bewusst seine Formulierung von vor wenigen Momenten.

»Britta gibt den Brunch auch nur, um Hof zu halten«, behauptete Richard. »Der soziale Gedanke dahinter soll nur vorgaukeln, sie hätte ein gutes Herz.« Er musterte Ramona mit einem süffisanten Lächeln.

Die Diskussion würde zu keinem Ergebnis führen. Er hatte seine Meinung. Ramona würde ihn nicht davon überzeugen können, dass seine Stiefgroßmutter nicht das geldgierige Monster war, für das er sie hielt. Sie war oberflächlich, ja. Und ja, sie genoss ihr Ansehen und den Luxus, sich vieles leisten zu können, was anderen ihr Leben lang versagt blieb. Aber sie war kein Ungeheuer.

»Ich hab mir halt gedacht, dass du mich vor zwei Jahren in der Bar vielleicht nur angesprochen hast, um an Informationen über sie zu kommen«, wollte sie das Gespräch auf ihre eigentliche Frage zurücklenken.

»Für wen hältst du dich, Ramona? Mata Hari?«, blaffte er. »Ich hatte keine Ahnung, wer du bist, als wir uns kennenlernten. Du warst heiß, und du warst willig. Ende der Geschichte.«

Das klang nicht nach einem Kompliment. »Aber es ist doch komisch, dass Britta überfallen worden ist, nachdem ich dir erzählt hatte, dass der Dolch im Belvedere ausgestellt und von Experten begutachtet werden soll.«

»Und das bringt dich jetzt auf die Idee, dass Tilmann und ich den Einbruch bei Britta organisiert haben, wenn wir nicht sogar gleich persönlich eingestiegen sind, um zu vermeiden, dass er ausgestellt wird?« Er tippte sich an die Stirn. »Du bist doch verrückt.«

»Es klingt ...«

»Bescheuert«, schnitt er ihr erneut das Wort ab. »Und das ist es auch, völlig bescheuert.« Er stellte das Weinglas zurück auf den Tisch.

Ramona atmete tief durch. Das Gespräch verlief anders, als sie es sich vorgestellt hatte. Es schien ihr zu entgleiten. »Kannst du nicht verstehen, dass ich durcheinander bin?«

»Nein.«

»Dann sag doch endlich, dass nichts von dem, was ich dir bei unseren Treffen hier erzähle, diese vier Wände verlässt«, drängte sie ihn.

Richard sah sie genervt an. »Weißt du was? Ich hab einen anstrengenden Tag hinter mir und absolut keine Lust auf eine Diskussion mit dir.«

»Ein Ja oder Nein reicht mir.«

»Das ist lächerlich.«

»Ein einfaches Nein würde mir schon genügen«, beharrte Ramona. Sie hatte nicht vor, jetzt zurückzustecken.

Er beugte sich drohend nach vorne und funkelte sie an. »Wir beide haben einen Deal, und der heißt: ficken. Und genau deshalb bin ich hier.«

Sie hielt für einen Moment den Atem an. Klar, das war die Quintessenz ihrer Affäre. Aber es auf so brutale Weise ins Gesicht geschleudert zu bekommen … Sie war wie vor den Kopf gestoßen, weil sich Richard bislang wie ein Gentleman verhalten hatte. Heiß und willig, wiederholte sie stumm.

Er stand auf. »Ich geh jetzt, und wenn du wieder normal tickst, kannst du mich ja anrufen.«

»Was heißt normal ticken?«, zischte sie. »Es war eine Frage, eine verdammt berechtigte Frage.« In ihr kochte Wut hoch. »Und die könntest du mir verdammt noch mal beantworten, bevor wir … ficken.«

»Nur dass ich dir keine Rechenschaft schuldig bin. Es geht dich nichts an, mit wem ich worüber rede. Und wenn ich Tilmann stecke, was die alte Hexe so treibt, dann ist das allein meine Angelegenheit.«

»Aber wenn du Dinge ausplauderst, die ich dir vertraulich erzählt habe, dann …«

»Vertraulich«, stieß er wütend hervor. »Britta ist kein Staatsoberhaupt und gehört auch nicht dem Geheimdienst an. Nichts, was diese Erbschleicherin tut, ist so wichtig, dass man es vertraulich behandeln müsste«, schnaubte er verächtlich. »Und wie gesagt, ich hab keine Lust auf eine Diskussion. Das Gespräch ist hiermit beendet. Danke, dass du uns den Abend versaut hast.«

Sie verschränkte die Arme, ging auf volle Konfrontation. »Tja, dann musst du dir jetzt wohl unter der Dusche einen runterholen.«

Er stemmte die Hände in die Seiten und musterte sie von oben bis unten. »Wer sagt denn, dass ich das muss? Vielleicht gibt es ja noch weitere Ramonas in der Stadt.«

Unmerklich schnappte sie nach Luft, fühlte sich überrumpelt. Sie hatte die Sache mit ihm doch nur in Ruhe besprechen und ihn bitten wollen, ihr Vertrauen nicht mehr zu missbrauchen. Und jetzt drehte er komplett durch. Vor ihr stand ein Mann, den sie nicht kannte. Sie fand keine Erklärung dafür, dass ihr Gespräch derart eskaliert war.

»Ist das deine Art, mit einem Konflikt umzugehen?« Eine andere Frage fiel ihr im Moment nicht ein.

Zornesröte stieg Richard ins Gesicht. »Es gibt keinen Konflikt. Nur deine Angst, den Job zu verlieren, wenn Medusa von unserem Techtelmechtel erfährt. Und deine paranoide Fantasie. Denkst du wirklich, Tilmann will den Dolch? Der ist ihm so was von scheißegal!«, brüllte er.

»Aber …«

Weiter kam sie nicht. Richard ging, und Sekunden später krachte die Wohnungstür ins Schloss. Ramona saß da und starrte entgeistert auf die leere Couch. Nach einer Weile nahm sie sich ein New-York-Club-Sandwich und murmelte: »Leck mich! Arschloch.«

26

Sarah schob eine CD in den Player und setzte sich aufs Sofa. Diana Kralls Stimme klang aus dem Lautsprecher. *Superstar.* Der Titel passte perfekt zu ihrer armen Marie. Sie lehnte sich zurück, schloss die Augen und konzentrierte sich auf die Musik. Bewusst atmete sie ein und aus, versuchte, sich zu beruhigen, was ihr misslang. Ihr Herz pochte zornig. In was für einen Albtraum war sie da nur hineingeraten? Es kam ihr vor, als wäre Hades, der Herrscher über die Unterwelt, persönlich hinter ihr her.

Im Hintergrund hörte sie Stimmen. Zwei Streifenpolizisten waren um zwanzig Uhr eingetroffen, nachdem David mit Stein telefoniert hatte. Sie sahen sich die Einbruchspuren an und informierten die Kollegen vom zuständigen Ermittlungsbereich. Martin versprach, ebenfalls zu kommen. Später. Er hatte noch etwas zu tun.

Jetzt war es schon einundzwanzig Uhr. Beamte der Spurensicherung waren seit einer halben Stunde am Werk. David besprach sich leise mit ihnen. Gab es eigentlich auch eine spezielle Abteilung, die sich um gekidnappte Haustiere kümmerte? Sarah öffnete die Augen, schaltete die Musik aus und starrte gedankenverloren den Couchtisch an.

Chris betrat den Raum, ließ sich neben ihr nieder, legte sanft seinen Arm um ihren Nacken und küsste sie auf den Scheitel. »Was denkst du?«

»Was zum Teufel soll ich schon denken?« Sie drehte den Kopf zu ihm. Wut und Verzweiflung im Blick. »Ich bring dieses Arschloch um«, presste sie zwischen zusammengebissenen Zähnen hervor.

»Ohhhh, sei vorsichtig mit solchen Drohungen. Außerdem ist Marie ...«

»Sag es nicht«, knurrte Sarah und versteifte sich.

»Was?« Er zog seine Hand zurück.

»Dass sie nur eine Katze ist und ich mich nicht so haben soll.«

»Das wollte ich nicht sagen.« Er zog sie erneut in seine Arme, streichelte ihr über die Haare wie einem kleinen Kind, das man tröstet, weil es sich an der Tischkante gestoßen hat. »Marie ist klug und eine Schmusekatze. Bestimmt wickelt sie ihren Entführer um den kleinen Finger, und er wird ihr nichts antun, das wollte ich sagen.«

Sarah hörte Chris' Stimme an, dass er selbst nicht daran glaubte. Trotzdem trösteten sie seine Worte ein klein wenig. Sie gab ihren Widerstand auf, lehnte den Kopf an seine Schulter und ließ ihren Tränen freien Lauf.

So wurden sie von David gestört. Er betrat das Wohnzimmer mit der Bezirksinspektorin vom Ermittlungsbereich Diebstahl, die sich ihnen als Ingrid Lansky vorgestellt hatte.

»Kann ich Ihnen ein paar Fragen stellen, Frau Pauli?«, wollte die Ermittlerin mit den kurzen haselnussbraunen Haaren wissen.

Sarah nickte. Chris entließ sie aus seiner Umarmung, blieb aber neben ihr sitzen.

»Vielleicht haben wir ja Glück, und der Einbrecher hat Spuren hinterlassen«, merkte Ingrid Lansky an, nachdem sie sich ihnen gegenübergesetzt hatte. Aber ihrem Gesichtsausdruck war anzusehen, dass sie diesbezüglich nicht optimistisch war.

In der nächsten halben Stunde beantwortete Sarah die üblichen Fragen: Wann war sie heimgekommen? Wann hatte sie den Einbruch bemerkt? War ihr zuvor jemand aufgefallen, der das Haus beobachtet hatte? Anschließend erzählten ihr David und sie abwechselnd die ganze Geschichte. Vom Mord an Peer. Vom Anruf, vom Foto. Einfach alles.

»Chefinspektor Martin Stein wird hoffentlich auch bald auftauchen. Vielleicht wollen Sie auf ihn warten und mit ihm sprechen«, schlug David am Ende vor.

Die Bezirksinspektorin nickte, klappte ihren Notizblock zu und erhob sich. »Dann schau ich derweil mal, ob meine Kollegen schon Spuren gefunden haben.«

David begleitete sie, Chris und Sarah blieben sitzen. Gabi gesellte sich zu ihnen und ließ sich auf dem Fauteuil nieder. Sie hatte ihre Einkäufe inzwischen in ihre Wohnung gebracht. »Stein ist gerade gekommen«, sagte sie.

Wie aufs Stichwort hörte Sarah, wie er mit seiner Kollegin sprach. Zehn Minuten später verabschiedete sich Lansky. Als David und Stein ins Wohnzimmer traten, hatten sie Gläser und eine Flasche Cognac dabei. Davids Allheilmittel für lausige Momente.

»Gut, dass du da bist«, sagte Sarah und versuchte, Stein anzulächeln.

»Eh klar«, antwortete er und ließ sich in den zweiten Sessel fallen. »Die Kollegen von der Spurensicherung sind auch bald fertig, dann habt ihr wieder Ruhe.«

David nahm an Sarahs freier Seite Platz und schenkte ihnen allen ein. Schweigend nippten sie an ihren Gläsern.

»Marie ist eine Glückskatze, eine von den Aristocats«, sagte David schließlich, als glaubte er tatsächlich noch an den Zauber von Walt-Disney-Märchen.

»Genau«, bestätigte Gabi. »Auch da wurden die Katzen entführt und kamen unbeschadet nach Hause.«

»Sie hat aber keinen Thomas O'Malley, der ihr in ihrer beschissenen Situation hilft«, erwiderte Sarah leise. Sie war vom vielen Weinen erschöpft.

»Na und! Erinnere dich, dass ein anderer Idiot unsere Marie als Baby in einen Müllcontainer geschmissen hat, und sie hatte das unglaubliche Glück, dass du sie gefunden hast«, beharrte David auf seiner These. »Sie ist eindeutig eine Aristocat.«

Sarah gelang ein schwaches Lächeln bei der Erinnerung, wie sie das Häufchen Elend zwischen Plastiksäcken mit Hausabfällen entdeckt und herausgezogen hatte. Marie war schmutzig gewesen, ihr Fell und ihre Augen verklebt.

»Sie wird auch das überstehen, wirst sehen. Sie ist zäh. Und ehe du dichs versiehst, ist sie wieder zu Hause«, behauptete Chris.

Sarah war gerührt von den Tröstungsversuchen ihrer

Lieben. »Bitte keine leeren Versprechungen«, sagte sie trotzdem.

David nahm ihr Gesicht in seine Hände und küsste ihre Stirn. »Wir bekommen sie zurück. Davon bin ich überzeugt.«

»Warum habt ihr eigentlich keine Alarmanlage?«, fragte Stein unvermittelt.

»Weil Marie den ganzen Tag durch die Wohnung läuft. Sie würde unentwegt den Alarm auslösen.«

»Fachleute können das aber berücksichtigen. Eine Katze ist heutzutage kein Argument mehr gegen eine Alarmanlage.«

»Außerdem, was will ein Dieb hier stehlen? Wir besitzen keine Wertgegenstände«, meinte David.

Sarah hob die Brauen. »Bis auf Marie.«

Stein seufzte. »Ihr seid unverbesserlich. Das hier ist eine noble Gegend. Der Autor, der Bambi erfand, hat in unmittelbarer Nähe gewohnt. Das zieht viele Leute an.«

»Touristen, die sich das Haus ansehen, in dem Felix Salten gelebt hat, steigen aber in keine fremden Wohnungen ein und stehlen Katzen«, entgegnete Sarah.

»Und das weißt du, weil du dazu eine Umfrage gemacht hast?«, hielt Stein dagegen.

»Der, der Marie entführt hat, hat was mit dem Fall Peer Schneider zu tun und nicht mit Bambi. Und das weißt du, Martin!«, erwiderte Sarah entkräftet.

»Zumindest die Eingangs- und Terrassentür könntet ihr sichern. Wenn schon nicht mit einer speziellen Alarmanlage, dann zumindest mit einbruchhemmenden Türen und Fenstern«, beschwor Stein sie eindringlich.

»Wir werden uns drum kümmern«, versprach David, um das Thema zu beenden.

»Ihr wisst, dass ich persönlich in der Sache nicht mehr machen kann, als mich umzuhören«, sagte Stein.

Sarah presste die Lippen aufeinander und nickte leicht.

»Gut, dann brauchen wir noch alle eure Abdrücke fürs Ausschlussverfahren.«

»Denkst du denn, ihr findet Fingerabdrücke vom Einbrecher an der Tür? Jeder Depp weiß doch inzwischen, dass man bei so was Handschuhe trägt«, warf David ein.

»Wir suchen nicht nur nach Fingerabdrücken«, sagte Stein. »Manchmal öffnen Diebe unbewusst mit der Schulter oder dem Arm eine Tür oder ein Fenster, dann finden wir Faserspuren. Wir dürfen nichts unversucht lassen.«

»Natürlich«, stimmten sie ihm reihum zu.

»Mein Kollege hat den Fingerabdruckscanner dabei. Er wird sich dann gleich um euch kümmern.«

»Glaubst du, es war derselbe, der das Foto gemacht und Sarah angerufen hat?«, stellte Chris die Frage, die ihnen allen durch den Kopf ging.

»Mit Sicherheit kann ich es nicht behaupten. Aber wenn ihr meine persönliche Meinung hören wollt: Ja, ich glaube, es war dieselbe Person.«

Sarah war nicht überrascht über Steins Antwort. Maries Entführung war definitiv eine Botschaft von Peers Mörder. »Also doch kein Bambi-Fan?«, konnte sie sich dennoch die Bemerkung nicht verkneifen.

»Es gibt in dem Zusammenhang leider eine Neuigkeit, die nicht so gut ist«, sagte Stein, ohne auf ihren Einwurf einzugehen. »Meine Kollegen haben herausgefunden, in welchen Sendemasten Peer Schneiders Handy am Samstagabend eingewählt war. Folglich wissen wir, dass der Anrufer tatsächlich in der Nähe war, als er mit dir telefoniert hat. Möglicherweise sogar vor dem Haus.« Steins Mimik verriet, dass diese Vorstellung ihn beunruhigte.

Während Sarah sich erschöpft zurücklehnte, schenkte David ihnen eine zweite Runde Cognac ein.

Um halb zehn waren sämtliche Spuren gesichert und ihre Fingerabdrücke genommen worden, die man nach Abschluss des Falls wieder löschen würde, wie man ihnen versichert hatte. Anschließend reparierten David und Chris die Tür behelfsmäßig, indem sie eine Spanholzplatte anstelle des Glases einsetzten. Schließlich wollten ihr Bruder und Gabi nach oben in ihre Wohnung verschwinden, fragten aber vorher zigmal, ob sie nicht besser noch dableiben sollten.

»Geht ruhig«, versicherte Sarah ihnen.

»Wir sind völlig erledigt, werden vermutlich einfach nur ins Bett fallen und schlafen«, meinte David.

Sie versprachen noch, sich sofort zu melden, so es etwas Neues gab, dann waren sie allein. Sarah fing an, die Küche zu putzen, sowie die Wohnungstür hinter den beiden zugefallen war. Sie war aufgewühlt und musste etwas tun, um den Kopf freizubekommen. Obwohl sie völlig am Ende war, wusste sie, dass sie keinen Schlaf finden würde.

»Was machst du da?«, fragte David.

»Wonach sieht es denn aus?«

»Aber es ist elf Uhr.«

»Ich kann jetzt nicht schlafen.«

»Wenn es dir hilft, können wir reden.«

»Reden? Wenn es mir hilft?«, wiederholte sie aufbrausend.

»Das hilft mit Sicherheit eher, als ein Loch in die Arbeitsplatte zu scheuern.«

»Weil du ja immer weißt, was mir hilft.«

David zuckte zurück. Ihn anzublaffen war ungerecht und gemein, das wusste sie. Aber gerade hasste sie die gesamte Welt. Und das Dumme war: Es gelang ihr nicht, dagegen anzukämpfen. »Ich glaub eher, ich muss mir selbst helfen.«

»Was meinst du?«

»Du hast Martin doch gehört. Er kann in der Sache nicht viel machen.«

»Das hat jetzt aber nichts mit der Küche zu tun«, versuchte David einen Scherz.

Sarahs Augen blitzten zornig auf. »Marie ist keine Sache. Sie ist ein Lebewesen. Verstehst du?«

»So war das von Martin ja auch nicht gemeint ...«

»Doch!«, keifte sie. »Denn im Strafgesetzbuch wird nicht von Mord oder Körperverletzung gesprochen, wenn ein Tier verletzt oder getötet wird. Sondern von Sachbeschädigung!« Das letzte Wort brüllte sie David förmlich entgegen.

Er hob augenblicklich abwehrend die Hände. »Gib bitte nicht ihm oder mir die Schuld, dass bei uns eingebrochen und Marie entführt wurde. Ich glaub nämlich, das haben wir vielmehr deinem Bekannten zu verdanken.«

»Natürlich, Peer war's. Er ist von den Toten auferstanden, ist hier eingebrochen und hat Marie mitgenommen.« Sarahs Stimme troff vor Sarkasmus.

»Blödsinn«, knurrte David. »Du weißt, was ich damit sagen will.«

Sarah kniff die Lippen zusammen und wischte weiter die Arbeitsplatte blank.

David trat neben sie und nahm ihr den Lappen weg. »Ich kann verstehen, dass du wütend bist und Angst hast. Mir geht es genauso. Aber ...«

»Ich werde Marie jetzt suchen«, schnitt sie ihm das Wort ab und riss ihm den Putzlappen wieder aus der Hand.

Er sah sie einen Moment erstaunt an. »Und wo willst du anfangen? Es gibt Tausende Wohnhäuser in Wien. Willst du überall anläuten und nachsehen, ob Marie in der Wohnung oder im Haus ist?«

»Natürlich nicht. Ich bin ja nicht blöd«, blaffte Sarah.

»Aber verletzt, und das lässt dich ...«

»Was?«, fuhr Sarah dazwischen.

»Chaotisch werden«, beendete David gelassen den Satz.

Sarah warf ärgerlich die Hände in die Luft. »Was soll das denn jetzt schon wieder heißen?«

»Dass du in Situationen, die dir an die Nieren gehen, impulsiv und vorschnell handelst«, antwortete David, immer noch sichtlich um Ruhe bemüht.

»Und das ist schlecht, oder wie?«, provozierte sie ihn.

»Der Täter hat dich im Visier, Sarah. Er hat dich vorm Belvedere fotografiert. Mit Peer Schneiders Smartphone. Dazu der Anrufer am Samstag, der vermutlich auf dem Gehsteig vor unserm Haus stand, und jetzt ist Marie verschwunden. Jemand hat es möglicherweise auf sie abgesehen. Und ja, in so einer Situation ist unüberlegtes und vorschnelles Handeln durchaus schlecht.«

»Papperlapapp«, zischte sie. »Marie schwebt wahrscheinlich in Lebensgefahr. Vielleicht hat er sie auch schon getötet und legt sie uns morgen früh vor die Haustür.« Bei dem Gedanken liefen ihr sofort wieder Tränen über die Wangen.

»Könnte auch sein, dass er sie gut behandelt.«

Sarah schnaubte verächtlich und fuhr sich mit einer Hand durch die Haare. »Natürlich. Er wird sie füttern, streicheln, und vielleicht darf sie sogar in seinem Bett schlafen.«

Er seufzte. »Dreh mir nicht das Wort im Mund um.«

»Mach ich nicht. Aber überleg dir, was du sagst, und vor allem, in welcher Situation.«

»Kannst du mir eigentlich erklären, warum wir uns jetzt streiten?«, fragte David.

Sarah wischte sich mit einer wütenden Geste die Tränen vom Gesicht. »Und ob. Weil du nichts tun willst.«

»Was soll ich denn tun, Sarah? Ich kann Marie nicht zurückzaubern, was du dir aber offenbar wünschst.«

»Red keinen Schmarrn. Ich weiß, dass das nicht möglich ist. Ich bin kein kleines Kind, auch wenn du mich gerade wie eins behandelst.«

»Weil du dich so verhältst.«

»Wenn du herumsitzen und abwarten willst, bis jemand Marie zurückbringt, bitt schön. Ich nicht.« Sie schmiss den Wischlappen wütend in die Spüle.

»Ich hab nicht gesagt, dass ich ...«

Sarah brachte ihn mit einer Handbewegung zum Verstummen. »Du musst mir nicht helfen, wenn es dir zu viel Mühe macht, nach meiner Katze zu suchen.« Sie wandte sich um, lief zur Garderobe und kramte in der Kommodenlade herum.

David folgte ihr. »Was tust du da?«

»Ich suche eine Taschenlampe«, antwortete sie und zog eine mit blauem Alugehäuse hervor.

»Wozu?«

»Ich geh jetzt raus und such nach Marie.«

David atmete tief durch. »Glaubst du wirklich, dass das Sinn macht? Es ist dunkel!«

»Deshalb die Taschenlampe«, höhnte Sarah und hielt sie hoch.

»Aber wenn der Entführer uns nur einen Schrecken einjagen wollte und sie hier in der Nähe wieder ausgesetzt hat, dann hätte Marie längst nach Hause gefunden. Und wenn nicht, dann ist deine Aktion nutzlos.«

»Das ist deine Anschauung. Ich geh jetzt jedenfalls raus und such sie.« Sarah schlüpfte in ihre Sneakers und schluckte die Bemerkung hinunter, dass Marie genauso gut tot in der Transportbox liegen könnte. Sie hatte Angst, dass die Befürchtung, einmal ausgesprochen, zur Wahrheit werden würde. Also hastete sie schweigend nach draußen.

Erst vor dem Gartentor blieb Sarah stehen, schaltete die Taschenlampe ein und leuchtete den Gehsteig um sich herum ab. Wenn sie ehrlich war, hatte sie keinen Plan, wo sie mit der Suche anfangen sollte. Sie bezweifelte wie David die Sinnhaftigkeit ihrer Aktion, konnte aber nicht anders.

»Wo willst du zuerst suchen?«, hörte sie plötzlich Davids Stimme in ihrem Rücken und wandte sich um.

Er kam den Gartenweg entlang, die zweite Taschenlampe mit dem schwarzen Alugehäuse in der Hand, die ebenfalls in der Kommodenlade gelegen hatte.

»Ich weiß es nicht«, gab sie zu.

»Wenn sich Marie verkrochen hat, dann unter einem Gebüsch. Sie liegt ja auch im Garten immer unter den Rosensträuchern.«

Sarahs Blick wanderte über die menschenleere Straße. »Na dann, auf in den Türkenschanzpark.« Wohl bei dem Gedanken, die Grünanlage mitten in der Nacht zu betreten, war ihr nicht. Dabei liebte sie am Tag den riesigen Park mit seinen zig Wasserfällen, Springbrunnen, Teichanlagen und Bächen, in denen sich Schildkröten, Reiher, Enten und anderes Getier tummelten. Die unzähligen Pflanzen und Zierbäume aus so fernen Ländern wie China und Japan nicht zu vergessen.

David setzte sich in Bewegung. »Es ist dir schon klar, dass das hier eine Sisyphusarbeit wird. Mal abgesehen davon, dass ich noch immer der Meinung bin, dass Marie längst zu Hause wäre, wenn der Entführer sie hier ausgesetzt hätte.«

»Er könnte aber auch das Gitter der Transportbox

zugelassen haben, dann kommt sie alleine nicht raus«, beharrte Sarah, nahm all ihren Mut zusammen und betrat dicht hinter David den Park. Kurz darauf standen sie vor dem Denkmal des Schauspielers Leon Askin nahe der geschlossenen Meierei und dem eingezäunten Auteich. Ihrer Courage zum Trotz wurde ihr die Dimension ihres Vorhabens erst in diesem Moment deutlich. Tagsüber waren hier Spaziergänger, Jogger, Familien mit Kindern und Hundebesitzer unterwegs. Doch jetzt war die Anlage menschenleer und dennoch unüberschaubar. Sie hatte in etwa die Größe von zwanzig Fußballfeldern.

Wenigstens waren vor einigen Jahren die alten Beleuchtungskörper gegen LED-Leuchten ausgetauscht worden, die eine freundliche Helligkeit erzeugten.

»Dann mal los«, sagte David, knipste seine Taschenlampe an und begann, unter die Sträucher und Bäume rundherum zu scheinen. Sarah folgte seinem Beispiel. Sie liefen Gehwege ab, ließen die Lichtkegel über Grasflächen wandern und schauten unter jeden Busch, an dem sie vorbeikamen. Über eine Lichtung erreichten sie einen Hang, an dessen Fuß die Vorortlinie Penzing-Heiligenstadt den Park querte. Sie leuchteten die Strecke bis zum Tunnel ab, in dem die Gleise verschwanden. Sarahs Herz pochte in ständiger Angst, den toten Körper ihrer geliebten Marie auf den Schienen zu entdecken, aber sie fanden nichts.

»Vielleicht hat er sie im Teich ertränkt. Wie Peer«, flüsterte sie, nachdem sie realisiert hatte, dass Marie nicht überfahren auf den Zugschienen lag.

»Meines Wissens wurde Peer erstochen«, sagte David und bereute es sofort. »Sorry. Ich wollt keine bösen Bilder heraufbeschwören.«

»Die bösen Bilder sind sowieso da. Ich hab so riesengroße Panik, dass er sie umgebracht hat.«

»Aber wieso sollte er das tun?«

Sarah zuckte hilflos mit den Achseln. »Weil er ein schlechter Mensch ist.«

David warf einen Blick auf die Uhr. »Wir suchen seit über einer Stunde. Lass uns für heute aufhören und ein wenig schlafen. Sollte Marie sich hier irgendwo verkrochen haben, hat sie es bei dem Wetter wenigstens warm.«

Sarah nickte, obwohl ihr bewusst war, dass sie kein Auge zumachen würde. Aber inzwischen war sie so erschöpft, dass ihr sogar die paar Schritte bis nach Hause wie die Besteigung des Mount Everest erschienen.

»Gleich morgen früh werden wir eine Suchmeldung in der Online-Ausgabe des *Wiener Boten* veröffentlichen«, sagte David sanft, nahm sie an der Hand und führte sie aus dem Park.

Sie sahen ihn sofort. Den Umschlag, der am Gartentor mit Klebeband fixiert worden war. Sarahs Herz schlug schneller. »Er war hier, während wir im Türkenschanzpark nach Marie gesucht haben. Womöglich hat er uns sogar dabei zugesehen und sich ins Fäustchen gelacht, dieses verdammte Arschloch.« Ihr Blick flog in alle Richtungen. Vielleicht war der Mistkerl ja noch in der Nähe.

David riss den Umschlag ab. Mit spitzen Fingern zog

er einen Zettel hervor und las stumm die maschinengeschriebenen Zeilen. »Unser Entführer will Lösegeld.« Er drückte Sarah das Blatt in die Hand.

»Zwanzigtausend Euro«, krächzte sie und schluckte die aufsteigenden Tränen hinunter. »Wie bescheiden, dass er nicht eine Million fordert.«

»Aber wenigstens heißt das, dass Marie lebt«, versuchte David, das Gute an der Kontaktaufnahme zu sehen. »Und dass er sie nicht im Türkenschanzpark ausgesetzt oder ertränkt hat.«

»Und wer sagt uns, dass er sie uns wirklich zurückgibt, sobald er das Geld hat?«, fragte sie und drehte den Zettel um. »Hier steht ja nicht mal, wo die Übergabe stattfinden soll.« Sie seufzte. Dafür würden sie ihre Ersparnisse angreifen müssen, das stand außer Frage.

»Ich bin mir sicher, er meldet sich noch mal. Schon bald. Irgendwie.« David öffnete das Tor. »Ich gebe gleich Martin Bescheid.«

Er eilte den Gartenweg entlang zur Haustür, und Sarah folgte ihm wie in Trance.

Mittwoch, 18. August

27

Sarah erwachte schweißgebadet aus einem unruhigen Schlaf. Ihr Herz pochte wild. Sie hatte von Marie geträumt. Sie lag unter einem Auto und blutete aus dem Bauch. Ihre Beine waren verdreht. Sarah hatte versucht, sie hervorzuziehen, doch ihre Arme waren zu kurz. Sie erreichte ihre Katze nicht, egal, wie sehr sie sich streckte. Eine unbekannte Stimme über ihr sagte, dass Marie tot sei und nie mehr heimkäme. Als sie widersprechen hatte wollen, war sie aufgewacht.

Sie wischte sich den Schweiß von der Stirn. Die Sorge um Marie trieb sie schier in den Wahnsinn. Sie konnte nicht mehr klar denken, gleichzeitig malte sich ihr Kopf in einem fort Szenarien aus, eins grausamer als das davor. Die Augen starr an die dunkle Decke gerichtet, blieb sie eine Weile liegen und wartete darauf, dass die Angst nachließ. Nach wenigen Minuten gab sie die Hoffnung auf, und ihr Blick wanderte zu dem Wecker mit den Leuchtziffern. Es war halb drei. Sie drehte sich um und sah zu David. Er atmete gleichmäßig, schlief scheinbar tief und fest vor Erschöpfung.

Stein hatte noch in der Nacht versprochen, sich mit seinen Kollegen zu beraten, was wegen der Lösegeldforderung jetzt zu tun war. Doch egal, was dabei herauskam, Sarah glaubte nicht daran, Marie heute zurückzubekommen. Sie rollte sich aus dem Bett und stand wenige Augenblicke später vor der notdürftig reparierten Terrassentür. Vorsichtig zog sie sie auf, sog Nachtluft ein, hoffte, einen klaren Kopf zu bekommen. Zwecklos.

Sie wandte sich um, schlich sich aus der Wohnung in den Vorgarten und öffnete den Postkasten. Vielleicht hatte der Entführer inzwischen eine neue Anweisung mit dem Ort der Übergabe hinterlegt. Doch der Briefkasten war leer, und am Gartentor klebte kein weiterer Umschlag.

Enttäuscht ging sie zurück und schenkte sich in der Küche ein Glas Wasser ein. Dann holte sie Peers Unterlagen zu seinem geplanten Podcast und die Liste mit den gestohlenen Kunstwerken aus ihrer Umhängetasche an der Garderobe, setzte sich an den Esstisch, legte alles vor sich hin und schlug die Mappe auf.

Die erste Seite zauberte ein Schmunzeln auf ihre Lippen. Ein Foto von Peers Glücksbild. Die Erläuterung zu dem Vanitas-Gemälde überflog sie nur, da sie die Symbolik in- und auswendig kannte. Ihr Blick blieb am Rand des Blattes hängen. Peer hatte einen gelben Punkt neben das Bild gemalt.

Sie blätterte um. Auf der nächsten Seite fand sie die Beschreibung jenes Gemäldes von Pieter Claesz, das als Druck in Peers Büro hing. Ein Totenschädel, den der Betrachter als eine Art Spiegelbild wahrnehmen sollte. Zugleich stand er für die Leblosigkeit der ihn umgebenden Objekte. Eine Feder. Ein Buch. Ein umgestürztes leeres Glas. Eine goldene Tabakdose. Ein Kerzenhalter, eine erloschene Kerze samt aufsteigendem Rauch und ein blaues Band mit einem Schlüssel. Auch neben der Abbildung prangte am Blattrand ein gelber Punkt.

»Du musst nur die Symbole lesen können, um die Botschaft zu verstehen«, flüsterte sie Peers Worte, an die sie sich erinnert hatte, nachdem sie vom Belvedere zurückgekehrt war.

»Was machst du?«

Erschrocken fuhr Sarah herum. Sie hatte David nicht kommen hören.

»Ich muss mich ablenken, deshalb schau ich mir Peers Unterlagen für den Podcast an.« Sarah sah auf ihre Armbanduhr. Sie zeigte zehn Minuten nach drei. »Ich kann nicht schlafen, du offenbar auch nicht mehr.«

»Mir geht zu viel durch den Kopf.« David hantierte an der Kaffeemaschine, ließ sich einen Kaffee heraus. Sarah gesellte sich zu ihm und brühte sich eine Kanne Grüntee auf.

Mit der Kaffeetasse in der Hand, trat David an den Esstisch. Sein Blick wanderte über den kleinen Papierstoß und zu der aufgeschlagenen Seite mit dem Gemälde von Pieter Claesz.

»Amanda meinte, Peer wollte erreichen, dass die Menschen Kunstwerke anders betrachten, ihre sinnbildliche Bedeutung sehen«, sagte Sarah.

»Warum hat er neben das Bild einen gelben Punkt gemalt?«, fragte David und blätterte zur nächsten Seite. »Das scheint er nicht bei jedem Gemälde gemacht zu haben. Hier lese ich nur: *Schmetterlinge, Obst, Blumen, Heuschrecken, Schnecken. Stillleben von Balthasar van der Ast*. Kein farbiger Punkt.«

Sarah stellte sich neben David, sah den leeren Blattrand und drehte die Seite um. Rubens' *Allegorie von Krieg und Frieden*, die Anklage gegen den Dreißigjährigen Krieg. Kein Punkt. Eine Seite weiter: *Jugendlicher Bacchus* von Caravaggio. Die Weinblätter und Trauben, die den Kopf des jungen Mannes umkränzten, identifizierten ihn als römischen Gott des Weins. Die überreifen Früchte waren das Symbol der Vergänglichkeit. Kein gelber Punkt. Genauso wie neben den Gemälden auf den nächsten drei Seiten.

»Vermutlich hat er die gelben Punkte nur neben Bilder gemalt, die ihm gehörten. So wie im Auktionshaus, da kleben neben den Bildern doch auch farbige Punkte«, erläuterte Sarah. »Gelb bedeutet unverkäuflich, wenn ich mich richtig erinnere.«

»Wäre eine logische Erklärung.« David kippte seinen Espresso in einem Zug hinunter und setzte sich. »Aber wozu, wenn das doch seine persönlichen Podcast-Aufzeichnungen sind?«, hakte er nach.

Sarah fuhr im Stehen fort, die Mappe durchzublättern. Es folgten ausnahmslos Beschreibungen von Gemälden alter Meister und deren symbolische Bedeutung. Piero di Cosimo. Raffael. Botticelli. Keine gelben Punkte an den Blatträndern.

Bis sie eine weitere Seite umblätterte und zu ihrer Überraschung auf *Die Dame mit der Maske* von Lilo stieß. Peer hatte sich dazu notiert, dass sich hinter der vorgetäuschten Wirklichkeit oftmals das Verderben und der Tod verbargen.

Sarah blätterte weiter. *Mohnblumenfeld* von Lilo. Der Mohn symbolisierte des Schlafes Bruder, den Tod. Zudem war die künstliche Mohnblume an der Kleidung ein Symbol der Achtung für die Gefallenen im Ersten Weltkrieg, denn der Klatschmohn war die einzige Pflanze, die sich auf verbranntem Kriegsboden verbreitet hatte. Zäh und zart zugleich.

Eine Seite weiter fand Sarah *Argentinische Schönheit mit Kerze* von derselben Künstlerin. »Der Schmuck um den Hals der Frau ist ein Zeichen der Vornehmheit und weiblichen Anziehungskraft, steht aber genauso für Vergänglichkeit, so wie die langen Schatten, die die Frau und die Kerze werfen«, las Sarah laut vor.

Und auch auf der nächsten Seite erläuterte Peer eins von Lilos Gemälden: *Der Würfel.* »Er symbolisiert das Unveränderbare, das Unwiderrufliche, die Ewigkeit. Mit dem Fallen der Würfel erprobt man seit jeher das eigene Glück. Ein Würfel steht als Symbol für die Schicksalsmacht«, gab Sarah wieder, was er sich notiert hatte.

»Lilos Werke hatten es ihm anscheinend angetan«, merkte David an. »Aber warum hat er an alle Ränder der Blätter mit ihren Bildern rote Punkte gemalt?«

Sarah starrte ihn an. Ihr Gehirn arbeitete auf Hochtouren. »Ein roter Aufkleber heißt im Auktionshaus: verkauft.« Sie setzte sich, blätterte weiter und fand noch ein Bild von Lilo. Und daneben diesmal einen blauen Punkt. »*Kreislauf Jahreszeiten*«, las sie. »Das Bild versinnbildlicht das Vergehen der Zeit und die endlose Wiederkehr. Vergänglichkeit und Erneuerung. Der Mensch ist beidem unterworfen.«

»Und der blaue Punkt?«, fragte David. »Heißt das, das Bild ist noch zu haben? Wird es vielleicht übers Auktionshaus verkauft?«

Sarah schüttelte langsam den Kopf. »Ich habe keine Ahnung. Am besten frage ich mal Amanda.« Sie dachte kurz nach. »Weißt du was«, sagte sie dann, »ich schicke ihr jetzt gleich eine Mail.«

28

Um sechs Uhr wiederholte Sarah den Gang zum Briefkasten. Er war wie zuvor leer. Fünfzehn Minuten später läutete Chris an der Wohnungstür. Er wollte wissen, ob es etwas Neues gab, ehe er ins AKH fuhr. Gabi folgte ihm auf dem Fuß. Die beiden sahen aus, als hätten sie auch nicht viel geschlafen. Sarah drückte ihrem Bruder den Zettel mit der Lösegeldforderung in die Hand.

»Ich beteilige mich«, sagte er sofort.

»Ich auch«, meinte Gabi.

»Danke.« Sarah schlang ihre Arme um die beiden. Ihre Augen füllten sich mit Tränen. »Ich bin so froh, euch zu haben.« Sie entließ sie wieder aus der Umarmung, wischte sich mit beiden Handrücken über die Augen.

Chris küsste sie auf die Wangen. »Wir sind eine Familie.« Er lächelte leise. »Leider ruft mich jetzt die Pflicht.« Er verabschiedete sich und ging.

Gabi blieb. Zu dritt tranken sie Kaffee und sahen zwischendrin abwechselnd in den Postkasten. Immer vergeblich. Kurz bevor sie zum *Wiener Boten* fuhren, kontrollierte David ihn ein letztes Mal. Nichts.

Sarah war die Verzweiflung ins Gesicht geschrieben.

Gabi nahm ihre Hand, und David versprach, dass sich der Entführer bald melden würde. »Bestimmt!«

Als sie beim *Wiener Boten* in ihr Büro ging, war Sarah froh, dass Cordula Berger beim Zahnarzt war. Sie hoffte, der Termin würde länger dauern, als ihre Sekretärin dafür eingeplant hatte. Sie sah aus, wie sie sich fühlte: wie durchgekaut und ausgespuckt. Heute wollte sie so wenigen Menschen wie möglich über den Weg laufen. Kaum hatte sie hinter ihrem Schreibtisch Platz genommen und die Aufzeichnungen von Peer aus ihrer Tasche gezogen und auf den Schreibtisch gelegt, rief Simon bei ihr durch.

»Zwischeninfo«, hob er an. »Bis jetzt ist *Die Dame* nicht aufgetaucht, und ich hab wirklich sämtliche Foren durchforstet. Nicht mal der Hauch einer Spur. Auch zu den anderen Bildern, die Maja auf der Liste markiert hat, konnte ich nichts finden. Ich denke, die Sache läuft analog. Also direkt von Verkäufer zum Käufer, oldschool«, sagte er mit einem Anflug von Abfälligkeit in der Stimme. Vermutlich machte es ihn fassungslos, dass jemand die technischen Errungenschaften des 21. Jahrhunderts nicht nutzte. »Aber ich bleib dran.« Damit legte er wieder auf.

Ein kurzes Grinsen huschte über Sarahs Lippen. Simon war kein Freund langer Unterhaltungen. Im nächsten Moment klopfte es an der Tür, und Conny steckte den Kopf ins Büro. Sissi dackelte durch ihre Beine hindurch ins Zimmer.

»Hast Zeit?«

»Ja. Komm rein.«

Die Society-Redakteurin trat ein und schloss die Tür leise hinter sich. »Maja kommt dann auch gleich. Sie hat noch eine Videokonferenz.« Conny setzte ihre Brille auf und stutzte. »Du schaust … entschuldige, aber echt beschissen aus. Total verheult. Hast Stress?« Falten erschienen auf ihrer Stirn. »Mit David?«

Sarah schüttelte den Kopf und berichtete von der vergangenen Nacht.

»Unglaublich.« Conny ließ sich auf den Stuhl vor Sarahs Schreibtisch fallen. »Wie krank ist das denn? Ein Tier entführen und dann Lösegeld fordern.« Ihr Blick flog kurz zu ihrem schwarzen Mops. »Was macht ihr jetzt?«

»Wir warten auf die Info, ob wir das Geld irgendwo deponieren oder irgendwohin überweisen sollen.«

»Wollen Erpresser heutzutage nicht Bitcoin?«

»Internetkriminelle vielleicht. Aber unserer scheint – um es mit Simons Worten auszudrücken – analog zu arbeiten. Old School«, sagte Sarah unglücklich.

»Wenn ich helfen kann, gib Bescheid. Ich hab zwar nicht viel auf der hohen Kante, aber geb's euch gerne.«

»Das ist lieb, danke. Gabi und Chris haben uns auch ihre Hilfe angeboten. Aber ich denke, wir schaffen das schon irgendwie allein.«

Conny beugte sich nach vorn und sah Sarah eindringlich an. »Ihr bekommt Marie zurück, da bin ich mir ganz sicher.«

Sarah wäre auch gerne so überzeugt gewesen. Aber

es gelang ihr nicht. Sie brachte gerade mal ein zaghaftes Lächeln zustande, das nur kurz anhielt.

Conny ließ ihre Hand los und setzte sich wieder gerade hin. »Wahrscheinlich ist jetzt alles andere Nebensache, aber ich konnte gestern endlich mit Veronika Hestes telefonieren. Sie hat mir bestätigt, dass *Mohnblumenfeld* ihr gehört. Sie hat es vor sechs Jahren in Yvonne Rauters Galerie in Berlin gekauft und dann nach Kitzbühel gebracht.«

»Gestohlen wurde es im Juni vor drei Jahren«, erinnerte sich Sarah.

»Aber was noch besser ist. Ich weiß jetzt, was Leopold Opitz neben Juwelen und Bargeld noch entwendet wurde. Ein weiteres Gemälde von Lilo. *Kreislauf Jahreszeiten.*«

»*Kreislauf Jahreszeiten*!«, rief Sarah aufgeregt. »Das Gemälde mit dem blauen Punkt.«

»Aha?« Conny sah sie irritiert an.

»Peer beschreibt beide Bilder in seinen Aufzeichnungen für den Podcast, den er plante.« Sie schlug die Mappe auf. »Schau! Peers Glücksbild, gelber Punkt. Ein Zeichen, dass es sein eigenes und unverkäuflich ist. *Mohnblumenfeld*, roter Punkt. Verkauft. *Argentinische Schönheit*, roter Punkt. *Der Würfel*, roter Punkt. *Kreislauf Jahreszeiten*, ein blauer Punkt, der möglicherweise bedeutet ...«

»Noch zu haben«, fiel ihr Conny ins Wort. Nach kurzem Schweigen nahm sie endlich den Blick von den Aufzeichnungen. »Aber das Bild gehörte doch Leopold Opitz. Warum dann der blaue Punkt?«

»Das ist die Frage.«

»Könnte es sein, dass es zum Verkauf stand, als Peer Schneider den Eintrag geschrieben hat?«, überlegte Conny. »Weißt du, wann er mit seiner Materialsammlung begonnen hat?«

»Vor einem Jahr, sagt Amanda«, antwortete Sarah.

»Dann nicht. Denn laut Veronika Hestes besaß Leopold Opitz das Bild seit fünfzehn Jahren. Er hat es bei einem Aufenthalt in der Schweiz direkt von der Künstlerin gekauft.«

Die Tür flog auf. »Ich hab was!«, rief Maja beim Eintreten mit etlichen Zetteln in der Hand, bevor sie wie angewurzelt stehen blieb. »Was ist los?«, fragte sie mit Blick auf Sarahs müdes Gesicht.

Sarah klärte sie auf.

»Wie krass ist das denn?«, empörte sie sich ebenso wie Conny zuvor und rührte sich nach wie vor nicht vom Fleck.

Schließlich gab Sarah ihr ein Zeichen, näher zu kommen, Maja schloss die Tür und nahm auf dem Stuhl neben der Gesellschaftsreporterin Platz. Abwechselnd gaben diese und Sarah ihr einen Überblick über das vorangegangene Gespräch. Erleichtert bemerkte Sarah, dass es ihr guttat, sich auf die Arbeit zu konzentrieren. Es lenkte sie von Maries Schicksal ab.

»Ich frag mich, ob Veronika Hestes und Peer einander kannten«, sagte sie irgendwann.

»Ja«, antwortete Maja sofort. »Ich sag nur: Weißwurstparty in Kitzbühel.«

Die Veranstaltung war weit über die Landesgrenzen hinaus bekannt. Alljährlich trafen sich rund zweieinhalbtausend Gäste beim berühmten Stanglwirt zum Feiern. Immer wenn das internationale Hahnenkammrennen stattfand, die schwierigste Abfahrt der Welt, die Königsdisziplin des alpinen Skisports. Die Promidichte bei dieser legendären Party war extrem hoch.

Maja suchte aus der Handvoll Zettel einen heraus und legte ihn auf den Tisch. Es war der Ausdruck eines Zeitungsartikels mit Foto.

Sarah und Conny betrachteten das Bild, auf dem Veronika Hestes und Peer inmitten des Gedränges an dem populären Wurstkessel standen und fröhlich miteinander plauderten. Sarah warf einen Blick auf das Datum am oberen Rand des Blattes. Der Artikel war vor dreieinhalb Jahren erschienen. Ein halbes Jahr bevor *Mohnblumenfeld* aus der Kitzbüheler Wohnung der Schauspielerin verschwunden war.

»Über Leopold Opitz konnte ich so gut wie gar nichts finden. Ich weiß, dass es ihn gibt, aber er ist scheu wie ein Schneetiger«, meinte Maja.

»Meines Wissens lebt er generell sehr zurückgezogen. Es wird geheim gehalten, auf welchem seiner Wohnsitze er sich gerade aufhält«, präzisierte Conny. »Keine wilden Partys, keine Eskapaden, kein Schaulaufen vor Kameras. Und wenn er sich doch mal irgendwo sehen lässt, geht er den Journalisten aus dem Weg.«

»Das Gleiche gilt für Richard Eckenberg-Baldin«, meldete sich Maja wieder zu Wort. »Der Mann ist ein verfluchtes Phantom, so man ihn in den sozialen Medien sucht. Er taucht nur manchmal in Business-Magazinen auf und ganz selten auf irgendeiner Society-

Seite. Jedoch immer im Hintergrund. Auch das Ehepaar Hohenberg hält sich dezent zurück. Werbung für ihren Nobeljuwelier findest du nur in einschlägigen Zeitschriften. Dafür tanzen Tilmann Eckenberg und Yvonne Rauter sprichwörtlich auf vielen Kirtagen. Egal, welche Party in Kunsthandelskreisen gerade steigt, sie sind dabei. Das Ehepaar Traub ist diesbezüglich auch ganz schön aktiv.« Sie legte einen weiteren Bildausdruck auf den Tisch, auf dem die Immobilienmakler mit dem Unternehmer auf einem Fest im Palais Liechtenstein in Wien zu sehen waren.

»Das war vor sechs Monaten. Aber noch interessanter find ich, dass Tilmann Eckenberg und die Rauter gemeinsam mit Peer Schneider öfter auf diversen Kunstevents in Peking waren. Die Galeristin hat das netterweise auf ihrem Twitter-Account dokumentiert.« Maja arrangierte die restlichen Ausdrucke, die sie noch in der Hand gehabt hatte, auf dem Tisch zu einer Reihe. »Das letzte Mal vor einem Jahr.« Mit dem Zeigefinger tippte sie auf den oberen Rand eines Blattes, wo das Datum stand. »Der erste Tweet stammt aus dem Red Brick Art Museum vor zwei Jahren. Auf den anderen beiden Bildern sind sie gemeinsam mit Yvonne Rauter in deren Galerie in Peking zu sehen. Das war letztes Jahr.«

Sarah fühlte sich zwar nach wie vor erschöpft, aber das verschwommene Bild, das sie seit Durchsicht der Podcast-Aufzeichnungen und dem Vergleich mit der Liste der gestohlenen Kunstwerke mit sich herumtrug, wurde kontinuierlich schärfer.

»Was denkst du?«, drängte Conny, nachdem Sarah die Ausdrucke eine Weile angestarrt hatte, ohne einen Ton von sich zu geben.

Sarah hob langsam den Kopf. »Was, wenn Peer selbst die Finger bei den Diebstählen im Spiel hatte?«

»Wie bitte?«, riefen Conny und Maja fast zeitgleich.

»Was, wenn Peer nicht der seriöse Geschäftsmann war, für den ihn alle hielten, sondern ein Dieb?«

Connys Blick flog zu den Ausdrucken. »Und das kannst du aus dem hier herauslesen?«

»Nein. Aber wir sollten Peers Aktivitäten vor seinem Tod mal genauer unter die Lupe nehmen.«

»Die Hohenbergs sind doch erst nach dem Mord bestohlen worden«, entgegnete Maja.

»Peer hat eben nicht allein gearbeitet«, erwiderte Sarah. »Möglicherweise macht sein Kompagnon jetzt alleine weiter, weil ein paar Jobs noch nicht erledigt sind. Ich kann mir durchaus vorstellen, dass die Gemälde im Auftrag gestohlen wurden. Schmuck und Bargeld wurden nur mitgenommen, um einen gewöhnlichen Einbruch vorzutäuschen.«

»Und wie stünde das mit Peers Ermordung in Zusammenhang?«, hakte Conny nach.

»Das weiß ich noch nicht. Ab jetzt heißt es wieder mal, Fakten checken.« Sarah griff zum Telefon und rief im Auktionshaus an.

Amanda hob nach dem dritten Läuten ab. »Sarah! Meldest du dich wegen deiner Mail von heute Morgen?«

»Genau.« Sarah stellte das Telefon auf laut.

»Ich hab gleich nachgesehen. Veronika Hestes und Leopold Opitz kaufen nicht bei uns. Ich kenne die beiden auch nicht. Jedenfalls nicht persönlich.«

»Aber Peer kannte sie, also, zumindest die Schauspielerin.« Sarah erwähnte die Weißwurstparty in Kitzbühel vor dreieinhalb Jahren.

»Ist das schon wieder so lange her, dass er dort war?«, fragte Amanda überrascht. »Ich hab dir ja erzählt, dass er ständig auf der Suche nach neuen Möglichkeiten war, um Kontakte zu knüpfen.« Sie klang ironisch. »Aber du kennst sicher auch die Oberflächlichkeit solcher Partys. Am nächsten Tag hat man meistens schon wieder vergessen, mit wem man geredet hat.«

»Aber ein Gespräch mit einer berühmten Schauspielerin vergisst man doch nicht über Nacht«, wunderte sich Sarah.

»Peer offenbar schon. Jedenfalls kann ich mich nicht erinnern, dass er je von ihr erzählt hat.«

»Hast du ihn manchmal auf solche Partys begleitet?«

»Nein. Das waren mir zu viele Leute auf kleinem Raum. Und mit Skifahren hab ich's generell nicht so. Ich bin lieber in Wien geblieben.«

»Du hast doch sicher Aufzeichnungen von Peers Reisen in den letzten Jahren.«

Kurz herrschte Stille in der Leitung. Vermutlich irritierte Amanda die Frage. »Ja, natürlich.«

»Könntest du mir Kopien davon überlassen? Sagen wir, von denen in den letzten vier Jahren?«

Wieder Schweigen. »Wozu?«, kam dann die kurze Frage.

»Ich bin da einer Sache auf der Spur, über die ich noch nicht reden kann.«

»Was für einer Sache? Hat es etwas mit dem Mord an Peer zu tun?« Amanda klang auf einmal aufgeregt. »Jetzt sag schon, Sarah! Weißt du etwas? Dieser Chefermittler hält sich mir gegenüber nämlich ganz schön bedeckt. Manchmal glaube ich, er verdächtigt mich.«

Sarah biss sich auf die Unterlippe. Wie sollte sie jetzt reagieren? Hatte Stein Amanda tatsächlich in Verdacht? »Hat er das gesagt oder anders durchblicken lassen?«

»Es ist die Art, wie er mich anschaut. Ich hab fast das Gefühl, er kann Gedanken lesen«, fuhr Amanda fort.

Sarah konnte sich ein breites Grinsen nicht verkneifen. »Den Blick kenne ich. Aber leider kann ich dir wirklich noch nichts Konkretes sagen.«

»Jetzt hörst du dich an wie dieser verfluchte Stein.«

Sarah lachte. »Ja, manchmal ähneln sich unsere Arbeitsweisen. Aber ich verspreche, dir Bescheid zu geben, sobald das möglich ist. Dazu bräuchte ich aber Peers Reiseunterlagen.«

Die Antwort ließ wieder auf sich warten. Anscheinend rang Amanda mit sich und überlegte, was Sarah mit den Unterlagen vorhaben könnte. »Okay«, sagte sie schließlich. »Kann aber dauern. Ich komm jetzt nicht gleich dazu, sie rauszusuchen.«

»Danke.«

»Es gibt so viel zu tun. Die anstehende Auktion, die Beerdigung …«

»Kannst du sie schon planen?« Die direkte Frage

nach der Freigabe des Leichnams wollte Sarah nicht über die Lippen kommen.

»Bislang plane ich sie, ohne ein konkretes Datum zu haben. Dieser Stein kann mir noch nicht sagen, wann ich Peer endlich begraben darf.«

Sarah hörte, dass Amanda mit den Tränen kämpfte.

»Es tut mir so leid.« Ihr fielen einfach keine tröstenden Worte ein.

»Schon gut.« Amanda schniefte. »Brauchst du sonst noch etwas von mir?«

»Nein danke. Soll ich mir die Unterlagen später abholen?«

»Das brauchst du nicht. Ich schick dir ein PDF. Aber ich sag dir gleich: Du kannst dir alles ansehen, die Infos sind ja kein Staatsgeheimnis, aber trotzdem sind sie vertraulich. Du darfst sie unter keinen Umständen weitergeben oder gar veröffentlichen.«

»Du kannst dich auf mich verlassen. Ich will nur etwas überprüfen.« Insgeheim hoffte Sarah, dass sie sich mit ihrer Vermutung irrte. Ihrer Bekannten das Herz zu brechen, indem sie ihr die schreckliche Wahrheit über ihren getöteten Mann offenbarte, wäre zu grausam gewesen. Andererseits konnte es genauso gut sein, dass Amanda in die Sache verstrickt war.

»Übrigens, Tilmann Eckenberg hat mich zu seinem Empfang eingeladen«, wechselte Sarah das Thema. »Er gibt mir ein Interview.«

»So was aber auch«, sagte Amanda überrascht. »Hast ihn offenbar bei seiner Eitelkeit gepackt.«

»Scheint so.«

»Ich werde auch dort sein.«

»So kurz nach Peers Tod? Außerdem kannst du Tilmann Eckenberg doch nicht ausstehen, hast du gesagt.« Sarah war ehrlich überrascht.

»Er hat mich mehr oder weniger genötigt, indem er Peer den Abend widmet. Da konnte ich schlecht ablehnen.«

»Nimmst jemanden mit? Eine Freundin?«

»Weiß noch nicht. Eher nicht. Bist eh du da. Und jetzt muss ich Schluss machen, Sarah. Carola braucht was von mir. Baba.«

»Okay. Ciao.«

Nachdem sie aufgelegt hatte, überlegte Sarah, Stein anzurufen, entschied sich aber dagegen. Zu wissen, ob er Amanda verdächtigte, hatte nicht oberste Priorität. Dringender war es, sich Klarheit zu verschaffen, was ihre These zu Peer anbelangte.

»Was hast du mit den Reiseunterlagen vor?«, fragte Conny in ihre Gedanken hinein.

»Ich möchte wissen, ob Peer an den jeweiligen Orten war, wo Lilos Werke gestohlen wurden. Und falls ja, wann.« Sarah sah ihre beiden Kolleginnen abwechselnd an. »Wenn sich mein Verdacht bestätigt, werde ich mit Stein oder dieser Lansky darüber reden. Und ich bin mir ziemlich sicher, dass ich mit meiner Vermutung richtigliege.«

29

Ferdinand Hohenberg saß neben seiner Frau auf dem Sofa in Britta Eckenbergs Salon. Sie waren, wie schon zwei Tage zuvor, in die Villa gekommen, weil die alte Dame beschlossen hatte, weiteren Schmuck anzuprobieren. Armbänder und Broschen reihten sich auf dem Tisch vor ihnen auf. Daneben lag eine Juwelierlupe, durch die man jedes Detail der Edelsteine und feinen Goldschmiedearbeiten betrachten konnte. Ramona brachte, der Hitze angemessen, einen Krug voll Zitronenwasser. Sie trug ein hellrotes Sommerkleid zu flachen Sandalen und lächelte beim Einschenken. Auf den ersten Blick war nichts an ihr ungewöhnlich. Aber etwas in ihren Augen ließ sie wie ein verschrecktes Kaninchen wirken. Was konnte das sein?, überlegte Ferdinand.

»Was sagen Sie?«, bat Britta auch diesmal um die Meinung ihrer Angestellten.

»Die Brosche finde ich wunderschön.« Ramona deutete auf ein Schmuckstück mit blauen und weißen Diamanten in einer gelbgoldenen Fassung.

Gute Wahl, dachte Ferdinand. Das Stück kostete knapp zehntausend Euro. »Sie passt hervorragend zur Halskette mit den Saphiren, für die du dich schon entschieden hast.«

Britta nahm die Brosche in die Hand und hielt sie an den Kragen ihres hellgelben Hemdkleides, während Tamara ihr den Handspiegel reichte.

Ferdinand beobachtete, wie Brittas Augen zu leuchten begannen. Sie hatte längst verdrängt, dass bei ihr eingebrochen und ein Mensch mit dem Diebesgut ermordet worden war. Seine Frau Tamara hingegen brachte die halbe Nacht kein Auge zu. Die Angst, dass wieder jemand bei ihnen einstieg, trieb sie in den Wahnsinn. Im Stundentakt weckte sie ihn, weil jedes noch so leise Geräusch im Haus sie in Panik versetzte. Bislang war zum Glück nichts Ungewöhnliches passiert. Trotzdem hatte sie erwogen, sämtliche Kunstwerke zu verkaufen. Doch er war dagegen und hatte stattdessen eine Firma beauftragt, eine Alarmanlage zu installieren, die berücksichtigte, dass zwei Katzen durchs Haus tigerten. Dass der Einbau Tamaras Seelenheil zurückbringen würde, bezweifelte er zwar, aber wenigstens war damit vorerst die Debatte über den Verkauf der Kunstwerke vom Tisch.

»Was sagst du dazu?«, hörte er die Stimme seiner Frau.

»Sie ist wunderschön«, antwortete er mechanisch.

Tamara blinzelte verdutzt. »Nicht zu der Brosche. Zu dem, was Britta gerade gesagt hat.«

»Was?« Er war irritiert. Offenbar hatten die beiden, von ihm unbemerkt, das Thema gewechselt.

»Zu der Inkompetenz dieses Ermittlers«, half Tamara ihm auf die Sprünge.

»Die Polizei behauptet doch allen Ernstes, dass sie

nichts gegen Tilmann in der Hand haben. Unfähiges Pack!«, giftete Britta.

Es lag Ferdinand auf der Zunge, dass Tilmann vielleicht wirklich nichts mit dem Einbruch zu tun hatte. Aber das wollte Britta unter Garantie nicht hören. Also sagte er stattdessen: »Wenn er es getan hat, dann wird ihm die Polizei à la longue schon auf die Schliche kommen.«

»Meine Rede«, stieß Tamara ins gleiche Horn. »Die kriegen ihn. Mit Sicherheit. Und ich hoffe, sie erwischen auch dieses Diebespack, das bei uns eingestiegen ist. Was sind das nur für Leute, die in fremde Häuser einbrechen und das Eigentum von Menschen wie uns stehlen? Man ist ja seines Lebens nicht mehr sicher.«

»Nun ja, wir waren zum Glück nicht zu Hause«, beschwichtigte Ferdinand.

»Es hätte auch anders sein können. Britta war zum Beispiel zu Hause. Sie wurde sogar niedergeschlagen«, hielt Tamara streng dagegen. »Stell dir nur vor ...«

»Hab ich schon erwähnt, dass Tilmann mir über seinen Anwalt gedroht hat? Er will mich verklagen«, fiel ihr Britta ins Wort. »Ich darf nicht mehr behaupten, dass er etwas mit dem Einbruch zu tun haben könnte. Er will mir tatsächlich den Mund verbieten! Diese vermaledeite Brut. Keiner von denen kann Ruhe geben.«

Ferdinand überraschte es, mit welcher Leichtigkeit Britta jedwede Schuld an der aktuellen Situation von sich schob. Dabei hatte diese Schlacht eindeutig sie angefangen. Es gab keinen Beweis dafür, dass der Enkel ihres verstorbenen Mannes in den Einbruch verwickelt war. Die Glocke der Eingangstür unterbrach seine Gedanken.

»Wer das wohl sein mag?« Britta nahm die Brosche in die Hand und schaute überrascht zu Ramona. »Ich erwarte niemanden.«

»Ich schau nach.« Die Assistentin eilte ins Foyer.

Ein paar Minuten später öffnete sich die doppelflügelige Wohnzimmertür wieder, und Ramona schob den Kopf durch den Türspalt. »Polizei.«

»Wenn man vom Teufel spricht«, seufzte Britta erschöpft.

Ferdinand begann, die Schmuckstücke einzusammeln. »Dann lassen wir dich jetzt lieber alleine.« Er bedeutete Tamara, ihm zu helfen.

»Bleibt«, befahl Britta. »Ich brauch noch ein Armband zu der Kette, die ihr mir am Montag verkauft habt. Die Brosche nehm ich schon mal.« Sie legte sie ein wenig abseits auf den Tisch zurück.

In dem Moment betrat Chefinspektor Stein den Raum. An seiner Seite die blonde Polizistin. Manuela Rossmann, wenn Ferdinand sich korrekt erinnerte. Sie hielt ein Kuvert in der Hand. Die Ermittler wirkten irritiert ob des Anblicks, der sich ihnen bot. Aber Britta schien nicht daran zu denken, sich zu rechtfertigen. Ganz im Gegenteil. Ihre Gedanken waren ihr ins Gesicht geschrieben: Wagt es ja nicht, ein Urteil über mich zu fällen!

»Was führt Sie zu mir?« Britta nahm das Armband mit den Diamanten und betrachtete es eingehend. »Ich hoffe doch, gute Nachrichten. Haben Sie den Einbrecher? Oder zumindest den Mörder dieses armen Mannes? Oder endlich Tilmann überführt?« Sie machte sich nicht die Mühe, ihre Verärgerung über das, wie sie meinte, Unvermögen der Ermittler zu verbergen. Sie war eine Eckenberg, konnte ihre Meinung frei äußern. Was sollte ihr schon passieren?

»Herr Tilmann Eckenberg hat ein Alibi«, sagte Stein.

»Er war zur Tatzeit im Belvedere 21 bei der Ausstellungseröffnung«, ergänzte Rossmann.

»Und das glauben Sie ihm?«, kam es spitz zurück. »Niemand achtet bei einer Vernissage darauf, wann jemand kommt oder geht.«

»Solange wir ihm nicht das Gegenteil beweisen können, glauben wir ihm«, entgegnete Stein mit fester Stimme. Ferdinand war überzeugt, dass sich der Ermittler von ihr nicht einschüchtern lassen würde.

»Was sag ich … Unsere Polizei«, blaffte Britta und sah, Zustimmung heischend, zu ihm und seiner Frau.

Er brachte ein gezwungenes Lächeln zustande, Tamara nickte scheu.

»Wir sind wegen des Dolches hier.« Steins Tonfall war sachlich, als würde er Brittas arrogantes Auftreten gar nicht wahrnehmen.

»Dann setzen Sie sich«, forderte die Hausherrin die Polizisten auf. »Zitronenwasser?« Sie zeigte auf den halb leeren Krug auf dem Tisch. »Ramona, holen Sie bitte noch zwei Gläser«, befahl sie, ohne die Antwort der Kriminalbeamten abzuwarten.

Stein und Rossmann nahmen auf den Sesseln an der Stirnseite des Tisches Platz, während Ramona den Raum verließ.

»Also, was haben Sie mir zu sagen?«, fragte Britta.

»Unsere Leute haben sich den Dolch genau angesehen. Heute Morgen haben wir die Ergebnisse bekommen.«

»Jetzt schon«, höhnte die Millionärswitwe. »Na ja, der Mord liegt ja auch erst fünf Tage zurück.«

Ramona kam mit zwei Gläsern in der Hand zurück und schenkte ein.

»Die Überprüfung der Mordwaffe steht für uns bei einem Tötungsdelikt an erster Stelle«, sagte Stein mit stoischem Gesichtsausdruck. »Haben Sie ein Foto oder eine genaue Beschreibung von dem Dolch?«

Brittas Blick flog zu ihrer Assistentin.

»Es gibt von allen Kunstwerken in diesem Haus Fotos, Zertifikate und die dazugehörende Legende«, erwiderte Ramona rasch. »Letztere fehlt vom Dolch jedoch«, fügte sie hinzu. »Soll ich die anderen Unterlagen holen, die wir zu ihm haben?«

Manuela Rossmann nickte. »Bitte.«

Ramona verschwand erneut.

»Warum wollen Sie ein Foto von dem Dolch sehen?«, hakte die Millionärin nach.

»Das sagen wir Ihnen, sobald wir es gesehen haben«, meinte Stein.

Manuela Rossmann holte indessen ein Bild aus dem Kuvert und legte es mit der Rückseite nach oben auf den Tisch.

»Sobald Sie ihn zurückgeben, geht er ans Belvedere«, erläuterte Britta gönnerhaft und nippte an ihrem Glas Zitronenwasser. »Auch ohne offizielle Historie wird er seinen Platz in der ständigen Ausstellung finden.« Jetzt nahm sie das Armband in die Hand, nach dem sie greifen hatte wollen, als die Polizisten eingetreten waren. »Wie gefällt es Ihnen?« Sie streckte den beiden das Schmuckstück entgegen.

»Hübsch«, sagte Stein.

»Hübsch?«, echote Britta. »Guter Mann, Sie haben keine Ahnung. Dieses Armband ist von außergewöhnlicher Schönheit.«

»Wenn Sie das sagen«, gab der Ermittler zurück. »Ich hab's nicht so mit teurem Schmuck.«

Britta warf ihm einen Blick zu, der sagte: So schaust du auch aus!

»Es ist sehr schön«, warf Manuela Rossmann versöhnlich ein.

Als Ramona zurückkehrte, hielt sie in einer Hand ein Foto und ein Gutachten. Sie legte beides auf den Tisch.

Die blonde Polizistin deckte das mitgebrachte Bild auf, und die zwei Fotos zeigten denselben Dolch. Die Ermittlerin zog die Bilder so zu sich heran, dass sie direkt nebeneinanderlagen, dann wandte sie sich an Ferdinand und deutete auf die Juwelierlupe auf dem Tisch. »Darf ich?«

Nachdem er genickt hatte, nahm sie sie in die Hand und begann, die Dolche auf den Bildern miteinander zu vergleichen.

Brittas Stirn legte sich in tiefe Falten. »Was tun Sie da?«

»Der Dolch in unserer Asservatenkammer ist nicht antik, und die Steine im Griff sind keine Rubine. Laut unserer Experten handelt es sich um Granate«, antwortete Stein anstelle seiner Kollegin.

Brittas Augen weiteten sich. »Dann haben diese Dreckskerle von Enkel dem Karl einen völlig wertlosen Dolch zum Geburtstag geschenkt?« Sie machte eine kurze Pause, um die Unverfrorenheit dieser Übeltat zu verdeutlichen. »Das sieht den beiden ähnlich. Wahrscheinlich haben sie sich ins Fäustchen gelacht, als sich Karl über das Geschenk gefreut hat.«

Manuela Rossmann schüttelte den Kopf. »Als wertlos würde ich den Dolch nicht bezeichnen. Es ist nur ...«

»Wertlos!«, fiel Britta ihr ins Wort und wandte sich an die Juweliere. »Was sagt ihr dazu?«

»Es gibt Granate, die fast so wertvoll wie Saphire sind«, erwiderte Ferdinand mit der Stimme des Fachmanns.

»Wertlos!«, wiederholte die Millionärin scharf. »Und ich Närrin hab ihn dem Belvedere versprochen. Wie steh ich denn jetzt da?«

»Wir wissen noch nicht, ob es sich bei der Mordwaffe nicht eher um eine Replik Ihres Dolches handelt«, versuchte Stein, die Sachlage zu klären. »Jedenfalls haben unsere Experten keine Alters- oder Gebrauchsspuren daran gefunden.«

»Es gibt zwar keine Historie zu dem Dolch, aber aus dem Gutachten geht hervor, dass er antik und die Rubine echt sind.« Ramonas Blick wanderte unsicher zu ihrer Chefin.

»Aber das würde bedeuten, dass der Mörder das Original noch hat«, schlussfolgerte Tamara.

»Möglich«, erwiderte Stein knapp.

Und Ferdinand wusste, dass ihm heute Abend eine weitere Diskussion über ihre persönliche Sicherheit und den Verkauf ihrer Kunstwerke blühte. Der neuen Alarmanlage zum Trotz.

30

Cordula Berger war mittags pflichtbewusst im Büro aufgetaucht, aber Sarah hatte ihr angesehen, dass sie Schmerzen hatte, und ihr den Rest des Tages freigegeben. Um halb vier hatte es Sarah im *Wiener Boten* nicht mehr ausgehalten. Sie war unruhig und konnte sich nicht auf die eigentliche Arbeit konzentrieren. Sie wollte nach Hause, nachsehen, ob Maries Entführer eine neue Nachricht hinterlassen hatte. Deshalb hatte sie Herbert Kunz informiert, dass sie die Abnahme der Artikel für die morgige Ausgabe von zu Hause aus erledigen wollte. Da der *Wiener Bote* ein Dorf war, hatte auch der Chef vom Dienst schon von Maries Entführung erfahren und schlug vor, die Aufgabe zu übernehmen. Sarah solle sich ausruhen. Sie nahm dankend an.

Daheim ging sie im Halbstundentakt zum Postkasten. Er war jedes Mal leer. Auch am Gartentor wurde keine neue Nachricht befestigt. Sie war der Verzweiflung nahe, riss sich aber so gut wie möglich zusammen.

»Du tust ihm nicht den Gefallen und drehst durch«, sagte sie laut zu sich, als sie sich ein Glas Mineralwasser eingoss. Dann setzte sie sich wieder an den Schreibtisch im Arbeitszimmer und sortierte ihre Notizen, die sie sich schon für den Artikel über Peer und die Symbolik in Vanitas-Gemälden gemacht hatte.

Das Auktionshaus Schneider liegt in der Stallburggasse in der Wiener Innenstadt. Peer Schneider war ein ausgewiesener Experte am Kunstmarkt. Sein ausgeprägtes Interesse galt den alten Meistern und deren Botschaften, die sie in ihre Gemälde einarbeiteten. Kaum jemand kann die Symbolik der zum Teil jahrhundertealten Bilder besser lesen, als er es konnte.

Sarah lehnte sich seufzend zurück. Der Einstieg war mau, klang wie ein Schulaufsatz. Während sie die Zeilen überarbeitete, überlegte sie, mit welchem Vanitas-Bild sie ihre letzte Behauptung untermauern sollte. Sie entschied sich für das Werk von Pieter Claesz mit dem dominanten Totenkopf in der Bildmitte, das hinter Peers Schreibtisch hing.

Eine WhatsApp-Nachricht lenkte sie ab. Sie war von Chris, der fragte, ob es Neuigkeiten gäbe.

Sarah verneinte.

Fuck, antwortete er.

Sie schickte einen weinenden Smiley zurück und musste an sich halten, um nicht selbst an ihrem Schreibtisch in Tränen auszubrechen.

Kurz darauf rief Gabi an, stellte die gleiche Frage und bekam die gleiche Antwort.

Es war halb sechs, als Amanda endlich die angefragten Unterlagen schickte. Nicht jedoch, ohne noch mal auf deren Vertraulichkeit hinzuweisen. Sarah sicherte sie ihr zu, diesmal sogar schriftlich.

Im selben Moment kam David nach Hause und steckte seinen Kopf durch die offene Tür. »Der Briefkasten ist leer. Hab grad nachgesehen.«

Sarah drehte den Schreibtischstuhl in seine Richtung. »Vielleicht hat der Typ bemerkt, dass ich zu Hause bin, und deshalb nichts reingeworfen.«

»Glaub ich nicht. Ich hab übrigens das Geld von der Bank geholt. Die nächsten Urlaube verbringen wir daheim, da ist's eh am schönsten«, versuchte er einen zwanglosen Spruch.

»Danke.«

»Das ist doch selbstverständlich. Hast du schon etwas gegessen?«

Sarah schüttelte den Kopf.

»Was hältst du von Spaghetti al Limone. Ich hab gesehen, dass du gestern Zitronen gekauft hast.«

Sarah ließ ein Lächeln aufblitzen. »Ich wollt dich genau damit überraschen.«

»Ich war tatsächlich überrascht, als ich die Zitronen gesehen hab.« Er zwinkerte ihr zu. »Und, was ist jetzt?«

»Klingt gut. Hab aber keinen Appetit.«

»Du musst etwas essen.«

Sarah nickte gefügig. Ihr fehlte die Kraft für eine Diskussion.

»Was machst du da?« Er zeigte auf den Laptop.

»Amanda hat mir Peers Reiseunterlagen der letzten vier Jahre geschickt. Ich will herausfinden, ob sich die Reisezeiträume und die Reiseziele mit den Daten und Orten der Einbrüche und Diebstähle überschneiden.« Sie setzte ihn über die Recherche von Maja und Conny ins Bild und endete mit ihrer Schlussfolgerung, dass Peer etwas mit den Diebstählen zu tun gehabt haben könnte.

»Nimm alles mit ins Esszimmer, dann helfe ich dir beim Abgleichen. Aber vorher koch ich uns was.«

Er verschwand, und Sarah druckte die Reiseunterlagen aus, zog ein paar leere Blätter Papier aus der Lade und folgte David.

Dreißig Minuten später aß sie mit großem Appetit, was sie selbst am meisten überraschte. Nachdem sie den Tisch wieder abgeräumt hatten, breitete Sarah die Reiseunterlagen, die Liste mit den gestohlenen Kunstwerken und die Fotoausdrucke von Maja darauf aus. Mit einem Leuchtstift markierte sie auf der Liste die Orte, auf die sie sich konzentrieren wollte. Salzburg. Fuschl am See. Pörtschach und Kitzbühel. David brachte seinen Laptop in Stellung, dann betrachteten sie gemeinsam die Notizen.

»Im Jänner vor dreieinhalb Jahren war Peer in Kitzbühel auf der Weißwurstparty und hat sich mit Veronika Hestes unterhalten. Im Juni desselben Jahres wurde das Gemälde von der Hestes in Kitzbühel gestohlen. Zu dem Zeitpunkt war er laut den Reiseunterlagen in Salzburg«, sagte Sarah und notierte das auf ein Blatt Papier.

David tippte die beiden Orte in den Routenplaner seines Laptops ein. »Dazwischen liegen nur etwas mehr als achtzig Kilometer.«

Sarah notierte auch die Distanz und wandte sich dem nächsten Diebstahl zu. »Im Februar vor zwei Jahren wurde ein Bauunternehmer in Salzburg bestohlen. Zu der Zeit war Peer laut Reiseabrechnung in Rosenheim in Bayern.«

»Knapp neunzig Kilometer entfernt«, sagte David, und Sarah machte sich die entsprechende Notiz.

Sie wollte es nicht verschreien, aber sie merkte, dass ihr Herz schneller pochte. Sie waren am richtigen Weg. »Letztes Jahr Oktober. Bad Ischl.«

»Zwischen der Kurstadt und Fuschl, wo eingebrochen wurde, liegen gerade mal dreißig Kilometer«, verkündete David. »Stehen da eigentlich auch die Gründe oder Anlässe für die jeweiligen Reisen?«

»In Ischl gab es eine Ausstellung im Marmorschlössl«, las Sarah vor. »In Salzburg hat er angeblich das Salzburg Museum und in Rosenheim die Städtische Galerie besucht. Gut möglich, dass er das wirklich getan hat.«

»Und wo war er im April dieses Jahres, als Opitz in Pörtschach ausgeraubt wurde?«

Sarah suchte nach einer Reise in der entsprechenden Zeit. »In Klagenfurt.«

»Beides liegt meines Wissens auch nicht weit auseinander.« David gab die beiden Orte in den Routenplaner ein. »Sechzehn Kilometer. Es ist ziemlich schlau, nicht direkt im Ort des Verbrechens zu übernachten, obwohl er an Pörtschach ganz schön nah dran war.«

Sarah lehnte sich im Stuhl zurück. »Lass es uns noch einmal zusammenfassen. Wir vermuten, dass der blaue Punkt neben dem Gemälde in Peers Podcast-Aufzeichnungen bedeutet, dass es noch nicht verkauft wurde.«

»Und als *Kreislauf Jahreszeiten* gestohlen wurde, war Peer ganz in der Nähe des Bildes«, ergänzte David Sarahs Gedankengang.

»Außerdem tauchen Lilos andere gestohlene Werke ebenfalls in Peers Aufzeichnungen auf«, fuhr Sarah fort. »Nur mit einem roten Punkt markiert. Das bedeutet, diese wurden mittlerweile verkauft, nur eben *Kreislauf Jahreszeiten* nicht. Und wer könnte so etwas wissen?«

»Der Dieb beziehungsweise der Verkäufer«, antwortete David.

»Genau. Und damit stellt sich die Frage: Wo hat er *Kreislauf Jahreszeiten* versteckt?«

Donnerstag, 19. August

31

Sarah sprang um sieben Uhr aus dem Bett. Erneut hatte sie eine nahezu schlaflose Nacht hinter sich. Sie schlüpfte in eine kurze Hose und T-Shirt und eilte aus dem Haus und zum Postkasten. In ihren unruhigen Träumen hatte eine Art Phantom einen Zettel hineingelegt. Doch der Kasten war leer.

David erwartete sie in der offenen Eingangstür, als sie zurückkam. Sie schüttelte den Kopf.

»Willst du heute Abend wirklich auf diesen Empfang gehen?«, fragte er.

»Ja. Zu Hause rumzusitzen hat auch keinen Sinn. Ich hab's gestern Nachmittag ja probiert.« Sie ging in die Küche, und David folgte ihr.

Er trank einen Espresso, Sarah eine Tasse Grüntee. Auf ein Frühstück verzichtete sie, sie hatte keinen Hunger. Danach ging sie ins Badezimmer, duschte lange und wusch sich die Haare. Nach dem Föhnen cremte sie sich ein und überlegte, was sie anziehen sollte. Sie hatte noch Zeit. David und sie wollten erst um neun zum *Wiener Boten* aufbrechen. Sie entschied sich für ein weißes T-Shirt mit Rundhalsausschnitt und eine marineblaue Sommerhose mit weitem Bein.

Als ihr Mobiltelefon auf dem Esstisch läutete, nahm

Sarah es zur Hand und starrte im nächsten Moment mit großen Augen aufs Display.

»Was ist los?«, fragte David.

»Es ist wieder die Nummer«, flüsterte sie. »Die von Peer. Was will der Kerl? Mich in den Wahnsinn treiben?«

»Warum flüsterst du?«

»Die Nummer«, wiederholte Sarah noch immer leise. Ihr Herz zersprang förmlich vor Panik.

»Solange du nicht abhebst, kann er dich nicht hören.«

»Soll ich denn?« Sarah starrte das Handy an wie einen Gegenstand, von dem sie nicht wusste, wie man ihn benutzte.

»Vielleicht will er dir ja persönlich sagen, wo du das Geld für Marie hinbringen sollst.« David nahm ihr das Telefon aus der Hand und ging ran. »Hallo?«

Er horchte. Offenbar meldete sich niemand.

»Hallo?«

»Was ist?«, flüsterte Sarah.

Er legte die Stirn in Falten, lauschte konzentriert. »Wer ist da? Hier spricht David Gruber vom *Wiener Boten*.« Plötzlich änderte sich sein Gesichtsausdruck. »Warten Sie.« Er gab Sarah das Smartphone zurück. »Es ist Amanda Schneider.«

»Amanda?«, sagte Sarah überrascht, als sie sich das Handy ans Ohr hielt.

»Sarah! Entschuldige die frühe Störung. Ich bin schon im Geschäft, hab erst jetzt bemerkt, dass es erst halb neun ist. Aber wir haben mit der bevorstehenden Auktion so viel zu tun, dass mein Team und ich beschlossen haben, heute schon um acht Uhr mit der Arbeit zu beginnen.«

»Kein Problem«, beschwichtigte Sarah. »Aber warum rufst du mich von der Nummer an? Das ist doch Peers Handy.«

»Es lag heute Morgen vor dem Auktionshaus. Ich hab seitdem überlegt, was ich tun soll, und dann einfach nur auf die letzte Nummer getippt, die damit angerufen wurde. In der Aufregung hab ich nicht gecheckt, dass das deine ist.«

Sarahs Herzschlag normalisierte sich wieder. »Wo genau hast du's gefunden?«

»Es steckte in einem Kuvert. Peers Ausweise und Bankkarten waren auch drin. Glaubst du, dass Peers Mörder es dorthin gelegt hat?« In ihrem Tonfall schwang Verzweiflung mit. »Was hat das alles zu bedeuten?«

»Ich weiß es nicht«, sagte Sarah, aber sie beschlich eine schreckliche Ahnung. Sollte das eine Art Schlusspunkt sein? Das Ende eines mörderischen Spiels? Was würde mit Marie passieren? Würde der Entführer ihnen den Ort für die Lösegeldübergabe überhaupt noch nennen? Oder hatte er sie nur hingehalten und ihre Halbangora längst umgebracht? Würde sie womöglich heute im Laufe des Tages in einer Schachtel vor ihrer Eingangstür liegen? Sarahs Puls raste.

»Das Foto, das vorm Belvedere aufgenommen wurde, von dir und dem Polizisten, es ist auf Peers Handy.«

Sarah reagierte nicht. Sollte sie zugeben, dass sie das bereits wusste und es Amanda nicht erzählt hatte? Sie gab einen unbestimmten Laut von sich und kritzelte für David eine Nachricht auf ein Blatt Papier: *Schau vor die Tür, ob da was liegt!*

David runzelte fragend die Stirn, folgte aber der Aufforderung.

»Die letzte Nummer, die damit angerufen wurde, war offenbar deine. Am Samstag, laut Anrufliste am Handy. Warum?«, pochte Amanda wiederholt auf eine Antwort.

»Ich wurde am Samstag wirklich angerufen. Aber es hat sich niemand gemeldet, da war nur so ein unheimliches Atmen«, erzählte Sarah von dem Anruf, der sie in Panik versetzt hatte.

»Aber warum? Und warum gibt er mir das Handy jetzt plötzlich zurück?« Amanda klang, als wäre sie dem Zusammenbruch nahe. Es wurde zu viel für sie.

»Ich bin ebenso ratlos wie du.« Sarah fixierte die Wohnungstür, wappnete sich, dass in jeder Sekunde David mit der toten Marie zurückkommen könnte.

»Es sind auch neue Bilder darauf, von einer schwarzen Katze mit langem Fell.«

Sarah stockte. »Könnte es eine Halbangora sein?«, fragte sie alarmiert. Sie fühlte sich wie in einem Albtraum, der keine Ende nahm.

»Wart, ich schau noch mal.« Es wurde still am anderen Ende der Leitung. Amanda betrachtete offenbar die Fotos und hatte das Handy vom Ohr genommen.

David kam zurück. Sarah hielt die Luft an.

»Vor der Tür liegt nichts. Auch sonst nirgendwo im Garten oder auf dem Gehsteig«, sagte er.

»Gott sei Dank!« Sarah atmete tief durch und gab ihm einen schnellen Überblick über den Inhalt des Telefonats.

»Halbangora könnt hinkommen«, antwortete Amanda in dem Moment.

Sarahs Herz raste wieder. »Das ist möglicherweise meine Katze. Schick mir die Fotos doch bitte gleich per WhatsApp.«

»Schon passiert«, sagte Amanda Sekunden später.

»Wart, ich schau sie mir gleich an.« Sarah öffnete die App auf ihrem Handy und tippte die soeben eingegangene Nachricht an. Obwohl sie sofort wusste, dass das auf den Fotos Marie war, zog sie eins der Bilder größer. Ihre Katze lag auf ihrer roten Decke auf dem lichtgrauen Sofa. Sarah räusperte sich, um den Kloß in ihrem Hals loszuwerden. »Dieser Scheißkerl hat Marie doch tatsächlich in unserem Wohnzimmer fotografiert.«

»Aber warum sind Bilder von deiner Katze in deiner Wohnung auf Peers Handy?«, fragte Amanda aufgebracht.

Sarah wusste auch das bereits. Weil Maries Kidnapper zugleich Peers Mörder war. Sie berichtete von dem Einbruch und der Entführung und wurde dabei immer lauter. David drückte sie auf einen Stuhl und brachte ihr ein Glas Wasser. Offenbar befürchtete er, sie würde kollabieren.

»Das ist doch … Ich bin sprachlos«, stammelte Amanda. »Das ist einfach nur krank. Warum entführt jemand eine Katze?«

»Weil man mich einschüchtern will«, behauptete Sarah. »Anscheinend bin ich Peers Mörder auf der Spur.«

»Wie kommst du darauf?« Amanda klang erschrocken.

»Etwas anderes ergibt in meinen Augen keinen Sinn.« Sarah schluckte trocken und nahm einen Schluck Wasser. »Hast du schon Stein wegen Peers Handy angerufen?«

»Ja, er lässt es und Peers Karten im Laufe des Vormittags abholen.« Sie seufzte. »Sag mal, haben dir Peers Reiseunterlagen weitergeholfen?«

»Schon, aber ich bin erst einen winzigen Schritt weiter, kann also leider noch nicht viel mehr sagen als gestern«, behauptete Sarah und hoffte, dass Amanda nicht nachbohren würde.

»Axel«, sagte Amanda in dem Augenblick. »Brauchst du was?«

»Weißt du, wo Carola die Provenienz von dem Rubens-Gemälde hingelegt hat?«, hörte Sarah ihn durchs Telefon fragen. Vermutlich stand er direkt vor Amanda.

»Schau in der obersten Lade von Carolas Schreibtisch nach«, war Amandas Antwort. »Normalerweise legt sie die dort ab. Entschuldige, Sarah, bin wieder bei dir.«

Sarah war perplex. »Ihr versteigert einen Rubens? Einen echten Rubens?«

»Ja, wir hatten Glück. Es ist ein Werk, das einst den Wittelsbachern gehört hat, dann einem Schweizer Kunstsammler und über dessen Erbin nach Wien gekommen ist. Sie hat keinen Bezug zur Kunst und will es deshalb versteigern lassen. Der Ausrufpreis liegt bei dreihunderttausend Euro, falls du interessiert bist.«

»Ha! Alles klar.« Sarah war noch immer sprachlos. Ein echter Rubens! Wäre sie die Erbin dieses Schweizers, würde sie das Bild in Ehren halten und jeden Tag bewundern.

»Jetzt weißt du, weshalb Axel und Gerlinde unermüdlich an der bevorstehenden Auktion arbeiten und ich den Laden nicht einfach für ein paar Tage schließen kann, auch wenn mir danach zumute ist«, meinte Amanda und seufzte. »Die Versteigerung ist international ausgeschrieben, wir erwarten viele Bieter. Es ist nur Axels ausgezeichneten Kontakten zu verdanken, dass wir das Bild in der Auktion haben. Und heute, wo wir bei der Vorbereitung alle Hände bräuchten, fällt Carola auch noch aus.« Amanda stieß einen gequälten Ton aus.

»Was ist passiert? Ist sie krank?«, fragte Sarah. »Ich dachte, ihr arbeitet alle seit acht Uhr.«

»Eh, sie war auch da, ist aber vor fünf Minuten wieder gegangen. Ihre Allergie. Sie hat gar nicht mehr aufgehört zu niesen, ihre Augen waren knallrot. Hatte ihre Tabletten daheim vergessen.«

»Ein allergischer Anfall? Ihr habt doch gar keine Katze im Auktionshaus.«

»Pollen«, erwiderte Amanda. »Die sind in ihrem Fall mindestens genauso schlimm.«

Sarah überlegte, welche Pollen im August flogen. Sie hatte keine Ahnung, tippte aber auf Gräser.

»Dazu kommt, dass sie psychisch ziemlich fertig ist«, fuhr Amanda derweil fort. »Peers Ermordung setzt ihr zu. Sie ist nach wie vor fest davon überzeugt, dass sie eine Vorahnung hatte, und macht sich Vorwürfe. Vermutlich denkt sie, dass sie ihn hätte aufhalten sollen, anstatt zu Hause zu sitzen und sich vor Freitag, dem Dreizehnten, zu fürchten. Und das, obwohl er ihre Warnung vorher schon in den Wind geschlagen hatte.« Amanda seufzte ergeben. »Sie braucht wahrscheinlich einfach Zeit.«

Oder muss sich um eine Katze kümmern, dachte Sarah. Eine, die in ihrer Umgebung so viele Haare verteilte, dass Carolas Tabletten möglicherweise nichts halfen. Sarah überlegte krampfhaft, ob sie der Sekretärin die Entführung zutraute. Saß Marie gerade in deren Wohnung? Sie schimpfte sich paranoid, aber trotzdem wollte sie dem Gedanken nachgehen. »Gibst du mir ihre Adresse?«

»Wozu?«

»Ich will mit ihr über die Dreizehn reden«, fiel Sarah spontan eine Notlüge ein. Sie wollte Amanda nicht unnötig beunruhigen oder gar von ihr eine Närrin genannt werden. »Vielleicht kann ich sie zudem überzeugen, dass sie an Peers Ermordung keine Schuld hat«, fügte sie hinzu.

Eine kurze Pause trat ein. Denkbar, dass Amanda überlegte, ob das Sinn machte. Doch schließlich gab sie Sarah die Adresse durch.

»Sag ihr bitte noch einmal von mir, sie soll sich Zeit nehmen. Und dass auch ich glaube, dass sie nicht für den Mord an Peer verantwortlich ist.«

Sarah versprach es.

Der Besuch bei Carola Jonas musste jedoch noch etwas warten. Sarah hatte um halb zehn eine Besprechung im Büro. Im Auto auf dem Weg zum *Wiener Boten* beichtete sie David, was sie vorhatte. Er wirkte nicht glücklich, verkniff sich aber sichtlich eine Bemerkung.

Am späten Vormittag verließ Sarah das Verlagshaus wieder. Carola Jonas' Wohnung lag auf der Josefstädterstraße im achten Bezirk. Sarah mochte die Gegend, es gab viele Studentenlokale, heimelige Cafés, ausgefallene Läden und ein großartiges Theater. Auf dem Weg überlegte sie, welchen Vorwand sie Carola Jonas auftischen konnte, um in deren Wohnung zu gelangen. Sie musste Gewissheit haben, ob Marie bei ihr war, auch wenn ihr Verstand sich der Vorstellung verweigerte, dass die Sekretärin die Entführerin war. Es passte einfach nicht. Aber der plötzliche allergische Schub machte sie misstrauisch, und außerdem konnte man in keinen Menschen hineinschauen. Kurz entschlossen entschied Sarah sich für die Wahrheit. Sie würde Carola Jonas auf den Kopf zusagen, weshalb sie bei ihr war.

Sie drückte auf den Klingelknopf. Wartete. Niemand öffnete. Sie läutete ein zweites Mal. Wieder passierte nichts. Vielleicht war Carola Jonas ja einkaufen oder in die Apotheke gegangen, um sich ein Medikament gegen die Allergie zu besorgen. Denkbar, dass sie wieder in die Arbeit gefahren war, weil es ihr besser ging.

Sarah wartete dennoch vor der Haustür und drückte fünf Minuten später noch mal den Knopf. Auch möglich, dass die Sekretärin unter der Dusche war und deshalb die Glocke überhört hatte. Doch erneut folgte kein Summton. Sie blickte auf die gegenüberliegende Straßenseite. Konnte es sein, dass Carola Jonas im Café Hummel saß? Es erschien Sarah zwar nicht sehr wahrscheinlich, aber sie konnte sich ja mal in dem Gastgarten vor dem Kaffeehaus umsehen.

Sie überquerte die Straße, beäugte die Menschen an den Tischen, sah Amandas Sekretärin aber nirgends. Sie überlegte, sich an einen freien Tisch zu setzen und eine Melange zu bestellen, als sie Carola Jonas aus der Straßenbahn steigen sah, die wenige Sekunden zuvor an der nahe gelegenen Haltestelle gestoppt hatte. Schnell lief sie zurück zum Wohnhaus.

»Warten Sie auf mich?«, fragte die Sekretärin, als sie Sarah erkannte.

»Ja. Ich war zufällig in der Gegend, und Amanda meinte, es ginge Ihnen nicht gut. Da wollte ich nach Ihnen sehen«, log Sarah nun doch.

Zweifelnde Falten erschienen auf Carola Jonas' Stirn. »Soso. Sie wollten nach mir sehen. Es geht mir wieder gut, danke.«

»Wo waren Sie eigentlich gerade?«, fragte Sarah.

»Ich musste etwas erledigen.«

»Amanda hat gesagt, dass Sie einen fürchterlichen Allergieanfall hatten.«

»Das stimmt. Und meine Tabletten zu Hause vergessen hatte ich auch.« Sie machte keine Anstalten, Sarah ins Haus zu lassen.

»Darf ich kurz reinkommen und Ihre Toilette benutzen?«, fragte Sarah.

Carola Jonas zögerte. Ihr Blick wanderte über die Straße zum Café Hummel. Vermutlich überlegte sie, Sarah dorthin zu verweisen.

»Es wäre wirklich dringend.« Sarah verzog ihr Gesicht, als würde sie sich gleich in die Hose machen. »Bitte«, flehte sie. »Ich bin auch gleich wieder weg.«

»Also gut.« Carola Jonas schloss die Tür auf und hielt sie für Sarah auf.

Sie stiegen in den Lift und fuhren in den zweiten Stock. Die Sekretärin nieste zweimal, zog ein Taschentuch aus ihrer Handtasche und drückte es sich gegen die Nase.

»Geht es Ihnen wirklich wieder gut?«

»Ja. Die Antihistaminika wirken relativ schnell.« Wieder musste Carola Jonas niesen. »Der Staub vermutlich.«

»Mmh«, brummte Sarah wenig überzeugt.

Der Fahrstuhl hielt an, und sie stiegen aus.

Carola Jonas bewohnte eine Zweizimmerwohnung. Sie zeigte Sarah die Toilette direkt neben dem Eingang und schaltete das Licht an.

Sarah trat ein, schloss die Tür hinter sich und sah sich um. Sie entdeckte nichts, das darauf hinwies, dass eine Katze sich in dem fensterlosen Raum aufgehalten hatte. Sie drückte die Spülung, wusch sich die Hände und trat wieder in den schmalen Flur.

Carola Jonas hatte sich ein Glas Wasser eingeschenkt und wartete in der offenen Tür, die in den dahinterliegenden Raum führte.

»Danke«, sagte Sarah.

»Bitte.«

Sarah war froh, dass sie ihr noch das ausrichten konnte, was Amanda ihr aufgetragen hatte. Andernfalls hätte sie keinen Grund mehr gehabt, länger in der Wohnung zu bleiben. »Sie sollen sich Zeit nehmen, und Sie sind nicht schuld an dem, was passiert ist.«

»Peers Tod macht mich wirklich fertig. Da hat sie schon recht.« Die Sekretärin druckste herum, nippte am Wasserglas und gab sich sichtlich einen Ruck. »Kommen Sie rein und entschuldigen Sie die Unordnung. Bin nicht zum Aufräumen gekommen.«

»Ihre Wohnung ist gemütlich«, beteuerte Sarah.

»Beengt trifft es wohl eher. Deshalb lade ich auch selten Gäste zu mir ein«, sagte Carola Jonas und führte Sarah in den Wohnraum mit Küchenzeile. Die Tür zum angrenzenden Schlafzimmer stand offen, sodass Sarah sehen konnte, dass dort gerade mal ein Bett und ein Kasten Platz hatten. Hier konnte man unmöglich ein Tier verstecken. Hatte sie Marie vielleicht einstweilen woanders untergebracht, weil sie die Allergie trotz Tabletten schwer in den Griff bekam? Sarah setzte sich auf das Sofa von Ikea und ließ unauffällig ihre Hand über den Stoff gleiten, um zu sehen, ob Katzenhaare daran haften blieben. Nicht ein einziges.

Carola Jonas brachte ihr unaufgefordert ein Glas Wasser, nahm auf dem Stuhl ihr gegenüber Platz und sah sie an. »Außerdem will mir etwas nicht aus dem Kopf gehen«, knüpfte sie an das vorangegangene Gespräch an. »Der Chef hat sich zwar über meine Warnung lustig gemacht, aber da war noch etwas anderes in seinem Blick.«

Sarah horchte auf. »Amanda meinte, er hätte in den letzten Wochen bedrückt gewirkt.«

»Schon, irgendwie. Zumindest hat ihn etwas stark beschäftigt. Aber was ich meine, ist: Er ist ganz kurz zutiefst erschrocken, als er die Karte mit dem Tod gezogen hat. Die Trumpf-Dreizehn«, betonte sie.

Sarah war überzeugt, dass Carola Jonas sich in ihrer Einschätzung seiner Reaktion irrte, behielt ihre Meinung aber für sich. »Wie war Peer so? Als Chef, meine ich.«

»Locker, solange jeder seinen Job machte. Nur kurz vor Auktionen war er manchmal ziemlich gestresst. Er hatte Angst vor einer Katastrophe.«

»Wie hätte die denn aussehen sollen?« Sarah konnte sich nichts vorstellen.

»Etwa dass sich ein Original als Fälschung entpuppt. Oder dass wir übersehen haben, dass ein Kunstwerk auf der Liste der gestohlenen Werke steht. Solche Sachen halt.«

Sarah verkniff sich ein breites Grinsen. Sorgen wie diese waren verständlich, denn wäre etwas in der Art vorgekommen, hätten zuständige Ermittlungsbehörden das Auktionshaus mit Sicherheit genauer unter die Lupe genommen. »Ist das mal passiert?«

Die Sekretärin schüttelte den Kopf. »Nein. Peer, Axel und Gerlinde achteten mit Argusaugen darauf. Vor den Auktionen haben sie wirklich alles überprüft. Dabei durfte man ihren inneren Kreis nicht stören. Da waren sie fokussiert, benahmen sich, als wären sie in einer Parallelwelt.« Carola Jonas verdrehte lachend die Augen. »Erst danach tickten sie wieder normal.«

»Amanda braucht Sie alle jetzt. Und ich meine nicht nur, was das Geschäft betrifft«, sagte Sarah.

»Ich weiß, und sie kann sich auf mich verlassen. Genauso wie auf Axel und Gerlinde. Da bin ich mir sicher. Aber Sie sollten auf sich aufpassen.« Carola Jonas sah sie ernst an.

»Was wollen Sie damit sagen?«

Sie deutete auf den Stoß Tarotkarten, der am Tischrand lag. »Ich habe gestern Abend eine für Sie gezogen. Das mach ich immer, wenn ich jemanden kennenlerne. Ich frage die Karten, ob ich der Person vertrauen kann.«

»Und, können Sie?« Sarah schluckte die Bemerkung hinunter, dass Spielkarten kaum diese Frage beantworten konnten, ebenso wenig, wie sie das Schicksal von irgendwem vorhersagten. Die Beschäftigung mit ihnen war ein netter Zeitvertreib, nicht mehr. Und die Zahl Dreizehn fügte niemandem Schaden zu. Das war purer Aberglaube.

Ihre Gastgeberin wich Sarahs Blick aus, sah auf ihre Hände. Eine Pause entstand. Als Carola Jonas den Kopf wieder hob, sah sie Sarah an, als stünde Sarah ein Trip in die Hölle bevor. »Es war die Drei der Schwerter. Sie durchdringen das Herz. Die Karte bedeutet, dass man verletzt wird.« Mit einer raschen Bewegung griff Carola Jonas nach dem Deck und fächerte die Karten auf. »Ziehen Sie selbst eine!«

Sarah zögerte, ließ ihre Hand dann aber doch einen Moment lang über den Karten schweben und entschied sich für eine.

»Fünf Schwerter«, murmelte ihr Gegenüber. »Sie offenbaren, dass Sie sich in einem großen Konflikt mit einer anderen Person befinden. Einem Konflikt, der mit viel Niedertracht und Boshaftigkeit ausgetragen wird.« Die Sekretärin nahm den Blick von der Karte und sah Sarah direkt in die Augen. »Die Karten haben recht, gell?«

»In meinem Job passieren immer wieder Dinge, bei denen es nicht fair zugeht. Haben Sie zufällig das Foto in *Neues der Woche* von mir gesehen? Das mich vor dem Belvedere zeigt, neben einem Polizisten?«

Carola Jonas nickte.

»Denken Sie, ich hätte gewollt, dass es veröffentlicht wird?«

Carola Jonas sah Sarah zufrieden an. »Ich sage doch: Die Karten wissen mehr, als wir bereit sind zu glauben.«

»Das ist Auslegungssache. Nehmen wir die Karte mit den fünf Schwertern. Sie meinen, sie bedeutet, dass mir ein hässlicher Konflikt bevorsteht. Andererseits steht das Schwert für die scharfe Urteilskraft des menschlichen Verstandes. Für Mut, Stärke, die Königswürde und die Gerichtsbarkeit.« Sarah hielt kurz inne, um ihre Worte wirken zu lassen. Dass Carola Jonas jetzt ganz bei der Sache zu sein schien, wollte sie nutzen, um endlich das Gespräch auf Marie zu bringen.

»Ein anderes Beispiel«, Sarah tat, als würde sie kurz nachdenken, »ist die Katze. Auf vielen Gemälden ist sie als friedliches Haustier abgebildet. Doch wenn sie auf der Lauer liegt, bedeutet sie nahendes Unheil. In dem Bild *Olympia* von Édouard Manet kündigt die schwarze Katze mit gekrümmtem Rücken an, dass jemand Böses, denn sie ist die Gefährtin der Hexe, in das Umfeld der Kurtisane eindringt.« Sarah behielt ihr Gegenüber fest im Blick, damit ihr kein etwaiges Aufflackern in den Augen, kein Zucken der Mundwinkel oder sonst eine Geste der Unsicherheit entging.

Aber Carola Jonas rieb weder Daumen und Zeigefinger aneinander, noch fasste sie sich übertrieben oft ins Gesicht und wich auch nicht ihrem Blick aus. Sie blieb ruhig sitzen und hörte ihren Ausführungen interessiert zu.

»Ich besitze eine schwarze Katze. Sie wissen vermutlich, dass Katzen im Mittelalter nur deshalb vom Christentum verteufelt wurden, weil heidnische Kulturen sie verehrten?«

»Mmh«, machte Carola Jonas bestätigend.

»Marie ist für mich eine Glückskatze.«

»Ich bin leider allergisch auf Katzen, egal, welche Fellfarbe sie haben.«

»Ich weiß«, sagte Sarah.

»Und ich weiß, worauf Sie mit Ihrem Vortrag über die Auslegung von Symbolen und so hinauswollen.«

»Wirklich?«

»Ja, ich soll mir keine Vorwürfe machen, weil Peer am Donnerstag den Tod gezogen hat. Mach ich auch nicht mehr. Ehrlich! Es war seine Entscheidung, meine Warnung nicht ernst zu nehmen. Es geht mir schon viel besser«, versicherte sie. »Morgen sitze ich wieder an meinem Schreibtisch.«

Sarah lächelte. »Das klingt gut.« Sie sah auf die Uhr. »Ich muss jetzt leider wieder gehen.«

»Tun Sie das, aber passen Sie auf sich auf. Sie scheinen da draußen einen Feind zu haben. Die Karten lügen nicht, egal, ob Sie es glauben oder nicht.«

Bist du meine Feindin?, fragte Sarah stumm, während Amandas Sekretärin ihr voraus den Flur entlangging.

»Wissen Sie, was mir seit Peers Tod wirklich nicht aus dem Kopf gehen will?«, sagte Carola Jonas überraschend an der Wohnungstür. »Er hat *Das letzte Abendmahl* fotografiert.«

»Was?«

»Jesus wurde der Überlieferung nach an einem Freitag, den Dreizehnten, gekreuzigt. Und Judas, der ihn verraten hat, war das nicht der dreizehnte Apostel am Tisch?«

»Damit haben Sie recht, aber ...«

»Nicht nur die Karten haben ihn gewarnt«, unterbrach Carola Jonas Sarah mit belegter Stimme und schloss die Tür vor ihrer Nase.

Sarah hoffte, die Sekretärin würde eines Tages begreifen, dass weder Freitag, der Dreizehnte, noch Judas oder die Tarotkarten für Peers Tod verantwortlich waren.

Auf dem Weg zurück zum *Wiener Boten* kamen ihr Peers Worte wieder in den Sinn: *Freitag, der Dreizehnte, ist ein guter Tag, um sich um einen Verräter zu kümmern.* Hatte sein Mörder diesen Tag, Freitag, den Dreizehnten, vielleicht bewusst für die Tat ausgewählt?

32

Tilmann Eckenbergs Penthouse lag am Graben im Herzen der Innenstadt. Schon zu Zeiten der Monarchie hatte die heutige Fußgängerzone durch ihre Nähe zur Hofburg als exklusive Einkaufsstraße gegolten, und daran hatte sich bis heute nicht viel geändert. Zudem zogen die umliegenden Sehenswürdigkeiten zig Touristen an. Etwa der Stephansdom, die Peters- und die Michaelerkirche und die Spanische Hofreitschule. David hatte sich nach der Arbeit in einen dunkelblauen Anzug gequält, obwohl es auch abends noch knapp dreißig Grad hatte. Dazu trug er ein hellgraues T-Shirt und sah verdammt gut aus. Sarah hatte sich ebenfalls noch umgezogen, war in einen anthrazitfarbenen sommerlichen Jumpsuit geschlüpft und hatte ihre dunkelbraunen Haare locker nach oben gebunden.

»Du bist wunderschön«, hauchte ihr David ins Ohr, bevor sie die Dachgeschosswohnung betraten.

Sie schenkte ihm ein zärtliches Lächeln, dann sah sie sich in dem quadratischen Eingangsbereich um, den zwei abstrakte Ölgemälde dominierten.

»Schön, dass Sie kommen konnten«, begrüßte sie der Gastgeber bereits im Foyer. Er wirkte wie ein Guru, der seine Anhängerschaft um sich versammelt. Sarah stellte David und Tilmann Eckenberg einander vor.

»Sehen Sie sich um, genießen Sie das Ambiente.« Der Unternehmer wandte sich an Sarah. »Wir können dann später reden. Sie sehen übrigens umwerfend aus, wenn ich das sagen darf.«

»Danke«, erwiderte sie höflich und schlenderte dann an Davids Seite durch eine weit geöffnete zweiflügelige Sprossentür mit Glas in den nächsten Raum. Leiser Jazz sorgte für entspannte Atmosphäre, und Sarah staunte mit großen Augen. Durch eine meterhohe Fensterfront hatte man einen atemberaubenden Blick auf den Stephansdom. An den Wänden hingen dicht an dicht Gemälde. In keiner anderen Privatwohnung hatte sie bislang derart viele Kunstwerke gesehen. Selbst die Möbelstücke stammten mit Sicherheit aus ihr unbekannten Designer-Werkstätten.

»Der Armlehnensessel da drüben ist von Shiro Kuramata«, unterbrach David ihre Gedanken, dem Ähnliches durch den Kopf gehen musste. Er nickte zu einem Sessel in Stahloptik mit weißem Sitzkissen im Eck, der einem stählernen Wachposten glich. »Das war ein japanischer Produktdesigner und Innenarchitekt«, fuhr er fort. »Den Sessel hab ich kürzlich noch in einem Versteigerungskatalog gesehen. Ausrufpreis war viertausend Euro.«

»Du liest Versteigerungskataloge?« Manche Dinge erstaunten Sarah an ihrem Freund noch immer.

»Ich wollte mal wissen, in was Kunstsammler so investieren, und dabei ist mir der Sessel aufgefallen. Er besteht übrigens aus vernickeltem Streckmetall.«

»Viertausend Euro«, wiederholte Sarah. »Da würde ich mich niemals draufsetzen.«

»Wir sind auch nicht zum Rumsitzen gekommen, sondern in der Mission Mordfall Peer Schneider hier«, raunte David ihr verschwörerisch zu.

»Und um Hinweise auf Maries Aufenthaltsort zu finden.«

»Du denkst, einer der Reichen hier ist der Entführer?«

Sarah zuckte mit den Achseln. »Wer weiß.«

»Dann sollten wir uns mal besser unters Volk mischen. Aber tu mir einen Gefallen: Fang nicht an, die Kleidung der Leute hier nach Katzenhaaren abzusuchen.«

»Das kann ich dir leider nicht versprechen.«

Daraufhin streiften sie ein wenig ziellos durch die Wohnung und hielten die Augen offen. Immer mehr Gäste in edlen Roben trafen ein, begrüßten die schon Anwesenden mit Wangenküsschen, schoben sich durch die Räume, bewunderten die Gemälde oder ignorierten sie, weil sie in erster Linie zum Plaudern oder Gesehenwerden gekommen waren. Dazwischen nahmen sie Gläser und kleine Stärkungen von den unterschiedlich angerichteten Büfetttischen, an denen junge Männer und Frauen der hungrigen Meute geduldig und freundlich lächelnd bei der Auswahl halfen. Auf ihren schwarzen Jacken prangte ein Logo, das Sarah bekannt vorkam. Kuba Kaminski. Natürlich! Wer sonst hatte das Privileg, die Elite satt zu machen. Sie entdeckte den Maestro persönlich am Herd der dunklen thekenähnlichen

Kochinsel, die ins geräumige Esszimmer mit Holzfußboden ragte. Neben der gleichfarbigen Küchenfront dahinter sah sie Amanda. Sie trug ein schwarzes Etuikleid und machte einen erschöpften und hilflosen Eindruck. Ihre Schultern waren gebeugt. Sie wirkte, als würde eine schwere Last sie zu Boden drücken. Sarah nahm David am Arm, führte ihn zu ihrer alten Bekannten und stellte sie einander vor.

»Carola hat mich nach deinem Besuch bei ihr angerufen und gesagt, dass sie dir die Karten gelegt hat«, sagte Amanda anschließend.

»Na ja. Ich hab eine gezogen. Die Fünf der Schwerter.«

»So wie ich kürzlich.« Amanda klang verschwörerisch. »Ich glaub, das ist grad ihre unheilbringende Lieblingskarte.« Sie schüttelte den Kopf. »So ein abergläubisches Mädel. Und das im 21. Jahrhundert.«

In dem Moment stieß Tilmann Eckenberg sanft mit einer Gabel an sein Glas und begann eine kurze Rede. Er erwähnte, dass der Abend in Gedenken an Peer Schneider stattfand, und bat Amanda an seine Seite. Mit schweren Schritten folgte sie seiner Aufforderung und ließ, gequält lächelnd, seine Lobrede auf Peer und eine Handvoll dazugehöriger Anekdoten über sich ergehen. Sarah sah ihr an, dass sie sich am liebsten in Luft aufgelöst hätte.

Am Ende zerstreute sich die Menge wieder in alle Himmelsrichtungen, und Tilmann Eckenberg führte Amanda herum, zeigte ihr sein Penthouse und stellte ihr Leute vor.

Sarah hatte währenddessen Olivia und Gernot Traub entdeckt, die Immobilienmakler. Er im leichten Sommeranzug, sie im wallenden Sommerkleid. Um den Hals trug sie ein gelbgoldenes Collier mit einem Herz aus Brillanten, das vermutlich ein Vermögen gekostet hatte. Als sie Sarah ebenfalls entdeckte, hakte sie sich sofort bei ihrem Mann unter und zog ihn in ihre Richtung.

»War das nicht eine schöne Rede«, flötete Olivia Traub und stellte sich und ihren Mann David vor.

»Ihre bezaubernde Frau durften wir ja schon auf Britta Eckenbergs Benefizbrunch kennenlernen«, sagte Gernot Traub.

Sarah lag sofort auf der Zunge, dass sie nicht verheiratet waren.

»Sie hat mir natürlich von Ihnen erzählt«, kam David ihr mit einer Antwort zuvor. Und da er nicht widersprach, schluckte sie ihre Bemerkung hinunter. Nach ein wenig Small Talk über das beeindruckende Penthouse und den liebevoll gestalteten Empfang nahmen die beiden David in Beschlag. Die Bewerbung eines neuen Immobilienprojekts lag ihnen sehr am Herzen.

»Wenn wir schon mit dem Herausgeber einer seriösen Zeitung zusammentreffen, sollten wir die Gunst der Stunde doch nutzen«, lächelte Olivia Traub.

»Was halten Sie von einer Inseratenkampagne in Kombination mit redaktioneller Berichterstattung?«, wechselte Gernot Traub auf die geschäftliche Ebene des Gesprächs.

Sarah flüchtete, suchte Amanda und fand sie mit Daphne Eckenberg-Baldin, am Fenster stehend und plaudernd. Tilmann Eckenbergs Tante trug eine beigefarbene Seidenbluse und eine weite dunkelblaue Stoffhose mit Ginkgo-Print. Wie schon letztens im DO & CO wirkte sie äußerst elegant. Sarah gesellte sich dazu, und ihre Freundin machte sie miteinander bekannt.

»Sie sind also die Journalistin«, stellte die alte Dame fest.

Sarah bejahte. »Ihr Neffe hat eine beachtliche Kunstsammlung.«

»Der Name Eckenberg verpflichtet. Schon mein Vater war ein begeisterter Kunstsammler, wie jeder weiß, und Tilmann tritt in seine Fußstapfen. Leider hat mein eigener Sohn Richard gar nichts dafür übrig. Ihn interessiert nur das Unternehmen. Nicht, dass das schlecht wäre. Ganz im Gegenteil. Aber jeder Mensch braucht doch einen Ausgleich zur Arbeit.«

Sarah sah sich übertrieben um. »Ich hab ihn heute Abend noch gar nicht gesehen.«

»Er hat noch etwas zu tun und kommt ein wenig später.«

Just in dem Moment tauchte Tilmann Eckenberg wie aus dem Nichts auf. »Darf ich euch Amanda noch einmal kurz entführen? Ich will ihr jemanden vorstellen.« Er zog sie mit sich.

Sarah sah ihnen nach, doch sie wechselten den Raum, sodass sie sie aus den Augen verlor.

Daphne Eckenberg-Baldin musterte derweil Sarah, als hätte sie erst jetzt registriert, wer da vor ihr stand.

»Sie sind also die, die behauptet, dass Tilmann Britta den Dolch abluchsen wollte.«

»Die Behauptung stammt nicht von mir, ich habe ihn nur darauf angesprochen«, stellte Sarah richtig.

»Glauben Sie mir, der Dolch ist das Letzte, was meinen Neffen interessiert. Vielmehr will er … wollen wir«, korrigierte sie sich, »die Gemäldesammlung. Und das ist kein Geheimnis.«

»Aber er hat versucht, über Peer Schneider den Dolch zu kaufen.«

»Ich weiß wirklich nicht, wer diesen Unsinn in Umlauf gebracht hat. Vermutlich Britta.« Sie stöhnte dramatisch auf. »Nun, sie war schon immer gut im Erzählen von Märchen. Aber es stimmt schlichtweg nicht.«

»Tatsächlich?«, tat Sarah überrascht. »Und dabei hat Peer Schneiders Angestellte doch seiner Witwe Amanda gestanden, dass sie als Strohfrau bei dem Kauf agieren sollte.«

»Das hat mir Tilmann auch schon erzählt. Aber wer sagt denn, dass er dahintersteckt?«, erwiderte Daphne Eckenberg-Baldin. »Das ganze Spektakel könnte ebenso gut Britta inszeniert haben. Ebenfalls über diese Mittelsperson. Zutrauen würde ich's ihr.«

»Aber warum sollte sie das tun? Das ergibt doch keinen Sinn.«

»In ihrem Universum schon. Die Frau giert nach Aufmerksamkeit und liebt die Opferrolle.«

Sarah wartete auf noch etwas, was diese Behauptung untermauern würde, doch Daphne Eckenberg-Baldin ließ das Gesagte unkommentiert im Raum stehen. Wie aufs Stichwort betrat in dem Moment ihr Sohn die Wohnung.

»Und jetzt entschuldigen Sie mich bitte, Frau Pauli. Ich muss etwas mit Richard besprechen.« Sie nickte Sarah zu und eilte in seine Richtung, nahm ihn am Arm und zog ihn außer Hörweite.

Sarah sah, dass sich David endlich von dem Ehepaar Traub befreien hatte können, und ging auf ihn zu.

Er lächelte sie charmant an. »War ein aufschlussreiches Gespräch. Wusstest du, dass Axel Kowalski früher für Yvonne Rauter gearbeitet hat?«

»Nein.«

»Abwechselnd in ihren Galerien in Peking, Paris und Berlin. War wohl ihre rechte Hand. Vor etwa sechs Jahren war er auf Kurzbesuch in Wien und hat bei Peer Schneider vorbeigesehen. Er hatte ihn kurz zuvor gemeinsam mit Yvonne Rauter auf der Messe für zeitgenössische Kunst in Paris kennengelernt. Na ja, ich mach's kurz. Im Auktionshaus saß Gerlinde Göhr. Peer Schneider hatte sie gerade erst eingestellt. Um den armen Axel Kowalski war's sofort geschehen. Er wechselte kurzerhand zu Peer, um in Wien bleiben zu können. Das war nämlich, noch bevor Yvonne Rauter hier ihre Dependance eröffnet hat.«

»Die beiden sind ein Paar?«, fragte Sarah ungläubig. »So haben sie auf mich gar nicht gewirkt.« Sie versuchte, sich an eine eindeutige Geste oder einen Blick zu erinnern, aber es gelang ihr nicht. Die beiden hatten sich wie Kollegen verhalten. Auch Amanda hatte nichts dergleichen erwähnt.

»Außerdem hab ich erfahren, dass Peer Schneider ein Auktionshaus in Peking eröffnen wollte«, fuhr David indessen fort.

»Aha. Die Traubs sind ja ein wahrer Informationsquell. Das würde immerhin seine Aufenthalte in den letzten zwei Jahren dort erklären. Aber nicht, weshalb unser heutiger Gastgeber mitgefahren ist.« Sie ließ ihren Blick über die Gästeschar gleiten, bis er an dem Rücken von Tilmann Eckenberg haften blieb.

In der Sekunde drehte dieser sich um. Als er sie wahrnahm, verabschiedete er sich rasch von seinen Gesprächspartnern und kam auf sie zu.

»Wenn Sie möchten, können wir jetzt das Interview machen. So ich sie Ihnen entführen darf«, sagte er, an David gewandt.

David machte eine galante Handbewegung. »Bitte schön. Die Arbeit geht vor.«

Tilmann Eckenberg lotste Sarah weg von den Gästen durch einen Gang ans andere Ende der Wohnung, wo er eine Tür öffnete.

Einen Moment lang befürchtete Sarah, sich gleich in seinem Schlafzimmer wiederzufinden. Sie hatte Connys Bemerkung, dass er immer sein Ziel erreichte, nicht vergessen. Aber sie irrte sich. Sie betraten ein modern eingerichtetes Arbeitszimmer, durch dessen hohe Fensterfront die Abendsonne schien. Auch das Büro wurde von Kunst dominiert.

»Bitte nehmen Sie Platz.« Tilmann Eckenberg deutete auf ein dreisitziges Chesterfield-Sofa.

Sarah setzte sich und nahm ihr Handy aus der

Clutch. »Darf ich unser Gespräch aufnehmen? Andernfalls müsste ich mitschreiben.«

»Natürlich. Es freut mich wirklich sehr, dass Sie meine Einladung angenommen haben.«

»Sie haben mir ein Interview versprochen. Da konnte ich unmöglich Nein sagen.«

Er schmunzelte. »Ein Glas Wein?«

Erst jetzt sah Sarah die Bar, die sich in einem Eck des Raumes versteckte.

»Wasser, bitte.« Sie wollte durch ihre Getränkewahl nicht den Anschein einer privaten Plauderei erwecken.

Er stellte eine Flasche Mineralwasser und ein Glas auf den Tisch und goss sich selbst ein Glas Weißwein ein.

»Sie waren mit Peer in Peking«, begann Sarah.

»Ist das ein Verbrechen?«

»Haben Sie ihm bei der Suche nach den richtigen Geschäftsräumen geholfen? Er plante doch, dort ein Auktionshaus zu eröffnen.«

»Woher wissen …«

»Es gibt mehrere Tweets mit Fotos.«

Sarah glaubte, eine Andeutung von Verärgerung in Tilmann Eckenbergs Mimik zu erkennen.

»Wussten Sie nicht, dass Fotos existieren?«, fragte sie. »Sie haben doch sicher bemerkt, dass Sie fotografiert wurden? Sie sind gemeinsam mit Peer und Yvonne Rauter darauf zu sehen.«

»Wenn ich mich recht erinnere, wollten wir uns über den Symbolgehalt in Gemälden unterhalten«, erwiderte er sachlich. »Also, kein Kommentar.«

»Dann erzählen Sie mir etwas über den Dolch.«

»Den ich angeblich unbedingt zurückhaben wollte«, sagte er in hämischem Tonfall.

»Ihre Tante meinte, das wäre gelogen.«

»Damit wird sie wohl recht haben«, antwortete er kryptisch und nippte an seinem Weinglas.

Sarah nahm einen Schluck Wasser und stellte das Glas wieder ab. »Ich habe gehört, Sie hätten damals lange nach einem passenden Geschenk für Ihren Großvater gesucht.«

»Peer hat für mich und Richard gesucht.«

»Das wundert mich jetzt nicht.«

»So?« Tilmann Eckenbergs Augenbrauen wanderten erstaunt nach oben.

»Amanda erzählte mir, dass Sie ihn vor über zehn Jahren kennengelernt haben und ihn als Experten schätzten. Weshalb hätten Sie also jemand anderes beauftragen sollen?« Sie war froh, endlich eine Verbindung zwischen Peer und dem Dolch herstellen zu können, die nicht unmittelbar etwas mit dem Mord zu tun hatte. »Wissen Sie, wo er ihn entdeckt hat? Es gibt ja angeblich keine Hintergrundinfo dazu.«

»Ich kann nur wiederholen, was er mir damals … vor sieben Jahren erzählt hat. Demnach hat er ihn jemandem abgekauft, der dringend Geld brauchte und den Wert des Stücks nicht erkannte. Mehr weiß ich auch nicht. Aber das gehört auch nicht zu unserem eigentlichen Thema.« Er verzog die Lippen zu einem Grinsen. »Kennen Sie den alten Volksglauben, wonach man eine Freundschaft zerschneidet, wenn man jemandem ein Messer schenkt? Haben Sie mit dem Dolch die Verbindung zu Ihrem Großvater endgültig durchtrennt?« Sarah wusste, dass ihn diese Fragen ärgern würden. Trotzdem drängte es sie, sie zu stellen.

Er gab ein verächtliches Schnauben von sich und senkte die Stimme. »Von mir bekommen Sie keine Antwort zu privaten Themen.«

»Ein alter Aberglaube ist doch kein privates Thema.« Sie lächelte unschuldig.

Tilmann Eckenberg beugte sich leicht nach vorne, fixierte sie mit seinen erstaunlich blauen Augen. »Ich weiß, worauf Sie hinauswollen, Frau Pauli.«

»Wirklich?«, fragte Sarah.

»Ich kenne Ihre Kolumnen zum Thema Aberglauben und Symbolik. Und in den Schaft des Dolches sind dreizehn Rubine eingearbeitet. Es gibt Menschen, die verbinden Unglück mit dieser Zahl.« Zwei Wutfältchen erschienen auf seiner Stirn. »Aber glauben Sie mir, für mich ist es nur eine ganz gewöhnliche Ziffer. Dasselbe galt für meinen Großvater.«

»Ich dachte, weil Sie sich mit Sinnbildern auskennen, ist der Dolch …«

»Eine gewöhnliche Ziffer«, wiederholte er streng.

»Das heißt, Sie haben den Dolch gekauft, weil er so unglaublich schön gearbeitet ist und die Rubine im Schaft einiges wert sind?«, formulierte Sarah ihre Frage neu.

»Sie geben wohl nie auf, oder? Stellen Sie endlich Ihre Fragen zu der Symbolik in Gemälden und zu Peer, oder wir brechen unser Gespräch hier ab. So leid mir das täte, denn Sie sind mir sympathisch.« Er zwinkerte ihr zu.

»Na gut«, kapitulierte Sarah, bevor er sie noch vor die Tür setzen würde, und ignorierte seinen dezenten Flirtversuch. »Haben Sie jemals mit Peer darüber gesprochen, weshalb ihn die Symbolik in Gemälden faszinierte?«

»Darüber haben wir sogar oft gesprochen. Er war fest davon überzeugt, dass die Symbolik den Betrachtern helfen kann, die Zeit, in der das Werk entstand, besser zu verstehen. Ebenso den Charakter des Kunstwerks. Symbole wurden ja nicht nur einzeln verwendet, sondern oft kombiniert, um Allegorien zu unterschiedlichen Themen zu bilden. Etwa zu dem der Todsünde, Liebe oder Täuschung. Obwohl das nicht bedeutet, dass die Bildelemente immer eine Botschaft haben.«

»Natürlich nicht.«

»Peer konnte stundenlang über die geheime Sprache in der Kunst reden. Er hatte ein breites Wissen, hatte jahrelang recherchiert und unzählige Ausstellungen besucht. Er studierte die Gemälde der alten Meister, als würde sein Leben davon abhängen. Und vielleicht tat es das auch.« Die Erinnerung malte Tilmann Eckenberg ein leises Lächeln ins Gesicht. Bei dem Thema war der Mann wie verwandelt. Immer noch selbstgefällig und arrogant, dennoch sprach echte Faszination aus ihm.

»Wie kann ich das verstehen?«, fragte Sarah.

»Peer Schneider atmete die Kunst. Es war mehr als Leidenschaft, was ihn antrieb. Es war Besessenheit im positiven Sinn.«

»Auch Axel Kowalski und Gerlinde Göhr sind Experten, meint Amanda. Vielleicht ...«

Wieder schnaubte er, diesmal klang er dabei überheblich. »Sie sind fachlich gesehen zweifellos Experten auf ihrem Gebiet. Frau Göhr hat sich auf antiken Schmuck spezialisiert, und Herr Kowalski erkennt den Wert eines Bildes mit verbundenen Augen. Aber was die geheime Sprache der Kunst anbelangt, also die Symbolik ...« Er schüttelte bedauernd den Kopf. »Da müssen die beiden noch einiges lernen.«

»Gab es vielleicht eine sinnbildliche Bedeutung, die Peer am meisten beschäftigte? Mal die der Vanitas-Gemälde ausgenommen?«

»In den letzten Jahren hat er sich vermehrt der künstlerischen Auseinandersetzung zu den Themen Krieg und Gewalt gewidmet. Kein Wunder angesichts der aberwitzigen Grausamkeiten auf dem Planeten. Unsere Welt bricht auseinander. Die Gier, der Neid, der Drang nach Macht, alles zusammen verwandelt die Menschheit in blutrünstige Dämonen. So ähnlich hat er sich mal ausgedrückt.«

Sarah war überrascht. Sie hätte dem Mann vor ihr viel zugetraut, Empfindsamkeit gehörte jedoch nicht unbedingt dazu. Amanda hatte gemeint, er sauge einem die Energie aus dem Körper, aber bislang konnte sie das nicht bestätigen. Vielleicht hatte Amanda ihn falsch eingeschätzt, oder er spielte ihr gegenüber jetzt eine Rolle, und zwar verdammt gut.

»Wir haben uns in dem Zusammenhang oft über die Wirkung der Täuschung unterhalten. Nehmen Sie die beiden Bilder hinter meinem Schreibtisch«, fuhr Tilmann Eckenberg indessen fort. »Sie bilden zusammen ein Gesamtkunstwerk.«

Sarah betrachtete die Ölgemälde vom Sofa aus. Eines zeigte zwei Sphinxe. Eine männliche und eine weibliche. Beide verdeckten ihr Antlitz mit einer Volto, einer Maske, die dem menschlichen Gesicht nachempfunden war.

»Sehen Sie sich das linke an. Seine Bedeutung ist, dass jedes Wesen die Kunst der Verstellung beherrscht. Die Sphinx, Sinnbild der übermenschlichen Kraft des Gottes oder des Königs. Die Sphinx, Hüterin des Wissens. Beide werden auf dem Bild zum Menschen. Also, zu dem Wesen, das die Kunst, Geheimnisse vor der Welt zu verbergen, meisterlich beherrscht«, erklärte Eckenberg, der Sarahs Blick gefolgt war. »Das Bild daneben zeigt konträre Objekte.« Er machte eine Pause, um ihr Zeit zum Betrachten zu lassen, bevor er fortfuhr. »Sie sind eine Anspielung darauf, dass in uns allen das Gute und das Böse wirkt. Es kommt nur darauf an, welche Seite wir gewinnen lassen«, ergänzte er. »Der Rubin steht für das Königliche. Daneben liegt der Totenschädel als Symbol für das Alter. Dann der Drache, der zugleich Symbol für die Macht und den Teufel ist. Und das umgedrehte Petruskreuz als Sinnbild für das Böse in uns.« Wieder hielt er kurz inne. »Gefällt es Ihnen?«

»Es zwingt einen, hinzusehen und über die Botschaft nachzudenken, die transportiert werden soll«, antwortete Sarah.

»Damit haben Sie vollkommen recht«, pflichtete er

ihr bei. »Ich hab es erst vor einem halben Jahr gekauft. Auf Empfehlung von Peer. Die Künstlerin ist jung, eine Französin, noch unbekannt. Aber mit etwas Glück wird sich das eines Tages ändern.«

Gedankenverloren betrachtete Sarah das Gemälde, bevor sie ihren Blick davon löste. »Hat er Ihnen mal geraten, sich ein Gemälde von Lilo anzuschaffen?«, fragte sie übergangslos.

»Ja, sicher. Kurz bevor sie starb. Doch es hat sich nicht ergeben. Aber um auf den nächsten Punkt zu kommen, über den Peer und ich uns in Zusammenhang mit Täuschung öfter unterhalten haben.« Er nippte am Weinglas, sah sie über den Rand hinweg an, als würde er überlegen. »Haben Sie schon einmal etwas von Untersuchungen von Gemälden durch Röntgenfluoreszenzanalyse und Terahertzwellen gehört?«

»Nein«, erwiderte Sarah, überrascht von dem Themenwechsel.

»Gut, dann erkläre ich es so einfach wie möglich. Damit kann man unsichtbare Geheimnisse von Gemälden großer Meister lüften. Zwei Beispiele: Hinter Rembrandts Gemälde *Alter Mann in militärischer Kleidung* verbirgt sich das Porträt einer Frau. Sozusagen das Gemälde im Gemälde. Und mit Hilfe von Infrarot hat ein Forscher auf Caravaggios *Jugendlicher Bacchus* im Rotwein ein kleines Selbstporträt des Malers entdeckt.«

Das Gemälde im Gemälde, wiederholte Sarah stumm. Plötzlich schoss ihr ein Gedanke durch den Kopf. Man konnte doch sicher auch ein ganzes Bild hinter einem Bild verstecken.

33

Fünfzehn Minuten später gingen Sarah die Fragen aus. Was sie jedoch nicht störte, denn sie wollte ihre Idee schnellstmöglich überprüfen. Am besten sofort. Aber dazu brauchte sie Amandas Hilfe.

»Mischen wir uns wieder unter die Gäste«, schlug Tilmann Eckenberg denn auch vor und erhob sich. »Bevor man noch über uns redet, weil wir so lange verschwunden sind.« Abermals zwinkerte er ihr zu, diesmal belustigt.

In dem Moment klopfte es, und gleich darauf erschien der Kopf von Richard Eckenberg-Baldin im Türspalt. »Oh, entschuldigt. Ich wusste nicht, dass … Aber du meintest vorhin, es sei wichtig, Tilmann.«

Sein Cousin bedeutete ihm einzutreten. »Ich hatte kurz vor dem Empfang ein interessantes Gespräch mit der Polizei.«

Sarah horchte auf.

»Es war mir ein Vergnügen, Frau Pauli«, verabschiedete Tilmann Eckenberg sich endgültig von ihr und machte einen veritablen Diener. »Vielleicht ergibt sich wieder mal eine Gelegenheit zu einem so anregenden Gespräch. Ich würde mich freuen.«

Verdammt! Sarah hatte keine andere Wahl, als zu nicken, den Raum zu verlassen und die Tür hinter sich zu schließen. Dabei hätte sie nur allzu gern erfahren, was die Polizei mit Tilmann Eckenberg zu bereden gehabt hatte. Sie legte ihr Ohr an die Tür, aber leider drang kein Laut durch sie hindurch. Also blieb ihr nichts anderes übrig, als so schnell wie möglich bei Stein nachzufragen. Aber zuerst musste sie Amanda davon überzeugen, mit ihr den Empfang zu verlassen.

Sie hielt nach ihr Ausschau, entdeckte sie in der Küche im Gespräch mit David und ging zu den beiden hinüber.

»Da bist du ja wieder«, empfing er sie. »Wir unterhalten uns gerade über den Rubens, der zum Verkauf steht.«

»Habt ihr Lust abzuhauen?«

»Was?«, fragte David.

»Auf jeden Fall«, sagte Amanda.

»Ich würde gern ins Auktionshaus fahren.« Sarahs Tonfall ließ keinen Spielraum für eine Ablehnung. Der Satz glich einem Befehl.

»Und was willst du dort tun?«, hakte Amanda trotzdem irritiert nach.

»Das verrate ich euch, wenn wir dort sind.«

»Können wir denn jetzt einfach so gehen?«, gab David zu bedenken. »Das erscheint mir doch sehr unhöflich.«

»Wir behaupten einfach, dass es Amanda nicht gut geht und wir sie nach Hause begleiten. Das wird jeder verstehen.«

David schürzte skeptisch die Lippen.

»Und jetzt kommt!«, stieß Sarah ungeduldig hervor.

Zwei Minuten später entschuldigte sie sich mit der kleinen Lüge bei Daphne Eckenberg-Baldin für den eiligen Aufbruch. »Sagen Sie bitte Ihrem Neffen, wir haben seine Gastfreundschaft sehr genossen. Aber Amanda geht es wirklich nicht gut.«

Die Dame hob beschwichtigend die Hand. »Das versteht man doch. Und vielen Dank, dass Sie sich um die Arme kümmern.«

Es war nicht weit bis zur Stallburggasse. Trotz der High Heels, die Sarah und Amanda trugen, brauchten sie zu Fuß nur wenige Minuten.

»Wartet kurz«, sagte Amanda, nachdem sie die Tür aufgeschlossen hatte. Schnell trat sie ein, tippte einen Code in den Kasten der Alarmanlage neben der Eingangstür und drückte auf einen Schalter. Licht flammte auf. Dann bat sie David und Sarah mit einer schwungvollen Handbewegung einzutreten.

»Und was jetzt?«, fragte David.

»Haltet mich bitte nicht für verrückt«, sagte Sarah, »aber könnten wir das Glücksbild abnehmen?«

Amanda blinzelte verdutzt. »Wozu?«

»Erkläre ich dir später. Erst muss ich mir sicher sein.«

»Was heißt, du musst dir sicher sein? Was hat es mit dem Bild auf sich?« Amandas Miene verriet, dass sie Sarahs Verhalten zutiefst verunsicherte.

»Ich möchte nur einen Blick hinter das Gemälde werfen.«

»Du verlangst jetzt aber nicht von mir, dass ich es

aus dem Rahmen löse? Das geht nämlich nicht. Der ist genauso alt wie das Bild. Der Maler hat es im Rahmen fertiggestellt.« Sie deutete auf die Ölfarbe, die an einigen Stellen auf dem Barockrahmen zu sehen war. »Das Kunstwerk ist auf alle Zeit mit ihm verbunden.«

Sarah nickte. Sie wusste, dass viele bildende Künstler großen Wert darauf legten, dass die von ihnen kreierte Einheit dauerhaft erhalten blieb. Manche suchten mit größter Sorgfalt den Zierrahmen selbst aus, andere machten die letzten Pinselstriche erst nach der Einfassung. In letzterem Fall hatte auch der Rahmen einen kunsthistorischen Wert.

»Ich denke, das ist nicht notwendig. Wenn ich recht habe, dann finde ich auf der Rückseite des Bildes ein weiteres, verstecktes Gemälde.«

»Und welches?«

»Das würde mich auch interessieren«, sagte David.

»Ein gestohlenes.«

Amanda betrachtete Sarah wie eine Psychiaterin, die soeben begreift, dass ihre Patientin endgültig den Verstand verloren hat. »Das ist doch …« Sie hielt inne, fassungslos ob der Beschuldigung. »Bezichtigst du mich ernsthaft, heiße Ware zu verstecken?«

»Nicht dich. Peer«, stellte Sarah richtig.

»Was redest du da?«, schnaubte Amanda, während David mittlerweile dazu übergegangen war, den Rahmen des Bildes zu inspizieren.

»Wenn ich mich irre, entschuldige ich mich bei dir«, versicherte Sarah, »und wenn du willst, betrete ich hiernach nie wieder dein Geschäft. Aber ich befürchte …«

»Das ist doch absurd.« Amanda schüttelte heftig den Kopf, trat hinter den Tresen und knallte Sekunden später mit einer wütenden Geste sechs weiße Handschuhe darauf. »Aber ihr helft mir! David, du nimmst das Bild mit mir ab. Und gib acht. Das Ding ist ziemlich unhandlich. Nicht, dass es uns noch aus den Händen rutscht und auf den Boden fällt.« Sie trat wieder hinter dem Tresen hervor, entfernte sich ins Büro und kam wenig später mit einem großen Stück Luftpolsterfolie zurück, das sie auf dem Fußboden vor dem Tresen ausbreitete. »Da legen wir es drauf.«

Sie zogen sich die Handschuhe über und machten sich an die Arbeit. David und Amanda nahmen das Gemälde an den Seiten des Rahmens, und Sarah stützte es vorsichtig mit der Hand ab, damit es nicht vornüberkippte.

»Verdammt schwer«, stöhnte David.

»Der Rahmen ist aus massivem Ebenholz«, ächzte Amanda.

Ich hoffe, der ganze Aufwand ist nicht umsonst, dachte Sarah, derweil sie Gemälde samt Rahmen so sanft wie möglich mit der Vorderseite auf der Folie ablegten. Hinten war das Bild mit einer Holzplatte abgedeckt, an deren unterem Ende schmale Spannkeile zur Fixierung steckten. Sarah nahm einen Stift vom Tresen, kniete sich hin und versuchte, die Keile zu lösen. Sie war nervös. Ihre Hände zitterten. War es richtig, ihrer Eingebung zu folgen? Schnell schickte sie noch ein Stoßgebet zum Himmel.

Amanda beobachtete sie schmallippig. »Bist du

eigentlich gut versichert, nur für den Fall, dass du es beschädigst?«

Sarahs Herz pochte wild. Wie erhofft lockerten sich die Keile. Sie zog sie heraus und nahm die Holzplatte ab.

Sie sahen es sofort. Die Rückseite des Glücksbildes bedeckte ein Glassine-Papier, das oft bei Transporten von Kunstwerken verwendet wurde. Darauf war ein zweites, kleineres Bild mit zwei dünnen Streifen Gaffer Tape befestigt worden. Mit spitzen Fingern zog Sarah das Gewebeband ab und hielt im nächsten Augenblick eine Leinwand in der Hand.

Amanda starrte sie mit vor Schreck geweiteten Augen an. »Was ist das?«

Sie betrachteten es gemeinsam, und Sarahs Blick fiel auf die Signatur am unteren Bildrand.

»*Kreislauf Jahreszeiten* von Lilo«, sagte sie ausdruckslos.

»Was …?« Amanda schüttelte verwirrt den Kopf.

»Es wurde vor vier Monaten in Pörtschach gestohlen«, erklärte Sarah.

Amanda wurde blass. Ungläubig fixierte sie das Ölgemälde, während sie mit der rechten Hand nach etwas tastete, woran sie sich festhalten konnte.

David nahm ihren Arm und half ihr, sich auf den Boden zu setzen. Als sie sich mit dem Rücken gegen den Tresen lehnte und die Augen schloss, eilte er nach hinten und holte ein Glas Wasser.

»Was tun wir denn jetzt?«, fragte Amanda, nachdem David sie gezwungen hatte, ein paar kleine Schlucke zu trinken.

»Ingrid Lansky vom Ermittlungsbereich Diebstahl anrufen«, meinte er und zückte sein Handy.

Sarah erinnerte sich an die Frau mit den haselnussbraunen Haaren, die nach Maries Entführung zu ihnen in die Wohnung gekommen war. »Und ich rufe Martin an«, entschied sie. Mit dem Telefon am Ohr, ging sie durch den Durchgang zu Peers Schreibtisch.

Stein meldete sich sofort, und sie bat ihn, ins Auktionshaus Schneider zu kommen. Rasch erläuterte sie den Grund und erwähnte, dass David in dem Moment Ingrid Lansky benachrichtigte, denn Diebstahl fiel nicht in Steins Aufgabenbereich. Allerdings war der vermeintliche Dieb zugleich Mordopfer, und das, so hoffte Sarah, berechtigte Stein dazu, sich doch in die Sache hier einzumischen.

Er versprach, sich auf den Weg zu machen.

Nach dem Telefonat nahm sie die Kunstdrucke von der Wand, um auch deren Rückseiten zu überprüfen.

»Glaubst du, er hat noch andere Bilder versteckt?«, fragte David, der ihr gefolgt war.

»Könnte doch sein.«

»Lass uns lieber auf die Lansky und ihre Leute warten«, versuchte er, sie zu stoppen. »Die können dann hinter jedes einzelne Bild schauen. Das ist nicht dein Job.«

»Gestohlene Bilder zu finden ist generell nicht mein Job«, feixte sie. Aber es war kein angenehmes Gefühl, einen alten Bekannten als Kriminellen zu entlarven. »Stein kommt auch«, informierte sie David und entschied, dass es wirklich das Klügste war, die weitere

Suche den Polizisten zu überlassen. Sie ließ die Kunstdrucke auf den Schreibtischen liegen und folgte David wieder in den vorderen Bereich des Geschäfts.

Amanda saß noch immer zusammengesunken auf dem Boden. Sie hielt sich die Hände vors Gesicht, sah aus wie ein Häufchen Elend. Als sie den Kopf hob, waren ihre Augen rot geweint. »Er hat unseren Ruf ruiniert. Die Auktion kann ich vergessen. Die Erbin wird den Rubens zurückverlangen.« Sie rappelte sich auf. »Und ich kann es ihr nicht mal verdenken. Verdammtes Arschloch!«

Sarah dachte, dass Amanda alles Recht dieser Welt hatte, auf Peer wütend zu sein. Er hatte sie aufs Übelste hintergangen. Die Frage, die sich ihr jedoch stellte und die sich mit Sicherheit auch der Polizei stellen würde, war: Mimte Amanda die Unwissende, oder hatte sie wirklich nichts von den Diebstählen gewusst? Sarah entschied, ihr zu vertrauen. Wäre sie Mitwisserin, hätte sie sich mit Sicherheit geweigert, das Glücksbild abzunehmen.

Amanda schleppte sich zu dem Schreibtisch vor dem offenen Türbogen und ließ sich kraftlos auf den Bürostuhl fallen. Sarah und David gingen hinter den Empfangstresen und stützten sich mit den Ellbogen darauf ab. Keiner von ihnen sprach ein Wort. Jeder hing seinen eigenen Gedanken nach. Die Stille half, die erschütternde Entdeckung zu verarbeiten.

Fünfzehn Minuten später erschien die Bezirksinspektorin, vier Beamte in Uniform im Schlepptau. Stein tauchte unmittelbar danach auf.

Alle Ermittler stellten sich rund um *Kreislauf Jahreszeiten* und starrten das Bild an. Sarah und David standen noch immer hinter der Empfangstheke, und auch Amanda hatte sich nicht von ihrem Stuhl bewegt.

»Wie sind Sie auf die Idee gekommen, auf der Rückseite des Gemäldes nachzusehen?« Ingrid Lanskys Frage war an sie alle gerichtet.

Amanda zeigte auf Sarah. »Es war ihre Idee.«

Die Ermittlerin sah Sarah auffordernd an, die begann, von Peers Leidenschaft für Symbolik, dem Gespräch mit Tilmann Eckenberg und den beiden Bildern in seinem Büro, die zusammen ein Gesamtkunstwerk bildeten, zu erzählen. »Die Sphinx mit der Maske und das dazugehörende Zweitbild mit der Anhäufung von Sinnbildern haben mich auf die Idee gebracht.« Sarah lächelte und gab dann auch noch Eckenbergs Erläuterung über die wissenschaftlichen Untersuchungen der alten Meisterwerke wieder. Mit Hilfe von Infrarot oder Terahertzwellen war es gelungen, Unsichtbares sichtbar zu machen. Am Ende erwähnte sie Peers Reiseaufzeichnungen, die sie mit Davids Hilfe überprüft hatte, und sah entschuldigend zu Amanda. »Ich wollte erst Gewissheit haben, deshalb hab ich heute Morgen noch behauptet, dass ich nur einen Schritt weitergekommen bin. Aber jetzt hab ich Gewissheit, und es passt alles zusammen.«

»So wie du zu denken muss man erst mal schaffen«, spottete Stein.

»Können wir Kopien dieser Reiseaufzeichnungen bekommen?«, fragte die Bezirksinspektorin.

Amanda nickte kooperativ, und Stein brachte seine Kollegin auf den aktuellen Stand seiner Ermittlungen. Er teilte ihr mit, dass Schneiders Handy und seine Geldbörse mit Karten und Ausweisen heute Morgen vor der Tür des Auktionshauses gelegen hatten. »Nachdem Frau Schneider uns angerufen hatte, haben wir alles abgeholt. Die Sachen werden gerade auf Spuren untersucht«, ließ er sie wissen und erwähnte dann die Katzenfotos, weil der Einbruch bei Sarah und David und Maries Entführung nicht sein, sondern Lanskys Fall war. Alles deutete darauf hin, dass der Mord an Peer Schneider, das Kidnapping von Marie und die Diebstähle sowie der Fund von Lilos *Kreislauf Jahreszeiten* zusammenhingen.

Amanda erlaubte den Polizisten, sich umzusehen, obwohl Lansky der richterliche Beschluss für eine offizielle Durchsuchung noch fehlte. Doch sie würde ihn bekommen, spätestens morgen, beteuerte die Ermittlerin. »Können wir uns irgendwo hinsetzen und in Ruhe reden, Frau Schneider?«, fragte sie dann.

»Hinten«, sagte Amanda schwach und kam nur unter Mühen auf die Füße. Sie schien einem Nervenzusammenbruch nahe zu sein.

»Soll ich deine Angestellten informieren?«, fragte Sarah.

Amanda zögerte. »Noch nicht. Erst mal muss ich begreifen, was hier gerade passiert.«

»Brauchen Sie einen Arzt?«, erkundigte sich Stein.

Amanda winkte ab, bevor sie der Bezirksinspektorin in den rückwärtigen Teil ihres Ladens folgte. Sie wirkte wie ein Schulkind, das eine Standpauke von der Direktorin erwartet.

Stein gesellte sich zu David und Sarah an den Empfangstresen. Gemeinsam sahen sie durch die Schaufenster nach draußen. Einsatzfahrzeuge parkten nahe der Eingangstür, und auf der gegenüberliegenden Straßenseite hatten sich die ersten Schaulustigen versammelt. Währenddessen nahmen zwei Polizisten der Reihe nach sämtliche Gemälde von den Wänden und untersuchten deren Rückseiten. Die beiden anderen Beamten waren im Auktionssaal über ihnen am Werk.

»Ich glaube nicht, dass sie weitere gestohlene Bilder finden werden«, behauptete Sarah.

»Die roten Punkte«, sagte David, der den Hinweis verstanden hatte, und nickte.

Stein sah sie verständnislos an. »Was meint ihr?«

»Die Aufzeichnungen für den Podcast«, antwortete Sarah und erläuterte das Konzept mit den farbigen Punkten. »Peer hat vermutlich das System, das im Auktionshaus angewandt wird, auch bei seiner Podcast-Materialsammlung angewandt. Gelb steht für unverkäuflich. Blau für noch nicht verkauft. Rot für verkauft. Deshalb nehmen wir an, dass die Gemälde mit dem roten Punkt zwar gestohlen, aber bereits verkauft wurden.«

»Hast du in deiner Kristallkugel auch gesehen, wo sie sich befinden?« Stein klang nicht spöttisch, eher zuversichtlich.

»Irgendwo in Russland, China oder einem anderen asiatischen Land«, antwortete Sarah überzeugt. »Angeblich interessiert man sich dort nicht, woher genau

Kunstwerke stammen. Peer plante, ein Auktionshaus in Peking zu eröffnen. Vielleicht wollte er auf diese Weise Hehlerware verticken.«

Stein machte sich Notizen. »Ich werde die Info an meine Kollegen von der zuständigen Abteilung bei Interpol weitergeben. Die kennen die internationale Kunstszene und wissen womöglich, wer die Sachen auch mal unterm Ladentisch einkauft.«

»Tilmann Eckenberg meinte, du hättest ihm etwas Wichtiges mitgeteilt.«

»Du bist aber neugierig.«

»Das ist mein Job.« Sie schenkte ihm ein liebenswürdiges Lächeln.

»Na gut. Also, der Dolch in der Asservatenkammer ist nicht das Original.«

»Eine Kopie?«, entfuhr es Sarah.

»Genau. Im Original sind echte Rubine im Griff eingearbeitet, in der Mordwaffe Granate, das haben unsere Kriminaltechniker herausgefunden. Das sind zwar auch Edelsteine, aber eben nicht so wertvolle«, erklärte Stein. »Der Dolch ist so makellos wie Babyhaut. Mit anderen Worten, es fehlen Gebrauchsspuren.«

Vor Sarahs innerem Auge erschienen der tote Peer im Spiegelungsteich und die fast sorgsam abgelegte Dolchhülle. »Die Nachbildung muss ursprünglich für den Zweck hergestellt worden sein, das Original zu ersetzen«, mutmaßte sie.

David nickte. »Klingt logisch.«

Sarah sah ihn einen Moment lang nachdenklich an. »Aber warum hat der Einbrecher es dann nicht getan?«

»Vermutlich, weil ihn Britta Eckenberg überrascht hat«, meinte Stein.

»Aber er hat sie bewusstlos geschlagen«, entgegnete Sarah. »Danach hätte er genug Zeit dafür gehabt.«

»Genaues wissen wir, wenn wir ihn gefasst haben. Also können wir jetzt damit aufhören, uns in irgendwelche Vermutungen zu versteigen.« Stein hielt sich lieber an Fakten. Hypothesen mochte er nicht.

»Tilmann Eckenbergs Tante behauptet, er wollte den Dolch gar nicht zurückhaben«, sagte Sarah.

»Das ist auch meine Information, und wir können ihm nicht das Gegenteil beweisen. Möglicherweise hat Peer Schneider gelogen, als er meinte, er habe den Dolch für den Unternehmer zurückkaufen sollen. Oder unser reicher Schönling Eckenberg lügt. Aber wir werden die Wahrheit schon noch herausfinden«, versicherte Stein überzeugt. »Wir haben übrigens am Beckenrand des Spiegelungsteichs Blutflecken entdeckt.«

Sarah erinnerte sich an den Polizisten von der Spurensicherung im weißen Ganzkörperoverall, der etwas vom Rand gekratzt hatte, als sie nachts dort gewesen war. Sie nickte.

»Das Blut ist eindeutig nicht von unserem Mordopfer. Peer Schneider hatte Blutgruppe A positiv, eine der häufigsten. Das gefundene ist aber AB positiv. Diese Blutgruppe kommt seltener vor.«

»Es könnte also vom Täter stammen?«, fragte David.

»Könnte«, betonte Stein. »Vorerst sprechen wir nur von einem Spurenleger, was die zugehörige Person betrifft.«

Sarah runzelte die Stirn. »Aber die Wahrscheinlichkeit, dass vor dem Mord ein Spaziergänger mit Nasenbluten am Teichrand stand, ist sehr gering.«

»Und trotzdem nicht ausgeschlossen. Es gibt nichts, was es nicht gibt, das solltest du mittlerweile wissen. Wie üblich haben wir auch die DNA ausgewertet. Wir brauchen jetzt nur noch eine Vergleichsperson.«

»Aufgrund der DNA wisst ihr aber schon, ob es sich um einen Mann oder eine Frau handelt«, stellte David fest.

»Mann«, antwortete Stein.

»Können wir veröffentlichen, dass die Polizei brauchbare Spuren entdeckt hat?«, hakte Sarah nach.

Stein grinste schief. »Da ist sie ja wieder, die Journalistin. Ja, das dürft ihr veröffentlichen.«

»Habt ihr jemanden im Visier?«

»Kein Kommentar, Frau Journalistin.«

»Wenn Peer mit einer Nachbildung des Dolchs ermordet wurde, dann könnte der Täter das Original noch haben«, schlussfolgerte David, und auf seiner Stirn bildeten sich Sorgenfalten.

»Durchaus«, bestätigte Stein. »Er wird sich aber vermutlich hüten, es gerade jetzt zum Kauf anzubieten. Wenn er klug ist, wartet er, bis Gras über die Sache gewachsen ist. Also etwa hundert Jahre.« Er lachte leise.

»Oder er hat das Original schon irgendwem irgendwo am anderen Ende der Welt verkauft«, spekulierte Sarah und warf dem Chefermittler einen herausfordernden Blick zu.

»Das ist ja mal eine genaue Ansage. Irgendwem, irgendwo«, grinste Stein. »Wo das Ding momentan ist, ist nicht mein Problem«, wiegelte er dann ab. »Ich bin für den Mord zuständig, und die Mordwaffe haben wir. Und im Grunde genommen ist mir blunzn, ob da Rubine oder Granate auf dem Griff sind.«

Ingrid Lanskys Auftauchen beendete ihr Gespräch. In der Hand hielt die Beamtin eine Flügelmappe. Sarah vermutete, dass sie Peers Reiseunterlagen enthielt.

»Wir fahren mit Frau Schneider jetzt ins Präsidium. Das ist keine Festnahme, wie ich betonen möchte. Wir wollen nur noch ein paar Details klären, und anschließend kann sie nach Hause.« Ihre Mitteilung war an Sarah und David in deren Funktion als Zeitungsmenschen gerichtet. Sie gab den Uniformierten ein Zeichen, dass sie hier fertig waren. »Morgen um acht Uhr kommen wir wieder. Bis dahin haben wir die richterliche Genehmigung für eine Hausdurchsuchung.«

Auch Amanda kam jetzt in den Schauraum. Sie sah hundemüde aus.

»Es tut mir so leid«, beteuerte Sarah und meinte es ernst. Trotzdem bereute sie ihr Handeln nicht.

»Schon gut. Du kannst ja nichts dafür, dass Peer ein doppeltes Spiel gespielt hat.« Tränen traten in Amandas Augen, und sie wischte sie mit dem Handrücken weg. »Die Tür wird versiegelt. Diese Ermittlerin befürchtet, dass ich etwas verschwinden lassen könnte«, hauchte sie. »Meine Angestellten werden Augen machen, wenn sie morgen erfahren, dass ihr Chef ein … Krimineller war.«

Sarah blickte zu Ingrid Lansky, die vor dem Auktionshaus wartete. Zu ihrem Schrecken hatten sich zu den Schaulustigen die ersten Presseleute gesellt. Sie erkannte ein Kamerateam vom ORF und eines von einem privaten Sender.

»Na, da werden Amandas Angestellte schon in den Spätnachrichten erfahren, dass heute Nacht die Polizei im Auktionshaus war und ihre Chefin mitgenommen hat«, kommentierte Sarah, als ihre Freundin hinausgegangen war.

»Vielleicht sehen sie die Berichte ja nicht«, wandte David ein.

In dem Augenblick bemerkte Sarah Oskar Kretschmer, der auch in der Gruppe stand. Als ihre Blicke sich trafen, hob er die Hand und winkte.

»Ausgerechnet«, raunte David.

Sarah hakte sich bei ihm unter. »Komm schon, jetzt sind wir beide die Stars von *Neues der Woche*.« Aber ob Kretschmer sie tatsächlich ins Zentrum seiner Berichterstattung rücken würde, war fraglich. Denn auf seinen letzten Artikel über Sarah hatte es keinerlei Reaktion gegeben. Zumindest nicht im *Wiener Boten*.

Kretschmer rief ihnen etwas zu, aber Sarah konnte nicht genau verstehen, was. Vermutlich verlangte er ein Statement, von wem auch immer. Niemand ging auf ihn ein. Ebenso wenig wie auf die Fragen der anderen Journalisten. Die Beamten in Uniform sorgten dafür, dass sie ihnen nicht zu nahe kamen.

Nachdem die Tür verschlossen, das Polizeisiegel angebracht worden und Amanda mit bedrückter Miene in den Einsatzwagen gestiegen war, der direkt vor dem Ladeneingang parkte, verabschiedeten sich Sarah und David vom Chefermittler.

»Ich fahr gleich noch in Lanskys Büro«, sagte Stein. »Vielleicht ergibt sich aus Frau Schneiders Aussage auch etwas für mich. Wir telefonieren morgen.«

Sarah und David nickten und eilten zum nächstgelegenen Taxistand.

34

Was für ein Abend«, stöhnte David, als sie zu Hause aus dem Taxi gestiegen waren. Die Fahrt über hatten sie schweigend zu den Fenstern hinausgestarrt.

Ohne sich vorher darüber verständigt zu haben, warfen sie einen Blick in den Briefkasten, bevor sie das Haus betraten. Sie waren wenig überrascht, nur eine Handvoll Werbeprospekte vorzufinden, und völlig erschöpft. Aber ihre Körper schütteten noch immer zu viel Adrenalin aus, als dass an Schlaf zu denken gewesen wäre. Obwohl es schon halb zwölf war.

»Lass uns noch einen Absacker auf der Terrasse trinken«, schlug David vor.

Sarah stimmte zu.

»Was magst?«

»Rotwein.« Sie trat sich die hohen Schuhe von den Füßen, während David das Sakko über einen Stuhl im Esszimmer warf und zwei Weingläser und eine Flasche aus der Küche holte. Sie wandte sich Richtung Terrassentür und hielt abrupt inne. »Sie ist repariert.«

»Ach ja, das hatte ich ganz vergessen. Chris hat sich heute an seinem freien Tag um einen Glaser gekümmert. Er hatte kurzfristig am späten Nachmittag Zeit.

Weil wir da schon auf dem Weg zum Empfang waren, hat Chris die Handwerker auch reingelassen.«

»Das war lieb von ihm.«

David stellte gerade die Rotweingläser und eine Flasche Blaufränkischen vom Weingut Leberl auf den Terrassentisch, als es an der Wohnungstür läutete. Überrascht sahen sie sich an. David ging, um zu öffnen, und kam mit Chris und Gabi zurück.

»Wir haben die Spätnachrichten gesehen. In einer kurzen Liveschalte haben sie ein Polizeiaufgebot im Auktionshaus Schneider gezeigt«, berichtete Sarahs Bruder.

»Sie haben aber nicht genau sagen können, was passiert ist. Wahrscheinlich wussten sie es nicht. Aber da wir euch durchs Bild huschen gesehen haben«, Gabi zog neugierig die Brauen hoch, »haben wir extra auf euch gewartet.«

David brachte zwei weitere Rotweingläser auf die Terrasse und Wassergläser samt einem Krug Leitungswasser, während Sarah sich für die Organisation und Überwachung der Reparatur der Terrassentür bedankte. Dann erzählten sie und David abwechselnd, was in den Stunden zuvor passiert war.

»Wahnsinn«, meinte Gabi.

»Traust du dieser Amanda?« Chris kniff skeptisch die Augen zusammen.

»Ich bin mir nicht sicher. Einerseits ist schwer vorstellbar, dass sie nichts gewusst hat. Andererseits: Warum hat sie ohne großen Widerstand das Glücksbild mit uns abgenommen?«

»Vielleicht, weil du erst im Auktionshaus gesagt hast, was du genau vorhast«, erinnerte David sie. »Da war es dann eigentlich schon zu spät für Widerstand. Sie konnte schlecht Nein sagen und uns rauswerfen.«

»Das stimmt doch nicht«, widersprach Sarah ihm. »Sie hätte sich weigern können, das Bild abzunehmen.«

»Wenn du dich genau erinnerst, hat sie tatsächlich versucht, dich davon abzuhalten. Denk nur an den Vortrag, den sie uns über die Einheit des Gemäldes mit dem Rahmen gehalten hat«, wandte David weiter ein.

Sarah nippte nachdenklich an ihrem Weinglas. »Mein Bauchgefühl sagt mir, dass sie die Wahrheit sagt. Amanda hat mit den Diebstählen nichts zu tun.«

David zuckte mit den Schultern, als würde er kapitulieren. »Das wird sich noch herausstellen.«

Das Versteck hinter dem Glücksgemälde war das Puzzleteil zu dem Bild, das sie hatte entdecken müssen, um endlich Peers Mörder und Maries Entführer auf die Schliche zu kommen, davon war Sarah überzeugt. Doch in ihrem Kopf tobte ein wahres Gedankengewitter. Sie wusste um die Symbolik in der Kunst, wusste, dass sich Peer immer stärker darin verloren hatte. Womöglich, so folgerte sie, hatte das Mosaik in der Minoritenkirche und somit da Vincis berühmtes Gemälde *Das letzte Abendmahl* einen völlig anderen Sinngehalt für ihn gehabt, als sie anfangs vermutet hatte. Sie trank ein Glas Wasser. Fang noch mal von vorne an, meldete sich eine leise Stimme in ihr zu Wort.

»Es ist doch pervers, dass Peer ausgerechnet an dem Tag ermordet wurde, an dem er *Das letzte Abendmahl* in der Minoritenkirche fotografieren wollte. Am Freitag, den Dreizehnten«, sprach sie unvermittelt das aus, was ihr durch den Kopf ging.

»Wirklich ein eigenartiger Zufall«, meinte Chris.

»Es gibt doch diese hartnäckige Behauptung, dass Jesus an einem Freitag gekreuzigt wurde«, warf Gabi ein. »Ich weiß zwar nicht, ob die These stimmt, aber es wäre doch denkbar, dass dein alter Bekannter es aus diesem Grund witzig fand, das Mosaik ausgerechnet an einem Freitag, den Dreizehnten, zu fotografieren.«

Sarah nickte. »Das hätte zu seiner Art von Humor gepasst.«

Wieder meldete sich die Stimme in ihr: Fang noch mal von vorne an! Sarah stemmte sich aus dem Stuhl, holte den Laptop aus der Wohnung nach draußen und schaltete ihn ein. Im Internet suchte sie nach einem Foto des Mosaiks von Giacomo Raffaelli und drehte den Rechner so, dass alle den Bildschirm sehen konnten. Sarah glaubte nicht, dass Peers Fotosafari in die Minoritenkirche unmittelbar mit seinem Tod zusammenhing, aber sie hoffte, dass die Betrachtung des Bildes sie zumindest auf eine Idee brachte.

»Sagt mir, was euch spontan beim Anblick von dem Mosaik in den Sinn kommt«, forderte sie ihre Lieben auf.

»Sollen wir etwas Bestimmtes sehen?«, fragte David.

»Nicht dass ich wüsste«, gestand Sarah. »Es ist nur ein Versuch. Aber meistens sind die Denkrunden mit euch sehr hilfreich.« Sie lächelte die drei nacheinander auffordernd an und wiederholte sinngemäß, was Carola Jonas gesagt hatte: »Judas war der Dreizehnte am Tisch.«

»Einer von euch wird mich verraten«, zitierte Chris jenen Satz, den Jesus laut Legende bei seinem letzten Abendmahl gesprochen hatte. Dabei hielt er sein Rotweinglas in die Höhe und nahm dann einen Schluck.

»Auf dem Mosaik sehen wir die Reaktion der Apostel auf diese Bemerkung so detailliert, als wäre es ein Foto. Schaut!« Sarah vergrößerte einen Bildausschnitt. »Jakob der Jüngere legt die Hand auf Jesus' Arm. Eine Beschwichtigungsgeste. Und Jakob der Ältere breitet voller Erschrecken die Arme aus. Petrus hält ein Messer in der Hand und *beugt* sich über Judas hinweg zu dem bekümmerten Johannes. So lautet jedenfalls die offizielle Beschreibung. Eine andere Theorie meint, Petrus könnte vorhaben, Johannes zu töten, der auf da Vincis Original und somit auch auf dem Mosaik in Wahrheit Maria Magdalena darstellt.«

»Judas umklammert einen Geldbeutel. Der vom Maler auf Leinwand gebannte Verrat«, meinte Gabi und zeigte auf den Beutel im Bild.

»Genau«, bestätigte Sarah nachdenklich. »*Heute ist ein guter Tag, um sich um einen Verräter zu kümmern*, das hat Peer bei unserem Treffen gesagt. Ich hab der Bemerkung wenig Bedeutung beigemessen, weil ich dachte, er würde sich damit auf Judas in dem Mosaik beziehen. Aber was, wenn er in Wahrheit von einer realen Person gesprochen hat? Von jemandem, der ihn … wie auch immer … verraten oder getäuscht hat und den er an dem Abend womöglich treffen wollte?«

»Bei der Vernissage im Belvedere 21 oder beim Spiegelungsteich«, überlegte David.

»Etwas hat Peer beschäftigt, meinte Amanda«, sagte Sarah. »Und Tilmann Eckenberg hat mir erzählt, dass sie sich oft über Täuschung unterhalten haben. Was, wenn es bei diesen Gesprächen für Peer nicht allein um Kunstwerke ging, sondern um ihn selbst, sein Leben? Wenn er getäuscht oder verraten worden war? Allerdings erzählen alle Leute in Peers Umfeld, wie beliebt und großartig er war. Er scheint mir nahezu unantastbar gewesen zu sein. Niemand hatte ein Problem mit ihm.« Sie nahm ihr Glas Rotwein, nippte versonnen.

»Es gibt immer wen, der deinen Job haben will«, entgegnete Chris. »Will sagen, die größte Gefahr droht meist von innen. Und Peers Gegner hat sich wie Judas nicht offen gezeigt.«

»Aber Peer war in seinem Job der Beste, das behaupten alle, die mit ihm zu tun hatten«, hielt Sarah dagegen. »Er galt als König des Kunsthandels.«

»Aber in Wahrheit war er ein Dieb, der nur die Maske des Königs trug«, höhnte Gabi.

»Fake it till you make it«, gab David eine englische Phrase zum Besten. »Frei übersetzt: Tu so lange, als ob, bis du es geschafft hast. Was, wenn jemand der neue König sein wollte?«

»Einen ähnlichen Gedanken hab ich gegenüber Yvonne Rauter schon ausgesprochen. Sie meinte, in ihrer Branche kann man den König nach seinem Tod nicht beerben, sondern muss sich den Titel erarbeiten«, stellte Sarah klar.

»Was, wenn jemand wusste, was Peer trieb, und den Einbruch bei der Eckenberg begangen hat, weil er ihm beweisen wollte, dass er ihm ebenbürtig ist?«, führte David seinen Gedanken weiter aus. »Dem König der Diebe«, fügte er übertrieben hinzu.

»Und das hat dem guten Peer nicht gepasst«, spann Chris die These weiter.

»Konkurrenz aus den eigenen Reihen. Da hast du dein Motiv und den Grund für die außergewöhnliche Tatwaffe«, meinte Gabi. »Wenngleich die Frage bleibt: Warum wurde er nicht mit dem Original ermordet?«

»Stimmt, aber vielleicht hatte sich nicht nur Peer bewusst Freitag, den Dreizehnten, zum Fotografieren vom *Letzten Abendmahl* ausgesucht, sondern auch sein Mörder für den Mord«, spekulierte Sarah noch weiter. Womit sie Carola Jonas instinktiv von der Verdächtigenliste strich. Die Arme hätte viel zu viel Angst gehabt, ausgerechnet an diesem Tag jemanden zu töten. Oder täuschte sie diesen Glauben an Symbole nur vor?

Ohne Vorwarnung zuckte ein Blitz über den Himmel, und gleich darauf donnerte es, und Wind kam auf. Sie wechselten ins Esszimmer, ließen die Tür geöffnet, hofften auf eine kurze Abkühlung, so wie schon durch das Gewitter vor zwei Tagen. David füllte den Wasserkrug, den sie geleert hatten, wieder mit Leitungswasser auf.

»Dir schwirrt doch ein Name im Kopf herum, Sarah, oder?«, sagte er, nachdem sie sich gesetzt hatten.

Der Wind wurde stärker. Erste Tropfen klatschten auf den Terrakottaboden der Terrasse.

»Spuck ihn aus«, forderte Gabi sie auf.

Sarah zog die Nase kraus und schob den Namen in ihrem Kopf hin und her. Ja!

Wieder blitzte und donnerte es. Der Regen wurde stärker, die Luft endlich kühler.

Sarah öffnete den Mund für eine Antwort. »Carola Jonas meinte, niemand durfte ihren inneren Kreis stören, deshalb bin ich mir fast sicher, dass …« Der laute Gong der Haustüre unterbrach sie.

Freitag, 20. August

35

Sie sahen einander fragend an.

David blickte auf seine Armbanduhr. »Es ist halb eins.«

»Wer zum Teufel … Um diese Zeit!«, wunderte sich Gabi.

Sarah war mit einem Satz an der Wohnungstür, polterte eine Sekunde später die wenigen Stufen hinunter zur Haustür und riss sie auf. Auf dem Treppenabsatz davor lag ein Zettel. Sie hob ihn auf und las: *Türkenschanzpark. JETZT! Sarah Pauli ALLEIN!*

Sie machte einen Schritt nach draußen, sah sich um. Der Kerl musste noch in der Nähe sein. Das Gartentor stand offen. Hatten sie vergessen, es zuzumachen? Sie drehte das Blatt um, weil es sich seltsam anfühlte, und sog erschrocken Luft ein. Ein Foto mit Marie klebte auf der Rückseite. Darauf hielt jemand ihrer Glückskatze eine Waffe an den Kopf.

Die anderen standen schlagartig hinter ihr. David nahm ihr das Papier aus der Hand. »Wir müssen Stein …«

Sarah wandte sich um und war schon unterwegs zurück ins Haus.

»… informieren«, beendete David den Satz.

Wozu herumstehen und auf die Polizei warten?, dachte sich Sarah. Sie hatte die Chance, Marie zurückzubekommen. Jetzt! Auch wenn das bedeutete, dass sie in wenigen Minuten Peers Mörder gegenüberstehen würde. Außerdem hatte der Entführer auf dem verdammten Wisch geschrieben: *Sarah Pauli ALLEIN*. Sie holte das Kuvert mit dem Geld und schlüpfte barfuß in ihre Sneakers.

David telefonierte im Treppenhaus, Chris und Gabi verharrten wie gelähmt im Rahmen der offen stehenden Haustür.

»Was machst du?«, fragte ihr Bruder.

Sie hielt das Kuvert in die Luft und huschte an ihnen vorbei.

»Der Park ist groß! Wie willst du ihn finden?«, rief Gabi ihr nach.

»Ich bin sicher, er findet mich!«, rief sie zurück und hastete zum Gartentor.

»Aber es regnet!«, brüllte Chris.

Als ob sie das jetzt interessierte. Sie sprintete die menschenleere Straße entlang Richtung Park. Schnell hatten sich ihre Augen an das Halbdunkel gewöhnt.

Sie streifte die beleuchteten regennassen Parkwege entlang, mit hellwachen Sinnen, wie ein Tier auf Beutezug. Peers Mörder konnte jederzeit auftauchen. Die konturlose Umgebung abseits der Wege steigerte ihre Angst. Die mächtigen Bäume, von deren Blättern schwere Tropfen herabfielen, die Sträucher, die ein gutes Versteck boten, um sie hinterrücks zu überfallen, das alles versuchte sie auszublenden. Für die bevorstehende Aufgabe musste sie einen klaren Kopf behalten. Ihr Körper produzierte Adrenalin. Ihr Herz pumpte rascher.

Ich will Marie zurück. Der Satz war ihr Mantra, ihr Ansporn. Die Peitsche, die sie antrieb, die Angst zu unterdrücken. *Du verfluchtes Arschloch*.

Sie gönnte sich keine Verschnaufpause. Zum Glück ließ der Regen schon wieder merklich nach. Aber die nasse Kleidung klebte ihr förmlich am Körper, und sie fröstelte. Egal, sie musste weiter. Lief mal nach rechts, dann nach links. Vorbei am Spielplatz. Vorbei an der großen Sandkiste. Vorbei am Adalbert-Stifter-Denkmal und den Teichen. Das Seitenstechen, das eingesetzt hatte, ignorierte sie. Ebenso die Atemnot. Alles egal. In diesem Moment ging es nur darum, ihre geliebte Marie zu retten und Peers Mörder zu schnappen.

Vor der Paulinenwarte blieb sie erstmals stehen. Keuchend sah sie nach oben. Der dreiundzwanzig Meter hohe Aussichtsturm und Wasserspeicher ragte wie ein bedrohliches schwarzes Wesen in den Nachthimmel. Leere Parkbänke standen rundum. Die Wiese, auf der heute Nachmittag noch Menschen auf Decken die Sonne genossen hatten, war patschnass und glänzte. Endlich hörte es auf zu regnen. Das Gewitter war vorbeigezogen.

Sie umrundete den Turm. Mit Sicherheit beobachtete sie dieser widerwärtige Kerl und lachte sie aus, weil sie durch den Park hetzte wie eine Verrückte.

Wo bist du? Wo?, fragte sie tonlos. Sie drehte sich im Kreis, schärfte ihren Blick und versuchte, etwas zwischen den Sträuchern und Bäumen auszumachen. Sie lauschte, hörte aber nichts außer Motorengeräusch in weiter Ferne. Eine Gelse surrte nahe an ihrem Ohr. »Scheiß Blutsauger«, fluchte sie und schlug sich mit der Hand aufs Ohr.

Plötzlich ein leises Rascheln. Sie fuhr herum, nahm die Bewegung eher wahr, als dass sie sie sah. Noch bevor sie reagieren konnte, umschlangen muskulöse Arme ihren Hals. Sie versuchte zu schreien, aber vergeblich. Ihr Peiniger drückte zu, presste ihr die Luft aus den Lungen. Sie ließ das Kuvert mit dem Geld fallen, konnte kaum atmen. Er riss sie herum und stülpte ihr etwas über den Kopf. Einen Sack? Sie sah nichts mehr, wollte sich wehren. Er zog das Ding mit einem Ruck um ihren Hals fest, sodass sie einen Schritt nach vorne stolperte. Trotz ihrer Panik nahm sie seinen Geruch wahr. Sandelholz. Sie wusste, wer sie im Würgegriff hielt. Sie hatte seinen Namen schon aussprechen wollen, als die Türglocke sie unterbrach. Mit letzter Kraft keuchte sie: »Geben Sie auf, Kowalski! Das hat doch keinen Sinn.«

In der nächsten Sekunde schimpfte sie sich eine Idiotin. Jetzt wusste der Wichser, dass sie seine Identität kannte.

»Lassen Sie sie los!«, drang Davids Stimme wie aus einer anderen Welt durch den Stoff an ihre Ohren. »Nehmen Sie das Geld und verschwinden Sie. Es ist in dem Kuvert auf dem Boden. Sie müssen es nur aufheben.«

Kowalski drehte Sarah die Hände auf den Rücken, sodass sie gezwungen war, sich nach vorne zu beugen. Sie spürte einen Druck am Hinterkopf. Was war das? Eine Pistole? Dann ein Tritt in ihre Kniekehlen. Sie knickte ein.

»Und nehmen Sie endlich die Waffe runter!«, rief David erneut. »Niemand muss heute Nacht hier verletzt werden.«

Doch Kowalski drückte den Waffenlauf nur um eine Spur fester gegen Sarahs Hinterkopf. Eine Panikwelle überrollte sie. Wenn der Kerl jetzt abdrückte, war alles vorbei. Für immer.

»Kommen Sie, Kowalski«, sagte sie. »Wir machen die Sache unter uns aus. Sie nehmen das Geld und geben uns Marie zurück. Wo ist sie überhaupt? Sicher in der Nähe, oder?« Sarah versuchte, besonnen zu klingen. Es misslang. Aus jeder Silbe sprach Todesangst. Das Herz pochte ihr bis zum Hals.

»Weshalb sind Sie überhaupt bei uns eingebrochen? Das ergibt doch keinen Sinn«, keuchte sie.

»Ich musste Sie im Auge behalten«, knurrte er. »Sie haben bei Ihrem Besuch im Auktionshaus gemeint, Peers Tod hätte etwas mit dem Dolch zu tun, und Sie würden nicht lockerlassen, bis Sie das herausgefunden hätten. Das war unklug. Außerdem wollte ich sehen, wie Sie so leben.«

»Wenn Sie sich nur umsehen wollten, warum haben Sie dann Marie entführt? Sie hat Ihnen nichts getan.«

»Hat sich so ergeben.«

»Sie ist in der Nähe, nicht wahr?«

»Ich mag keine Katzen.«

»Sie haben ihr aber nichts getan?« Die Frage klang flehentlich. »Sagen Sie, dass Sie ihr nichts getan haben!«

Kowalski antwortete nicht, zog sie stattdessen wieder auf die Füße und presste ihr die Waffe an die Schläfe. Sarah hörte ihn atmen. Gestresst. Aufgeregt. Es war der gleiche Klang wie am Telefon, als sie so große Angst um David gehabt hatte. Ihre Muskeln verkrampften sich. Ihr wurde schlecht. Jetzt nur nicht kotzen, ermahnte sie sich.

Warum zog er ihr nicht endlich wieder den Sack vom Kopf? Sie wusste doch, wer er war.

»Nehmen Sie endlich das Geld, hauen Sie ab und lassen Sie Marie da, verdammt noch mal.« Davids Stimme zitterte. Auch er hatte eine Heidenangst.

In der Sekunde hörte Sarah in der Ferne ein Folgetonhorn. Sie konzentrierte sich. Tatüü-Tatütatütatüü. Ein Polizeiauto. Feuerwehr und Krankenwagen klangen anders. Es kam näher. Kowalski hörte es bestimmt auch, aber er durfte jetzt nicht abhauen! Sie musste ihn hinhalten, ihn aus dem Konzept bringen. Sag irgendwas, schrie eine Stimme in ihr. »Sie haben Peer getötet, nicht wahr?«, flüsterte sie.

Er antwortete nicht.

»Sie haben Peer umgebracht«, sagte sie etwas lauter.

Es dauerte einen Augenblick, bevor Kowalski etwas erwiderte. »Wir wollten ihn nur überzeugen, dass … Aber …« Er brach ab.

Wir, registrierte Sarah stumm. Er war nicht allein gewesen. Der innere Kreis kam ihr wieder in den Sinn. »Was ist passiert? Sie haben doch so gut und erfolgreich zusammengearbeitet. Hatten Sie Streit? Hat Peer Sie ausgenutzt? Ihre Arbeit nicht wertgeschätzt?«

Axel Kowalski schnaubte spöttisch, sagte aber nichts. Trotz ihrer zunehmenden Mutlosigkeit redete Sarah sich zu, nicht aufzugeben. Vielleicht packte er ja doch noch aus.

»Peer war ein Dieb, hat mit gestohlenen Kunstwerken gehandelt. Wussten Sie das?«, fragte sie.

Keine Antwort.

»Warum wollte er den Dolch? Es gibt keine Historie dazu, demnach steigt der Wert nicht mit der Zeit, und es wird sich wohl kaum ein Sammler dafür interessieren«, behauptete sie.

»Dafür gibt es dreizehn rot funkelnde Gründe im Schaft«, knurrte Kowalski endlich eine Antwort.

»Aber wenn sowieso geplant war, ihn zu stehlen, weshalb hat Peer Schneider vorher noch über Frau Göhr versucht, Britta Eckenberg ein Angebot dafür zu machen?«, mischte sich David ein. Er hatte den Einsatzwagen sicher auch gehört und offenbar begriffen, was Sarah vorhatte.

»Der Plan war gut«, blaffte Kowalski, ohne auf die Frage einzugehen. »Sie hätte nur nicht daheim sein dürfen.«

Im Bruchteil einer Sekunde schossen Sarah sämtliche Informationen durch den Kopf, die sie in den letzten Tagen gesammelt hatten. Sie glaubte zu verstehen. »Peer wusste gar nichts von dem Raub, oder? Das war Ihr Alleingang. Aber nachdem alles schiefgelaufen und von dem Einbruch in der Zeitung zu lesen gewesen war, reimte Peer sich die Geschichte zusammen, und ihm war sofort klar, wer dahintersteckte.«

»Sie wollten in der Villa die Kopie zurücklassen, nicht wahr?«, warf David ein. »Warum haben Sie es nicht getan?«

»Die Alte hätte nicht daheim sein sollen, sondern in Kärnten«, wiederholte Kowalski wütend. »Dann wäre alles nach Plan gelaufen, dann hätte Peer auch begriffen, dass meine Idee gut war.«

Ihr Gedankenspiel war also richtig gewesen: Der Prinz hatte dem König beweisen wollen, dass er gut war.

»Woher wussten Sie, dass Britta Eckenberg nicht zu Hause sein sollte?«, hakte Sarah nach. Sie konnte sich nicht vorstellen, dass er das über Umwege von Ramona Mair oder deren Liebhaber erfahren hatte. Während sie auf die Antwort wartete, lauschte sie angestrengt, ob das Signalhorn der Polizei wieder zu hören war. Doch es blieb still.

»Olivia Traub ist eine kleine Plaudertasche. Sie hatte so eine Freud daran, endlich Britta Eckenbergs Anwesen verscherbeln zu dürfen, dass sie's jedem erzählt hat. Egal, ob er's hören wollte oder nicht.« Kowalskis Stimme troff vor Zynismus.

Sarah spürte, wie er die Waffe von ihrer Schläfe nahm und sie ihr stattdessen ins Kreuz stieß. Was zum Teufel hatte er vor?

»Genug geredet«, knurrte er, packte sie grob am Arm. »Geh vier Schritte zurück!«, bellte er im Befehlston.

Sarah vermutete, dass das Kommando David gegolten hatte. Kowalski nahm die Waffe von ihrem Rücken und zog ruckartig an Sarahs Arm.

Sie stöhnte auf, dann spürte sie durch den Stoff seine Lippen. Sie waren nahe an ihrem Ohr.

»Denk daran«, flüsterte er unheilvoll. »Der Tod ist eine Kunst.«

Noch bevor sie reagieren konnte, trat er sie wieder in die Kniekehlen und versetzte ihr dann einen heftigen Stoß. Sie stolperte über ihre eigenen Füße und fiel der Länge nach auf die feuchte Wiese.

In der Sekunde hörte sie einen Schuss direkt neben sich. Er war ohrenbetäubend.

36

Die Zeit blieb für eine Sekunde stehen.

Sarahs Atem ging schwer. Verzweifelt riss sie mit beiden Händen an dem dünnen Seil, das den Sack über ihrem Kopf fixierte. Es war viel zu straff gebunden, sie schaffte es nicht, es zu lockern. Mit jedem Versuch schien es nur noch enger zu werden.

»Kowalski, Sie verdammtes Arschloch!«, wollte sie brüllen. Doch ihr Atem reichte nur für zartes Hauchen.

Stille. »David?«, flüsterte sie.

Stille.

»David?«, krächzte sie um eine Spur lauter.

Wieder bekam sie keine Antwort. Die Panik zeichnete blutüberströmte Bilder vor ihr inneres Auge. Tränen liefen ihr ungehemmt über die Wangen. Angsterfüllt und mit einer Stinkwut im Bauch, zerrte sie erneut an dem Seil. Endlich erwischte sie das passende Ende, und es löste sich. Mit einem Ruck zog sie sich den Sack vom Kopf und brauchte einen Moment, um sich zu orientieren. Dann erstarrte sie. Ein paar Meter entfernt lag David auf dem Boden. Er bewegte sich nicht.

Am ganzen Körper zitternd, rappelte Sarah sich auf und stürzte in seine Richtung. »Bitte nicht«, murmelte sie tränenerstickt. Noch bevor sie bei ihm war, sah sie es.

Blut! So viel Blut. Das ehemals weiße Hemd hatte sich rot gefärbt. Sie brüllte wie ein verletztes Tier, doch ihr Schrei verhallte und ging in leises Schluchzen über.

In der Sekunde tauchten Polizisten auf. Stein war unter ihnen. Chris und Gabi erschienen kurz darauf. Ihr Bruder fiel neben David auf die Knie. Gabi lief auf Sarah zu, umarmte sie, hielt sie fest. Ein Tränenschleier trübte Sarahs Blick.

Er ist tot! David ist tot!, brüllte ihre innere Stimme.

Gabi zwang sie, sich zu setzen. Die Beine von sich gestreckt, starrte Sarah mit glasigem Blick auf ihren leblos daliegenden Freund. Verzweifelt schloss sie die Augen, presste sich die Hände auf die Ohren und hoffte, in einen niemals endenden tiefen Schlaf zu fallen. Doch in ihrem Kopf drehte sich alles weiter.

David ist tot! David ist tot! David ist tot!, lief es in Endlosschleife durch ihren Kopf.

»Ich bin schuld, weil ich nicht auf Stein gewartet hab«, hauchte sie leise.

»Das bist du nicht.« Gabi drückte sie um eine Spur fester an sich und wiegte sie wie ein kleines Kind. »Bist du nicht.«

Ich hab ihn verloren. Beide! David und Marie, dachte Sarah hoffnungslos, und ein kaltes Vakuum breitete sich in ihr aus.

Gabis Arme ließen von ihr ab. Stattdessen umklammerte jemand ihre Handgelenke, zog ihr die Hände von den Ohren. Sie schlug die Augen auf. Es war Stein.

»David …«, begann er.

Sie sog hektisch Luft ein. Ihre Hände begannen zu

zittern. Eine Panikattacke. »Nein«, krächzte sie und schüttelte heftig den Kopf. Sie wollte nichts hören. Keine schlimmen Nachrichten.

»Doch, Sarah. Es geht ihm gut.«

Ihr Blick wanderte zu der Stelle, wo David noch immer auf dem Boden lag. Sie nahm wahr, dass seine Augen offen waren und er mit ihrem Bruder sprach, der sich die Wunde besah. Das blutdurchtränkte Hemd war zerrissen.

»Kowalski hat ihn an der Seite erwischt. Wie's ausschaut, ein glatter Durchschuss, meint dein Bruder«, erklärte Stein im ruhigen Tonfall. »Eine blutige Sauerei, aber es besteht keine Lebensgefahr.«

»Er lebt«, hauchte Sarah.

»Er lebt«, bekräftigte Stein.

»Gott sei Dank«, flüsterte Gabi.

Sarah atmete mehrmals hintereinander erleichtert durch. »Scheißkerl«, presste sie dann durch die Zähne.

»Sämtliche Parkzugänge sind gesperrt. Wir erwischen ihn«, versprach der Chefinspektor.

Sarah kroch auf allen vieren zu David, setzte sich neben ihn.

»Keine Angst. Ist nur eine leichte Verletzung«, flüsterte er mit schmerzverzerrtem Gesicht.

»Es tut mir so leid«, weinte Sarah.

»Du kannst doch nichts dafür«, stellte David fest.

Sie drückte sanft seine Hand.

»Ich lass dich trotzdem ins Krankenhaus bringen«, bestimmte Chris. »Zur Sicherheit. Außerdem muss die Wunde ordentlich versorgt werden. Mein Erste-Hilfe-

Koffer liegt in der Wohnung. Ich konnte ja nicht wissen, dass heute jemand auf dich schießt«, versuchte er einen Scherz.

David lächelte gequält.

Sarah sah, wie drei Notfallsanitäter der Berufsrettung in orangeroten Jacken mit einer Trage angerannt kamen und ihnen ein Notarzt folgte. Chris erhob sich und besprach sich mit ihnen, dann halfen zwei Sanitäter David, aufzustehen und sich auf die Trage zu legen. Sarahs Bruder beschloss, mit ins Krankenhaus zu fahren. »Wenn ich dabei bin, geht vielleicht alles ein bisserl schneller.«

»Ich will aber auch ...«

»Du bleibst hier«, schnitt Chris Sarah das Wort ab. »Du kannst im AKH nur im Gang rumstehen, sonst nichts. Ich verspreche dir, gut auf David aufzupassen.«

»Chris hat recht. Und es geht mir ja gar nicht so schlecht.« David wollte sie aufmunternd anlächeln, aber der Versuch war kläglich.

Weitere Polizisten tauchten auf. Stein gab ihnen Anweisungen und bat eine junge Streifenpolizistin, Sarah und Gabi nach Hause zu bringen.

»Ich komm dann später noch zu euch«, versicherte er.

»Wo wart ihr eigentlich so lange?«, fragte Sarah.

»Du weißt schon, wie groß der Türkenschanzpark ist?«, antwortete Stein mit einer Gegenfrage. »David konnte am Telefon nicht sagen, wo genau wir euch finden. Chris und Gabi haben vor dem Park auf uns gewartet und uns zumindest gesagt, in welche Richtung ihr gelaufen seid. Zum Glück, sonst wären noch zwei

Depperte einem Mann gefolgt, der schon bewiesen hat, dass er das Zeug hat, jemanden zu töten«, schimpfte Stein. »Ich will nicht dran denken, wie das hier hätte ausgehen können.«

»Er hat Peer wirklich bewiesen, dass er es kann«, sagte Sarah.

»Was?« Stein sah sie verständnislos an.

»Nix. War nur so ein Gedanke, weil Kowalski den Dolch gestohlen hat. Egal, ich erklär's dir später.«

»Außerdem musste ich ein paar Kollegen anfordern, um das Areal abriegeln zu können«, fuhr Stein fort. »Und meinen Vorgesetzten überzeugen, dass es sich hierbei nicht um die Lösegeldübergabe für eine Katze handelt, sondern wir möglicherweise Peer Schneiders Mörder schnappen.«

»Du wusstest, dass er der Mörder ist?«, fragte Sarah überrascht.

»Sagen wir, ich hatte eine Ahnung.«

»Weshalb?«

»Ich bin schon so lang Kieberer, Sarah. Ich erkenne, wenn jemand mich anlügt.« Er wedelte ungeduldig mit der Hand. »Und jetzt haut ab, damit wir unsere Arbeit machen können.«

»Ich hab vorhin ein Folgetonhorn gehört«, sagte Sarah, ohne der Aufforderung zu folgen. »Wart ihr das?«

»Ich hab es ein paar Straßen früher ausschalten lassen. Sonst hätten wir Kowalski gewarnt, und er wäre abgehauen.«

»Und Marie? Er hatte sie nicht dabei.« Die Angst, dass sie tot war, kehrte zurück.

»Wir finden sie, Sarah.« Stein gab der Streifenbeamtin ein Zeichen, die Sarah sanft am Arm nahm und mit sich zog.

Gabi folgte den beiden. Auf dem Weg zurück bemerkten sie Polizisten, die den Park durchsuchten. Beim Ausgang hielten zwei Wache.

»Wir stehen an allen Zugängen«, sagte die Polizistin.

Als sie durch das Gartentor traten, hoffte Sarah einen Atemzug lang, Maries Transportbox vor der Haustüre zu sehen. Aber die Box stand nicht da. Tief enttäuscht betrat Sarah hinter Gabi das Haus und gleich darauf ihre Wohnung.

Sie waren zum Warten verdammt.

Gabi war in ihre Wohnung hochgegangen, um zu duschen und sich umzuziehen. Sarah stopfte ihren Jumpsuit in den Wäschekorb, stellte sich ebenfalls unter die Dusche und schlüpfte danach in eine beigefarbene Stoffhose und ein hellblaues T-Shirt. Als ihre Freundin wieder herunterkam, trug sie ein Strandkleid mit Paisley-Muster. Nachdem Sarah eine Kanne Tee aufgebrüht hatte, saßen sie schweigend am Esstisch und starrten in ihre Tassen, die Handys griffbereit daneben. Sarah war erschöpft und zugleich bekümmert darüber, was heute passiert und schiefgelaufen war. Sie hatte ein schlechtes Gewissen, weil sie entgegen jeder Vernunft in den Park gerannt war und nicht auf die Polizei gewartet hatte. Aber sie hatte doch gehofft, Marie zurückzubekommen, und die Übergabe nicht gefährden wollen. Nie hätte sie gedacht, dass jemand verletzt werden könnte. Was für ein Glück, dass die Kugel David nicht getötet hatte. Sie wollte sich, ebenso wie Stein, nicht ausmalen, was noch alles hätte passieren können.

»Woran denkst du?«, unterbrach Gabi die Stille.

»An alles und nichts.« Sarah sah auf die Uhr. Es war erst drei Uhr morgens, dabei kam es ihr so vor, als säßen sie schon seit Stunden hier.

Als sie endlich Stimmen hörten, sprangen sie nahezu synchron von ihren Stühlen auf und waren im nächsten Augenblick im Flur.

Chris trat ins Treppenhaus, hinter ihm David in einem hässlichen Krankenhaushemd.

»Sie wollten mich nicht mit dem blutigen Fetzen auf die Straße lassen«, sagte er und schleppte sich die paar Stufen zur Wohnungstür hoch. »Ich hab ihnen erlaubt, das Hemd wegzuschmeißen.«

Sarah atmete tief durch, bevor sie zuerst ihren Bruder und dann David umarmte. Sie küsste ihn und presste ihn so eng an sich, bis er aufstöhnte.

»Au! Die Wunde wurde zwar gut versorgt, aber tut noch weh, wenn man draufdrückt.«

»Sorry.« Sarah gab ihn wieder frei, und alle vier gingen in den Flur.

»Es war tatsächlich ein glatter Durchschuss«, merkte Chris an. »David muss morgen noch mal zum Pflasterwechsel ins Spital. Dann noch zwei- oder dreimal zur Wundkontrolle und dann sollte es gut sein.«

»Wir haben uns jetzt einen Cognac verdient«, entschied David und setzte sich langsam Richtung Wohnzimmer in Bewegung.

»Du hast sicher Schmerzmittel bekommen, oder?«, wandte Sarah ein. »Ich weiß nicht, ob es da gut ist, Alkohol zu trinken.«

David hob abwehrend die Hände. »Scheiß drauf! Zwei Zentimeter weiter links, und ich könnt gar nix mehr trinken.«

»Ja, Schwesterherz, scheiß drauf«, stimmte Chris ihm zu.

»Na dann.«

Sarah und Gabi holten die Flasche und vier Cognacschwenker aus der Vitrine im Esszimmer, die ihnen auch als Bar diente. Als sie alles auf dem Couchtisch abstellten, läutete es an der Tür.

»Das wird Stein sein«, sagte Gabi und ging aufmachen.

Sarah folgte ihr auf dem Fuß, blieb aber im Rahmen der Wohnzimmertür stehen, als ihre Freundin den Summer für die Haustür drückte. Sarahs Herz pochte aufgeregt. Hatte Stein Marie gefunden? Brachte er ihre geliebte Katze zurück, oder war sie tot, wie sie befürchtete?

Plötzlich spürte sie Chris neben sich. »Ich hab David gesagt, er soll sitzen bleiben.«

Sarah nickte, und im nächsten Atemzug stand Stein in der Wohnung, in der Hand die Transportbox. Er lächelte zufrieden.

»Marie!« Sarah fiel ein Stein vom Herzen. Wieder liefen ihr Tränen über die Wangen, aber diesmal aus purer Freude.

Der Chefermittler grinste schief.

Mit einem Schritt war Sarah bei ihm, küsste ihn auf die Wange, nahm die Box und hielt sie hoch, sodass sie hineinsehen konnte. Marie lag mit geschlossenen Augen darin, völlig lethargisch. Sarahs Herzschlag setzte einen Moment aus. »Was ist mit ihr?«

»Sie schläft nur sehr tief. Sie haben ihr ein Beruhigungsmittel gegeben.«

»Sie?«, hakte Sarah nach.

»Komm erst mal rein«, forderte David den Ermittler auf. Er hatte sich Chris' Anweisung widersetzt und sich doch zur Tür geschleppt. »Cognac?«

»Bin im Dienst, muss nachher noch zum Verhör«, entgegnete Stein. »Aber ich denke, ein Glas geht.«

»Na dann«, meinte Chris und bat alle wieder ins Wohnzimmer.

Sarah stellte die Box auf den Boden und holte vorsichtig die schlafende Marie heraus. »Du bist wieder daheim«, flüsterte sie ihr ins Ohr, setzte sich neben David aufs Sofa, legte sich Marie auf den Schoß und streichelte sie. Auch David strich Marie übers Fell, und Sarah glaubte, leises Schnurren zu hören. Aber vielleicht bildete sie sich das auch nur ein.

Während ihr Bruder ein weiteres Glas holte und die Schwenker dann zwei Fingerbreit mit dem französischen Weinbrand füllte, erzählte Stein, dass Axel Kowalski nicht alleine gewesen war und Gerlinde Göhr auf ihn im Auto gewartet hatte, das in der Peter-Jordan-Straße geparkt war. Die Transportbox mit Marie stand im Kofferraum. »Eigentlich hatten sie geplant, dir Marie erst nächste Woche zurückzugeben. So viel weiß ich jetzt schon. Den Rest dann nach der Vernehmung.«

Sarah verriet Stein, was Kowalski ihr vor dem Schuss ins Ohr geflüstert hatte. »Der Tod ist eine Kunst«, wiederholte sie die Worte und wandte sich dann an David. »Als ich vom Belvedere zurückkam, meintest du, der Täter hätte den Mord zur Kunst stilisiert. Du hattest offenbar recht. Er hat seine Tat als Kunstwerk betrachtet.«

»Und trotzdem bleibt es Mord«, sagte Stein.

Sie stießen auf das Leben an, und Stein erzählte, dass Amanda Schneider Lansky gegenüber ausgesagt hatte, dass ihr Mann seine Dienstreisen immer gemeinsam mit Axel Kowalski unternommen hatte und einige Male auch Gerlinde Göhr dabei gewesen war. Sie hatte sich nichts dabei gedacht, wenn die drei zu Messen oder Ausstellungen fuhren. »Noch heute Nacht wird die Wohnung von Herrn Kowalski und Frau Göhr durchsucht. Schaun ma mal, was wir noch so finden.«

»Auf jeden Fall jede Menge Katzenhaare«, witzelte David.

Sie lachten. Ungezwungen, befreit und glücklich, dass die Sache für sie gut ausgegangen war.

»Was war das vorhin im Park für eine Bemerkung von wegen, er hat Peer bewiesen, dass er's kann, und irgendwas mit dem Dolch?«, hakte Stein dann nach.

»Den Dolch haben Kowalski und Göhr im Alleingang gestohlen. Damit wollten sie Peer etwas beweisen. Kowalski hat im Park von einem Plan gesprochen, der geklappt hätte, hätte die Eckenberg sie nicht überrascht. Vermutlich meinte er damit, dass sie die Kopie des Dolches hinterlassen hätten und somit der Raub unentdeckt geblieben wäre. Er sagte, dass Peer dann begriffen hätte, dass die Idee gut war«, berichtete Sarah.

Stein notierte sich die Information. »Dann werde ich die beiden mal dazu befragen.«

»Erzählst du uns jetzt bitte, wie du auf Kowalski gekommen bist, Martin? Und behaupte nicht, es war, weil du gespürt hast, dass er dich angelogen hat. Ich glaube nur Fakten und misstraue Eingebungen und Gefühlen«, sagte Sarah schmunzelnd.

Stein grinste. »Also gut. Nachdem Frau Schneider uns das mit den Dienstreisen erklärt hatte, habe ich in den Reiseunterlagen nach dem Tag gesucht, als bei Britta Eckenberg eingebrochen wurde.«

»Das Datum hatte ich vergessen, mir anzusehen«, sagte Sarah. »Ich war so auf die Gemälde auf den Listen fixiert.«

»Du hättest auch nichts gefunden, was für deinen alten Freund als Täter gesprochen hätte«, erklärte Stein. »Denn Amanda und Peer Schneider waren zu dem Zeitpunkt auf Kreta in Urlaub. Auf jeden Fall ist meine Kollegin Rossmann gleich zur Wohnung von Frau Göhr und Herrn Kowalski gefahren, um ihnen ein paar Fragen zu ihrem Chef zu stellen. Ich mach's kurz. Es war niemand da, nur eine alte Dame in der Wohnung nebenan, die offenbar über alles und alle im Haus wacht. Manchmal liebe ich neugierige Nachbarn«, sagte er mit spöttischem Grinsen im Gesicht. »Sie erklärte meiner Kollegin, dass Frau Göhr und Herr Kowalski vor nicht allzu langer Zeit weggefahren seien und die Katze mitgenommen hätten.

Diese gehöre einer Bekannten, die im Urlaub sei, weshalb die beiden derweil auf sie aufpassten. Damit war irgendwie alles klar. Jetzt werden wir noch die DNA von der Teichmauer mit der von Herrn Kowalski vergleichen, und dann schaun ma mal, was der und seine Partnerin zu allem zu sagen haben.«

Fünfzehn Minuten später verabschiedete sich Stein. Die ersten Vernehmungen von Axel Kowalski und Gerlinde Göhr warteten auf ihn.

Da sie alle viel zu aufgedreht waren, um schlafen zu gehen, beschlossen David und Chris, dass es Zeit für ein ausgiebiges Frühstück war. Um fünf Uhr morgens zauberten sie alles auf den Tisch, was ihre Fantasie und der Kühlschrank hergaben.

Maja rief gegen sechs Uhr auf Sarahs Handy an. Sie hatte mitbekommen, dass etwas im Türkenschanzpark passiert war, und war hörbar erleichtert, Sarah zu erreichen. »In den sozialen Medien ist die Hölle los, nur dass niemand wirklich weiß, warum so viel Polizei dort herumwuselt. Jemand hat geschrieben, dass Schüsse gefallen sind. Und da ich mehr als andere weiß, weiß ich natürlich, dass das mit euch zusammenhängt. Also, was ist passiert?«

Sarah berichtete Maja, dass die Polizei Gerlinde Göhr und Axel Kowalski, somit Peers Mörder und Maries Entführer, geschnappt hatte und David bei der Lösegeldübergabe angeschossen worden war, aber alles gut geendet hatte.

»Was für ein Glück«, stieß Maja erleichtert hervor. »Mit Kunz hab ich schon telefoniert, er meint, wir können mit der Geschichte gleich online gehen. Du musst mir nur sagen, ob mit euren Namen oder ohne.«

Sarah beriet sich kurz mit David, und sie willigten ein, die Story mit ihren Namen zu veröffentlichen.

»Dann weiß Kretschmer auch endlich Bescheid und muss mich nicht mehr anrufen«, scherzte Sarah.

Um sieben Uhr morgens überschlugen sich bereits die Meldungen auf diversen Online-Plattformen. Der ORF brachte eine fünfminütige Zusammenfassung in den Morgennachrichten über die nächtlichen Ereignisse im Türkenschanzpark und berief sich dabei auf den Bericht in der Online-Ausgabe des *Wiener Boten*. In dieser wiederum fanden sich bereits Hunderte Kommentare unter dem Artikel. Viele Verfasser wünschten dem verletzten Herausgeber gute Besserung.

»Du bist jetzt ein Held«, sagte Sarah und küsste David auf die Wange.

Er lächelte schmerzverzerrt.

Epilog

Am Samstagmorgen fuhr David zum Pflasterwechsel ins AKH und Sarah mit Marie zur Tierärztin. Diese konnte Entwarnung geben. Die Beruhigungsmittel, die man der Katze in regelmäßigen Abständen verabreicht hatte, würden keine bleibenden Schäden hinterlassen. Ihr Körper würde sie von selbst abbauen.

»Du bist eben eine Glückskatze«, flüsterte Sarah der Halbangora nach der Untersuchung ins Ohr. Marie antwortete mit lautem Schnurren. Der schönste Laut in diesem Moment, fand Sarah und schob sie wieder sanft in die Transportbox.

Das restliche Wochenende verbrachten sie zu Hause und ruhten sich aus. Gabi und Chris schauten in regelmäßigen Abständen vorbei. »Wir müssen doch wissen, wie's unserer Lieblingskatze und unserem Lieblingsschwager geht. Und ob du auch als Krankenschwester taugst, Schwesterherz«, witzelte Chris.

Marie genoss jedenfalls die erhöhte Aufmerksamkeit und die Streicheleinheiten.

Am Montagmorgen wollte David zum *Wiener Boten* fahren. »Ich komm bald wieder nach Hause und überanstrenge mich nicht«, versprach er zuvor.

Sarah hatte beschlossen, die ganze Woche im Homeoffice zu arbeiten. Sie wollte Marie noch nicht alleine lassen. Zu groß war die Angst, dass es ihr doch plötzlich schlecht ging. Auch Tierärzte können sich irren, dachte sie.

Kaum, dass David gegangen war, telefonierte sie mit Stein, um sich nach dem aktuellen Stand zu erkundigen und mit ihm abzusprechen, was davon sie bereits veröffentlichen konnten. Nachdem er sich nach Davids und Maries Befinden erkundigt hatte, berichtete er von der Hausdurchsuchung in Kowalskis und Göhrs gemeinsamer Wohnung. »Wir haben den Original-Dolch im Kleiderkasten im Schlafzimmer entdeckt«, ließ er sie wissen.

»Kann ich unser Gespräch aufnehmen?«, fragte Sarah schnell. Das würde ihr später die Zusammenfassung erleichtern.

Stein erlaubte es und fuhr fort. »Sie waren ein erfolgreiches Diebes-Trio: Peer Schneider, Gerlinde Göhr und Axel Kowalski. Niemand hat Verdacht geschöpft, weil Peer Schneiders Vorgabe sie davor bewahrte: Keine Diebstähle in Wien und niemals Kunden des Auktionshauses Schneider ausrauben«, erklärte er.

»Klingt plausibel«, sagte Sarah. »Wären in Wien und unter Schneiders Kundschaft vermehrt Diebstähle passiert, wäre das Auktionshaus mit Sicherheit ins Visier der Ermittler geraten.«

»Darauf kannst Gift nehmen«, bestätigte Stein. »Nur hat Schneiders Vorschrift zu Unstimmigkeiten geführt. Deshalb sind die Göhr und der Kowalski am Freitag, den Dreizehnten, im Schlosspark aufgetaucht. Sie haben vor dem Belvedere 21 gewartet, weil sie wussten, dass ihr Chef bei der Vernissage ist. Als er rauskam, sind sie ihm gefolgt, um ihn nicht direkt vor dem Museum anzusprechen.«

Marie strich um ihre Beine. Sarah hob sie mit einer Hand hoch und setzte sie auf ihren Schoß. Marie trat ein paarmal auf der Stelle, bevor sie sich zusammenrollte. »Um Peer von der Sinnhaftigkeit der Aktion bei Britta Eckenberg zu überzeugen, obwohl der Raubzug voll in die Hose gegangen ist«, folgerte Sarah währenddessen.

»Genau«, stimmte Stein ihr zu. »Gerlinde Göhr hat ihm die Kopie des Dolches unter die Nase gehalten und gemeint, die Eckenberg hätte nie etwas bemerkt.«

»Wer hat den Dolch eigentlich gefälscht?«, fragte Sarah.

»Sie haben damit einen Kunstfälscher in Frankreich beauftragt, den Kowalski noch aus seiner Zeit in Paris kennt«, antwortete Stein. »Peer Schneider hatte Kowalski mal ein Foto des Originals gezeigt. Das hat er gescannt und dem Fälscher geschickt. Das Gleiche galt vermutlich für Gemälde. Kunstwerke zu replizieren und auszutauschen, das war ihr Plan für weitere Raubzüge in Wien. Den Fälscher hatten sie ja an der Hand. Peer Schneider sollte begreifen, dass die Idee gut war«, bestätigte der Chefermittler Sarahs Theorie.

»Ich vermute, er hat sich nicht überzeugen lassen«, konstatierte sie.

»Stimmt. Zu dem Zeitpunkt hatte Kowalski nämlich längst den Raubzug bei den Hohenbergs geplant, da er einen Abnehmer für ihr Bild *Die Dame mit der Maske* hatte. Natürlich ohne Schneiders Einwilligung«, erläuterte Stein. »Als Schneider ihnen drohte, sie beruflich zu vernichten, so sie seine Vorgaben noch einmal missachteten, hat Kowalski die Nerven verloren und ihm den Dolch ins Herz gerammt.«

Sarah stöhnte bei der Vorstellung instinktiv auf. Maries Ohren zuckten leicht.

»Dass er sich dabei im wahrsten Sinne des Wortes geschnitten hatte, bemerkte er anfangs nicht. Die Wunde fiel ihm erst zu Hause auf, denn sie war zu klein, als dass ein Pflaster notwendig gewesen wäre«, fuhr Stein fort.

»Damit ist klar, wie seine DNA an den Beckenrand gekommen ist«, schlussfolgerte Sarah, Marie streichelnd. Die Halbangora schnurrte mit geschlossenen Augen.

»Die drei haben übrigens nur zugeschlagen, wenn sie bereits einen Abnehmer für das entsprechende Kunstwerk hatten«, erzählte Stein.

»Was ist mit dem Gemälde *Die Dame mit der Maske* von Lilo?«, hakte Sarah nach.

»Das haben wir wie den Dolch im Kleiderkasten entdeckt. Unter einem Stoß T-Shirts«, verriet Stein.

Im nächsten Moment erfuhr sie, dass *Kreislauf Jahreszeiten* nächste Woche gemeinsam mit *Die Dame mit der Maske* nach Peking verschickt worden wäre. Die Kontakte nach Asien hatte Kowalski für Peer Schneider gemacht.

»Er hat ja nicht nur in Paris, sondern auch längere Zeit in Yvonne Rauters Galerie in Peking gearbeitet und sich währenddessen ein lukratives Netzwerk aus chinesischen Sammlern aufgebaut.« Stein hustete.

»Hast dich verkühlt?«, fragte Sarah.

»Nein, verschluckt. Am Kaffee.« Er räusperte sich. »Eigentlich wollten sie dir Marie erst nach dem Verkauf zurückgeben. Kowalski und Göhr dachten nämlich, dass dich die Sorge um deine Katze vom Herumschnüffeln abhält.« Stein lachte. »Aber die kennen dich nicht. Damit, dass du das gestohlene Gemälde hinter dem Glücksbild findest, hatten sie nicht gerechnet. Und als sie aus den Nachrichten von dem Polizeiaufgebot im Auktionshaus erfuhren, haben sie Amanda angerufen, sie jedoch nicht erreicht. No na ned, die war ja bei Lansky und hatte das Telefon auf lautlos gestellt.«

»Sie hatten eine Vermutung«, nahm Sarah an.

»Ja. Sie sind gleich zum Auktionshaus gefahren, haben die versiegelte Tür bemerkt und durch die Schaufenster gesehen, dass das Glücksbild nicht mehr an seinem Platz hängt.« Eine kurze Pause entstand. Vermutlich nahm Stein einen weiteren Schluck Kaffee. »Dann haben die beiden panisch und vorschnell gehandelt. Geplant war, sich nach dem Verkauf der Bilder und Maries Rückgabe neu zu erfinden und Wien zu verlassen. Sie waren sich sicher, dass man sie zumindest bis dahin mit dem Mord an Peer nicht in Verbindung bringen würde.« Er schnaubte verächtlich. »Ein bisserl naiv, findest nicht auch?«

»Woher sollten sie auch wissen, dass der weltbeste Ermittler auf sie angesetzt war«, spöttelte Sarah.

»Ebenso dachte Kowalski, er bleibt unerkannt, wenn er dir einen Sack über den Kopf stülpt.«

»Ich hab ihn an seinem Parfum erkannt«, erläuterte Sarah.

»Sarah der Spürhund«, grummelte Stein amüsiert. »Außerdem hat er nicht damit gerechnet, dass auch David auftaucht.«

»Sag, hast du noch mal mit Tilmann Eckenberg über den Dolch gesprochen? Darüber, dass er ihn über Peer Schneider seiner Stiefoma abkaufen wollte?«, wechselte Sarah das Thema.

»Er besteht darauf, Peer Schneider nicht damit beauftragt zu haben.«

Sarah wollte das noch immer nicht glauben. »Aber Gerlinde Göhr hat doch eine Mail an Ramona Mair geschickt.«

»Auch sie bleibt bei ihrer Aussage, in Peer Schneiders Auftrag gehandelt zu haben«, sagte Stein. »So hätten sie und Kowalski doch erst von der Existenz des Dolchs erfahren. Nachdem sie keine Antwort erhielt, kamen sie und er auf die Idee, ihn zu stehlen. Sie entwickelten einen Plan und ließen zeitgleich die Kopie anfertigen.«

»Hm«, brummte Sarah skeptisch.

»Wir können Tilmann Eckenberg nicht nachweisen, dass er lügt. Ist doch auch denkbar, dass Peer Schneider den Dolch aus einem anderen Grund haben wollte und er Tilmann Eckenbergs Namen nur vorgeschoben hat. Vielleicht hatte er einen möglichen Abnehmer und hat deshalb versucht, den Dolch legal zu erwerben. Dass Britta Eckenberg keine besondere Freude an dem Zierdolch hatte, wusste er ja. Aber das können wir ihn leider nicht mehr fragen«, sagte Stein. »Also hör auf, dir darüber den Kopf zu zerbrechen.«

»Okay«, gab sich Sarah geschlagen. »Können wir das andere alles veröffentlichen?«

»Ja, ist alles offiziell«, bestätigte Stein.

»Danke.« Sarah jubelte innerlich. Ehrlicherweise hatte sie nicht damit gerechnet, dass Gerlinde Göhr und Axel Kowalski so schnell ein derart umfassendes Geständnis ablegten. Andererseits war die Beweislast erdrückend. Das Bild von dem fast fürsorglich abgelegten Dolch am Beckenrand erschien vor Sarahs innerem Auge. »Noch eine Frage. Warum haben sie den gefälschten Dolch nach dem Mord nicht wieder mitgenommen?«

»Er war für sie wertlos geworden. Den Raub hätten sie in der Art nicht wiederholen können. Außerdem waren sie fest davon überzeugt, dass niemand sie mit dem Diebstahl in Verbindung bringen würde. Sie hatten gehofft, dass der Dolch uns auf eine falsche Spur führen würde.«

»Zu Tilmann Eckenberg«, schlussfolgerte Sarah, und Stein bejahte. »Und warum haben sie die Hülle liegen gelassen?«

»Das ist jetzt aber eine zweite Frage«, scherzte Stein, bevor er antwortete. »Kannst du dich noch an deine Vermutung im Schlosspark erinnern? Du hast geglaubt, dass der Täter ein Kunstliebhaber ist, der es nicht übers Herz bringt, den Dolch von seinem Schutz zu trennen.«

»Ja.«

»Du hast richtiggelegen. Nur, dass es zwei Kunstliebhaber waren, die die Hülle nicht vom Dolch trennen wollten. Obwohl es nur eine Kopie ist.«

»Auch eine Reproduktion ist ein Kunstwerk«, sagte Sarah überzeugt.

Stein brummte etwas Unverständliches, dann ließ er sie wissen, dass das Lösegeld für Marie noch als eine Art Beweisstück diente, sie es aber bald zurückbekommen würden. Sie verabschiedeten sich voneinander, und Sarah fasste die Informationen zusammen. Dann schickte sie alles an Maja, denn die aktuelle Berichterstattung überließ sie naturgemäß der Chronik-Redakteurin.

Für zehn Uhr hatte Sarah eine Videokonferenz mit den Ressortleitern und Herbert Kunz einberufen, die die alle Ressorts umfassende montägliche Redaktionssitzung ersetzen sollte.

»Wir würden gerne eine Story über Kunstfälschung bringen«, eröffnete die Leiterin des Kulturressorts das Meeting. »Ich hab einen amerikanischen Fälscher an der Hand, der mir ein Interview geben würde. Bei allem, was die letzten Tage passiert ist, passt das Thema, finde ich.«

»Gute Idee«, lobte Sarah. »Das können wir dann in die gleiche Ausgabe packen, in der Maja über das Thema Einbruch berichtet.« Sie sah am Bildschirm, dass sich der Chef vom Dienst Notizen machte.

»Stell dir vor«, begann Conny, als sie an der Reihe war. »Es ist fix. Britta Eckenberg verkauft ihr Anwesen am Wörthersee an Veronika Hestes. Den Verkauf wickeln Olivia und Gernot Traub ab.« Sie gab einen Laut von sich, der nach Enttäuschung klang. »Leider äußert sich die Eckenberg mit keinem Wort zum Mord an Peer Schneider. Ich konnte ihr nur entlocken, dass sie den Dolch dem Belvedere schenken wird.«

»Du wolltest doch eine positive Story. Mit der Übergabe ans Museum hast du sie«, tröstete Sarah sie.

Als Herbert Kunz eine halbe Seite für den Bericht vorschlug, war Conny zufrieden, der Leiter des Sportressorts meldete sich zu Wort, und die Sitzung ging ihren normalen Gang.

Am Ende bat Conny Sarah noch kurz, online zu bleiben.

»Was gibt's?«, fragte Sarah, nachdem alle anderen die Online-Konferenz verlassen hatten.

»Die Eckenberg lädt dich und mich im kommenden Jahr wieder zum Benefizbrunch ein. Selbstverständlich wird Kuba Kaminski für unser leibliches Wohl sorgen. Die Welt dreht sich wie gewohnt weiter, hat Ramona gesagt, als ich mit ihr telefonierte. Ich hab sie nämlich angerufen, weil …« Conny machte eine ihrer berühmten Spannungspausen. »Rate mal!«

»Weil du wissen wolltest, wie es Britta Eckenberg geht nach all der Aufregung?«, machte Sarah einen halbherzigen Versuch.

»Nein, ich hab Ramona angerufen, weil ich mit ihr über ihre heimliche Affäre reden wollte. Nur aus Eigeninteresse, veröffentlicht hätte ich es nie. Der *Wiener Bote* ist kein Klatschblatt. Sie war natürlich überrascht, dass ich davon weiß. Aber hallo, ich bin's, Conny Soe! Ich hab meine Pappenheimer im Blick.« Conny lachte über ihre eigene spöttische Bemerkung. »Aber die Liaison ist Geschichte. Ist sicher besser so. Ich wollt dir das nur erzählen, damit auch du Bescheid weißt.«

Dann verabschiedeten auch sie sich voneinander.

Sarah blieb noch einen Moment nachdenklich vor dem Laptop sitzen, bevor sie beherzt zum Handy griff und Amanda anrief.

»Wie geht es dir?«, fragte Sarah, als sich ihre Bekannte meldete.

»Der Schock sitzt noch tief«, antwortete Amanda. »Aber es gibt auch Lichtblicke. Ferdinand und Tamara Hohenberg werden ihre Sammlung erweitern und weiterhin über das Auktionshaus Schneider einkaufen. Auch Tilmann Eckenberg hat versichert, dem Haus als Kunde treu zu bleiben. Ich hoffe, ihren Ansprüchen gerecht zu werden, bin aber zuversichtlich. Denn Yvonne Rauter hat versprochen, mir beizustehen. Wir sehen uns auch gleich nach adäquaten neuen Mitarbeitern um. Und zum Glück dürfen wir trotz allem den Rubens versteigern.«

»Das klingt gut.« Sarah hörte Amanda leise lachen.

»Leider werden wir Carola wohl niemals davon überzeugen können, dass die Dreizehn keine Unglückszahl ist, nach allem, was passiert ist. Sie wird sich weiterhin am Freitag, den Dreizehnten, freinehmen und sich in ihrer Wohnung verschanzen«, seufzte Amanda.

»Vielleicht braucht sie einfach noch Zeit«, merkte Sarah an. »Und wenn du etwas brauchst oder reden willst, ruf mich an, ja?«

Amanda versprach es.

Nach dem Telefonat begann Sarah schließlich, an der mehrteiligen Reportage über Peer Schneider zu schreiben. Mit Marie auf dem Schoß, konzentrierte sie sich auf den Mann, dessen Leidenschaft die Symbolik in Kunstwerken gewesen war. Der sie hatte lesen können wie andere ein Buch. Der sogar einen Podcast darüber geplant hatte.

Das Interview mit Tilmann Eckenberg floss natürlich ebenso in Sarahs Artikel ein wie die Tatsache, dass der seriöse Kunsthändler obendrein ein Meisterdieb gewesen war.

»Auf dem Weg nach Hause hab ich gleich im AKH vorbeigeschaut«, sagte David, als sie am frühen Abend gemeinsam kochten. »Die Wunde verheilt gut, meinte der behandelnde Arzt. Ich muss nächste Woche noch mal zur Kontrolle kommen, dann ist die Sache durch.«

Sarah legte einen Arm um seinen Nacken. »Und wie schaut's mit deinem Seelenheil aus?«

Er lächelte. »Alles bestens. Mach dir keine Sorgen. Ich fühl mich wie Siegfried der Drachentöter«, witzelte er und küsste sie.

Der erste Teil der Reportage über Peer Schneider erschien am Samstag, acht Tage nach dem Drama im Türkenschanzpark, in der Wochenendbeilage des *Wiener Boten*.

Für den Abend hatten sie Amanda eingeladen. Chris heizte bei noch immer hochsommerlichen Temperaturen den Griller an, Sarah und Gabi kümmerten sich um

Salate und Beilagen. David lag im Liegestuhl, Marie auf seinen Beinen. Sie versuchten nachzuholen, was sie in den letzten Wochen versäumt hatten. Sie entspannten. Ohne Telefon. Ohne Arbeit. Ohne Mordermittlung. Zumindest an diesem Wochenende.

Nachwort und Dank

Liebe Leser*innen, gleich zu Beginn möchte ich Ihnen danken, dass Sie zu diesem Buch gegriffen und es gelesen haben. Ich hoffe, Sie hatten spannende Lesestunden. Jenen, die Sarah Pauli schon dreizehn Fälle lang begleiten, danke ich zudem für die jahrelange Treue.

Tod im Belvedere ist ein Kriminalroman und daher ein fiktives Werk. Die Charaktere, die Situationen und die Handlung sind frei erfunden. Einige Kunstwerke, die in diesem Krimi beschrieben werden, existieren jedoch. Etwa das Mosaik *Das letzte Abendmahl* in der Minoritenkirche, *Guernica* von Pablo Picasso und die Vanitas-Gemälde von Pieter Claesz. Ebenso die Sphinxe und Putti im Schlosspark. Das Belvedere ist generell eine wahre Fundgrube für sinnbildliche Botschaften. Achten Sie bei Ihrem nächsten Besuch mal darauf. Sollten Sie im Internet jedoch nach der argentinischen Künstlerin Lilo recherchieren, so werden Sie feststellen, dass es sie nicht gibt. Sie und ihre Kunstwerke sind meiner Fantasie entsprungen. Das ließ mir für den Fall eine größere kreative Freiheit und mehr Möglichkeiten zur Interpretation als reale Werke. Jedoch hat mich für diese Figur und ihre Arbeiten der chinesische Konzeptkünstler und Bildhauer Ai Weiwei inspiriert sowie seine Ausstellungen im Belvedere 21 und der Albertina modern. Sie müssen wissen, meine Familie und ich sind leidenschaftliche Besucher von Museen.

Bei der Symbolik in der Kunst habe ich mich an den gängigen wissenschaftlichen Meinungen diesbezüglich orientiert. Ich finde das Thema faszinierend und bin froh, dass ich es in diesem Kriminalroman als Drehscheibe nutzen konnte.

Bei folgenden Personen möchte ich mich herzlich bedanken:

Bei meiner großartigen Lektorin Kerstin Schaub für ihre Unermüdlichkeit, mit mir detailliert die Fälle durchzuarbeiten, sowie für ihre Begeisterung für Sarah Pauli über all die Jahre.

Bei der wunderbaren Susanne Bartel für ihre Genauigkeit und Anstrengung beim Überarbeiten. Dafür, dass sie jeden Fehler findet, für ihre hilfreichen Anmerkungen und das Feingefühl für den Text.

Bei Claudia Hanssen (Leitung Presse & Öffentlichkeitsarbeit), Barbara Henning, Katrin Cinque (beide Presse) und Manuela Matella (Veranstaltungen) für ihre Unterstützung bei allem, was rund um die Veröffentlichung des Buches passiert.

Ihr alle seid wunderbar!

Bei meinem Agenten Peter Molden und seiner Frau Dr. Regina Molden für die wunderbare Rückendeckung in allen Situationen, die persönliche Zuwendung und das stets offene Ohr.

Bei meinen lieben Kolleginnen Angela Eßer und Elke Pistor dafür, dass sie auf der Criminale in Iserlohn mit mir beim Frühstück einen wichtigen Aspekt der Geschichte durchgesprochen haben.

Bei meinem Autorenkollegen, Kriminalkommissar und Thrillerautor Matthias Bürgel für seine Hilfestellung bei Fragen zur Spurensicherung, zur DNA-Auswertung und für seine Erläuterungen zu Schussverletzungen.

Bei Chefinspektorin Michaela Rossmann von der Landespolizeidirektion Wien dafür, dass sie mir unentwegt und warmherzig Fragen zur Polizeiarbeit in Wien beantwortet und mir großmütig verzeiht, wenn ich in so mancher Szene wider besseres Wissen der Fiktion den Vorzug gebe.

Beim Team vom Forum Mobilkommunikation für die Erläuterung zu Sendemasten und Handyortung.

Bei meinem Mann Jeff bedanke ich mich diesmal dafür, dass er vor vielen Jahren in mir die Leidenschaft für die bildende Kunst geweckt hat, die wir seitdem mit Begeisterung teilen. Meinen Kindern Theresa und Raffael danke ich dafür, dass es sie gibt, und für ihren kreativen und klugen Geist sowie ihre tatkräftige Unterstützung.

Autorin

Beate Maxian lebt mit ihrer Familie in der Nähe des Attersees und in Wien und zählt zu den erfolgreichsten Autorinnen Österreichs. Ihre Wien-Krimis um die Journalistin Sarah Pauli stehen dort regelmäßig an der Spitze der Bestsellerliste.
Weitere Informationen zu Beate Maxian unter: www.maxian.at

Beate Maxian im Goldmann Verlag:

Tödliches Rendezvous. Ein Wien-Krimi
Die Tote vom Naschmarkt. Ein Wien-Krimi
Tod hinter dem Stephansdom. Ein Wien-Krimi
Der Tote vom Zentralfriedhof. Ein Wien-Krimi
Tod in der Hofburg. Ein Wien-Krimi
Mord in Schönbrunn. Ein Wien-Krimi
Die Prater-Morde. Ein Wien-Krimi
Tod in der Kaisergruft. Ein Wien-Krimi
Mord im Hotel Sacher. Ein Wien-Krimi
Der Tote im Fiaker. Ein Wien-Krimi
Die Tote im Kaffeehaus. Ein Wien-Krimi
Ein letzter Walzer. Ein Wien-Krimi
Tod im Belvedere. Ein Wien-Krimi

(Alle auch als E-Book erhältlich)